WELKOM IN VIRGIN RIVER

ALLE VIRGIN RIVER-VERHALEN OP EEN RIJ

Thuis in Virgin River
Welkom in Virgin River
Weerzien in Virgin River
Kerst in Virgin River
Een nieuwe horizon
Met de stroom mee
Na de storm
Een onverwacht kerstcadeau
Onbekende bestemming
Met nieuw vertrouwen
Een plek in de zon
Dromen van vrijheid
Uit de schaduw
Tijd van belofte
Sneeuw in Virgin River
In de luwte
De weg vooruit
Rijke oogst
Een Kerstmis naar haar hart

ROBYN CARR

Welkom in VIRGIN RIVER

Vertaling Yvon Koelman

HarperCollins

MIX
Papier | Ondersteunt verantwoord bosbeheer
FSC® C083411
FSC www.fsc.org

Voor het papieren boek is papier gebruikt dat onafhankelijk is gecertificeerd door FSC® om verantwoord bosbeheer te waarborgen.
Kijk voor meer informatie op www.harpercollins.co.uk/green.

HarperCollins is een imprint van Uitgeverij HarperCollins Holland, Amsterdam.

Oorspronkelijke titel: *Shelter Mountain*

Vertaling: Yvon Koelman
Omslagontwerp: HarperCollins Holland
Omslagbeeld: © Harlequin Enterprises ULC
Zetwerk: Mat-Zet B.V., Huizen
Druk: CPI Books GmbH, Germany, met gebruik van 100% groene stroom

ISBN 978 94 027 0567 6
ISBN 978 94 025 0868 0 (e-book)
NUR 302
Eerste druk in deze editie juni 2020
Vijfde druk juni 2022

Originele uitgave verschenen bij MIRA Books ®, Toronto, Canada.
HarperCollins Holland is een divisie van Harlequin Enterprises ULC.

www.harpercollins.nl

Hoofdstuk 1

Een straffe, voor september koude wind sloeg de regen meedogenloos tegen de ramen. Het was al donker, ofschoon het pas halfacht was. Preacher nam de bar af. Hij verwachtte niet dat er die avond nog iemand zou komen. Bij zulk hondenweer bleven de inwoners van Virgin River na het avondeten over het algemeen thuis, en ook de kampeerders, jagers en sportvissers die zich in de omgeving bevonden, zouden vast geen nat pak overhebben voor een biertje in de kroeg. Jack, zijn compagnon en de eigenaar van het eetcafé, had al voorzien dat er die dag weinig klandizie zou zijn en was al vroeg naar huis gegaan, waar hij werd opgewacht door de vrouw met wie hij nog niet zo lang getrouwd was. Er was de hele dag zo weinig te doen geweest, dat Preacher ook Rick, de zeventienjarige scholier die een paar uur per week in de kroeg werkte, vroeg naar huis had gestuurd. Zodra het vuur in de haard wat getemperd was, gooide hij de boel maar helemaal dicht.

Na zichzelf een glas whisky te hebben ingeschonken, ging hij bij het vuur zitten. Hij vond het niet erg wanneer het stil was; hij was graag alleen.

Helaas. De rust was hem niet lang gegund. Verstoord keek hij op toen hij de deur hoorde opengaan, die vervolgens door een windvlaag met een klap tegen de muur werd geslagen. Hij sprong net op toen hij een tenger figuurtje met een klein kind op de arm verwoede pogingen zag doen om de deur achter zich dicht te trekken. De vrouw droeg een honkbalpet en had een grote zware tas bij zich. Op het moment dat hij op haar toe liep om haar te helpen, draaide ze zich om. Ze staarden elkaar aan.

Onwillekeurig deinsde ze achteruit. Geen wonder, dacht Preacher. Hij zag er ook wel een beetje vervaarlijk uit: een beer van een vent van ruim één meter negentig met de schouders van een bootwerker, een kale kop, donkere zware wenkbrauwen en een diamantje in een van zijn oorlelletjes.

Nog steeds zwijgend keek hij in het gezicht van een jonge vrouw, geen onaardig gezicht ook, ware het niet dat het was ontsierd door een lelijke jaap in haar onderlip en een opgezette wang.

'O, pardon. Ik, eh… Ik zag het verlichte bordje, dus ik dacht dat je open was.'

'We zijn ook open, maar gezien het weer had ik alleen niet verwacht dat er nog iemand zou komen. Kom gerust binnen.'

'Maar stond je dan niet net op het punt om dicht te gaan?' vroeg ze, het slapende kind omhoogsjorrend – een jochie van een jaar of drie, vier met slap heen en weer bungelende beentjes. 'Want ik –'

'Kom nu maar gewoon binnen.' Preacher deed een stap opzij om haar door te laten. 'Het is wel goed. Ik hoef toch nergens naartoe.' Hij wees naar een tafeltje bij de haard. 'Ga daar maar zitten. Lekker warm bij het vuur. Dan kun je een beetje opdrogen.'

'Bedankt,' mompelde ze verlegen. Ze volgde zijn raad op, maar aarzelde bij het zien van het glas whisky. 'Zat jij hier zelf niet?'

'Maakt niet uit. Ga daar maar zitten,' zei hij. 'Ik ga daar wel vaker even zitten voor ik de boel afsluit, maar ik heb geen haast. Normaal gesproken, gaan we niet zo vroeg dicht, maar met dit weer…'

'O. Stond je op het punt om naar huis te gaan?' vroeg ze.

Hij glimlachte. 'Ik woon hier. Daardoor hoef ik me niet zo strikt aan openings- en sluitingstijden te houden.'

'Maar weet je zeker dat –'

'Het is echt geen probleem,' verzekerde hij haar. 'Bij normaal weer gaan we nooit voor negenen dicht.'

Ze ging met haar gezicht naar het vuur zitten, liet haar tas naast zich op de grond zakken, trok haar kind dicht tegen zich aan en streelde zijn ruggetje.

Preacher verdween naar achteren en kwam even later terug met een paar kussens en een plaid. 'Hier,' zei hij, de kussens op het tafeltje naast haar leggend. 'Leg hem hier maar op. Het is toch een heel gewicht dat je daar moet torsen.'

Ze keek alsof ze elk moment in huilen kon uitbarsten. Als ze dat maar uit haar hoofd liet, dacht hij. Niets was erger dan een huilende vrouw; hij zou zich geen raad weten. Zoiets was meer iets voor Jack; waar het vrouwen betrof, wist die altijd precies wat hij moest doen, of hij ze nu kende of niet.

Preacher, daarentegen, moest een vrouw eerst beter leren kennen voor hij zich op zijn gemak voelde. Eigenlijk was hij onervaren. Door zijn imponerende voorkomen joeg hij vrouwen en kinderen schrik aan, maar daaronder ging een verlegen man schuil.

'Bedankt,' zei ze weer. Ze liet het kind zachtjes op de kussens zakken. Het ging onmiddellijk in een foetushouding liggen en stak zijn duimpje in zijn mond.

Preacher stond nog altijd met de plaid in zijn handen. Toen de vrouw geen aanstalten maakte om hem van hem aan te pakken, legde hij hem zelf maar over het slapende kind heen. Het viel hem op dat hij blosjes op zijn wangen had.

De vrouw was weer gaan zitten en keek eens goed om zich heen. Bij het zien van de opgezette rendierkop boven de deur, verbleekte ze zichtbaar. Vervolgens viel haar oog op het berenvel aan de muur en op de grote opgezette snoek boven de bar. 'Is dit soms de stamkroeg van jagers?' vroeg ze.

'Niet echt, maar er wordt hier in de buurt veel gevist en gejaagd, en ja, dan willen ze hier wel eens een biertje komen halen,' antwoordde Preacher. 'Die beer is door mijn compagnon doodgeschoten. Hij kon niet anders; hij werd aangevallen. Die vis heeft hij willens en wetens gevangen – een van de grootste snoeken in de rivier. Ik word altijd met die troep opgescheept. Zelf ben ik niet zo'n verwoed jager. Laat mij maar liever vissen. Lekker rustig, daar hou ik van.' Hij haalde zijn schouders op. 'Ik ben hier de kok. Ik maak alleen iets als ik het ook kan opeten.'

'Hert kun je toch eten,' zei ze.

'Dat hebben we ook gedaan. We hebben de hele winter op wildbraad geleefd. Wil je trouwens niet wat drinken?' vroeg hij.

'Ik moet ergens onderdak zien te vinden. Hoe heet het hier eigenlijk?'

'Virgin River. Het is hier nogal afgelegen. Hoe heb je ons gevonden?'

'Ik...' Ze schudde haar hoofd en lachte kort. 'Ik ben de snelweg af gegaan, in de hoop ergens een hotelletje te vinden...'

'Nou, dat moet dan een hele tijd geleden zijn, want de snelweg ligt hier een heel eind rijden vandaan.'

'Ik zag nergens een gelegenheid om te keren,' zei ze. 'Toen zag ik dit eetcafé. Er brandde licht. Mijn zoontje... Hij heeft koorts. Het leek me niet goed om maar door te blijven rijden.'

Hier in de omgeving was geen hotel te vinden, wist Preacher. Het was duidelijk dat de vrouw in nood zat. 'Ik kan je wel onderdak verlenen,' zei hij, 'maar eerst moet je wat drinken. En eten. Ik heb vanavond een stevige maaltijdsoep in de aanbieding. Bonen met ham. Brood. Vanochtend gebakken. Zoiets maak ik altijd op van die koude regenachtige dagen als vandaag. Maar eerst een glaasje cognac om op te warmen.'

'Cognac?'

'Of wat anders. Zeg het maar.'

'Nee, cognac is prima. En een kop soep, daar zeg ik ook geen nee tegen. Het is alweer een paar uur geleden dat ik voor het laatst heb gegeten.'

'Mooi zo. Maak het je gemakkelijk.' Hij verdween achter de bar en schonk een glas Rémy Martin in – in een speciaal cognacglas, iets wat hij normaal gesproken nooit deed, maar op de een of andere manier wilde hij graag iets aardigs voor haar doen. Het was duidelijk dat ze het moeilijk had, en hij had een beetje met haar te doen.

Nadat hij het glas cognac naar haar tafeltje had gebracht, ging hij naar de keuken. Hij haalde de pan soep uit de koelkast en schepte wat over in een grote kom, die hij in de magnetron zette. Daarna pakte hij bestek en een servet en ging terug om de tafel te dekken. Tegen de tijd dat hij terug in de keuken was, kon de soep uit de magnetron. Hij haalde hem eruit en legde een stuk van zijn zelfgemaakte brood er nog een paar seconden in.

Toen hij even later met een dienblad de keuken uit kwam, was ze net bezig haar jas uit te trekken. Het ging nogal moeizaam, leek het, net of ze stijve spieren had of geblesseerd was. Hij fronste zijn wenkbrauwen. Op dat moment wierp ze een schichtige blik over haar schouder alsof ze bang was dat ze iets deed wat niet mocht.

Peinzend zette Preacher het eten op tafel. Ze was vrij klein, hooguit één meter drieënzestig, en tenger gebouwd. Met haar bruine krullende haar weggestopt onder die honkbalpet en die spijkerbroek aan leek ze wel heel jong, een meisje nog, maar hij schatte dat ze begin twintig was. Misschien had ze een auto-ongeluk gehad, dacht hij. Of... Zou ze soms in elkaar geslagen zijn? Alleen al bij het idee werd hij witheet.

'Dat ziet er niet slecht uit,' zei ze, terwijl ze zich op de soep stortte.

Preacher trok zich terug achter de bar om haar rustig te kunnen laten eten. Halverwege wierp ze hem een schaapachtige, bijna verontschuldigende blik toe en deed ze een poging om te glimlachen.

Die gescheurde lip, dacht Preacher. Dat gehavende gezichtje. De gretigheid waarmee ze op het eten aanviel... Hartverscheurend gewoon.

Zodra ze haar bord leeg had, ging hij weer naar haar toe. 'Zal ik nog wat opscheppen? Ik heb achter nog een hele pan staan.'

'Nee, nee. Ik heb genoeg gehad. Dank je wel. Ik drink mijn cognac nog even op. Die zal me beter smaken nu ik wat in mijn maag heb. En dan ben ik weg –'

'Haast je maar niet.' Hij hoopte maar dat dat net zo geruststellend overkwam als hij bedoelde. Meestal duurde het even voordat men ervan doordrongen raakte dat de inhoud niet overeenkwam met de indrukwekkende verpakking. Hij ruimde intussen af en zette de boel zo lang op de bar.

'Je zult hier in de wijde omtrek geen hotel of iets vinden,' zei hij, terwijl hij bij haar aan tafel ging zitten. 'Bovendien zijn de wegen slecht begaanbaar, helemaal als het zo regent. Als ik jou was, zou ik maar niet meer op pad gaan en gewoon hier blijven.'

'O, nee! Geen denken aan. Zeg maar waar ik het beste heen kan gaan... Ik zal heus wel iets –'

'Dat is nergens voor nodig,' zei hij. 'Je kunt hier overnachten; er is een logeerkamer. Het is echt geen weer om op pad te gaan.' Toen ze hem met een paar grote angstogen aankeek, voegde hij er haastig aan toe: 'En je hoeft je geen zorgen te maken; de kamer kan vanbinnen op slot.'

'Ik bedoelde niet –'

'Het geeft helemaal niet. Ik zie er nogal vervaarlijk uit. Ik weet het.'

'Dat is het niet. Ik wil gewoon –'

'Laat nou maar. Ik weet dat ik eruitzie als een bullebak; het voordeel is wel dat het andere bullebakken op afstand houdt.' Hij glimlachte even.

'Maar je hoeft je logeerkamer helemaal niet aan te bieden,' wierp ze ertegenin. 'Als het moet, kan ik altijd nog in de auto slapen.'

'Ben je nou helemaal! Wat denk je wel? Ik laat iemand toch niet in zijn auto slapen als ik hem een bed kan aanbieden,' zei hij met meer stemverheffing dan zijn bedoeling was. 'Sorry. Soms klink ik net zoals ik eruitzie, maar even serieus nu. Als de kleine niet erg lekker is –'

'Dit kan ik niet zomaar doen,' hield ze vol. 'Ik ken je immers helemaal niet.'

'Dat is waar,' gaf hij toe. 'Ik kan me je bezwaar heel goed voorstellen, maar ik kan je verzekeren dat je van mij minder te vrezen hebt dan je zo op het eerste gezicht zou denken. In mijn huis loop je gegarandeerd minder gevaar dan in een hotel onderweg of in dit weer op onbekende kronkelige bergweggetjes.'

Ze keek hem een ogenblik doordringend aan. 'Nee,' zei ze ten slotte. 'Ik rij maar liever verder. Zeg maar welke richting ik –'

'Die wang van je ziet er behoorlijk opgezet uit,' zei Preacher alsof hij haar niet hoorde. 'En zal ik niet even wat voor je lip pakken? Ik heb een verbandkistje in de keuken.'

'Nee, laat maar. Ik heb niets nodig.' Ze schudde haar hoofd. 'Kun je me nu –'

'Voor een ziek kind heb ik niets in huis. Behalve een kamer. Met een slot op de deur, zodat je rustig kunt gaan slapen. Het regent; het is donker; je kent de weg niet, en je kind is ziek. Dan sla je zo'n aanbod toch niet af? Ik mag er dan wel groot en gemeen uitzien, maar je bent hier veilig. Tenzij jij kwade bedoelingen hebt natuurlijk.' Grijnzend keek hij haar aan.

'Je ziet er niet gemeen uit,' zei ze verlegen.

'Nou, veel vrouwen en kinderen vinden van wel. Niet zo leuk, kan ik je vertellen. Ben je soms op de vlucht?'

Ze sloeg haar oogleden neer.

'Waar ben je bang voor? Dat ik de politie zal waarschuwen of zo? Wie heeft je zo toegetakeld?'

Nu barstte ze in tranen uit.

'Hé. Toe, niet gaan huilen nu.'

Ze boog zich voorover, liet haar hoofd op haar armen zakken en snikte het uit.

'Kom. Doe dat nu niet. Daar kan ik niet goed tegen. Ik weet nooit wat ik ermee aan moet.' Aarzelend raakte hij haar rug aan.

Ze schrok.

Toen legde hij heel even een hand op die van haar. 'Toe, huil nu maar niet. Misschien kan ik je helpen.'

'Nee, dat kun je toch niet.'

'Hoe weet je dat nu?' vroeg hij, een klopje op haar hand gevend.

Ze ging weer rechtop zitten. 'Sorry,' mompelde ze, haar tranen afvegend. 'Het zal de vermoeidheid zijn, denk ik. Het was een ongelukje, ontzettend stom. Ik wilde Chris...' In plaats van haar zin af te maken, keek ze schichtig om zich heen, alsof ze bang was dat ze werd afgeluisterd. Ze bevochtigde haar lippen. 'Ik wilde Christopher even snel in de auto zetten, maar ik had mijn handen vol met allemaal troep, en toen kreeg ik het portier in mijn gezicht. Stom, hè? Je moet je ook niet haasten; dat krijg je ervan. Gewoon een ongelukje. Ik heb er verder geen last van.' Ze snoot haar neus.

'Juist,' mompelde Preacher. 'Dat zal best. Toch ziet het er lelijk uit.'

'Het gaat vanzelf over.'

'Daar twijfel ik niet aan. Maar, eh... hoe heet je eigenlijk?' Toen ze geen antwoord gaf, drong hij niet aan. 'Goed. Wat ik nu ga zeggen, zeg ik maar één keer: als er hier ooit iemand naar je komt informeren, heb ik je nooit gezien.'

Ze zette grote ogen op.

'O. Dat was een verkeerde opmerking, hè?' vroeg hij. 'Maar wat ik ermee wilde zeggen, is dat je je hier rustig kunt verschuilen. Ik zal je niet aangeven. Hoe heet je?'

In plaats van antwoord te geven, streelde ze zachtjes door de haren van haar kind.

Preacher stond op om de deur op slot te draaien en het verlichte bordje open uit te doen. 'Zo,' zei hij, nadat hij weer bij de vrouw en haar slapende kind was gaan zitten. 'Ontspan nu maar. Hier zal niemand je kwaad doen. Daar zal ik wel voor zorgen. Met een slapjanus die het nodig vindt om een vrouw een mep te verkopen, maak ik sowieso korte metten.'

Ze sloeg haar ogen neer. 'Het kwam door het portier, hoor.'

'Nou, voor een portier ben ik ook nog nooit bang geweest,' zei hij.

Daar moest ze een beetje om lachen, maar ze durfde hem nog steeds niet recht in het gezicht te kijken. Met trillende vingers pakte ze haar glas en bracht het naar haar lippen.

'Proost,' zei Preacher. 'Ik weet niet hoe ziek die kleine van je is, maar als je een dokter nodig hebt... Hiertegenover is een praktijk. Ik wil de dokter best even gaan halen. Of jullie erheen brengen.'

'Ach, hij zal gewoon een beetje kougevat hebben, denk ik. Ik houd het wel een beetje in de gaten.'

'Maar als hij medicijnen nodig heeft...'

'Ik denk dat het zo wel gaat.'

'Weet je, mijn compagnon, de eigenaar van deze kroeg, is getrouwd met een verpleegkundige. Een verpleegkundige met bepaalde bevoegdheden – zoals medicijnen voorschrijven, patiënten onderzoeken... Ze is heel goed voor haar vrouwelijke patiënten. Als je wilt, kan ze hier binnen tien minuten zijn. Misschien vind je een vrouw prettiger in deze omstandigheden.'

'Hoe bedoel je... omstandigheden?' vroeg ze enigszins in paniek.

'Een klap van een portier en zo...'

'Nee. Echt. Ik heb een lange dag achter de rug, weet je.'

'Ja, dat wil ik best geloven. En je hebt ook nog minstens een uur over allerlei moeilijk begaanbare wegen gereden. Geen lolletje voor iemand die er niet aan gewend is.'

'Een beetje eng was het wel,' gaf ze toe. 'Vooral omdat ik geen idee had waar ik was.'

'Je bent nu in elk geval in Virgin River; dat is het belangrijkste. Een gat dat op geen enkele kaart te vinden is, maar de mensen zijn er aardig. Gastvrij, hulpvaardig en zo.'

Ze lachte verlegen, maar sloeg haar ogen weer neer.

'Hoe heet je nou?' vroeg hij weer.

Hoofdschuddend perste ze haar lippen op elkaar. Weer dreigde ze te gaan huilen.

'Zeg het nu maar,' zei Preacher zacht. 'Toe maar.'

'Paige,' fluisterde ze, terwijl er een traan over haar wang biggelde. 'Paige.'

'Kijk aan. Wat een mooie naam. Hier hoef je niet bang te zijn om hem hardop uit te spreken.'

'En jij dan?'

'John.' Het was eruit voordat hij het in de gaten had. Hij begreep zelf niet waarom hij dat had gezegd. Kennelijk riep ze iets in hem op. 'John Middleton. Overigens noemt niemand me John. Preacher noemen ze me hier.'

'Ben je soms dominee of zo?'

Hij moest lachen. 'Welnee. Absoluut niet. Nee, mijn moeder was de enige die me John noemde.'

'Wat zei je vader dan?' vroeg ze.

'Jongen.' Hij glimlachte. '"Hé, jongen", zei hij altijd.'

'En waarom noemen ze je hier dan Preacher?'

'O, pff...' mompelde hij gegeneerd. 'Ik weet niet. Zo werd ik door mijn maten bij de marine genoemd. Die vonden me maar een brave bekrompen vent.'

'O? Ben je dat dan?'

'Niet echt,' antwoordde hij. 'Ik vloekte alleen niet, en als er een mis werd gehouden, ging ik erheen. Ik ben opgegroeid met priesters en nonnen – mijn moeder was erg kerkelijk. Ik kan me niet herinneren of de andere jongens ooit een mis bijwoonden. Wanneer we met ons allen naar de kroeg gingen en zij zich vol lieten lopen en achter de vrouwen aan zaten, stond ik altijd maar zo'n beetje toe te kijken. Ik weet het niet... Op de een of andere manier had ik nooit zin om eraan mee te doen. Ik weet ook nooit zo goed wat ik tegen een vrouw moet zeggen en zo.' Plotseling grijnsde hij. 'Maar dat is wel duidelijk. En van dronken worden heb ik ook de lol nooit ingezien.'

'Toch ben je kroegbaas.'

'Het is niet mijn kroeg. Jack is de eigenaar. Hij houdt zijn klanten goed in de gaten. We laten hier nooit iemand de deur uit gaan als we maar enigszins het idee hebben dat dat onverstandig zou zijn. Ik neem graag een borrel voor het slapengaan, niet om de volgende ochtend met koppijn wakker te worden.'

'Hoe wil je door mij genoemd worden, John of Preacher?' vroeg ze.

'Je mag kiezen.'

'Dan kies ik voor John, is dat goed?'

'Goed.' Hij knikte. 'Dat vind ik eigenlijk wel leuk. Zo ben ik al heel lang niet meer genoemd.'

Ze sloeg haar ogen neer en keek hem toen weer aan. 'Ik vind het erg aardig van je dat je speciaal opengebleven bent en zo...'

'Zo bijzonder is het anders niet, hoor. Over het algemeen gaan we nog veel later dicht.' Preacher knikte in de richting van het slapende kind. 'Die knul zal vast een razende honger hebben wanneer hij wakker wordt, denk je niet?'

'Misschien,' antwoordde ze. 'Hij heeft onderweg nog wel een broodje gegeten.'

'Geen probleem. De logeerkamer ligt precies boven de keuken. Als je iets nodig hebt, ga gerust je gang. Ik zal een lichtje voor je aan laten. In de koelkast staan melk, jus d'orange, soep. Verder is er brood, cornflakes, pindakaas. Opwarmen kan in de magnetron. Doe maar of je thuis bent.'

'Dat is heel aardig van je, maar –'

'Als ik jou was, zou ik mijn bed maar zo snel mogelijk opzoeken, Paige. Je ziet eruit alsof je wel een goede nachtrust kunt gebruiken. En met een kind dat iets onder de leden heeft, ga je met dit weer niet op pad in het holst van de nacht.'

Een ogenblik dacht ze na. 'Hoeveel gaat me dat kosten?' vroeg ze toen.

Preacher schoot in de lach, maar herstelde zich meteen. 'Sorry. Ik moest een beetje lachen omdat dit geen hotel is. Die kamer heb ik zelf twee jaar gehad; toen trouwde Jack met Mel en kreeg ik het appartement hierbeneden. Omdat die kamer pal boven de keuken ligt, word je 's ochtends wel getrakteerd op de geur van koffie en gebakken eieren met spek, maar verder is het er prima uit te houden en heb je een eigen badkamer. Het is maar voor één nacht, moet je maar denken.' Hij haalde zijn schouders op. 'De enige voorwaarde is dat je je een beetje fatsoenlijk gedraagt; dat is alles.'

'Dat is een genereus aanbod,' zei ze.

'Ik sta mijn bed niet af, hoor. Die kamer staat toch leeg, dus als ik jou daarmee uit de brand kan helpen...' Hij schraapte zijn keel. 'Heb je soms nog een koffer in de auto liggen die ik even voor je naar boven kan brengen of zo?'

'Eh... ja. Op de achterbank.'

'Ik zal hem wel even halen. Neem nog maar een slok van die cognac,' zei hij. 'Vul je glas even bij, dan zal ik je de kamer laten zien. Zal ik de kleine maar even nemen? We moeten een trap omhoog.'

'O, dat zou fijn zijn.' Ze was opgestaan en rekte haar schouders alsof haar spieren verstijfd waren na een lange autorit.

'Geen enkel probleem,' zei hij. 'Je hoeft echt niet bang te zijn dat er iets gebeurt. Jouw kamer en mijn appartement zijn gescheiden door de keuken en de trap. Jij doet je deur vanbinnen op slot en gaat rustig slapen.' Voorzichtig en een beetje onhandig tilde hij de slapende peuter op.

Het had iets onwennigs toen het kind zijn hoofdje tegen zijn schouder vlijde. Preacher had niet veel ervaring met kinderen, maar op de een of andere manier voelde het goed. Zonder erbij na te denken, streelde hij over de rug van het jongetje. 'Deze kant op.' Hij liep de keuken door en de trap op. Boven deed hij een deur open. 'Het is niet echt opgeruimd,' zei hij verontschuldigend. 'Er liggen nog wat spullen van me, gewichten en zo. Maar er liggen schone lakens op bed.'

'Niet erg,' mompelde ze. 'Ik ben morgen toch weer vroeg weg.'

'Dat zien we morgen wel. Als je een dag of wat langer wilt blijven, dan kan dat ook. Die kamer staat niet te huur of zo; hij staat gewoon leeg. Ik bedoel, als de kleine echt ziek blijkt te zijn...'

Voorzichtig legde hij het ventje op bed – tot zijn eigen verbazing niet zonder tegenzin. Zo'n klein warm lijfje tegen je aan had iets troostrijks. Hij kon het niet laten hem even over zijn bolletje te aaien. Wat een schattig kind... 'Geef me je autosleuteltjes maar, dan haal ik meteen even je bagage uit de auto.'

Ze diepte de sleuteltjes uit haar tas op. Een soort luiertas leek het wel, al was haar kind zo te zien de luiers al ontgroeid.

'Ik ben zo terug,' zei hij, nadat ze hem de sleuteltjes had gegeven.

Ze bleek een piepkleine Honda te hebben. Zelfs met de stoel helemaal naar achteren geschoven, kwam hij nog met zijn knieën tegen het stuur, merkte hij toen hij de auto achter het huis parkeerde. Mocht er iemand naar haar zoeken, dan was de auto van de weg af in elk geval niet te zien. Waarom hij zoveel moeite deed, was hem zelf ook niet duidelijk. Misschien deed hij het in de hoop dat dat haar een rustiger gevoel zou geven.

Hij pakte de koffer die op de achterbank lag – niet bepaald een behoorlijke reiskoffer, meer het formaat van iemand die halsoverkop was vertrokken en in de gauwigheid het hoognodige bij elkaar had gegrist...

Toen hij weer boven kwam, zat ze op de rand van het bed. Hij zette haar koffer neer, legde de autosleutels op het bureau naast de deur en bleef aarzelend in de deuropening staan. Ze stond op en keek hem aan.

'Zeg, eh... Mocht je uit het raam kijken, dan moet je niet schrikken. Ik heb je auto namelijk even achter het huis neergezet. Vanaf de weg is hij nu niet meer te zien. Het is niet aan te raden om met dit weer midden in de nacht op pad te gaan, maar mocht je het echt niet uithouden, dan zijn hier de sleutels van de deur. Je hoeft hem vanbuiten niet op slot te doen, want er gebeurt hier toch niets. Hij blijft vaak genoeg de hele nacht open wanneer we weer eens vergeten zijn hem op slot te doen. Vanavond is hij wel dicht, vanwege jou en de kleine. En, eh... Paige... Je hoeft echt nergens bang voor te zijn. Je kunt me vertrouwen; anders zou Jack me zijn kroeg niet hebben toevertrouwd. Goed, ik hoop dat je een beetje kunt slapen.'

'Bedankt,' fluisterde ze nauwelijks hoorbaar.

Hij trok de deur achter zich dicht en hoorde haar de knip erop schuiven. Zelf had hij er nooit gebruik van gemaakt, besefte hij opeens. Waarom zat dat ding er eigenlijk op?

Een ogenblik lang bleef hij voor zich uit staan staren. Het was duidelijk dat iemand – haar man of vriend waarschijnlijk – haar had gemolesteerd en dat ze met haar kind op de vlucht was. Natuurlijk wist hij best dat dat soort dingen gebeurden. Huiselijk geweld kwam vaker voor dan mensen dachten. Maar wat iemand bezielde om zijn vrouw te slaan, ging Preachers verstand te boven. Voor hem was een vrouw of vriendin iemand om te koesteren en te beschermen.

Hij ging naar beneden, deed alle lichten uit op dat van de keuken na en trok zich terug in zijn appartement. Nog geen vijf minuten later bedacht hij opeens dat er in de badkamer boven natuurlijk geen handdoeken waren. Toen hij het benedenappartement had betrokken, had hij alles meegenomen. Hij dook zijn badkamer in en ging even later met een paar schone witte handdoeken weer naar boven.

De deur stond op een kier. Zou ze soms even op en neer naar de keuken zijn geweest? Hij tuurde naar binnen en zag tot zijn genoegen een glas jus d'orange op het bureau staan. In de spiegel boven het bureau ving hij een glimp van haar naakte rug en schouders op, die duidelijke sporen van zware mishandeling vertoonden.

'O nee,' fluisterde hij, terwijl hij zich geschokt afwendde. Hij hapte naar adem. Wat afschuwelijk! Wat was dat voor een beest van een vent die haar zo had toegetakeld! Hij was een soldaat, wist wat vechten was, maar nog nooit had hij een tegenstander zo te grazen genomen.

Natuurlijk mocht hij niet laten merken dat hij haar zo had gezien. Ze was toch al zo bang – ook voor hem. Maar aan de andere kant was hier niet gewoon maar sprake van een pak slaag; dit was duidelijk een geval van grove mishandeling. Ze mocht dan een volslagen vreemde voor hem zijn, toch zou hij niets liever doen dan de schoft die dit op zijn geweten had naar de andere wereld helpen, maar niet na hem een koekje van eigen deeg te hebben verkocht. Maar dat hij daar zo over dacht, mocht ze vooral niet te weten komen. Ze zou er waarschijnlijk alleen maar nog angstiger van worden.

Na een paar keer diep adem te hebben gehaald, klopte hij zachtjes op de deur.

'Wat is dat?' hoorde hij haar verschrikt zeggen.

'Ik kwam nog even een paar handdoeken brengen,' antwoordde hij.

'Een ogenblikje.'

'Haast je niet.'

Even later deed ze de deur een beetje verder open. Ze had haar sweatshirt weer aangetrokken.

'Ik had er helemaal niet bij stilgestaan dat ik de badkamer leeggehaald had,' legde hij uit. 'Dus hier zijn een paar schone handdoeken. Nu laat ik je verder met rust, hoor. Ik zal je niet meer lastigvallen.'

'Bedankt, John.'

'Geen dank. Zorg jij maar dat je een beetje uitrust.'

Zo geruisloos mogelijk schoof Paige het bureau tegen de deur, vurig hopend dat John er niets van zou horen. Aan de andere kant, als hij haar en Christopher kwaad had willen doen, had hij daarvoor al lang de kans gehad. Bovendien zou een afgesloten deur met een meubelstuk erachter hem echt niet tegenhouden.

Ze snakte naar een warm bad, maar daarvoor voelde ze zich niet genoeg op haar gemak. Ze durfde zelfs geen douche te nemen, bang dat ze het anders niet zou horen als er aan deurknop gemorreld werd of als Christopher haar nodig had. Ze poedelde zich zo'n beetje aan de wastafel en trok een stel schone kleren aan, waarna ze bij Christopher op bed ging liggen – boven op de dekens.

Waarschijnlijk zou ze geen oog dichtdoen, maar na verloop van tijd merkte ze wel dat ze zich iets rustiger begon te voelen. Ze staarde naar het plafond. De houten balken van het dak vormden een perfecte omgekeerde V boven haar hoofd. Voor de derde keer in haar leven lag ze vlak onder een puntdak, bedacht ze…

Ze was negen toen ze van haar moeder op zolder moest gaan slapen, onder de kale balken van het dak. Het huis was oud en had maar twee slaapkamers, maar het stond in wat twintig jaar eerder nog bekendstond als een nette, rustige buurt. Erg veel ruimte had ze niet, en tegen een van de wanden stonden dozen vol spullen, maar ze had tenminste haar eigen plek – een plek waar ze kon ontsnappen aan het eindeloze gebekvecht tussen haar ouders.

Haar vader overleed toen ze elf was, maar toen was het Bud, haar oudere broer, die altijd met hun moeder overhooplag. Wat dat betrof, was het misschien niet zo vreemd dat ze in een gewelddadige relatie was beland, ofschoon haar vader haar moeder noch haar ooit had geslagen en ook Bud nooit gewelddadig was geweest. Maar wat een decibellen konden de mannen in haar familie produceren als ze kwaad waren! Het was een wonder te noemen dat er nooit een ruit was gebarsten tijdens een van die schreeuw- en scheldpartijen. En dan de taal die ze uitsloegen... Daar lustten de honden geen brood van.

Op haar eenentwintigste belandde ze voor de tweede keer pal onder het dak. Dat was toen ze na het afronden van de kappersschool het huis uit ging en met twee vriendinnen – beiden eveneens kapster – de helft van een oud huis betrok. Ze vond het geen probleem om de zolderkamer te nemen, al was hij niet half zo groot als haar oude kamer thuis. Rechtop staan kon alleen in het midden, onder de punt.

Twee jaar had ze er met Pat en Jeannie gewoond. Ze kreeg altijd tranen in haar ogen als ze terugdacht aan die tijd. Het was de gelukkigste periode van haar leven geweest. Soms kon ze haar beide vriendinnen ook zo vreselijk missen! Drie jonge meiden die nauwelijks iets overhielden van hun magere salarisje... Toch had ze in die tijd nooit het gevoel dat ze iets te kort kwam. Als ze geen geld hadden om uit te gaan, was een zak popcorn en een fles goedkope wijn genoeg om er thuis een feest van te maken. Dan roddelden ze over de cliënten die ze die dag hadden gehad, over hun vriendjes en over seks natuurlijk, waarvan ze dan prompt de slappe lach kregen. Nee, dat was een heerlijke tijd.

Toen verscheen Wes in haar leven, een geslaagd zakenman, zes jaar ouder dan zij – negenentwintig, net zo oud als zij nu, constateerde ze enigszins geschokt – en in haar ogen een man van de wereld. Hij had zich pas een paar keer door haar laten knippen toen hij haar een keer mee uit eten vroeg en haar vervolgens meenam naar een restaurant waar zelfs de serveersters beter gekleed waren dan zij. Hij reed in een splinternieuwe auto met leren bekleding en donker getinte ramen. En hij reed veel te hard, iets wat je op je drieëntwintigste eerder spannend dan gevaarlijk vindt. Hij schold doorlopend op zijn medeweggebruikers, maar op de een of andere manier leek dat zijn goed recht, want hij was duidelijk een belangrijk man. En naar haar maatstaven gemeten, rijk.

Hij bezat een eigen huis, helemaal voor zichzelf. Hij werkte op de beurs: een doodvermoeiende baan die veel inzicht en energie vereiste. Hij was gewend om elke avond uit te gaan en leek haar de hele wereld cadeau te willen geven want bij het minste of geringste trok hij zijn portemonnee. 'Ik weet niet wat je leuk vindt, zoek zelf maar iets uit,' zei hij dan, terwijl hij haar tweehonderd dollar toestopte – een fortuin voor haar.

Pat en Jeannie mochten hem van meet af aan niet; niet zo gek ook, want tegen hen was hij allesbehalve aardig. Hij behandelde hen als lucht en antwoordde monosyllabisch als een van hen hem iets vroeg. Ze kon zich de bewoordingen niet meer precies herinneren, maar haar vriendinnen hadden haar meer dan eens voor hem gewaarschuwd.

Gaandeweg verloor ze het zicht op haar eigen leven. Toen Wes haar voor de eerste keer sloeg, waren ze nog niet getrouwd. Toch trouwde ze met hem. Onbegrijpelijk!

Ze herinnerde zich het moment van die eerste klap nog als de dag van gisteren. Ze zaten in zijn auto ruzie te maken. Hij deed nogal denigrerend over haar huis, meende dat ze beter bij haar moeder kon wonen dan in zo'n krot in een afbraakbuurt met een stel lesbo's. Op een gegeven moment zei hij iets in de trant van: 'Jij gaat gewoon weer terug naar je moeder. Ik wil niet hebben dat je in zo'n hoerenkast blijft zitten.' Daarna werd de discussie hoe langer hoe grimmiger; zij deed er zelf evengoed aan mee.

'Een hoerenkast? Wie denk je verdomme wel niet die je bent? Waar haal je het lef vandaan?'

'Ik zou maar eens een beetje op je woorden passen. Je hebt het wel tegen mij, hoor!'

'Jij hebt commentaar op mijn woordkeuze, terwijl je mijn beste vriendinnen voor hoeren of lesbo's uitmaakt? Nou vraag ik je!'

'Ik heb anders alleen maar jouw welzijn voor ogen, hoor. Je hebt te kennen gegeven dat je een huwelijk met mij wel ziet zitten, en ik zou graag zien dat je op mijn trouwdag van de partij bent!'

'Nou, dat is dan jammer voor je, want ik heb het erg naar mijn zin waar ik nu woon en laat me door niemand vertellen wat ik wel of niet moet doen! En ik pieker er niet over om te trouwen met iemand die zulke dingen over mijn vriendinnen zegt.'

Er werd nog meer gezegd, veel meer. Ze herinnerde zich nog vaag dat ze een scheldwoord naar zijn hoofd slingerde, hufter of klootzak. Hij noemde haar een trut, die niet zo moeilijk moest doen. Hoe dan ook, ze hadden allebei schuld aan de onvermijdelijke escalatie.

Plotseling gaf hij haar een klap in het gezicht, met zijn vlakke hand, maar hij had er ogenblikkelijk spijt van. Hij begon prompt te huilen en te jammeren als een klein kind. Hij begreep niet wat hem bezielde. Misschien had het iets te maken met het feit dat hij nog nooit in zijn leven zo verliefd op iemand was geweest. Zoiets had hij nooit mogen doen. Hij wist het. Hij was zichzelf niet. Hij schaamde zich dood.

Hij wilde haar het liefst in zijn armen houden, elke nacht, voor de rest van zijn leven. Nooit wilde hij haar meer kwijt. Hij putte zich uit in verontschuldigingen over de lelijke dingen die hij over haar vriendinnen had gezegd. Misschien vond hij het moeilijk te verteren dat ze zo loyaal was tegenover hen. Hij kon zich niet voorstellen hoe hij zonder haar moest leven. Van niemand hield hij zoveel als van haar.

Hij hield zo veel van haar, dat hij er gek van werd. Nog nooit had hij zoveel van iemand gehouden als van haar. Zonder haar was hij nergens!

Ze geloofde hem, maar keek wel drie keer uit voor ze hem weer een krachtterm naar het hoofd slingerde.

Bang als ze was de afkeuring van haar vriendinnen te bevestigen, verzweeg ze het incident voor hen. Binnen een dag of twee voelde ze niets meer van de klap, en binnen een maand was ze bijna vergeten dat hij haar had geslagen en had ze haar vertrouwen in hem weer helemaal terug. Ze vond hem knap, opwindend, sexy. Hij was scherp en zelfverzekerd. Slim ook. Iemand die passief was, zou het nooit zo ver schoppen als hij. Ze voelde zich ook niet aangetrokken tot passieve types.

Niet lang daarna zei hij: 'Ik wil niet langer wachten, Paige. Ik wil eigenlijk zo snel mogelijk trouwen. Ga onze bruiloft maar regelen. Het maakt niet uit hoeveel het allemaal kost; ik kan het me veroorloven. Schakel Pat en Jeannie maar in. En zeg je baan maar op, want je hoeft nooit van je leven meer te werken.'

Nooit meer werken... Aan het einde van elke dag deden haar benen pijn, en ze begon al pijnlijke eeltknobbels op haar voeten te krijgen, niet zo verwonderlijk als je zes dagen per week staand werk deed. Ze hield van haar werk, daar niet van, maar het zou mooi zijn als ze het kon beperken tot vier dagen van zes uur. Dat leek echter een onbereikbare droom. Ze kon nu al bijna niet rondkomen van het salaris dat ze verdiende. Voor zover ze wist, had haar moeder sinds de dood van haar vader noodgedwongen twee banen gehad. Te eindigen als haar moeder – alleen, zonder enige zeggenschap en zich halfdood werkend alleen maar om te kunnen leven – dat was haar grootste angst...

In gedachten zag ze haar twee huisgenoten voor zich, in prachtige satijnen jurken, glimlachend en enigszins jaloers op haar geluk en het riante leven dat haar te wachten stond. En toen zei ze ja.

Hij sloeg haar weer tijdens hun huwelijksreis.

De afgelopen zes jaar had ze alles gedaan wat binnen haar mogelijkheden lag: therapie, de politie, ze had zelfs geprobeerd om weg te lopen. Als hij al gearresteerd werd, stond hij binnen de kortste keren weer buiten. Het duurde nooit lang voordat hij haar had gevonden, waarna het alleen nog maar erger werd. Haar zwangerschap en de komst van Christopher hadden het huiselijk geweld niet doen stoppen.

Bij toeval ontdekte ze iets wat wel eens zou kunnen bijdragen aan zijn tomeloze energie, zijn euforische perioden, zijn onberekenbare humeur: een flesje met een wit poeder. Cocaïne? Hij nam ook iets op advies van zijn personal trainer, al zwoer hij bij hoog en bij laag dat het niet om groeihormonen ging. Amfetamine was erg in zwang bij die lui op de beurs, wist ze. Cocaïnegebruikers waren over het algemeen nogal mager, maar Wes zag er goed uit. Hij was ook trots op zijn lichaam en deed er van alles aan om het in conditie te houden. Een combinatie van coke en groeihormonen dan? Dat zou een verklaring kunnen zijn voor zijn onmogelijke gedrag. Hoelang hij die troep al nam, wist ze niet, maar ze wist wel dat hij stapelgek was.

Dit was haar laatste kans. Een vrouw van een opvanghuis had haar verteld dat er een organisatie bestond voor vrouwen in haar situatie. Het was een illegaal netwerk: als ze erin slaagde zich te melden bij het eerste contact, zou ze van tijd tot tijd naar een ander adres verhuizen, elke keer voorzien van een nieuwe identiteit. Het was een waterdicht systeem, mits je je volledig aan de instructies hield en je kinderen nog erg klein waren. Het nadeel was dat het natuurlijk illegaal was en dat je er de rest van je leven aan vastzat. Dat was de keus die ze had: een leven vol geweld, met de angst vroeg of laat te worden vermoord, of een leven zonder echte identiteit waarbij ze altijd op de vlucht was.

Ze begon geld opzij te leggen van het huishoudgeld en pakte een koffer die ze bij iemand van het opvanghuis in bewaring gaf. De laatste keer dat ze in elkaar geslagen werd, wist ze dat ze moest maken dat ze wegkwam, voor het te laat was. Op dat moment had ze bijna vijfhonderd dollar bij elkaar gespaard.

Nu lag ze in een onbekend huis naar het dak te staren. Van slapen zou toch niets komen; ze had de afgelopen zes jaar al nauwelijks meer geslapen. Dat ze straks weer een heel eind moest rijden maakte niet uit. Doodsangst gaf een mens vleugels.

Toen ze haar ogen opsloeg, hoorde ze het geluid van iemand die hout stond te hakken. Iemand had koffiegezet. Voorzichtig ging ze rechtop zitten. Ze had geslapen! En Christopher sliep nog.

Het bureau stond nog altijd tegen de deur.

Hoofdstuk 2

Die nacht sliep Preacher niet veel. Hij zat de halve nacht achter de computer, een apparaat dat speciaal voor hem leek te zijn uitgevonden, want hij hield ervan om dingen op te zoeken en uit te pluizen. Hij had geprobeerd om Jack ertoe over te halen de voorraden en de recepten in een database te zetten, maar Jack moest niets van al die nieuwe technologie hebben; voor hem was een clipboard goed genoeg. De internetverbinding was nogal traag, aangezien er geen kabel- of ADSL-aansluiting was, maar Preacher had geduld en kreeg uiteindelijk altijd de informatie die hij zocht.

Eenmaal in bed, kon hij de slaap niet vatten. Hij stond een paar keer op om te kijken of de Honda nog achter het huis stond. Toen hij definitief opstond, was het vijf uur en nog aardedonker buiten. Hij ging naar de keuken, zette koffie en maakte het vuur aan. Boven was het nog doodstil.

Ofschoon het was opgehouden met regenen, was het nog altijd bewolkt en kil. Het liefst zou hij wat haardhout gaan hakken om zijn boosheid af te reageren, maar houthakken was nu eenmaal iets wat Jack graag deed.

Jack verscheen om halfzeven, zoals gewoonlijk in een stralend humeur. Sinds zijn huwelijk met Mel was hij de gelukkigste man ter wereld en liep hij rond met een permanente grijns op zijn gezicht.

Preacher, die net een slok van zijn koffie nam, knikte zijn beste vriend toe.

'Ook goedemorgen,' zei Jack. 'Wat een nattigheid vannacht, hè?'

'Moet je horen, Jack,' begon Preacher. 'Ik heb iets gedaan...'

Jack trok zijn jas uit en hing hem achter de deur. 'Wat dan? Weer eens stiekem in de soep gepist of zo zeker?'

'Er is een vrouw op de kamer boven...'

Jack gaapte zijn vriend aan. Een vrouw? Preacher had nooit vrouwen om zich heen. Hij zat niet achter ze aan, flirtte niet, niets. Hoe hij zo kon leven, begreep Jack ook niet, maar zo was Preacher nu eenmaal. In de tijd dat ze in dienst hadden gezeten, was hij al zo geweest; wanneer in het weekend de jongens achter de vrouwen aan waren gegaan, had Preacher zich op de achtergrond gehouden. De Grote Eunuch hadden ze hem gekscherend genoemd.

'O ja?' vroeg hij toen hij enigszins van de schok was bekomen.

Preacher schoof hem een mok koffie toe. 'Ze klopte gisteravond aan in dat hondenweer,' vertelde hij. 'Ze heeft een kind bij zich, zo klein.' Met zijn grote handen gaf hij aan hoe klein het kind was. 'Het heeft iets onder de leden. Zelf zei ze dat hij koorts had. Ik heb ze maar in mijn oude kamer gelegd...'

'Aardig van je,' zei Jack, nippend aan zijn koffie. 'Heeft ze het zilveren bestek al ontdekt?'

Preacher trok een grimas. Ze hadden helemaal geen zilveren bestek. De inhoud van de kas was het enige van waarde in huis, en de kas zat stevig op slot. De flessen sterkedrank zouden ook de moeite van het stelen waard zijn, maar niet voor een vrouw met een ziek kind. Het idee was trouwens niet eens in hem opgekomen.

'Ik heb het idee dat ze in de nesten zit,' vertelde Preacher verder. 'Ze heeft... Ze is op de vlucht voor iets of iemand.'

Weer staarde Jack zijn vriend aan. 'Hoe bedoel je?'

'Ik denk dat ze dringend hulp nodig heeft,' zei hij op gedempte toon. Hij wist het wel zeker. 'Haar gezicht is bont en blauw.'

'O, jee.'

'Is Mel vandaag op de praktijk?' vroeg Preacher.

'Ja.'

'Dat kind moet misschien even onderzocht worden. En die vrouw,

Paige, zegt wel dat ze niets mankeert, maar het zou best kunnen dat... Misschien kan Mel dat beter beoordelen.'

'Vast wel,' zei Jack, de mok aan zijn mond zettend. 'En wat dan –'

Preacher haalde zijn schouders op. 'Ze zal zo snel mogelijk verder willen, denk ik. Ze doet erg zenuwachtig; ze is doodsbenauwd. Toch zou ik willen dat ze zich even door Mel liet onderzoeken.'

'Dat lijkt me wel zo verstandig.'

'Goed. Laten we het haar dan maar voorstellen. Ik weet niet of het me lukt. Misschien kun jij maar beter even met haar gaan praten...'

'Nee, hoor. Dit kun je best alleen af, Preacher. Jij hebt haar gezien, ik niet. Praat jij maar met haar en doe het met beleid zodat je haar niet de stuipen op het lijf jaagt.'

'Ze is toch al bang. Daardoor denk ik dat ze in de problemen zit. En die kleine van haar sliep toen ze gisteren aankwamen. Hij schrikt zich straks helemaal dood als hij me opeens ziet.'

Om halfacht ging Preacher naar boven met een dienblad met ontbijt voor twee personen. Toen hij zachtjes aanklopte, ging tot zijn verbazing de deur vrijwel meteen open. Paige had zich gedoucht en aangekleed. Ze droeg de spijkerbroek die ze de vorige dag ook aan had gehad en een linnen blouse met lange mouwen en een opstaande kraag.

Preacher werd weer kwaad toen hij in haar hals een stukje van een van de vele blauwe plekken ontdekte. Hij liet echter niets merken en keek naar haar gezicht. Ze had mooie, diepgroene ogen, en haar vochtige, krullende haren reikten tot aan haar schouders.

'Goedemorgen,' zei hij kalm en op zachte toon, zoals Jack gedaan zou hebben.

'Goh,' zei ze. 'Wat ben je vroeg op.'

'Ik sta meestal vrij vroeg op.'

'Mam...' zei een stemmetje.

Hij keek over haar schouders en zag het kind in kleermakerszit midden op bed zitten.

Ze hield de deur open om Preacher binnen te laten.

Nadat hij het dienblad op het bureau had gezet, knikte hij het jongetje toe. 'Hallo, kleine man,' zei hij met een vriendelijk gezicht. 'Heb je zin in een lekker ontbijt?'

Het kind haalde zijn schouders op en bleef naar Preacher kijken met een paar grote ronde ogen.

'Hij voelt zich niet zo op zijn gemak bij mannen,' fluisterde Paige hem toe. 'Hij is een beetje verlegen.'

'O ja? Ik ook. Maak je geen zorgen, ik houd me op de achtergrond.' Hij keek weer naar het jongetje en deed een poging om hem toe te lachen.

Toen wees het jongetje naar zijn kale schedel. 'Scheer jij je hoofd?' vroeg hij.

Preacher schoot in de lach. 'Ja, inderdaad. Wil je het soms even voelen?' Hij liep naar het bed en boog zich voorover. Hij moest weer lachen toen hij het kleine handje over zijn hoofd voelde gaan. Hij keek op. 'Best cool, vind je niet?'

Het kind knikte.

'Moet je horen, Paige,' zei Preacher. 'Melinda, de vrouw van mijn vriend, is vandaag op de praktijk aan de overkant. Lijkt het je niet verstandig om haar even naar de kleine van je te laten kijken? Als er iets met hem is, kan ze je medicijnen geven.'

'Ze is verpleegkundige, hè?'

'Ja. Ze is verloskundige. Ze helpt kinderen ter wereld brengen en zo.'

'O?' zei Paige met meer interesse. 'Misschien niet zo'n gek idee. Ik heb alleen niet veel geld –'

Lachend keek hij haar aan. 'Dat is iets waarover wij ons hier geen zorgen maken. Als iemand hulp nodig heeft, doet niemand moeilijk. Geloof me, het is geen enkel probleem.'

'Weet je het zeker –'

'Echt. Maak je daarover nu maar geen zorgen. Kom maar naar beneden zodra je klaar bent. Mel is vanaf acht uur in de kliniek, maar dat is geen reden om je te haasten. Zo vol zit de wachtkamer over het algemeen niet.'

'Goed. Dan vertrekken we daarna –'

'Nou, als het nodig is, kun je hier best nog een paar dagen blijven, hoor. Ik bedoel, als de kleine ziek is. Of als je nog te moe bent om meteen weer achter het stuur te kruipen.'

'Ik denk dat ik het liefst zo snel mogelijk door wil rijden.'

'Waar moet je eigenlijk heen?' vroeg hij. 'Ik kan me niet herinneren dat je dat al had verteld.'

'O, niet zo heel erg veel verder. Ik heb een paar vrienden... We gaan gewoon een paar vrienden opzoeken.'

'Juist, ja.' Maar als het niet zo heel ver meer was, dan zou ze de vorige dag wel zijn doorgereden, peinsde hij. 'Nou ja, kijk maar wat je doet.'

Terwijl Christopher zijn cornflakes naar binnen werkte, stond Paige voor de spiegel haar gezicht zo goed en zo kwaad als het ging bij te werken. De blauwe plek liet zich niet helemaal onzichtbaar maken, maar hij viel nu in elk geval niet meer zo erg op, constateerde ze. Die gescheurde lip viel helaas niet te verdoezelen. 'Mammies au,' zei Christopher wanneer hij de pijnlijke plek aanraakte.

Onwillekeurig dacht Paige terug aan die laatste keer dat Wes haar in elkaar had geslagen. Ze wist niet eens meer wat precies de aanleiding voor de scène was geweest. Iets over rondslingerend speelgoed of zo... O, en dat pak van Wes dat niet bij de stomerij was opgehaald. En hij was ook al niet tevreden geweest over wat ze hem te eten had voorgezet. Of was het misschien wat ze over dat speelgoed had gezegd? 'Jemig, Wes. Hij heeft toch speelgoed om ermee te spelen. Als je even wacht...' Had hij toen geslagen? Nee, het was daarna geweest, toen ze iets had gezegd in de trant van: 'Wind je nu maar niet op. Ga nu niet meteen slaan. Ik ruim het snel even op...'

Had ze dan niet kunnen voorzien dat hij zo zou reageren? Nee. Ze wist nooit hoe hij zou reageren. Er gingen soms maanden voorbij zonder dat hij geweld gebruikte.

Maar toen hij die dag was thuisgekomen, had ze onmiddellijk

geweten dat het foute boel was. Ze had het aan zijn ogen gezien. Vandaag krijg jij slaag en nog meer slaag en nog meer slaag en geen van ons zal weten waarom, hadden zijn ogen gezegd. Tegen de tijd dat dat tot haar was doorgedrongen, was het te laat geweest.

De dag daarop had ze gemerkt dat ze bloed verloor, en ze had het ergste voor het nieuwe leven in haar buik gevreesd. Hij had geweten dat ze weer zwanger was; toch had dat hem er niet van weerhouden om haar een paar flinke trappen te verkopen. Ze had zich uit bed gehesen en was naar de crèche gegaan om Christopher op te halen.

Debbie, het meisje van de receptie, had ontdaan gereageerd bij het zien van Paige' gezicht. 'Mr. Lassiter... heeft verzocht hem te waarschuwen als u, eh... Christopher kwam ophalen,' had ze gestameld.

'Kijk eens goed naar me, Debbie,' had Paige gezegd. 'Misschien kun je deze keer even vergeten om hem te waarschuwen. Of het telefoontje even uitstellen.'

'Ik weet niet...' Debbie had geaarzeld. 'Ik ben bang dat –'

'Dat hij jou straks te grazen neemt? Ik geloof niet dat je daar bang voor hoeft te zijn,' had Paige gedecideerd gezegd.

'Kunt u hiermee niet naar de politie gaan, Mrs. Lassiter?'

Paige had hol gelachen. 'Denk je soms dat ik dat nog nooit heb gedaan?'

Ze was erin geslaagd te ontsnappen, met vijfhonderd dollar op zak, een koffer en een adres in Spokane. En nu was ze hier, in een onbekend dorp en in het huis van een vreemde. Hoewel ze nog altijd doodsbang was, had ze vooralsnog het gevoel dat ze hier relatief veilig was.

Ze keek de kamer rond. Hij was niet zo vreselijk groot. In een hoek op de vloer lag een stel halters met vijfentwintig kilo aan elke kant; het totaal van de gewichten aan de halter boven de bank bedroeg honderdtachtig kilo. En Wes maar opscheppen dat hij wel honderdentien kilo kon opdrukken...

Tegen een van de wanden stond een propvolle boekenkast met erbovenop en ernaast stapels boeken waarvoor in de kast geen plaats meer was. Nieuwsgierig bekeek ze de titels, gewoontegetrouw met haar handen op haar rug. Van Wes mocht ze nooit iets aanraken, behalve zijn vuile was dan.

Het was een samenraapsel van uiteenlopende onderwerpen: een biografie van Napoleon, vliegtuigen in de Tweede Wereldoorlog, het leger in de middeleeuwen, Europa onder Hitler. Er waren veel oude versleten exemplaren bij. Sommige zagen er nieuw uit. Het was allemaal non-fictie, voor het overgrote deel over politieke of militaire onderwerpen. Ze vermoedde dat ze ooit van Johns vader waren geweest of van een oom, want hij zag er niet echt uit als iemand die veel las. Maar hij had ontegenzeggelijk het postuur van een gewichtheffer.

Zodra Christopher klaar was met ontbijten, trok ze hem zijn jasje aan. Daarna trok ze haar eigen jas aan en pakte haar tas. Ze had de koffer gepakt en op bed gelegd en nam het dienblad met de ontbijtboel mee naar beneden.

In de keuken trof ze John aan. Hij droeg een schort en was net bezig worstjes te bakken. In de pan ernaast lag een omelet na te garen.

'Zet maar op het aanrecht,' zei hij. 'Als je even wacht, dan breng ik je zo naar de overkant. Ik ben bijna klaar.'

'Ik kan dit intussen best even afwassen,' zei ze zwakjes.

'Laat maar. Dat doe ik straks wel.' Hij draaide de worstjes om en strooide wat kaas op de omelet alvorens hem met een geroutineerde beweging dicht te vouwen en om te keren. Hij beboterde een paar geroosterde boterhammen, legde ze op een groot ovaalvormig bord en voegde de omelet en de worstjes erbij. Daarna hing hij zijn schort op. Hij droeg een spijkerbroek en een zwart T-shirt, dat strak om zijn brede borstkas gespannen zat. Zijn gespierde bovenarmen waren ronduit indrukwekkend.

'Kom.' Hij schoot snel een denim jack aan, pakte het bord met de worstjes en de omelet en bracht het naar de man die aan de bar zat. 'Ik ben even weg, maar ik ben zo terug. Als je iets nodig hebt, Jack is achter,' zei hij, terwijl hij de man nog een kop koffie gaf.

Paige wierp een blik door het raam. Buiten was iemand in een spijkerbroek en een geruit flanellen overhemd fanatiek aan het houthakken. Dat was het geluid dat ze die ochtend had gehoord toen ze wakker was geworden. Ook hij bezat een paar gespierde schouders, al waren ze minder indrukwekkend dan die van John.

Bij deze bodybuilders viel Wes in het niet, ook al was hij één meter tachtig en trainde hij regelmatig. Wat hij aan spieren bezat, was hierbij vergeleken niets, ondanks het gebruik van chemische hulpmiddelen. Onwillekeurig huiverde ze. Als John haar een klap zou geven, zou ze het niet overleven.

'Kijk eens, mammie!' zei Chris, wijzend naar de rendierkop boven de ingang.

'Groot, hè?' Dit moest wel het stamcafé van de plaatselijke jagers zijn.

John stak zijn hoofd om de achterdeur. 'Jack! Ik ben even aan de overkant. Ik ben zo terug!' Toen knikte hij haar toe en hield de voordeur voor haar open. 'Hoe voelt de kleine man zich vandaag?' informeerde hij.

'Hij heeft goed ontbeten; dus dat is een goed teken.'

'Mooi zo,' zei John. 'En de koorts?' vroeg hij op gedempte toon.

'Ik heb geen thermometer bij me, dus ik weet het niet zeker. Hij voelt nog wel een beetje warm, vind ik.'

'Dan is het des te beter dat je hem even door Mel laat onderzoeken.' Hij liep naast haar, ervoor zorgend vooral niet al te dichtbij te komen. Hij keek naar Christopher, die door zijn moeder stevig bij de hand werd gehouden, en ving de onderzoekende blik op die het jongetje hem toewierp.

'Je hoeft je geen zorgen te maken,' zei hij geruststellend tegen Paige. 'Mel is een prima meid, dat zul je wel merken.'

Ze keek hem zo schattig aan, dat hij er vanbinnen helemaal week van werd. Ze had zulke trieste ogen, zulke bange ogen ook. Daar kon ze niets aan doen, dat had hij wel in de gaten. Het was dat ze zo angstig was, maar anders had hij haar een bemoedigend kneepje in haar hand gegeven. 'Je hoeft niet nerveus te zijn. Mel is heel lief.'

'Ik ben niet nerveus,' zei ze.

'Ik zal je even voorstellen, en dan wacht ik daar op je,' zei hij. 'Tenzij je liever hebt dat ik met je meega natuurlijk.'

'Bedankt, maar dat hoeft niet.'

Melinda zat op de trap voor de praktijk met een kop koffie te luisteren naar het geluid van het houthakken. Voordat ze naar haar werk was gegaan, had Jack haar nog even gebeld. 'In de startblokken, schat,' had hij gezegd, 'Preacher heeft een patiënt voor je.'

'O ja? Een patiënt?'

'Gisteravond klopte er een vrouw aan met een klein kind die hij onderdak heeft verleend. Het kind is ziek, en als ik Preacher moet geloven zit de moeder zwaar in de problemen...'

'Zo? Wat voor problemen?' vroeg Mel.

'Dat zou ik niet weten; ik heb haar nog niet gezien. Ze waren nog boven toen ik binnenkwam.'

'Goed, ik kom eraan.' In een opwelling had ze haar digitale camera in haar tas gestopt.

Ze wist niet wat ze zag toen ze even later Preacher de deur open zag houden voor een moeder met een klein kind aan de hand. Hij liep met hen mee naar de overkant. Hij zei iets tegen haar, fluisterde haar iets toe. Uit zijn hele houding sprak bezorgdheid.

Niet te geloven! Preacher was geen prater. Ze wist nog dat ze al een maand in Virgin River was toen hij voor het eerst eens tien woorden achter elkaar tegen haar had gezegd. Het was wel echt iets voor hem om zomaar een vreemde onderdak te verlenen, maar aan de andere kant was het nog nooit eerder voorgekomen...

Mel kwam overeind. De vrouw die Preacher bij zich had, was ergens in de twintig. Ze had een donkere plek op haar wang, die haar make-up niet kon verhullen. De gescheurde lip viel niet te verbergen. Dat waren dus de problemen die Preacher vermoedde, dacht ze, inwendig ineenkrimpend. Glimlachend stak ze de vrouw een hand toe. 'Hallo. Mel Sheridan.'

De vrouw aarzelde. 'Paige,' zei ze, een schichtige blik over haar schouder werpend.

'Rustig maar, Paige,' zei Preacher. 'Mel kun je vertrouwen, echt. Ze is belachelijk discreet.'

'Daar is anders niets belachelijks aan, hoor,' reageerde Mel geamuseerd. 'In elke dokterspraktijk geldt dat wat er tussen arts en patiënt wordt besproken vertrouwelijk is. Dat is nu eenmaal de regel.' Ze schudde Paige de hand. 'Aangenaam, Paige.'

Paige knikte en keek Preacher aan. 'Bedankt, John.'

'John?' vroeg Mel verrast. 'Dat heb ik nog nooit iemand tegen je horen zeggen.' Ze hield haar hoofd een tikje schuin en keek hem nadenkend aan. 'John... Hm, dat past eigenlijk wel bij je. Kom, Paige,' zei ze toen. 'Ga je mee?'

Ze liepen langs een man die achter de computer van de receptiebalie zat. Hij keek even op, knikte en ging verder met waarmee hij bezig was.

'Dat is dokter Mullins,' legde Mel uit. 'Deze kant op.' Ze liet Paige een onderzoekkamer binnen, waarna ze de deur zorgvuldig achter zich sloot. 'Ik ben zelf geen arts. Ik ben gespecialiseerd verpleegkundige en verloskundige. Als je wilt, kan ik je zoontje even onderzoeken. Je dacht dat hij koorts had?'

'Hij voelt zo warm aan, en hij is zo futloos.'

'Nou, dan gaan we maar eens kijken wat hij mankeert,' zei Mel. Ze boog zich naar het kleine jongetje toe en vroeg of hij al eens eerder bij de dokter was geweest. Daarna zette ze hem op de onderzoektafel en liet hem de digitale thermometer zien. Toen ze vroeg of hij wist wat je daarmee moest doen, wees hij naar zijn oor.

Mel lachte. 'Heel goed.' Ze pakte haar stethoscoop. 'Vind je het goed als ik even naar je hart luister?'

Het kind knikte.

'Ik zal proberen om je niet te kietelen, maar dat is wel erg moeilijk voor me, hoor. Ik vind het namelijk erg leuk om mensen aan het lachen te maken.'

Hij begon prompt te lachen, waarop ze hem zijn eigen hartslag liet horen. Intussen controleerde ze of zijn lymfeklieren opgezet waren. Ze keek in zijn oortjes en in zijn keel. Tegen die tijd voelde hij zich op zijn gemak.

'Ik denk dat hij een virusje te pakken heeft. Het ziet er niet naar uit dat het ernstig is. Hij heeft inderdaad een beetje verhoging. Heb je hem al iets gegeven tegen de koorts?'

'Een kinderaspirientje, gisteravond.'

'Nou, dan gaat het best goed met hem. Zijn keel ziet een beetje rood. Ga nog maar even door met die aspirientjes en vergeet niet om hem veel te laten drinken. Ik denk niet dat je je zorgen hoeft te maken. Mocht zijn toestand verslechteren, dan –'

'Dus ik kan verder reizen?' vroeg Paige.

Mel haalde haar schouders op. 'Ik weet het niet, Paige. Heb je misschien nog behoefte om over jezelf te praten? Misschien kan ik iets voor je doen.'

Paige sloeg haar ogen neer. Mel wist al wat er ging komen. Op de afdeling Spoedeisende Hulp van een groot ziekenhuis in de stad waar ze een paar jaar had gewerkt, had ze de nodige slachtoffers van huiselijk geweld langs zien komen. Die blauwe plek op het gezicht van de jonge vrouw, die gescheurde lip, het feit dat ze zo'n haast had om weg te komen...

Paige keek haar aan. 'Ik ben zwanger en verlies bloed.'

'En je hebt een blauwe plek en een gescheurde lip,' vulde Mel aan.

Paige wendde haar blik weer af en knikte.

'Goed. Zal ik even naar je kijken?' stelde Mel voor.

'Graag,' fluisterde Paige zonder op te kijken. 'Maar... Chris dan?'

'O, daar zijn we op berekend.' Ze boog zich naar het jongetje toe en keek lachend in zijn grote bruine ogen. 'Zeg, hou jij van kleuren? Want ik heb hier een heleboel kleurboeken en ook een heleboel kleurpotloden.'

Het kind knikte verlegen.

'Heel goed. Kom dan maar even met me mee.' Ze zette het ventje weer op de grond en viste een schoon ziekenhuishemd uit de kast dat ze aan Paige gaf. 'Trek dit intussen maar aan. Ik ben over een paar minuten terug. En je hoeft niet bang te zijn. Ik ben heel voorzichtig.'

'Maar... Laat je hem dan aan zijn lot over?' vroeg Paige.

'Min of meer,' antwoordde Mel lachend. 'Nee, hoor. Dokter Mullins houdt wel een oogje in het zeil.'

'Maar hij is een beetje bang voor mannen.'

'Maak je maar geen zorgen. De dokter kan heel goed met kinderen overweg, vooral met verlegen kinderen. Hij let alleen maar op om te voorkomen dat dit baasje kattenkwaad uithaalt of de deur uit wandelt.'

'Als jij het zegt...'

'Het is goed, Paige. Echt. Zo doen we het hier altijd. Maak je daar nu maar geen zorgen over.'

Mel zette Christopher aan de keukentafel en gaf hem een grote doos kleurpotloden en een paar kleurboeken. Daarna schonk ze zichzelf nog een kopje koffie in, cafeïnevrije koffie welteverstaan. Gewone koffie smaakte haar de laatste tijd niet meer.

Ze haalde een nieuw intakeformulier uit het kantoortje en bevestigde dat aan haar clipboard. Gezien de omstandigheden, kon ze de patiënt maar beter eerst onderzoeken, want al dat papierwerk zou haar wel eens kunnen afschrikken. Nadat ze de dokter had gevraagd even een oogje op Christopher te houden zodat zij een inwendig onderzoek bij zijn moeder kon doen, ging ze terug naar Paige.

Mel, die zelf een paar maanden zwanger was, werd al helemaal beroerd bij de gedachte dat iemand een zwangere vrouw had gemolesteerd. Dat een vent daarna nog in de spiegel kon kijken... Onbegrijpelijk. Ze klopte aan.

'Binnen!' riep Paige nauwelijks hoorbaar.

Mel zette haar koffie en haar clipboard weg. 'Ik wil eerst graag je bloeddruk meten,' zei ze, terwijl ze de bloeddrukmeter pakte. Toen ze de band om Paige' arm wilde leggen, schrok ze. De hele bovenarm was bont en blauw.

Ze legde de bloeddrukmeter terzijde en schoof het hemd van Paige' schouders. Het kostte haar de grootste moeite om geen kreet van ontzetting te slaken toen ze zag dat ook haar rug en schouders onder de blauwe plekken zaten. Ze trok het hemd omhoog. Haar dijbenen... hetzelfde verhaal.

Mel keek Paige aan, wier wangen nat waren van de tranen. 'Mijn hemel, Paige...'

Paige sloeg haar handen voor haar gezicht, beschaamd dat ze het zover had laten komen.

'Ben je ook verkracht?' vroeg Mel kalm.

'Nee,' fluisterde Paige nauwelijks hoorbaar.

'Wie heeft dit gedaan, Paige?'

Paige sloot haar ogen en schudde haar hoofd.

'Toe maar. Hier kun je het rustig zeggen...'

Het antwoord was ternauwernood te verstaan. 'Mijn man.'

'En nu heb je besloten bij hem weg te gaan –'

Ze knikte.

'Kom, ga maar even liggen. Voorzichtig, ik help je. Gaat het?'

Ook aan de voorkant was Paige bont en blauw. Voorzichtig begon Mel haar buik af te tasten. Paige kromp ineen.

'Doet dit pijn? En hier? Hier dan?'

Afhankelijk van de vraag knikte Paige of schudde haar hoofd.

'Heb je ook bloed in je urine?' vroeg Mel nadat ze Paige' rug nog even had bekeken.

Paige haalde haar schouders op. Ze had geen idee.

'Dan zal er een katheter aan te pas moeten komen. Wil je dat ik dat doe?'

'O, hemel... Moet dat echt?'

'Rustig maar, Paige. Laat ik eerst nog een paar andere dingen controleren. Heb je al een echo laten maken?'

'Nee, ik ben nog niet bij de huisarts geweest...'

Geen wonder, dacht Mel. Mishandelde vrouwen durfden vaak niet eens naar de huisarts.

Tijdens het inwendig onderzoek zoog Paige op haar gehavende lip en hield haar blik strak op het plafond gericht.

Mel beluisterde haar hart, controleerde haar oren en onderzocht haar schedel op eventuele barsten en zwellingen. 'Nou, Paige, zo op het eerste gezicht is er niets gebroken. Normaal gesproken, zou ik ook een röntgenfoto van je ribben hebben gemaakt, maar aangezien je zwanger bent, doen we dat nu maar even niet... Maar als ik heel eerlijk ben, zou ik je het liefst meteen in een ziekenhuis laten opnemen.'

'Nee. Niet naar het ziekenhuis. Ik mag geen sporen achterlaten...'

'Dat begrijp ik, maar besef wel dat dit er ernstig uitziet. Je zei dat je last van bloedverlies had. Hoeveel bloedverlies –'

'Niet zoveel. Minder dan bij het menstrueren.'

'Goed. Ga dan maar weer even liggen. Ik zal heel voorzichtig zijn.'

Zodra Paige de juiste positie had ingenomen, trok Mel een paar rubberhandschoenen aan. Ze legde haar hand tegen de binnenkant van Paige' dijbeen alvorens de grote schaamlippen te spreiden.

'Ik gebruik met opzet geen speculum, Paige,' zei ze. 'Ik wil nu alleen even voelen hoe het met je baarmoeder gesteld is. Laat me weten als je het vervelend vindt.' Ze liet twee vingers naar binnen glijden, terwijl ze met de andere hand zachte druk op de onderbuik uitoefende. 'Heb je zelf enig idee hoever je bent?'

'Een week of acht.'

'Juist. Ik laat je straks wel even een zwangerschapstestje doen. Als het resultaat daarvan positief uitvalt, betekent dat dat de foetus tot een dag geleden nog in leven was. Het zegt helaas niets over de afgelopen vierentwintig uur. We kunnen hier geen echo van je laten maken; in een dorp hier in de buurt is een praktijk waar ze die faciliteiten wel hebben en waarvan we regelmatig gebruikmaken. Maar goed, niet alles tegelijk. Dit is een normale baarmoeder voor een zwangerschap van acht weken.' Hoofdschuddend trok ze haar handschoenen uit. 'Paige, Paige. Wat een ellende heb jij doorgemaakt.' Ze reikte haar patiënt de hand. 'Ga maar weer overeind zitten.'

Voorzichtig kwam Paige overeind.

Mel keek haar recht in de ogen.

'Hoe oud ben je?'

'Negenentwintig.'

'In het soort omstandigheden waarin jij verkeert, is het niet eenvoudig om hulp te krijgen. Dat weet ik. Maar mag ik vragen, ben je hiermee al eens naar de politie gegaan?'

'Ik heb alles geprobeerd,' antwoordde Paige bijna onhoorbaar. 'Alles. Politie, straatverbod, opvanghuizen, vluchten, therapie…' Ze lachte spottend. 'Therapie,' herhaalde ze. 'Binnen vijf minuten had hij de vrouwelijke therapeut ingepakt.' Ze haalde diep adem. 'Toen kon ik het verder wel vergeten natuurlijk.'

'Ik snap het.'

'Vandaag of morgen vermoordt hij me; dat weet ik gewoon.'

'Heeft hij daar soms mee gedreigd?'

'Ja.' Paige sloeg haar ogen weer neer. 'En of hij dat heeft gedaan.'

'Hoe ben je hier in Virgin River terechtgekomen?'

'Ik weet het niet. Ik ben verdwaald. Ik heb ergens een afslag genomen in de hoop ergens een hotelletje tegen te komen. Toen ben ik de weg kwijtgeraakt. Ik stond op het punt om maar om te draaien toen ik dit dorp binnen reed en zag dat de kroeg nog open was.'

Mel haalde diep adem. Het was tijd om spijkers met koppen te slaan. Een aanklacht had alleen zin als de politie er meteen werd bijgehaald, en als de dader dan werd gearresteerd, gebeurde het nogal eens dat het slachtoffer borgtocht voor de dader betaalde uit angst anders door hem te worden vermoord. Die angst was niet onterecht: menige mishandelde vrouw werd ook daadwerkelijk doodgeslagen.

'Paige,' begon Mel, 'voordat ik hier kwam, heb ik een tijd bij de Spoedeisende Hulp van een ziekenhuis in Los Angeles gewerkt. Daar kreeg ik meer dan me lief was te maken met vrouwen die in een vergelijkbare situatie zaten. Jij hebt dringend hulp nodig.'

'Ik probeer toch al weg te komen,' zei Paige met een ingehouden snik. 'Toen raakte ik de weg kwijt, en Chris was ziek... En ik had overal zo'n pijn. Ik kon gewoon niet meer...'

'Waar was je naar op weg?' vroeg Mel.

Paige liet haar hoofd hangen. 'Naar een vriendin die hij niet kent.'

'Moet je horen. Als je hier nu eens een paar dagen blijft, dan –'

Paige' hoofd schoot omhoog. 'Dat kan niet! Ik moet opschieten! Ik lig al achter op schema. Ik moet –' Ze brak haar zin abrupt af en scheen zichzelf tot de orde te roepen. Ietwat beheerster ging ze verder. 'Ik moet op mijn bestemming zijn voordat hij me als vermist opgeeft. Straks wordt mijn nummerbord herkend –'

'Welnee,' zei Mel kalm. 'Daar hoef je je echt geen zorgen over te maken, Paige. Je zet je auto achter de kroeg, zodat hij uit het zicht staat. Tegen de tijd dat je weer vertrekt, schroef je je kentekenplaten los, met een mes uit de keuken bijvoorbeeld, en ruil je ze om met die van een andere auto. Zolang je je netjes aan de verkeersregels houdt, je niet bij een ongeluk betrokken raakt en niet over de weg slingert, zal de politie geen reden zien om je kentekenplaten te controleren.' Ze haalde haar schouders op. 'Hier kun je wekenlang, wat zeg ik maandenlang waarschijnlijk, rondrijden met andermans kentekenplaten op je auto zonder dat iemand dat opvalt. Zelf kijk ik nooit naar de mijne.'

Paige staarde haar met open mond aan. 'Raad jij me nu aan om andermans kentekenplaten te stelen?'

Mel grijnsde. 'Oeps. Deed ik dat? Ik moet toch een beetje op mijn woorden passen, geloof ik...'

'Ik zou bijna denken dat je uit ervaring spreekt.'

'Laten we het daar maar niet over hebben,' zei Mel. 'Ik heb een tijdje in een opvanghuis gewerkt. Het was vreselijk, maar ik heb er wel wat geleerd. Eén ding kan ik je wel vertellen: als je de dingen overhaast doet, raak je vaak nog veel verder in de nesten. Je rijdt te hard of je rijdt te lang door, om maar iets te noemen. Wees nu verstandig en blijf gewoon nog een paar dagen om tot rust te komen, om een beetje te genezen. Tegen die tijd zal je zoontje ook weer koortsvrij zijn. Waar je ook heen wilt, of je er nu een paar dagen of een paar weken later aankomt, zal echt niet uitmaken. Je hebt een paar zware kneuzingen opgelopen, Paige. Die moet je serieus nemen.'

'Maar straks komt hij nog hier –'

'O, hemel. Ik weet niet of hij dat wel overleeft, hoor.'

'Maar hij heeft een wapen, dat weet ik.'

'Hm. Een pistool?' vroeg Mel.

Paige knikte.

Mel slaakte een zucht van verlichting. Voor haar komst naar Virgin River was ze als de dood geweest voor handvuurwapens. Hier liep niemand rond met een vuistvuurwapen, maar vrijwel iedereen bezat een geweer van het soort waarmee je met één schot een beer kon doden. Of iemands benen onder hem vandaan kon schieten. 'Wacht maar. Je kent onze mannen nog niet. Nou, als je het goedvindt, zou ik nog graag even een paar foto's willen nemen.'

'Nee!'

Mel legde een hand op haar arm. 'Gewoon, om het even vast te leggen, Paige. Jij bepaalt wat ermee gebeurt, maar het is belangrijk om bewijs te hebben. Je weet maar nooit. Het kan je misschien nog eens van pas komen. Ik hoef niet te weten wat je achternaam is; alleen je voornaam komt in het dossier en de datum natuurlijk. En als je besluit om een paar dagen te blijven, kan ik je mee naar Grace Valley nemen voor een echo. Toe, blijf nog even, zodat je zeker weet dat je verwondingen niet ernstiger zijn dan wat ik heb kunnen afleiden uit mijn onderzoek. Je weet nu toch wel dat niemand je kwaad kan doen zolang je onder Preachers hoede bent.'

'Hij zei... John zei al dat ik wat hem betreft een paar dagen kon blijven, maar hij is...'

Mel fronste haar wenkbrauwen. 'Hij is...'

'Hij ziet er wel een beetje, eh... eng uit.'

Mel grinnikte. 'Een beetje eng? Zeg maar rustig vervaarlijk. Toen ik hem voor het eerst zag, deed ik het zowat in mijn broek. Maar hij is al vijftien jaar de beste vriend van mijn man, en sinds twee jaar runnen ze samen die kroeg. Die grote beer is in werkelijkheid heel zachtzinnig. Het is echt een goed mens, hij heeft een hart van goud.'

'Ik weet het niet...'

'Als je wilt, kun je ook bij ons komen logeren,' bood Mel aan. 'Een kwestie van even ergens een extra bed regelen. Je kunt ook hier op de kliniek blijven, want boven staan twee ziekenhuisbedden klaar voor eventuele patiënten, maar ik denk dat Preacher beter in staat is om je te beschermen dan dokter Mullins of ik.'

Ze haalde haar camera uit haar zak. 'Zal ik maar aan deze kant beginnen?' Voorzichtig schoof ze het hemd van Paige' schouder. Ze maakte snel een foto van de blauwe plekken en schoof het hemd weer op zijn plaats. Toen fotografeerde ze de andere schouder, de rug, de armen, de benen, het borstbeen. Zo werkte ze schematisch het zwaar toegetakelde lichaam van haar nieuwe patiënt af. Als laatste fotografeerde ze het gezicht; Paige hield haar ogen gesloten.

Toen dat achter de rug was, nam Mel haar een anamnese af. 'Er staat geen achternaam bij,' verzekerde Mel haar. 'En deze informatie wordt uitsluitend gebruikt als je om welke reden dan ook behandeld moet worden. Zodra we hiermee klaar zijn, zou het het beste zijn als je een paar uur ging liggen. Heb je al besloten waar je heen wilt?'

'Maar Christopher dan –'

'Misschien wil hij ook wel even slapen, en anders kunnen wij op hem letten. Preacher, dokter Mullins en mijn man en ik kunnen hem wel om beurten bezighouden.' Ze keek Paige aan. 'Lieve schat, je mag echt van geluk spreken dat je hier in Virgin River bent beland,' zei ze. 'Hoogwaardige technologie zul je hier niet vinden, en fijn shoppen kan hier ook al niet, maar op de hele wereld zul je geen dorp vinden waar zoveel lieve, weldenkende mensen wonen.' Glimlachend voegde ze eraan toe: 'En waar je zo lekker kunt eten.'

'Maar straks zadel ik jullie met mijn problemen op,' mompelde Paige ongelukkig.

'O ja? Nou, ik kan je vertellen dat je bepaald de eerste niet bent.'

Hoofdstuk 3

Jack stond achter de bar te praten met Harv, een van de reguliere ontbijters, toen Paige en Christopher binnenkwamen. Hij knikte hen vriendelijk toe. 'Preacher is in de keuken,' zei hij.

Met neergeslagen ogen liep ze naar de keuken. Een paar minuten later vond Jack het tijd om eens even poolshoogte te gaan nemen. Na Harv nog een kopje koffie te hebben ingeschonken, ging hij naar de keuken.

Preacher was alleen. Hij haalde net een rek met schone glazen uit de vaatwasmachine. 'Zeg, Jack. Vind je het goed als ze nog een paar dagen langer blijft… tot de kleine beter is?'

'Alleen om die reden?' vroeg Jack. 'Ze zit in de problemen, hè?'

Preacher haalde zijn schouders op en zette het rek op het aanrecht.

'Wat ken je haar nu, Preacher? De hemel weet wie haar zo toegetakeld heeft.'

'Nou, ik zou anders best willen weten wie dat op zijn geweten heeft.'

'Moet je horen, als jij graag wilt dat ze blijft, dan blijft ze toch? Ik zeg alleen –'

'Maar jij bent de eigenaar van dit pand,' wierp Preacher ertegenin.

'Geef ik je dat gevoel soms? Dat ik het hier alleen voor het zeggen heb? Want –'

'Nee, nee,' zei Preacher. 'Dat doe je helemaal niet. Integendeel zelfs. Ik wil alleen voorkomen dat je iets zegt waardoor ze het gevoel krijgt dat… Nou ja, dat ze niet welkom is.'

'Nou ja! Wat denk je wel niet van me? Je bent mijn compagnon; dit is toch net zo goed jouw huis. Wat jij met je kamer doet, is jouw zaak.'

'Goed dan.' Preacher pakte het rek met de glazen weer op en ging ermee naar de bar.

'Zeg, eh... Kun jij het hier even alleen af?' vroeg Jack. 'Dan ga ik even een babbeltje maken aan de overkant. Ik blijf niet lang weg.'

'Prima.'

Even later liep Jack de lege praktijk binnen. Er waren geen patiënten; dokter Mullins zat achter de computer, en Mel stond achter hem mee te kijken. Ze keek even op toen ze hem zag en gaf hem een teken met haar hoofd om even mee te komen kijken. Uit haar gezicht spraken verontwaardiging en bezorgdheid.

Hoewel Mel haar man voor de volle honderd procent vertrouwde, betrok ze hem nooit bij haar werk. Medische zaken waren nu eenmaal vertrouwelijk, en daar hield ze zich altijd strikt aan.

Jack verschoot van kleur toen hij zag waarnaar ze zaten te kijken: digitale foto's van een lichaam vol kneuzingen, zware kneuzingen. Het was verschrikkelijk. Als iemand Mel zoiets zou aandoen, zou hij tot moord in staat zijn. 'Sodemieter,' mompelde hij voor zich heen. Hij vroeg zich af of Preacher wist dat zijn gast meer blauwe plekken had dan alleen op haar wang.

Mel keek naar het grimmige gezicht van haar man. 'Dit blijft wel onder ons, hè?'

'Dat spreekt vanzelf.'

'Weet je waarom ik wilde dat je dit even zag?'

'Ik denk het wel. Preacher wil haar nog even hier houden.'

'Ik heb haar aangeraden om nog een paar dagen hier te blijven,' zei Mel. 'Ik heb gezegd dat ze ook bij ons kan komen als ze dat liever wil, maar ik heb tevens gezegd dat ze bij niemand veiliger is dan bij Preacher. Als we niet iets voor haar regelen, vermoordt dat beest haar straks.'

Jack knikte. 'Wat denk je, weet Preacher hoe erg ze eraan toe is?'

'Geen idee, maar ik ga hem dit natuurlijk niet aan zijn neus hangen. Ik vond wel dat jij moest weten wat er aan de hand is, aangezien ze onder jouw dak slaapt.'

'Ons dak,' zei hij, een hand om haar schouders slaand. Hij kon zich niet voorstellen dat hij Mel – zijn liefde, zijn leven, zijn alles – en de baby ooit iets zou aandoen, laat staan zoiets... 'Weet je iets meer van haar? Want ik wil niet hebben dat ze Preacher gebruikt. Of dat hem iets overkomt.'

Mel haalde haar schouders op. 'Ik weet niet eens waar ze vandaan komt. Maar over Preacher hoef je je geen zorgen te maken, denk ik.'

'Nou, hij is er anders wel bij betrokken. Hij heeft haar binnengehaald.'

'Heel goed van hem. Ze heeft iemand nodig die het voor haar opneemt, en Preacher kan heel goed voor zichzelf opkomen.'

'Ja, dat zei je zo-even ook al.'

Mel leunde tegen hem aan. 'Zo erg heb ik het nog nooit gezien, Jack, en ik heb toch echt wel het een en ander gezien,' zei ze zacht. 'Degene die dit op zijn geweten heeft, is een gevaar voor de maatschappij.'

'Pas op dat je je het niet te veel aantrekt, Mel.'

'Maak je geen zorgen. Ik heb mijn hoofd bij mijn werk nodig.'

Jack schudde zijn hoofd. 'Dit is geen kattenpis.'

'Een reden te meer om te doen wat we kunnen.'

Het verbaasde Preacher dat Paige na het bezoek aan Mel had besloten om nog maar een paar dagen te blijven, vooral omdat ze er eerst zo op gebrand was geweest haar reis zo gauw mogelijk voort te zetten. Ze was met Christopher naar boven gegaan en had zich sindsdien niet meer laten zien. Ze hadden zelfs de lunch overgeslagen. Wat extra slaap was goed voor die kleine, vooral nu hij zich niet lekker voelde, dacht Preacher, en zijn moeder kon eveneens wel wat rust gebruiken.

's Middags wanneer het rustig was, bereidde hij vaak het avondeten voor, maar die dag haalde hij een van zijn oudere kookboeken tevoorschijn. Hij was een bewonderaar van televisiekok Martha Stewart, al waren de meeste van haar recepten te ingewikkeld voor een gewoon eetcafé. Zelf hield hij het meest van wat hij 'de ouderwetse keuken' noemde, gerechten uit de tijd waarin men zich nog geen zorgen had gemaakt over cholesterol en overgewicht.

Na enig bladeren vond hij wat hij zocht: een recept voor koekjes. Preacher had niet veel verstand van kinderen, en in de bar was niet veel vraag naar koekjes, maar zelf had hij dierbare herinneringen aan de tijd waarin zijn moeder thuis koekjes had gebakken.

Zijn moeder was maar een klein, fijn gebouwd opdondertje geweest. Principieel en streng dat wel, maar ze had nooit haar stem verheven en was eigenlijk heel verlegen geweest. Die verlegenheid had hij van haar. Zijn vader was al op jonge leeftijd gestorven. Ook hij was niet bijzonder groot geweest, gewoon gemiddeld eigenlijk. Uit deze twee mensen kwam Preacher voort: ruim negen pond bij zijn geboorte. Op zijn veertiende had hij al een lengte van bijna één meter tachtig bereikt.

Hij bleek niet alle benodigde ingrediënten voor koekjes in huis te hebben, maar bloem, boter en suiker waren er in elk geval wel. Onder het kneden van het deeg dwaalden zijn gedachten af naar vroeger. Beelden van zijn moeder zittend in de kerk: een tengere gestalte met een hooggesloten jurk, haar grijzende haren netjes bijeen in een wrong. Hijzelf naast haar, een flink uit de kluiten gewassen vijftienjarige schooljongen die op de kerkbank ruimte voor twee innam.

Hij dacht aan de eerste keer dat ze hem had leren autorijden. Zachtjes grinnikend vormde hij kleine balletjes van het deeg. Het was een van de zeldzame gelegenheden geweest waarbij hij haar haar stem had horen verheffen... Hij had ook zulke grote voeten en zulke lange benen gehad en had veel te wild aan de versnellingspook gerukt.

'Heilige Maria, John! Rustig aan, het kan best met wat minder kracht, hoor. Ik had je op ballet moeten doen in plaats van op voetbal!' Het was een wonder dat ze op dat moment niet aan een hartaanval was gestorven.

Dat had ze niet zo heel lang daarna wel gedaan, in de zomer van het jaar voor Preachers eindexamen. Ze had niet de indruk van iemand met een zwak hart gemaakt, maar aan de andere kant was ze ook nooit naar de dokter gegaan, dus hoe had iemand iets kunnen vermoeden?

Preacher was net begonnen met het vullen van een tweede bakplaat toen hij in zijn ooghoek een klein blond hoofdje bij de trap zag. 'Hallo,' zei hij. 'Lekker geslapen?'

Christopher knikte.

'Mooi zo. Voel je je nu een beetje beter?'

Het jongetje knikte weer.

Zonder zijn blik van het kind af te wenden, schoof Preacher een koekje naar de rand van het werkblad. Er ging een minuut voorbij voordat Chris op het koekje af kwam. Het duurde weer bijna een minuut voordat hij het aanraakte. Hij pakte het niet, raakte het alleen maar aan en keek vervolgens naar Preachers gezicht.

'Proef maar en vertel me of je het lekker vindt.'

Voorzichtig pakte het jongetje het koekje van het werkblad. Hij bracht het naar zijn mond en nam er een heel klein hapje van.

'En?' informeerde Preacher. 'Lekker?'

Christopher knikte.

Preacher schonk een glas melk in en zette het neer op de plaats waar het koekje had gelegen. Chris nam telkens een klein hapje van zijn koekje. Tegen de tijd dat hij het ophad, was de tweede bakplaat koekjes klaar om uit de oven gehaald te worden.

Het jongetje had intussen gezien dat er een kruk stond en wilde erop klimmen om het glas melk te kunnen pakken. Omdat hij in zijn ene hand zijn knuffel vasthield, lukte dat natuurlijk niet, en Preacher schoot hem te hulp. Hij tilde hem op de kruk, zette het glas melk zo neer dat hij erbij kon en verdween weer naar de andere kant van het werkblad.

'Hier,' zei hij, Chris nog een koekje toeschuivend. 'Niet meteen beetpakken; het is nog een beetje warm. Neem intussen maar een slokje van je melk.' Hij ging verder met het maken van deegballetjes. 'Wie heb je daar bij je?' vroeg hij met een hoofdknik naar Chris' knuffel.

'Bear,' antwoordde het jongetje. Hij stak een hand uit naar het koekje.

'Voorzichtig, hoor,' waarschuwde Preacher. 'Brand je mond niet. Dus hij heet gewoon Bear?'

Christopher knikte.

'Volgens mij is hij een poot kwijt.'

Het kind knikte weer. 'Maar het doet geen pijn.'

'O, gelukkig. Maar eigenlijk zou hij een nieuwe moeten hebben, vind je ook niet? Dat loopt wat gemakkelijker, lijkt me.'

Chris moest lachen. 'Hij kan helemaal niet lopen. Ik draag hem altijd.'

'O. Maar hij zou er wel beter uitzien.' Vragend trok Preacher een borstelige wenkbrauw op. 'Of niet soms?'

Christopher hield het beduimelde, gehavende speelgoedbeest omhoog. 'Hm.' Peinzend beet hij in zijn koekje. Hij deed onmiddellijk zijn mond weer open en liet prompt een slijmerig bruin kwakje boven op tafel vallen. Met een verschrikt – of was het eerder angstig? – gezichtje staarde hij Preacher aan.

'Nog een beetje te warm zeker,' zei Preacher, terwijl hij een stuk van de keukenrol afscheurde en het uitgespuugde hapje koek wegveegde. 'Misschien kun je beter nog even wachten. Neem maar gauw een slokje melk om je tong af te koelen.'

Daarna bleef het een tijd stil. Preacher had weer een bakplaat vol en begon de deegballetjes een voor een te pletten met een vork.

'Wat doe je daar?' vroeg Chris.

'Ik ben koekjes aan het bakken. Eerst moet je deeg maken, dan rol je het deeg in kleine balletjes, en dan moet je ze nog even plat maken met een vork. Er is niets aan, zoals je ziet. En dan gaan ze de oven in.'

Hij keek Chris aan. 'Als je het langzaam en voorzichtig aan doet, mag je het best even proberen. Wil je dat?'

'Ja.'

'Nou, als je even hier komt, kan ik je op het aanrecht zetten.'

'Goed.' Het kind legde zijn knuffelbeer neer en liet zich van de kruk glijden.

Preacher zette hem op de rand van het werkblad en liet hem nog een keer langzaam zien wat hij moest doen. Na een paar onhandige pogingen had het joch de slag te pakken en mocht hij van Preacher de hele bakplaat doen.

'Gaan we nog meer koekjes maken, John?' vroeg het jongetje hoopvol toen Preacher de bakplaat in de oven schoof.

Preacher lachte. 'Zoveel je maar wilt, vent,' zei hij.

Stralend keek Christopher hem aan. 'Goed.'

Heel langzaam werd Paige wakker. Kennelijk had ze heel diep geslapen, want ze had gekwijld op haar kussen. Terwijl ze een hand langs haar mond haalde, draaide ze zich om naar Chris, maar de plek naast haar was leeg. Ze schoot overeind, even vergetend dat haar lichaam geen plotselinge bewegingen toestond, en kromp prompt ineen van de pijn. Iets behoedzamer kwam ze uit bed. Ze wierp snel een blik door de kamer – geen Chris. Op kousenvoeten ging ze naar beneden. Onder aan de trap bleef ze verrast staan.

Christopher zat op het aanrecht, John stond ernaast. Samen waren ze druk bezig om kleine balletjes van deeg te rollen. Ze sloeg haar armen over elkaar en sloeg het tafereeltje zwijgend gade.

John had haar beneden horen komen en lachte naar haar. Hij gaf Chris een por en knikte in de richting van Paige, waarop het jongetje zich omdraaide.

'Kijk eens, mam,' zei hij, 'we maken koekjes.'

'Dat zie ik,' zei ze.

'John zegt dat Bear een nieuwe poot moet hebben –'

'O? Ik dacht dat jij dat niet zo nodig vond.'

'Een nieuwe poot staat beter,' zei Chris gedecideerd.

Paige vond al heel lang dat Bear niet om aan te zien was, maar ze zei niets. Voor het eerst in lange tijd zag ze dat Christopher zich op zijn gemak voelde.

Toen Rick later die middag na schooltijd de keuken binnen kwam, was Preacher druk bezig met de voorbereiding van het avondeten. Rick, inmiddels zeventien jaar oud, was Jacks schaduw vanaf het moment waarop Jack hier was komen wonen. Preacher was niet lang daarna gekomen. Rick had al jong zijn ouders verloren en woonde bij zijn grootmoeder. Jack en Preacher hadden de jongen zo'n beetje onder hun hoede genomen. Ze hadden hem laten helpen bij de verbouwing van de kroeg, hadden hem leren jagen en vissen en hadden hem geadviseerd bij de aankoop van zijn eerste geweer.

Soms kon hij erg vermoeiend zijn, je de oren van het hoofd kletsen. Maar dat was vooral in het begin van zijn puberteit het geval geweest; sindsdien was hij niet alleen langer geworden maar gelukkig ook een heel stuk rustiger. Toen de kroeg na de verbouwing eenmaal open was gegaan, hadden ze hem een bijbaantje gegeven.

'Ha, Rick. Ik moet je even iets vertellen,' zei Preacher meteen.

'O? Wat dan?'

'In mijn oude kamer boven heb ik een vrouw met haar zoontje te logeren. Ik heb me maar zo'n beetje over hen ontfermd, want de kleine had koorts. Zoals het ernaar uitziet blijven ze hier wel een paar dagen. Ik heb het idee dat...' Preacher moest even zoeken naar de juiste woorden. 'Ze heeft een jaap in haar lip en een blauwe plek op haar wang. Ik vermoed dat ze in de problemen zit en op de vlucht is. Dus... Het is zaak om hun namen niet rond te bazuinen voor het geval ze worden gezocht. De vrouw heet Paige, haar zoontje Christopher, maar zoals ik al zei, mondje dicht. Ze blijven hier totdat ze weer een beetje opgeknapt zijn.'

'Goeie genade, Preach,' zei Rick. 'Wat heb je je op de hals gehaald?'

'Dat heb ik toch gezegd. Ik neem ze tijdelijk in bescherming.'

Preacher had geen ervaring met kinderen en was ook niet van plan om vader te worden. Hij was nu tweeëndertig en had nog nooit een serieuze relatie met een vrouw gehad. Zijn leven bestond uit vissen en jagen met Jack, samen de kroeg runnen, eens in de zoveel tijd een reünie met zijn oude maten, en zo zou het wel altijd blijven. Eigenlijk verwachtte hij niet dat er veel zou veranderen.

Toen Jack op een gegeven moment verliefd was geworden en was getrouwd, was Preachers wereld niet ingestort, want hij was erg op Mel gesteld. Bovendien had het niet erg veel gevolgen voor zijn eigen leven. Dat was een van de redenen waarom hij het zo prettig vond in Virgin River; hier keek niemand ervan op dat hij alleen leefde.

Maar sinds Paige en Christopher in huis waren gekomen, veranderde zijn leven met de dag, zo niet met het uur. Zo rende Christopher elke ochtend in pyjama naar beneden voordat zijn moeder hem kon tegenhouden. Hij wilde in de keuken ontbijten zodat hij naar Preacher kon kijken terwijl deze groenten sneed, kaas raspte of eieren klutste. Toen het jongetje hem de vloer zag vegen, wilde hij ook een bezem. Hij wilde opgetild worden om het berenvel en het hertengewei even aan te kunnen raken. Er werden kleurboeken en kleurpotloden uit de praktijk van Mel gehaald, zodat Chris iets te doen had wanneer Preacher de lunch of het avondeten moest voorbereiden. En er werden meer koekjes gebakken dan er werden opgegeten, want in de kroeg was er niet veel vraag naar.

Op een gegeven moment ging Paige uit zichzelf afwassen, waarschijnlijk om een beetje in de buurt van Chris te kunnen zijn en om een bijdrage te leveren. Preacher was blij met de hulp, maar vond het vooral erg gezellig.

Paige rustte veel, al liet ze in het begin haar kind niet graag aan de zorgen van Preacher over. Gaandeweg ging het haar gemakkelijker af, omdat het duidelijk was dat Chris het bij hem naar zijn zin had.

Op de vierde dag van haar verblijf durfde ze – na enig aandringen – met Mel mee te gaan en Chris bij Preacher achter te laten.

Waar ze heen gingen, kon Preacher niets schelen, gevleid als hij was door Paige' vertrouwen.

Dat nam niet weg dat hij van haar afwezigheid gebruikmaakte om even iemand te bellen. Tijdens zijn nachtelijke speurtocht op het internet was hij heel wat te weten gekomen over huiselijk geweld en wat de wetgever van Californië daarover zei.

Zo kwam hij te weten dat ze kon worden aangeklaagd wegens ontvoering als ze haar kind meenam zonder toestemming van de vader, ook al was ze door hem mishandeld. Degene die haar had mishandeld zou er de eerste twee keer van afkomen met een waarschuwing, bij de derde keer zou er pas sprake zijn van een misdrijf, waar een bepaalde gevangenisstraf voor stond.

Ook had hij zich ook verdiept in de psychologie van dit syndroom: hoe je erin gezogen werd, gemanipuleerd werd, geterroriseerd – om plotseling tot de ontdekking te komen dat je je in een levensbedreigende situatie bevond. Mishandelde vrouwen die met de dood bedreigd werden als ze het waagden om uit de school te klappen, als ze durfden te vluchten, als ze terugvochten, werden veelal daadwerkelijk vermoord.

Dus toen Chris zijn middagslaapje deed, belde Preacher naar Mike Valenzuela, een van zijn beste vrienden uit het Korps Mariniers, die regelmatig naar Virgin River kwam om te jagen en te vissen. Mike was brigadier bij de afdeling jeugdbendes van de politie van Los Angeles.

Gelukkig kreeg Preacher hem meteen aan de lijn, en hij vertelde Mike in het kort over Paige.

'Ze weet niet dat ik heb gezien dat ze overal bont en blauw is,' zei hij. 'Maar mijn hemel, Mike, het loog er niet om. Het is werkelijk een wonder dat ze nog leeft. Ze heeft groot gelijk om bij die kerel van haar weg te gaan, want een volgende keer had ze het waarschijnlijk niet overleefd. Het is toch te gek voor woorden dat hij een aanklacht tegen haar kan indienen wegens ontvoering, en dat ze dan naar hem terug moet.'

'Ja. Ontvoering door een van de ouders,' beaamde Mike. 'Dan zal ze voor de rechter moeten verschijnen, maar als kan worden bewezen dat hij haar in het verleden heeft gemolesteerd, als hij een strafblad heeft, dan zou de aanklacht niet-ontvankelijk verklaard kunnen worden. Het kind kan voorlopig aan haar worden toegewezen en zij kan intussen een scheiding aanvragen of verzoeken om een straatverbod of wat ze maar nodig acht voor haar veiligheid.'

'Maar ze moet dus hoe dan ook terug,' zei Preacher verontwaardigd.

'Rustig maar. Er staat nergens dat ze in haar dooie eentje terug moet. Ik krijg de indruk dat je je wel erg verantwoordelijk voelt voor dit meisje. Hoe zit dat?'

'Ach, hou op. Zo zit het niet. Ik wil haar graag helpen, dat is alles. Die kleine van haar is echt een lief joch. Het zou fijn zijn als ik iets voor haar kan doen, hoe weinig het ook moge zijn. Dan heb ik misschien eindelijk eens het gevoel dat ik iets nuttigs in mijn leven heb gedaan.'

'Nou, ja, Preach!' Mike lachte. 'Ik was samen met jou in Irak! Daar was je elke dag nuttig, idioot. Hoe komt het trouwens dat je zoveel weet over huiselijk geweld?'

'Ik hebt een computer en een internetverbinding. Dat heeft iedereen toch tegenwoordig? Iedereen behalve Jack.'

Mike lachte weer.

'Toch zijn er nog een paar dingetjes waar ik online niet achter kon komen, Mike. Dingen zoals wie ze is, of hij al eerder zoiets uitgehaald heeft en hoe ze het het beste kan aanpakken. Het enige wat ik heb, is de nummerplaat van haar auto. Californië staat erop…'

'Verrek, Preach. Dat soort dingen hoor ik eigenlijk niet te doen.'

'Ook niet uit nieuwsgierigheid?' vroeg Preacher. 'Ik bedoel, voor hetzelfde geld is hier sprake van een misdaad, toch? Je hoeft het alleen maar op te zoeken, Mike.'

'Maar als ik nu eens dingen tegenkom waar je helemaal niet blij mee bent?'

'Nou en?' vroeg Preacher. 'Ik wil gewoon weten hoe het zit. De waarheid, daar gaat het toch om.'

'Tja,' zei Mike. 'Vooruit dan maar. Ik zal mijn best doen.'

Preacher slikte moeizaam. Hij moest er maar het beste van hopen. 'Bedankt, Mike. En, eh... zet er een beetje vaart achter, wil je?'

Paige was met Mel naar de dokterspraktijk in Grace Valley gereden, waar dokter John Stone haar had onderzocht. De echo liet een kloppende beweging zien van een plekje midden in een donkere vormeloze massa die in geen enkel opzicht op een baby leek, maar Paige kreeg weer hoop. Ze was op tijd weggegaan. Net op tijd.

De zwangerschap was een ongelukje geweest natuurlijk. Wes had geen kinderen gewild; hij had Christopher ook niet gewild. Een kind betekende een hoop gedoe. Hij had niet gewild dat er iets tussen hem en zijn werk en zijn bezit – waartoe ook Paige had behoord – in kwam te zitten. Misschien was de laatste golf van geweld wel een reactie geweest op het feit dat ze weer zwanger was; ze had het hem een paar dagen ervoor verteld, met angst en beven. Maar waarom had hij haar op zo'n gewelddadige manier laten merken dat hij het niet wilde? Hij had toch ook kunnen zeggen dat ze het weg moest laten halen?

Een andere vraag die haar bezighield was hoe het kon dat ze zo opgelucht was dat de foetus nog leefde, terwijl ze ervan had gegruwd door Wes te worden aangeraakt. Aan de andere kant zag ze Christopher als het bewijs dat er toch iets goeds was voortgekomen uit wat ze zelf beschouwde als de grootste fout van haar leven.

'Heeft hij je verkracht,' had Mel gevraagd. Van verkrachting was geen sprake geweest natuurlijk, aangezien ze niet eens nee had durven zeggen tegen Wes.

Terug in Virgin River trof ze Chris en John in de keuken aan. Ze waren bezig brooddeeg te kneden en hadden ontzettend veel lol samen.

Wat een vrolijk, ongecompliceerd tafereeltje, dacht ze niet zonder weemoed. Wes stond altijd onder druk. Dat was de prijs voor het luxueuze leven dat hij wilde leiden. Hij moest er dag en nacht voor buffelen. Wat haar betrof, mocht het allemaal best wat eenvoudiger. Dat had ze ook meer dan eens tegen hem gezegd. Natuurlijk wilde ze niet leven als een armoedzaaier, maar ze zou heel tevreden zijn met een kleiner huis als ze daardoor een gelukkiger echtgenoot kreeg. Vlak voor de geboorte van Chris had Wes een groot huis gekocht in een exclusieve, afgesloten wijk in Los Angeles met een eigen bewakingsdienst. Ze hadden meer ruimte dan ze ooit nodig zouden hebben, maar hij moest en zou er blijven wonen, ook al zou het zijn dood worden. Of die van haar.

Nu ze wist dat alles goed was met de foetus, werd het tijd om verder te reizen naar het adres in Spokane, de eerste stap naar een ander leven. Ze gaf zichzelf nog één dag om uit te rusten en zou dan de volgende nacht met stille trom vertrekken. Nu het niet meer regende, zou het rijden minder vermoeiend zijn, en het was sowieso gemakkelijker om 's nachts te reizen want dan sliep Chris.

Er werd bescheiden op de deur van haar kamer geklopt. Het lag op haar lippen om te vragen wie dat was, maar ze bedacht op tijd dat het maar één persoon kon zijn. Toen ze opendeed, stond John voor haar neus. Hij was wat nerveus en leek ondanks zijn grote gestalte wel een tiener. Ze had zelfs het idee dat hij bloosde.

'Ik heb de boel beneden afgesloten en vroeg me af of je zin hebt om samen nog even iets te drinken voor het slapengaan...'

'Een borrel, bedoel je?'

Hij haalde zijn schouders op. 'Het mag ook wat anders zijn,' zei hij, terwijl hij een blik over haar schouders wierp. 'Slaapt hij –'

'Als een roos, ondanks de bergen koekjes die hij naar binnen heeft gewerkt.'

'Dat is mijn schuld. Ik had hem misschien niet zijn gang moeten laten gaan. Sorry.'

'Ach, het mag best een keer. Hij geniet er zo van, en kennelijk vindt hij dat hij moet opeten wat hij zelf gemaakt heeft. Soms gaat plezier hebben boven gezond eten.'

'Het is anders geen enkel probleem om hem een beetje in te tomen, hoor,' zei Preacher. 'Maar je hebt gelijk: hij heeft er lol in. Dat hij soms zijn mond brandt, mag de pret niet drukken. Wachten is niet zijn sterkste kant.'

'Dat kun je wel zeggen,' beaamde ze. 'Maar, eh... ik wil wel een kopje thee. Of heb je dat niet –'

'Jawel, hoor. Behalve stoere kerels komen hier voornamelijk oude vrouwtjes.' Hij staarde haar verschrikt aan. 'O, eh... Daarmee bedoelde ik niet –'

'Dan wil ik graag thee.'

'Mooi.' Hij draaide zich om en ging meteen naar beneden. Het was bijna alsof hij blij was dat hij weg kon.

Terwijl Preacher in de keuken theezette, liep Paige door naar voren en ging aan het tafeltje bij de haard zitten, waar zijn glas whisky al stond.

'Was het leuk om samen met Mel op stap te zijn?' vroeg hij toen hij even later een grote mok thee voor haar neerzette.

'Ja. Is Chris erg lastig geweest?'

Preacher grinnikte. 'Welnee. Het is een geinig joch. Hij vraagt je de oren van je hoofd, wil alles weten. "Waarom moet er een theelepel van dit spul in? Waarom doe je er gist in?" Gist vindt hij het einde. Hij is echt een scheikundige in de dop, als je het mij vraagt.'

Geen wonder dat hij zoveel vroeg, dacht Paige. Aan zijn vader kon hij nooit iets vragen; die had geen geduld voor dat soort dingen. 'Woont je familie ook hier in Virgin River, John?' vroeg ze.

'Ik heb geen familie meer. Ik was enig kind van oude ouders. Ze hadden de hoop al opgegeven, denk ik, dus ze zullen nogal verrast zijn geweest. Mijn vader kwam om bij een ongeluk in de bouw toen ik een jaar of zes was. Mijn moeder stierf toen ik zeventien was, in het jaar voor ik eindexamen deed.'

'Wat vreselijk...'

'Ach, ik heb er vrede mee. Ze hebben me zoveel gegeven; ik ben nooit iets te kort gekomen.'

'Wat deed je toen je moeder er niet meer was? Kon je bij familie terecht?'

Preacher schudde zijn hoofd. 'Ik had het geluk dat mijn rugbycoach zich mijn lot aantrok en zich zo'n beetje over me ontfermde. Hij had een aardige vrouw en een stel leuke kinderen. Ik had net zo goed bij hem kunnen intrekken, want hij gedroeg zich alsof ik van hem was – althans tijdens de training en wanneer er een wedstrijd werd gespeeld.' Bij die herinnering moest hij lachen. 'Nee, maar zonder gekheid. Ik heb veel aan hem te danken, en we hebben altijd contact gehouden.'

'Waaraan is je moeder eigenlijk overleden?'

'Aan een hartaanval.' Een ogenblik lang staarde hij zwijgend naar de grond, toen lachte hij zachtjes. 'Je zult het niet geloven, maar ze stierf tijdens het biechten. Dat zat me niet zo lekker. Ik vroeg me natuurlijk af of ze misschien een geheim had dat zo zwaar op haar geweten drukte, dat ze er uiteindelijk aan bezweek. Gelukkig kende ik Father Damien, de priester, vrij goed. Ik was vroeger misdienaar, en mijn moeder was erg actief binnen de kerk. Hij zei dat ik me daar geen zorgen over hoefde te maken en vertelde er schoorvoetend bij dat hij vaak in slaap viel als mijn moeder kwam biechten omdat het nogal saai was wat ze te vertellen had. De laatste keer dacht hij nog dat ze zelf ook in slaap was gevallen, maar ze bleek te zijn overleden.'

Hij trok zijn wenkbrauwen op. 'Mijn moeder was een goed mens, maar ze leidde bepaald geen opwindend leven. Ze leefde voor de kerk, voelde zich er ook echt thuis. Misschien had ze eigenlijk non willen worden. Toch maakte ze een gelukkige en tevreden indruk. Ik denk niet dat ze zichzelf saai en braaf vond.'

'Je zult haar wel erg missen,' zei Paige, nippend aan haar thee. Ze kon zich niet herinneren wanneer ze voor het laatst zo gezellig en ontspannen met iemand had zitten praten.

Preacher knikte. 'Inderdaad. Je zult het wel vreemd vinden om een volwassen man dit te horen zeggen, maar soms stel ik me voor dat ze daar nog altijd woont, in het huis waar ik ben opgegroeid, en dat ik straks naar haar toe ga.'

'Ik vind daar anders niets vreemds aan, hoor.'

'Herken je dat? Mis jij wel eens iemand die je heel dierbaar is?' vroeg hij aan haar.

De vraag overviel haar een beetje. Die ruzie zoekende schreeuwlelijk van een vader van haar miste ze in elk geval niet. Ook niet haar moeder, die haar – weliswaar zonder dat het haar bedoeling was geweest – rijp had gemaakt voor een gewelddadige relatie. En haar broer Bud al helemaal niet, die valse egoïst, die haar doodleuk in haar sop had laten gaar koken.

'Ik had vroeger een paar goede vriendinnen, meiden met wie ik samen een huis deelde,' zei ze. 'Ik ben in de loop van de tijd het contact met hen verloren. Ja, hen mis ik wel eens.'

'Heb je geen idee waar ze zijn gebleven?' vroeg Preacher.

Paige schudde haar hoofd. 'Ze zijn allebei getrouwd en toen verhuisd. Ik heb in het begin nog wel eens geschreven, maar op een gegeven moment kwamen mijn brieven terug.' Ze hadden liever geen contact meer met haar gewild; ze hadden geweten dat het niet goed ging. Ze hadden Wes van meet af aan niet gemogen en omgekeerd ook niet. Ze hadden nog wel een poging gedaan om haar te helpen, maar Wes had hun de wind van voren gegeven en zijzelf had hun hulp afgewezen uit pure schaamte. Ze hadden het opgegeven; ze hadden niet anders gekund.

'Waar heb je Jack leren kennen?'

'In het leger.'

'Zeker tegelijk in dienst gegaan?' vroeg ze.

Preacher moest lachen. 'Nee, hoor. Jack is een stuk ouder dan ik; we schelen bijna acht jaar. Ik heb er altijd ouder uitgezien dan ik in werkelijkheid ben, en Jack zal er altijd al wel jonger hebben uitgezien. Hij was mijn commandant tijdens Operatie Desert Storm.'

Heel even was hij weer terug. Hij stond aan de kant van de weg om een band te verwisselen toen de band explodeerde en hij ettelijke meters werd weggeslingerd. Hij kon niet opstaan, hij die altijd groot en sterk was en niet voor een kleintje vervaard; hij kon geen pink bewegen. Hij moest enkele ogenblikken het bewustzijn hebben verloren, want hij zag het gezicht van zijn moeder. Ze boog zich naar hem toe en keek hem recht in de ogen. 'Opstaan, John,' hoorde hij haar duidelijk zeggen. 'John, sta op.' Hij leek zich echter niet te kunnen bewegen en barstte prompt in snikken uit. Hij huilde en huilde. 'Mam!' Hij schreeuwde het uit.

Jack boog zich over hem heen. 'Ja, ik weet het, oude jongen. Je hebt pijn, hè?'

'Mijn moeder, ik wil naar mijn moeder toe. Ik mis haar zo...' zei Preacher.

'We gaan ervoor zorgen dat je bij haar komt, jochie. Haal even een paar keer diep adem.'

'Maar ze is dood!' riep Preacher uit. 'Ze is er niet meer.'

Een van de anderen vertelde Jack dat Preachers moeder een paar jaar terug was overleden.

'Het spijt me zo, Sarge, ik kan het niet helpen. Dit is me nog nooit overkomen. Soldaten janken niet... Nog nooit eerder, ik zweer het.' Desondanks bleef hij onbedaarlijk snikken.

'We moeten allemaal huilen als we een dierbare verliezen, jochie. Dat is heel normaal.'

'Maar Father Damien zei dat ze in de hemel is en dat ze gelukkig is en dat ik de herinnering aan haar toch niet wilde bezoedelen door verdrietig te zijn.'

'Priesters hebben meestal meer benul,' zei Jack misprijzend. 'Als je geen uiting geeft aan verdriet, gaat het vanbinnen aan je vreten. Huilen is verplicht.'

'Het spijt me zo...'

'Gooi het er allemaal maar uit, joh, anders zal het je vroeg of laat opbreken. Roep om je moeder, vraag om haar aandacht, huil om haar. Het zal verdomme tijd worden ook!'

Dat had hij dan ook gedaan. Gehuild had hij als een kind, leunend op Jack die hem half overeind had gehouden en hem zachtjes heen en weer had gewiegd.

'Toe maar. Laat je maar gaan. Gooi het er allemaal maar uit...' Jack was een hele tijd bij hem gebleven, geduldig luisterend naar alle verhalen die hij kwijt moest: dat het laatste schooljaar zo zwaar was geweest; dat hij zich in een impuls bij het leger had aangemeld, waar hij in elk geval verzekerd zou zijn van de broers die hij nooit gehad had. Hij had ze ook gevonden, maar daarmee was het verdriet om het verlies van zijn moeder niet verdwenen. En nu hij hier zwaargewond aan de kant van de weg lag, kwam de pijn er allemaal ineens uit. Het was vernederend, een volwassen kerel van bijna twee meter lang en meer dan honderdtien kilo die om zijn moeder jammerde.

'Klets niet, dit is precies wat je nodig hebt. Eruit met die troep.'

Na verloop van tijd had Jack hem op zijn schouders gehesen en hem anderhalve kilometer verderop gebracht waar ze opgepikt werden door hun konvooi. 'Laat je maar gaan, jongen,' had Jack gezegd. 'Nadat je het er allemaal uitgegooid hebt, zul je de rest van je leven aan me vastzitten. Van nu af aan ben ik je moeder.'

'Het is belangrijk om in contact te blijven met mensen die veel voor je betekenen,' zei Preacher tegen Paige. 'Heb je ooit geprobeerd om die vriendinnen terug te vinden?'

'Ik heb er al een tijd niets meer aan gedaan,' bekende ze.

'Nou, mocht je een poging willen doen, dan kan ik je daar misschien bij helpen.'

'O. Hoe dan?'

'Met behulp van de computer,' antwoordde Preacher. 'Ik vind het leuk om dingen op te zoeken op internet. De verbinding is weliswaar een beetje traag, maar het gaat best. Denk er nog maar eens over.'

Paige zei dat ze dat zeker zou doen. Toen zei ze dat ze nogal moe was en zin had om te gaan slapen, waarna ze elkaar welterusten wensten. Ze verdween naar boven, en hij trok zich terug in zijn appartement.

Ze besefte dat het hoog tijd was om te vertrekken, want het begon te gezellig te worden, en dat was nu juist wat ze zich niet kon veroorloven. Geen gezellige praatjes meer, geen nachtelijke gesprekken bij het vuur. Zich aan iemand hechten was uit den boze.

Hoofdstuk 4

Paige was bepakt en bezakt. Ze sloeg de dekens van haar slapende kind even terug om Bear te pakken, maar hij lag er niet. Ze zocht het hele bed af, keek eronder, keek in de badkamer, controleerde alle laden van het bureau, die stuk voor stuk leeg waren. Ze kon zo nog even in de keuken kijken, maar als hij daar ook niet lag, dan zou Chris het zonder hem moeten doen.

Ze pakte tweehonderd dollar uit haar portemonnee, legde het geld op het bureau en ging op de rand van het bed zitten. Daar zat ze een tijdlang roerloos voor zich uit te staren met haar handen tussen haar knieën, de handpalmen stijf tegen elkaar aangedrukt. Klokslag middernacht trok ze haar jas aan en sloop geruisloos naar beneden.

In de keuken brandde een klein lichtje; vermoedelijk had John het elke avond voor haar aan gelaten. Ze luisterde aan de deur van zijn appartement en hoorde niets. Er scheen ook geen licht onder de deur door.

Ze pakte een mes uit de bestekbak en nam de zaklantaarn mee die ze bij toeval had ontdekt tijdens het helpen opruimen en schoonmaken. Zonder zaklantaarn had ze de nummerplaten van haar auto bij het licht van brandende lucifers moeten verwisselen. Als die kentekenplaten eenmaal gedaan waren, zou ze eerst de koffer gaan halen en dan Chris.

Door de achterdeur ging ze naar buiten. John lag al te slapen, concludeerde ze, toen ze geen licht in zijn appartement zag branden. Gehurkt en met trillende vingers begon ze haar kentekenplaten eraf te schroeven. Daarna haalde ze de kentekenplaten van Johns truck en zette de hare erop. Het ging allemaal veel gemakkelijker dan ze had verwacht; nu hoefde ze alleen nog haar auto van de nieuwe kentekenplaten voorzien.

'Ga je er weer vandoor, Paige?' vroeg Preacher.

Ze schrok zich een ongeluk en liet kentekenplaat, mes en zaklantaarn uit haar handen vallen. Met bonzend hart kwam ze overeind.

'Dit werkt zo niet,' zei Preacher. 'Alleen trucks hebben dit soort kentekenplaten, Paige. Zodra ze jouw Honda met zulke kentekenplaten zien, word je geheid aangehouden.'

Het huilen stond haar opeens nader dan het lachen. Op dat idee zou ze nu nooit zijn gekomen. Ze rilde van de kou en de zenuwen; haar handen beefden, en ze had het gevoel dat er een steen in haar maag zat.

'Er is geen reden tot paniek,' zei hij geruststellend. 'Vooralsnog heb je geen andere kentekenplaten nodig, maar als je het per se wilt, kan het geregeld worden. Connie van de overkant heeft ook zo'n klein autootje. We kunnen haar kentekenplaten nemen; daar merkt ze toch niets van.'

Er biggelde een traan over haar wang. Haastig bukte ze zich om de zaklantaarn op te rapen. 'Ik, eh... Ik heb boven wat geld achtergelaten,' hakkelde ze. 'Voor de kamer. En het eten. Het is niet veel, maar –'

'Ach, Paige toch. Dat geeft me echt een rotgevoel. Het moet toch duidelijk zijn dat het nooit in me opgekomen is om jou voor je verblijf te laten betalen.'

Ze slikte moeizaam. 'Maar wat had je dan gedacht?'

'Kom.' Hij stak zijn hand uit. 'Het is koud. Kom maar weer even mee naar binnen, dan geef ik je een kop koffie zodat je onderweg wakker blijft. Daarna wil ik best je kentekenplaten verwisselen als dat je een veiliger gevoel geeft, maar nogmaals, het is nergens voor nodig.'

Ze liep met hem mee, maar bleef op veilige afstand. 'Hoe kom je erbij dat het niet nodig is om de kentekenplaten te verwisselen?'

'Er wordt nog niet naar je gezocht,' antwoordde hij. 'Althans nog niet officieel. Je hebt dus nog niets te vrezen.'

'Hoe weet je dat?' Ze stond op het punt van instorten.

'Ik gooi nog een blok hout op het vuur, en terwijl jij weer een beetje opwarmt, zal ik het je vertellen,' zei hij. 'Daarna kan ik die kentekenplaten voor je verwisselen, als je dat dan nog steeds wilt, maar ik vermoed dat je tegen die tijd liever je bed weer opzoekt en morgenochtend vertrekt.' Hij hield de deur voor haar open. 'Bovendien ligt Chris' beer nog bij mij. Ik zal hem je meteen even geven, want zonder beer kun je niet vertrekken.'

Ze kon haar tranen niet langer tegenhouden. Ze voelde zich een dief die op heterdaad was betrapt. Het ergste van alles was dat John nog zo aardig bleef ook. 'Ik heb overal naar die stomme beer gezocht,' mompelde ze, haar vingers tegen haar mond houdend om niet in snikken uit te barsten.

Preacher hield zijn pas in en keek naar haar. Haar gezicht was nat van de tranen, en ze beefde over haar hele lichaam. Voorzichtig pakte hij haar bij haar schouders. Hij trok haar tegen zich aan en sloeg zijn armen om haar heen. Ze kon zich niet langer inhouden en begon onbedaarlijk te huilen.

'Zo, dat moest er nodig uit, hè? Je hebt het allemaal veel te lang ingehouden. Daar weet ik alles van, hoor. Je bent bang en maakt je zorgen hoe het verder moet, maar geloof me, het komt allemaal goed.'

Dat kon ze zich niet voorstellen, maar op dat moment was ze niet in staat om ertegenin te gaan. Hulpeloos schudde ze haar hoofd. Het was lang geleden dat iemand haar in zijn armen had genomen om haar te beschermen en te troosten. Het was zelfs zo lang geleden, dat ze het zich niet eens meer kon herinneren. Wes had haar nooit zo vastgehouden, zelfs niet helemaal in het begin. Nee, hij was altijd degene geweest die in tranen was uitgebarsten – na haar in elkaar te hebben geslagen. En dan had zij hem moeten troosten.

Een hele tijd wiegde Preacher haar zachtjes heen en weer. Toen ze weer een beetje gekalmeerd was, loodste hij haar naar het tafeltje bij de haard. Hij gooide een houtblok op het vuur en schonk een cognac voor haar in.

'Ik moet nog rijden,' zei ze, toen hij het glas voor haar neerzette.

'In de staat waarin je nu verkeert, ben je een gevaar op de weg. Kom eerst maar eens een beetje tot rust. Desnoods neem je maar één slok; het zal je goeddoen. Als je daarna koffie wilt, dan kun je die krijgen.'

Preacher ging op de stoel naast haar zitten en plantte zijn ellebogen op zijn knieën. 'Toen je hier voor het eerst binnenkwam en ik je toegetakelde gezicht zag, wist ik natuurlijk niet wat er met je was gebeurd. Ik wist wel dat het iets ernstigs was en ook dat het niet veroorzaakt was door het dichtslaan van een portier. Ik had aan je kentekenplaat gezien dat je uit Californië komt en belde een vriend op – iemand die ik door en door vertrouw – met het verzoek het een en ander voor me uit te zoeken. Hij wist me te vertellen dat de auto op naam staat van je man en ook dat je man al eens opgepakt is wegens huiselijk geweld.' Hij haalde zijn schouders op. 'Meer hoefde ik niet te weten, hè?'

Paige sloot haar ogen, sloeg ze weer op en keek hem aan. Ze zette het glas cognac aan haar lippen, maar bevestigde noch ontkende zijn woorden.

'Hij heeft je nog niet als vermist opgegeven, dus je wordt nog niet officieel gezocht,' hernam Preacher. 'Ik weet niet wat je van plan was, maar je moet wel beseffen dat je je schuldig maakt aan een strafbaar feit als je met Chris de staat verlaat. Je zou hem daardoor zelfs kwijt kunnen raken. Ik begin erover omdat jij helemaal uit Los Angeles komt en Virgin River vlak bij de grens ligt. Je denkt misschien dat je veilig bent als je Californië eenmaal uit bent, maar ik ben bang dat dat een illusie zal blijken te zijn. Binnen de kortste keren zul je worden opgepakt. Je wist niet eens dat personenauto's en trucks verschillende kentekenplaten hebben, om maar wat te noemen. Je bent gewoon niet gewiekst genoeg om zoiets te ondernemen.'

Ze lachte wrang. Zou dat het probleem zijn, dat ze niet gewiekst genoeg was?

'Nogmaals, ik weet niet waar je van plan bent heen te gaan, maar ik hoop dat je er een veilige schuilplaats vindt en vooral dat er daar een paar sterke kerels in de buurt zijn die je kunnen beschermen voor het geval die smeerlap ontdekt waar je uithangt.'

'Ik heb geen keus,' fluisterde ze. 'Ik weet geen andere oplossing.'

'Je vergist je,' zei hij. 'Er is wel een andere oplossing. Luister. Je zou zonder meer de voogdij over Chris krijgen, want je man heeft een strafblad. Om van hem te kunnen scheiden, heb je zijn toestemming niet nodig, althans niet hier in Californië.'

Ze schudde haar hoofd en sloot haar ogen weer. Er liep een traan over haar wang.

'Er bestaat zoiets als een contactverbod, en ook al houdt hij zich er niet aan, dan overtreedt híj de wet, niet jij,' besloot Preacher. 'Had je over deze dingen al eens nagedacht, Paige?'

'Hoe weet je dat allemaal? Van die vriend van je?'

'Als ik iets wil weten, ga ik op zoek naar informatie.'

'Dan weet je waarschijnlijk ook wel dat ik vermoord word als ik dat doe. Wes is niet alleen gemeen, hij is stapelgek. Vroeg of laat zal hij me vermoorden.'

'Niet als je hier blijft,' zei Preacher.

Paige was met stomheid geslagen. Toen zei ze: 'Ik kan hier niet blijven, John. Ik ben zwanger.'

Preacher staarde haar gechoqueerd aan, langzaam achterover in zijn stoel zakkend. Toen stond hij op. Hij verdween achter de bar, schonk zichzelf een borrel in en sloeg hem in één teug achterover. 'Weet hij dat ook?' vroeg hij toen hij weer ging zitten. 'Wist hij dat je zwanger was toen hij je in elkaar sloeg?'

Ze knikte met afgewend hoofd en opeengeperste lippen. Met haar verstand wist ze dat er geen enkele reden was om zich schuldig te voelen, maar ergens in haar achterhoofd zei een akelig stemmetje: je trouwde met hem, raakte zelfs zwanger van hem, wist dat je beter bij hem weg kon gaan, maar stak je kop in het zand, sterker nog, je raakte weer zwanger... en nu zit je met de gebakken peren. Eigen schuld. Eigen schuld.

'Ben je ooit naar een opvanghuis geweest?'

Ze knikte.

'Goed,' zei Preacher. 'Je zou voorlopig ook hier kunnen blijven. Rustig je gedachten eens op een rijtje zetten en dan besluiten wat je verder gaat doen zonder bang te hoeven zijn dat je de wet overtreedt of dat je je de rest van je leven schuil zult moeten houden. Ik zeg je dat ik het geen probleem vind. Voor medische zorg hoef je alleen de straat maar over te steken. Als je niet het gevoel wilt hebben dat je parasiteert, kun je meehelpen in de keuken, en mocht die hufter van een man van je zo stom zijn om je hier te komen opzoeken, dan zullen Jack en ik hem wel eens onder handen nemen. Beschouw dit maar als een soort opvanghuis. Denk er even rustig over na. En mocht je toch je oorspronkelijke plannen willen doorzetten, dan kun je beter bij daglicht rijden, waar of niet?'

Hij stond op. 'Ik ga even die kentekenplaten doen. Blijf lekker zitten. Denk nog eens na over mijn voorstel en neem wat van je cognac. Een klein slokje, daar kan de baby best tegen en jij kunt het goed gebruiken. Ik ben zo terug met Chris' beer, want zonder Bear kun je toch niet weg.'

Hij verdween via de keuken naar zijn appartement. Daarna hoorde ze de achterdeur dichtslaan. Een van de houtblokken viel omlaag en veroorzaakte een regen van vonken in de haard. Paige trok haar jack dichter om zich heen en nam voorzichtig een slokje cognac. Het goedje brandde in haar keel, maar bleek tot haar verwondering een kalmerende uitwerking te hebben. Of kwam het misschien door het nieuws dat Wes de politie nog niet achter haar aan had gestuurd?

Toen John terugkwam, had hij zijn jack nog aan, dat hij zo-even op weg naar buiten had aangetrokken. 'Gepiept,' zei hij. 'Het zal Connie niet eens opvallen dat ze met andere kentekenplaten rondrijdt,' zei hij, terwijl hij Chris' beer aan haar gaf. 'En als ze zou weten wat er aan de hand was, zou ze erop staan dat je ze nam.'

Verwonderd bekeek Paige het beertje. Hij had een nieuwe poot, vervaardigd uit een stuk blauwgrijs flanel. De nieuwe poot had weliswaar niet dezelfde vorm als de andere poot, maar de knuffel zag er in elk geval niet meer gehandicapt uit.

'Hoe heb je Chris zover gekregen dat hij dat goedvond?' vroeg ze.

Preacher haalde zijn schouders op. 'Gewoon. Ik zei dat ik wel wilde proberen om een nieuwe poot te maken. Het ziet er een beetje raar uit, hè, maar ja, het gaat om het idee, moet je maar denken.' Hij stopte zijn handen in zijn zakken. 'Wat doe je, ga je terug naar je bed of wil je liever vertrekken? In het laatste geval maak ik een kopje koffie voor je. Ik moet trouwens nog ergens een thermoskan –'

Paige liet haar glas staan en stond op, Chris' knuffel tegen zich aangedrukt. 'Ik ga terug naar bed,' zei ze. 'We vertrekken morgen nadat Chris ontbeten heeft.'

'Zoals je wilt,' zei hij.

Toen Paige wakker werd, was het al licht. Buiten stond er iemand hout te hakken. Ze draaide zich om en zag Chris naast zich liggen met in zijn armen de beer met de nieuwe blauwgrijze poot. Ze dacht terug aan het gesprek dat ze de vorige avond met John had gehad. Als ze wilde, kon ze hier blijven, had hij gezegd. Maar dat bracht een hoop risico's met zich mee... Aan de andere kant, het idee straks naar een onbekend adres in Spokane te moeten rijden met het vooruitzicht op een leven waarvan ze niets wist en waartegen ze waarschijnlijk niet eens opgewassen was, was minstens even angstaanjagend.

Als er iets was wat ze had geleerd, was het wel dat ze bij de minste bedreiging de benen moest nemen – zonder afscheid of kentekenplaten.

En dan was er dat schuldgevoel... Als ze hier bleef, liepen niet alleen zij en Chris gevaar, maar ook de mensen hier. Maar gold dat niet voor elk dorp, elk opvanghuis waar ze hulp kreeg? Een ondraaglijke gedachte...

Ze deed haar best zo weinig mogelijk lawaai te maken bij het aankleden en sloop naar beneden.

In de keuken was John druk in de weer met allerlei hak- en snijwerk voor zijn omeletten. Toen hij haar onder aan de trap zag staan, bleef zijn mes in de lucht hangen.

'Kan ik misschien gebruikmaken van je wasmachine en je droger?' vroeg ze. 'We hebben niet zoveel kleren bij ons, dus ik zal even wat moeten wassen.'

'Geen probleem.'

'Het lijkt me verstandiger om voorlopig nog maar even hier te blijven,' zei ze. 'En ik maak me graag nuttig in de keuken. Aangenomen dat dat aanbod van je nog steeds geldig is...'

Hij ging weer verder met zijn werk. 'Zeker. Ik weet het goed gemaakt. Wat dacht je van het minimum uurloon plus kost en inwoning? De uren die je hebt gewerkt, moet je wel zelf bijhouden. Je kunt per dag, per week of per maand worden uitbetaald; dat maakt Jack niets uit.'

'Maar dat is te veel, John. Echt. Alleen kost en inwoning is genoeg.'

'We gaan anders 's ochtends om zes uur open en sluiten vaak pas na negen uur 's avonds,' zei hij. 'We zijn met twee man, en na school komt Rick helpen. Binnen twee dagen heb je door dat het hier pure slavernij is wat de klok slaat.'

Lachend schudde ze haar hoofd. 'Ik heb nog niet besloten hoelang ik blijf, John. En wat de rest betreft, een verzoek om een contactverbod en om toekenning van de voogdijschap over Chris, ik weet het niet. Op dat soort officiële documenten moet je altijd een adres invullen, en eerlijk gezegd ben ik daar erg huiverig voor.'

'Dat begrijp ik heel goed,' zei Preacher.

'Ik verwacht niet anders dan dat hij achter me aan komt. Vroeg of laat doet hij aangifte van vermissing, en dan krijg ik de politie achter me aan. Ik zie hem er zelfs toe in staat om een privédetective in de arm te nemen, maar vinden zal hij me. Hij zal me niet zonder slag of stoot laten gaan.'

'Alles op zijn tijd, Paige.'

'Maar ik zeg het maar even...'

'Daar lig ik geen moment van wakker. Laat hem maar komen.'

Ze haalde diep adem. 'Goed. Waar staat die wasmachine van je?'

'In het woongedeelte. Ga je gang, de deur is nooit op slot.' Hij hield weer op met snijden en keek haar aan. 'Wat heeft de doorslag gegeven, als ik vragen mag?'

'Die nieuwe poot van Bear. Dat oude stuk flanel –'

'Oud?' vroeg Preacher quasiverontwaardigd. 'Dat was toevallig wel mijn zondagse overhemd, hoor.'

Even later bracht Preacher Ron en Harv hun ontbijt. Door het raam aan de achterkant zag hij Jack, die aan het houthakken was. Hij schonk twee mokken koffie in en ging ermee naar buiten. Zodra Jack hem aan zag komen, zette hij zijn bijl in de stomp.

'Wat een service,' zei hij toen Preacher hem een mok aanreikte. 'Vertel maar wat je op je hart hebt.' Hij nam een slok en keek zijn vriend afwachtend aan.

'Ik vroeg me af of we niet wat extra hulp kunnen gebruiken,' begon Preacher.

'O?'

'Paige blijft voorlopig nog even in Virgin River.'

'Hm.'

'Mijn oude kamer staat anders toch leeg,' vervolgde Preacher. 'En als ze zich een beetje nuttig kan maken... Wat je haar uitbetaalt, kun je van mijn salaris afhouden.'

'Zeg, de kroeg maakt genoeg winst, hoor. We kunnen er best een werknemer bij hebben. Ze eist toch niet een jaarsalaris van vijftigduizend dollar met een goede pensioenregeling, of wel soms?'

Preacher trok een grimas. Altijd de leukste thuis, die Jack. 'Het is waarschijnlijk toch maar voor tijdelijk.'

‘Eigenlijk komt het wel goed uit, gezien mijn nieuwe verantwoordelijkheden,’ zei Jack niet zonder trots. ‘Het is prettig om te weten dat er iemand is om de boel op te vangen als ik weg moet.’

‘Mooi, dat zal ik haar dan maar meteen even gaan vertellen.’ Preacher wilde weggaan.

‘Zeg, Preacher.’

Hij draaide zich half om en nam de lege mok aan. ‘Je had het haar al voorgesteld zeker, hè?’

‘Ik zal waarschijnlijk wel hebben gesuggereerd dat we iemand konden gebruiken, ja.’

‘Dat dacht ik al. Nog een vraag. Zijn er mensen die weten dat ze hier in Virgin River zit?’

‘Niemand weet dat ze hier zit, Jack, maar ik vind niet dat ons dat wat aangaat…’

‘Ik vraag het niet uit nieuwsgierigheid, Preach. Ik vraag het alleen maar uit voorzorg.’

‘Dan is het goed,’ zei Preacher. ‘Heel goed. Mocht er gevaar dreigen, dan laat ik het je weten.’

Er waren in Virgin River heel wat dingen die bijdroegen tot Paige’ zielenrust. Vaak ging het om kleine dingen: dat haar auto achter de kroeg tussen twee grote trucks geparkeerd stond, een auto die ze niet hoefde te gebruiken, dat ze elke ochtend wakker werd bij het geluid van iemand die aan het houthakken was en bij de geur van verse koffie.

En dan was er het werk. Ze genoot van het werk. Eerst maakte ze zich vooral nuttig door tafels af te ruimen en de dingen af te wassen die niet in de vaatwasser mochten, maar binnen de kortste keren werd ze door John bij het koken betrokken.

‘Iets lekkers kunnen maken van de dingen die je toevallig in huis hebt; dat is pas echt koken,’ legde hij haar uit. ‘Daarom zit het hier altijd vol en kunnen we de tent draaiende houden; alles wat er geschoten of gevangen wordt, wordt klaargemaakt en opgegeten. We gebruiken ook vaak de dingen die Mel en dokter Mullins van hun patiënten krijgen. Sommigen betalen in natura, moet je weten. En verder proberen we hier goed voor de mensen te zorgen. Als we goed voor de mensen zijn, gaat het ons ook goed, zegt Jack altijd. En dat is ook zo.'

'Goed voor de mensen,' herhaalde ze niet-begrijpend. 'Wat moet ik me daarbij voorstellen?'

'Nou, het is anders heel eenvoudig, hoor,' legde hij uit. 'We serveren drie keer per dag een goede en vooral betaalbare maaltijd, en de echte ingewijden weten dat de restjes van de vorige dag bewaard worden. Wanneer we inkopen gaan doen, doen we dat meteen voor de mensen die niet in de gelegenheid zijn om grote afstanden te rijden, zoals ouderen of zwangere vrouwen, moeders met kleine kinderen. Als blijk van waardering komen ze dan een paar keer in de kroeg eten. Als er een speciale gelegenheid is, koken we niet. Mensen brengen dan hun eigen eten mee, en wij verzorgen de drank. Alleen cocktails en sterkedrank moeten worden afgerekend. Er is een potje waar mensen hun vrijwillige bijdrage in kunnen doen voor hun consumpties en voor het beschikbaar stellen van de ruimte. En daar blijkt altijd meer in te zitten dan je zou verwachten, kan ik je vertellen. Speciaal voor de jagers en de sportvissers hebben we altijd een paar goede merken whisky en cognac in huis, waar we geen exorbitant hoge prijzen voor vragen. Dat dat erg op prijs wordt gesteld, is te merken aan de fooien.'

Paige keek hem met stijgende verbazing aan.

'Ze weten best wat een fles Johnny Walker kost,' ging hij verder. 'Ze vinden het leuk dat we ons best doen om aan hun wensen tegemoet te komen, en ze hebben geld.' Hij grinnikte. 'Echt, ze laten grote fooien achter.'

'Geniaal,' zei ze.

'Ach, weet je. Ik denk dat het het belangrijkste is dat mensen het gevoel hebben dat ze welkom zijn. Jack is daar altijd erg goed in. En het eten natuurlijk, dat moet lekker zijn. We zijn weliswaar maar klein en hebben nog niet zoveel ervaring, maar onze keuken begint al een beetje naam te krijgen.' Hij stak zijn borst vooruit.

'Je kookt inderdaad erg lekker,' zei Paige, 'maar slank zul je er niet van worden.'

De kroeg was voor haar een soort cocon waar ze zich veilig voelde. Ook Rick en Jack gaven haar het gevoel dat ze een aanwinst was. Zelf had ze niet het idee dat ze zo heel erg veel bijdroeg, maar zij leken zich niet te kunnen voorstellen hoe ze het ooit zonder haar hadden kunnen stellen. En dan waren er natuurlijk de stamgasten, van wie sommige wel twee keer per dag kwamen. Ook door hen werd ze binnen de kortste keren beschouwd als een vanzelfsprekende aanwezigheid.

'Een hele vooruitgang, zo'n koekje bij de koffie tegenwoordig,' merkte Connie op. 'Het is duidelijk dat er een vrouw in de keuken staat.'

Paige voelde zich niet geroepen om uit te leggen dat John ermee was begonnen om Christopher een plezier te doen. Dat soort dingen ging niemand wat aan.

'Wat staat er voor vanavond op het menu, Paige?' informeerde dokter Mullins.

'Bouillabaisse,' antwoordde ze. 'En hij is erg lekker kan ik je vertellen.'

'Jakkes, daar hou ik helemaal niet van.' De dokter boog zich naar haar toe. 'Heeft hij toevallig niet nog wat over van die lekkere forel van gisteren?'

'Ik kijk wel even voor je,' antwoordde ze grijnzend.

Als het stil was en er niemand in de wachtkamer zat, kwam Mel vaak even langs voor een praatje. Mel was beter op de hoogte van Paige' omstandigheden dan wie ook en informeerde hoe ze zich voelde.

'Beter,' antwoordde Paige. 'Veel beter, mag ik wel zeggen. Ik verlies ook geen bloed meer.'

'Goed dat je ook wat omhanden hebt,' zei Mel.

'Eerlijk gezegd, was het Johns idee. Hij zei dat ik wat hem betreft kon blijven en dat ik, als ik wilde, mee kon draaien.'

'Ik heb het idee dat je het hier wel naar je zin hebt,' zei Mel. 'Je kijkt in elk geval heel wat vrolijker uit je ogen.'

'Ik heb het hier inderdaad erg naar mijn zin,' beaamde Paige enigszins verbaasd. 'Wie had dat kunnen denken? Het is net of ik... of ik weer een beetje normaal kan ademhalen,' besloot ze. 'Ik weet alleen niet hoelang...' Ze keek omlaag. 'Er komt een moment waarop het duidelijk wordt dat ik zwanger ben.'

'Weet John ervan?' vroeg Mel.

Ze knikte. 'Toen hij met zijn voorstel kwam, heb ik het meteen gezegd.'

'Ik denk anders niet dat je daarover in hoeft te zitten, hoor. Ook al weten de mensen hier niets van de omstandigheden waardoor je in Virgin River belandde, iedereen kan op zijn tien vingers natellen dat je een leven had voor je hier kwam. Je hebt een kind bij je, om maar wat te noemen.'

'Dat is waar.'

Mel zakte onderuit in haar stoel en legde haar handen om haar buik. 'Bovendien ben je niet de enige die straks met een dikke buik rondloopt. Weet je dat ik al vier maanden onderweg ben?'

Paige lachte. 'Dat ziet er goed uit, zeg.'

'Hm-m. Ik woon nog niet zo lang in Virgin River, zeven maanden pas. En nu bijna een maand getrouwd met Jack. Mijn eerste man is overleden. We hadden geen kinderen. Volgens de deskundigen kon ik geen kinderen krijgen...' Mel lachte toen ze de verbaasde uitdrukking op Paige' gezicht zag. 'Blijkbaar wisten ze toch niet alles. Jij bent echt niet de enige die door omstandigheden in Virgin River is blijven hangen.'

Paige trok een wenkbrauw op. 'Ik begin nu toch wel nieuwsgierig te worden naar de rest van het verhaal.'

'Die komt een andere keer wel. We hebben alle tijd,' zei Mel stralend.

Tien dagen woonde Paige nu boven de keuken, al was ze gedurende de eerste vier ervan voornamelijk bezig geweest met weg te gaan.

Preacher vond dat het allemaal erg goed ging. Al gauw ontstond er een dagelijkse routine. Zodra Chris ontbeten had, kleedde Paige zich aan en kwam helpen in de keuken. Ze werkte de ontbijtboel weg en ging daarna terug naar boven om haar kamer op te ruimen, terwijl John op Chris paste. Omdat ze maar weinig kleren bij zich had, maakte ze vaak gebruik van de wasmachine in Johns appartement. Ze maakte dan meteen van de gelegenheid gebruik om allerlei kleine dingen voor hem te doen, zoals de badkamer schoonmaken, de boel afstoffen, een bezem door de kamer halen, zijn bed opmaken.

'Kan ik misschien een was voor je in de machine doen?' vroeg ze.

'Laat maar, dat kan ik zelf ook wel. Je bent hier niet om mijn troep op te ruimen, hoor.'

Ze lachte. 'O nee? Ik doe de hele dag niet anders dan jouw potten en pannen en schalen opbergen. Als ik niet oppas, wordt het nog een gewoonte.'

Bij het zien van zijn gechoqueerde gezichtsuitdrukking, ging ze nog harder lachen. 'Ach, John,' zei ze. 'Je past de hele dag op mijn zoon, en ik weet wat een handenbindertje hij kan zijn. Het minste wat ik voor je kan doen, is zo nu en dan je troep een beetje opruimen.'

'Ik voel me anders geen oppas, hoor,' zei John. 'We zijn zulke goede maatjes.'

'O, dat is waar ook.' Ja, dacht ze. Heel goede maatjes.

Tijdens de piekuren bediende Paige ook. 's Avonds tussen vijf en acht was het druk, met name in de herfst, nu er veel mensen kwamen jagen en vissen. Na achten nam de drukte af. Er bleven nog wel eens een paar mensen aan de bar hangen, maar er werd geen eten meer geserveerd. Dat was meestal het moment waarop Paige naar boven ging om Chris in bad te doen en in bed te leggen. Daarna ging ze dan nog even naar beneden om te vragen of ze nog iets kon doen voor ze ging slapen. Een enkel keertje bleef ze om nog even na te praten onder het genot van een kopje thee.

Preacher genoot altijd van dat moment, wanneer de keuken gesloten was, wanneer alles aan kant was, wanneer hij boven het bad hoorde vollopen. Soms hoorde hij Paige en Chris samen kinderliedjes zingen. Vaak bladerde hij zijn kookboeken door, stelde hij het menu voor de volgende dag of de komende week samen en maakte hij een boodschappenlijstje. Hij had zijn zaakjes graag op orde.

Het was bijna halfnegen. Jack, die achter de bar stond, voorzag de paar jagers die nog waren blijven hangen van een drankje. Mel had van Buck Anderson een paar mooie stukken lamsschenkel gekregen, die prompt bij Preacher in de keuken belandden. Hij was net een recept voor lamsvlees aan het doornemen toen hij een paar kleine blote voetjes naar beneden hoorde komen. Toen hij opkeek, zag hij Christopher onder aan de trap staan, in zijn blootje met zijn knuffel onder de ene arm en een boek onder de andere.

Preacher trok een wenkbrauw op. 'Heb je soms iets laten liggen, vent?'

Het jochie plukte aan zijn linkerbil zonder Bear los te laten. 'Voorlezen?'

'Eh... Ben je al in bad geweest?' vroeg Preacher.

Chris schudde van nee.

'Dat dacht ik al. Je haren zijn nog droog.' Boven zijn hoofd hoorde hij het geluid van stromend water.

Chris knikte. 'Voorlezen?' vroeg hij weer.

'Vooruit, kom dan maar,' zei Preacher toen.

Zichtbaar verheugd, rende Chris op hem af en stak zijn armpjes omhoog om op het aanrecht te worden getild.

'Wacht even. Ik wil geen blote billen op mijn schone aanrecht,' zei Preacher. Hij pakte een schone theedoek uit een la en spreidde hem op het aanrecht. Daarna zette hij de peuter erop. Hij aarzelde even, pakte toen nog een theedoek en drapeerde die over Chris' schoot.

'Ziezo, dat is beter. Vertel eens, wat heb je daar voor boek?'

'Horton.' Hij gaf Preacher het boek.

'Ik vraag me af of je moeder dit wel zo'n goed idee vindt,' zei Preacher, maar hij sloeg het boek open en begon voor te lezen. Hij was nog niet ver gekomen toen boven de badkraan werd dichtgedraaid en hij een paar driftige voetstappen boven zijn hoofd hoorde.

'Christopher!' riep Paige.

'Nu moeten we met een goed verhaal komen,' mompelde Preacher.

'Hier,' zei Chris, wijzend op de bladzijde die Preacher net aan het voorlezen was.

Op dat moment kwam Paige de trap af gerend. Onderaan bleef ze abrupt staan. 'Hij is ontsnapt toen ik bezig was zijn bad klaar te maken.'

'Hij ziet er inderdaad uit alsof hij net ontsnapt is.'

'Sorry, John. Chris, kom hier. Eerst in bad, dan zal ik je voorlezen.'

Het jongetje begon te kronkelen en te jammeren. 'John moet het doen!'

Paige verloor haar geduld en kwam hem halen.

'John moet het doen,' klaagde Chris.

'John is bezig, lieve schat. Toe, gedraag je nu een beetje.'

Zeg, eh... Paige... Ik kan anders best weg, hoor. Als jij tegen Jack zegt dat ik even niet in de keuken ben, dan doe ik hem wel in bad. Jack moet het wel weten, want dan sluit hij de boel af als er niemand meer is.'

Paige draaide zich om. 'Weet je hoe je een kind in bad moet doen?'

'Hm, nee. Maar is het zo moeilijk dan? Toch niet moeilijker dan het schoonmaken van een grill?'

Ze schoot in de lach en zette Chris neer. 'Nee, maar er zitten wel haken en ogen aan. Geen zeep in de oogjes. Wel schrobben maar vooral niet met een schuursponsje.'

'Nou, dat moet lukken,' zei Preacher. 'Hoe vaak moet hij kopjeonder?'

Verschrikt staarde ze hem aan.

'Geintje,' zei hij grijnzend. 'Ik weet toch dat jij het op twee keer houdt.'

Ze moest lachen. 'Ik zal even vragen of ik nog iets voor Jack kan doen, en anders kom ik meteen naar boven. Om toezicht te houden.'

Toen Jack de keuken binnen kwam, stond Paige appels te schillen, terwijl Preacher deeg aan het uitrollen was.

'Paige, Mel staat buiten,' zei hij. 'Ze wil vandaag naar het winkelcentrum in Eureka, want ze past niet meer in haar broeken. Of je zin hebt om mee te gaan.'

Paige keek John aan.

'Ga lekker mee, joh,' zei hij. 'Chris is voorlopig nog niet wakker, en ik ben hier nog wel even bezig. Je hebt vast wel het een en ander nodig.'

'Ja, dat is zo. Goh, geweldig.' Ze legde het mes en de half geschilde appel in de schaal en deed haar schort af.

'Wacht even.' Haastig veegde Preacher zijn handen aan een theedoek af. 'Ik weet niet of je creditcards bezit, maar die zou ik maar niet gebruiken als ik jou was. Het is beter om cash te betalen.' Hij trok zijn portefeuille tevoorschijn, nam er een handvol bankbiljetten uit en haalde er een paar van af, en nog een paar en…

Paige trok wit weg en staarde hem met grote angstogen aan. Ze schudde haar hoofd en wankelde achteruit. 'Zeg maar tegen Mel dat ik… dat ik het te druk heb…'

Jack sloeg haar bezorgd gade. 'Paige, wat heb je opeens?'

Paige bleef achteruitlopen tot ze met haar rug tegen de muur stond, lijkbleek, handen op de rug. Toen biggelde er een traan over haar wang.

Preacher legde zijn portefeuille op het aanrecht. 'Kun je ons even alleen laten, Jack?' vroeg hij, terwijl hij zijn schort afdeed en naar Paige toe ging, die zich intussen op de vloer had laten zakken en haar handen voor haar gezicht had geslagen.

Preacher knielde voor haar neer en trok zachtjes aan haar handen. 'Paige,' zei hij. 'Kijk me eens aan. Vertel eens, wat gebeurde er nu?'

Ze was in paniek. De tranen stroomden over haar wangen. 'Dat deed hij ook altijd,' fluisterde ze. 'Stopte me een paar biljetten van honderd dollar toe en zei dan dat ik maar wat leuks voor mezelf moest gaan kopen. Heel vaak deed hij dat. Later smeet hij het geld naar me toe en zei hij dat hij zich geen vrouw kon veroorloven die erbij liep als een landloper.'

Preacher ging naast haar zitten. 'Hoorde je wel wat ik zei? Zoiets heb ik niet gezegd, hoor. Ik zei dat je maar beter geen creditcards moest gebruiken.'

'Dat heb ik ook wel gehoord,' fluisterde ze. 'Had ik al verteld dat ik met hem getrouwd ben omdat ik elke dag zo'n pijn in mijn benen had?'

'Je hebt niets over hem verteld,' zei Preacher. 'Helemaal niets. Dat hoeft ook niet. Je hoeft niets te vertellen, tenzij je het kwijt wilt.'

'Ik werkte in een kapsalon annex schoonheidssalon,' begon ze. 'Ik was kapster. Soms werkte ik wel twaalf uur op een dag. We werkten keihard, maar verdienden heel weinig. Ik kon ternauwernood de huur betalen. Ik woonde samen met twee vriendinnen in een bouwval. Ik heb goede herinneringen aan die tijd, maar ik was altijd doodmoe en had geen cent. En alles deed pijn, vooral mijn benen. Ik wist dat hij niet deugde en mijn vriendinnen vonden hem vreselijk, maar ik trouwde toch met hem. Omdat hij zei dat ik nooit meer zou hoeven werken.' Ze lachte en huilde tegelijk. 'Omdat ik arm was en niets bezat...'

'Dat soort kerels weet precies wat voor aas ze moeten gebruiken,' zei hij. 'Ze hebben er gewoon een neus voor.'

'Hoe weet je dat?'

Hij haalde zijn schouders op. 'Ergens gelezen.' Hij veegde een traan van haar gezicht. 'Je kunt het niet helpen, je hoeft jezelf niets te verwijten. Je bent in de val gelokt.'

'Nu ben ik weer arm,' zei ze. 'Een koffer, een auto met gestolen kentekenplaten erop, een peuter, een kind in mijn buik...'

'Je bent rijk,' wierp hij ertegenin. 'Je hebt een auto met gestolen kentekenplaten, een gezonde zoon, een baby in je buik, vrienden...'

'Vroeger had ik ook vrienden,' fluisterde ze, 'maar ze waren bang voor hem. Hij joeg ze weg. Toen ben ik ze kwijtgeraakt.'

'Kijk eens naar me. Zie ik eruit als een vriend die bang voor hem zou zijn? Die zich door hem zou laten wegjagen?' Hij trok haar bij zich op schoot.

Met een zucht vlijde ze haar hoofd tegen zijn borst. 'Ik weet niet waarom ik zo gemakkelijk in paniek raak,' zei ze zacht. 'Hij is niet eens in de buurt. Hij weet waarschijnlijk niet eens waar Virgin River ligt. Toch ben ik de hele tijd bang.'

'Ja. Iedereen is bang.'

'Jij niet. Jij kent geen angst.'

Grinnikend streelde hij haar rug. Ze moest eens weten, dacht hij. Als er iets was waar hij bang voor was, dan was het wel de dag dat ze haar zaakjes op orde zou hebben en samen met Christopher voorgoed uit zijn leven zou verdwijnen. 'Had je gedacht,' zei hij. 'In het leger zeiden ze altijd dat je moet beseffen dat iedereen bang is en dat je dus moet leren om je eigen angst in je voordeel om te zetten. Mocht je ontdekken hoe dat moet, laat het me dan vooral weten.'

'Wat doe jij als je bang bent?' wilde ze weten.

'Of ik pis in mijn broek, of ik word boos.'

Ze hief haar hoofd op om hem aan te kunnen kijken en lachte alweer een beetje.

'Goed zo,' zei hij, haar wangen afvegend. 'Je moet nodig Virgin River eens uit. Maar vandaag zul je wel niet in de stemming zijn om te gaan winkelen.'

Ze schudde haar hoofd. 'Het spijt me dat ik er zo'n toestand van heb gemaakt.'

'Joh, dit is een dorpskroeg. We smullen hier van dat soort dingen.' Hij grinnikte even, keek toen weer ernstig. 'Weet je wat ze nog meer zeiden in het leger? Kijk je vijand in de ogen, doe of je niet bang bent. Straal meedogenloosheid uit.'

Ze huiverde.

'Genoeg daarover. Weet je wat, als ik morgen nu eens boodschappen ging doen. Jack mag dan voor een keer de lunch van me overnemen. Ik neem jou en Chris mee, dan zijn jullie er eens uit. Als je wilt, kun je meteen een paar dingen voor jezelf kopen. Maak je geen zorgen, ik ga niet voor je betalen; ik zal gebruikmaken van de creditcard van ons bedrijf. Jij bewaart je bonnetjes en verrekent het wanneer je je loon krijgt.' Hij raakte het puntje van haar neus aan. 'Volgens mij is Chris wakker. Ik hoor hem boven rondrennen.'

Jack ging wel weg toen Preacher hem om een ogenblik privacy vroeg, maar erg veel haast maakte hij niet, want eigenlijk was hij vreselijk nieuwsgierig.

'En... gaat ze mee?' vroeg Mel, die aan de bar zat te wachten.

Jack gebaarde haar stil te zijn. 'Er is daar iets aan de hand,' fluisterde hij.

'O?'

In de hoop iets te kunnen opvangen, legde hij zijn oor tegen de deur.

'Jack!' siste Mel verontwaardigd.

Hij fronste zijn wenkbrauwen en drukte een wijsvinger tegen zijn lippen. Met een ernstig gezicht keerde hij terug naar de bar. 'Paige is ingestort, geloof ik.'

'O? Kan Preacher het alleen af?'

'Het lijkt me van wel. Hij vroeg of ik even ze alleen wilde laten. Maar toevallig heb ik nog wel een paar dingen opgevangen.'

'Dat zag ik, ja...'

'Ze schijnt gestolen kentekenplaten op haar auto te hebben.'

Mel ging opeens rechtop zitten. 'Wat? Hm, straks meteen even controleren of ik de mijne nog heb,' mompelde ze. Toen lachte ze.

'En ze is zwanger...'

'O ja?' vroeg ze.

'Doe niet of je van niets weet,' zei Jack.

Mel trok een grimas, maar reageerde verder niet. Dat ze Jack de foto's van Paige' gemolesteerde lichaam had laten zien was alleen maar om hem duidelijk te maken waarom Paige beschermd moest worden. Ze liet zich van de barkruk glijden en liep naar de klapdeuren die de bar van de keuken scheidden. Toen ze voorzichtig een blik naar binnen wierp, zag ze Preacher op de vloer zitten met Paige op zijn schoot. Heel goed, dacht ze. Dat was waarschijnlijk precies wat Paige op dat moment nodig had.

Ze liep naar Jack en kuste hem vluchtig op de mond. 'Ze zal wel niet zo'n zin meer hebben om gezellig samen te gaan winkelen. Zeg straks maar tegen haar dat ik gewoon maar ben gegaan. Het is te koud om nog langer met een halfnaakte buik rond te lopen.'

'Ik zal het tegen haar zeggen.'

'O, en Jack... Ik weet niet zo goed hoe ik het moet uitleggen. Onze ervaringen met dit soort dingen zijn zo verschillend. Even denken...' Ze keek een ogenblik peinzend naar het plafond. 'Zie Paige maar als iemand die een tijd in krijgsgevangenschap heeft gezeten; misschien begrijp je dan beter wat ze doormaakt.'

'In krijgsgevangenschap?' Hij keek haar geschrokken en niet-begrijpend aan.

'Ja. Probeer dat maar eens. Nu ga ik snel achter mijn elastiek aan. Tot straks!'

Toen Jack een paar uur daarna op de veranda zijn vliegvisgerei zat te prepareren, kwam Paige naar buiten met een stuk appeltaart op een bordje.

'O, lekker!' riep hij verrast uit. 'Hij is zelfs nog warm.'

'Ik wilde je ook even mijn excuses aanbieden voor die toestand van vanochtend, Jack. Ik schaam me dood.'

Hij keek haar aan en zag een zacht verlegen gezichtje – het gezicht van een jonge moeder, een zwangere vrouw die was gevlucht om haar ongeboren kind te beschermen. Stel je een ex-krijgsgevangene voor, had Mel gezegd. Paige was gevlucht na jarenlang gevangen te hebben gezeten, te zijn vernederd, mishandeld, gemarteld, met de dood bedreigd.

Hij vond het moeilijk om zich voor te stellen dat deze leuke, aardige vrouw die ellende had moeten doormaken, maar dat een vent het in zijn hoofd haalde om haar dat aan te doen, ging echt zijn verstand te boven.

'Ach, zand erover. We hebben allemaal zo onze momenten, moet je maar denken,' zei hij.

'Daar geloof ik niets van. Niet iedereen –'

Hij begon te lachen. 'Jawel, hoor. Vraag maar eens aan Mel. Vlak voor ons huwelijk kreeg ik een enorme zenuwinzinking. Zij ook, trouwens.' Hij fronste zijn voorhoofd. 'Bij nader inzien zou ik het fijn vinden als je dit voor je houdt.'

'Hoezo? Heeft ze het er liever niet over?'

'Nou, dat is het niet. Ik baal er gewoon van dat ik zo gemakkelijk mijn ziel en zaligheid op tafel leg, terwijl zij altijd alleen vertelt wat ze kwijt wil... Hoe ze dat doet, is me een raadsel.'

'Het is goed, Jack,' zei Paige lachend. 'Ik zal haar er niet naar vragen, maar ik blijf bij mijn excuses.'

'Dat is echt nergens voor nodig, Paige. Ik hoop dat je je nu een beetje beter voelt.'

Zoals beloofd nam John Paige en Chris de volgende dag mee naar Eureka. Paige had wat nieuwe kleren nodig: lingerie, een spijkerbroek, een paar shirts. Terwijl zij naar de paskamer verdween, paste John op Chris. Daarna gingen ze even bij de boekhandel naar binnen. John bleef hangen bij de afdeling Geschiedenis waar hij een paar boeken inkeek van het genre dat hij thuis had staan. Toen hij zich even later bij de anderen voegde, die bij de kinderboeken stonden, zette Paige juist de boeken terug die ze met Chris had bekeken.

'Geen nieuwe boeken dus?' vroeg hij.

'Nee. Voorlopig kan hij nog toe met de boeken die hij heeft,' meende Paige.

'Maar als hij ze nu van mij krijgt?'

Ze lachte. 'Ga je gang.'

Paige genoot nog het meeste van de rit naar Eureka en terug. Ze was op een grijze regenachtige avond in Virgin River gearriveerd en had, afgezien van de korte rit naar Grace Valley, nauwelijks iets van de omgeving gezien.

Ze keek haar ogen uit. Het landschap was hier zo totaal anders dan rond Los Angeles. Ze reden over hoge kliffen die uitkeken op de Grote Oceaan, door een sequoiabos en daarna dwars door de bergen terug naar Virgin River.

Paige wierp een blik opzij en zag de grote grijns op Johns gezicht. 'Wat zit jij te grijnzen?' vroeg ze.

Hij keek haar aan. 'Ik heb nog nooit gewinkeld met een vrouw,' zei hij, 'maar ik kan je vertellen dat ik het helemaal niet vervelend vond.'

Hoofdstuk 5

Gaandeweg begon Paige haar onzekerheid een beetje kwijt te raken. In het begin had ze haar kamer nauwelijks uit gedurfd. Daarna had ze haar terrein verlegd naar de keuken en de bar en was ze 's avonds laat soms nog even naar beneden gegaan om gezellig met John bij het vuur te zitten. Toen ze eenmaal met werken was begonnen, had ze ook de autochtonen leren kennen; ze was al een paar keer naar de winkel op de hoek geweest, en die dag was ze zelfs naar de bibliotheek gegaan om een paar boeken te lenen voor haar en Chris.

Na drie weken had ze niet langer meer het gevoel dat ze te gast was. Ze was een nieuwkomer, dat wel, maar ze voelde zich voor het eerst op haar gemak in haar omgeving. Ze maakte lange dagen. Het werk was zwaar. Ook had ze weer last van pijnlijke benen, maar deze keer nam ze dat voor lief. Ze was juist blij met de afleiding; anders zou ze toch alleen maar zitten piekeren. Ze maakte haar eigen ontbijt en lunch klaar en at 's avonds tussen de bedrijven door een hapje met Rick of John. Het deed haar oneindig goed.

Nadat Chris in slaap was gevallen, bleef ze nog een paar uur zitten lezen op haar kamer. Ze merkte dat ze echt goed in het verhaal zat, iets wat haar in jaren niet was gebeurd. Toen ze voor het slapengaan in de keuken nog even een glaasje melk wilde halen, zag ze dat er nog licht in de bar brandde.

'Wat doe jij nog zo laat op?' vroeg ze.

Preacher, die in het vuur zat te staren, schrok op uit zijn gemijmer. 'Paige! Ik had je helemaal niet naar beneden horen komen.'

'Ik kwam even stiekem een glas melk halen. Wat is er? Kun je nog niet slapen?'

'Hm... Ik duik er zo in.'

'Heb je behoefte aan gezelschap?' vroeg ze. 'O, nee,' zei ze toen hij haar enigszins bevreemd aankeek. 'Je wilt liever even met rust gelaten worden.'

'O, kom er gerust bij zitten,' zei hij.

'Nee, ik begrijp het. Je was gewend het rijk alleen te hebben, en opeens wonen er mensen bij je in. Ik zie je morgen –'

'Kom erbij zitten, Paige,' zei hij ernstig.

'Gaat het wel goed met je?' vroeg ze, een stoel bijtrekkend.

Hij schudde zijn hoofd. 'Nou, eerlijk gezegd, niet. Eigenlijk had ik er vanavond niet over willen beginnen, maar...'

Paige fronste haar voorhoofd. 'Heb ik soms iets verkeerds gedaan? Is er iets –'

'Nee, nee. Op jou valt niets aan te merken,' zei hij. 'Echt, dat is het niet. Nee, ik heb een tijdje terug slecht nieuws gekregen. Wes heeft inderdaad gedaan waarvoor jij al bang was: hij is naar de politie gestapt en heeft jou en Chris als vermist opgegeven. Dat is nu bijna twee weken geleden.'

Ze staarde hem ontzet aan en liet zich langzaam op haar stoel zakken. Net nu ze zich een beetje thuis begon te voelen, nu ze een beetje gewend was aan haar nieuwe omgeving, nu ze nieuwe vrienden aan het maken was... De gedachte aan Wes en wat hij ongetwijfeld zou gaan doen, was de afgelopen weken vaak langsgekomen. Ze had nog steeds de gewoonte om te pas en te onpas over haar schouder te kijken; ze kon het niet helpen. Ook de angstaanvallen kwamen regelmatig terug. Dan brak het angstzweet haar uit, begon haar hart wild te bonzen en moest ze haar uiterste best doen om haar ademhaling onder controle te krijgen en zichzelf eraan te herinneren dat ze hier van Wes niets te vrezen had.

Ze sloot haar ogen en opende ze weer. 'Ik zal mijn koffer maar gaan pakken,' zei ze zacht. 'En dat gaan doen wat ik eerst –'

'Geen overhaaste acties, Paige,' zei Preacher. 'Laten we het er even over hebben.'

Vastbesloten schudde ze haar hoofd. 'Er valt niets meer over te zeggen, John. Hij zit achter me aan. We moeten hier zo snel mogelijk weg. Ik wil geen enkel risico nemen.'

'Als je op de vlucht slaat, neem je nog veel meer risico. En als je opgepakt wordt, ga jij de cel in en krijgt hij de voogdij over Chris. Je moet hem zien af te troeven, Paige,' zei Preacher. 'Ik zal je helpen. We gaan samen bekijken hoe je dat moet aanpakken.'

'Hij laat zich niet aftroeven, John. Bovendien ben ik daar niet slim genoeg voor; dat zei je zelf. Nee, vluchten is de enige uitweg.'

'Ik heb gezegd dat je niet gewiekst genoeg was; dat is iets heel anders,' wierp hij ertegenin. 'Toch denk ik dat je het van hem kunt winnen. Ik ken wel een paar mensen die ons kunnen helpen, zoals mijn vriend die bij de politie zit. En in Grace Valley woont iemand die rechter is en met wie ik vaak ga vissen. En Brie, Jacks zusje, werkt bij een van de grootste advocatenkantoren van het land; ze kent iedereen in dat wereldje...'

Ze ging op het puntje van haar stoel zitten. 'Waarom doe je zoveel moeite voor me, John?' vroeg ze. 'Wat levert dat jou op?'

'Ik zal je vertellen wat mij dat oplevert: een goede nachtrust. Ik zal pas weer lekker slapen als ik weet dat jij niet meer gemolesteerd wordt en Chris niet opgroeit tot een vent die vrouwen mept. Ik heb wel gezien hoe je eruitzag, Paige... Meteen die eerste avond, toen ik een paar handdoeken kwam brengen. Je deur stond op een kier en je stond in de spiegel je rug te bekijken...' Hij liet zijn hoofd hangen en slaakte een diepe zucht. Toen keek hij haar weer aan. 'Er was geen sprake van gewoon maar een klap die per ongeluk wat harder was aangekomen.'

Ze sloeg haar ogen neer. Hij had gezien hoe ze eruitzag!

'Luister eens naar me.' Hij duwde haar kin een tikje omhoog opdat hij haar in de ogen kon kijken. 'Voordat jij met je zoon en je zware kneuzingen hier aanklopte, was ik best tevreden. Ik vond het prima om de rest van mijn leven te blijven vissen, koken en opruimen. Ik heb altijd heel goed alleen kunnen zijn. Trouwen en kinderen... Die dingen zijn niet voor me weggelegd, dat weet ik al lang. Maar ik kan in elk geval wel proberen iets aan deze situatie te doen –'

'Maar het is jouw zaak toch helemaal niet!'

'Nou en of dit mijn zaak is! Jij mag dan wel niet op me rekenen, maar die kleine van je doet dat wel! Hij rekent elke dag op me, vanaf het moment waarop hij wakker wordt tot het moment waarop hij in slaap valt. Als jij en Chris hier weggaan, wil ik er zeker van zijn dat we alles hebben gedaan wat mogelijk is om jullie tegen die hufter te beschermen!' Hij haalde diep adem. 'Sorry,' zei hij beschaamd. 'Ik kan soms net zo boosaardig klinken als ik eruitzie.'

'Je ziet er niet boosaardig uit,' mompelde ze zacht. 'Maar als dit nu eens verkeerd uitpakt, wat dan?'

Preacher rechtte zijn rug. 'Dan zal ik er persoonlijk voor zorgen dat je ergens terechtkomt waar je veilig bent. Koste wat het kost. Heer in de hemel, ik kan toch niet doen of er niets aan de hand is, Paige? Als zoiets op mijn pad komt en ik mijn ogen ervoor sluit, dan ben ik toch geen knip voor mijn neus waard?'

Hoofdschuddend keek ze hem aan. 'Hoe kom je erbij dat je nooit zult trouwen en kinderen krijgen?' vroeg ze.

'Ach, toe nou toch,' mompelde hij gefrustreerd.

'Nee, ik snap echt niet hoe je daar nu zo stellig over kunt zijn.'

'O nee? In dit dorp zul je geen vrouw tussen de achttien en de zestig tegenkomen die niet getrouwd is, om maar wat te noemen.'

'Er zijn anders nog een heleboel andere dorpen...'

'Hemel, moeten we het nu echt over mij hebben? Jouw zoon is het enige kind dat niet bang voor me is. Ik weet verdomme niet beter dan dat kinderen niet weten hoe gauw ze naar hun moeder moeten rennen zodra ze me zien.'

Paige lachte naar hem. 'Je moeder zou zich in haar graf omdraaien als ze je zo hoorde vloeken.'

'Ze zou liggen tollen,' gaf hij toe. Hij keek haar ernstig aan. 'Het is heel begrijpelijk dat je bang bent, Paige. Maar zou je toch niet de moed kunnen opbrengen om de strijd met die vent aan te binden als ik zeg dat ik je daarin op alle fronten zal steunen? Als je kunt rekenen op de steun van nog een handvol vrienden?'

Hij haal diep adem. 'Wist je dat je het nooit op een lopen moet zetten als je plotseling oog in oog met een beer komt te staan? Je moet je zo groot en zo breed mogelijk maken, jezelf opblazen als het ware en veel herrie maken. Doen alsof er niet met je te spotten valt, ook al doe je het in je broek van angst.' Hij schudde zijn hoofd. 'In jouw geval zal dat niet meevallen, gezien je tengere postuur, maar onthoud het principe dan maar. Doe of je niet bang bent en vertrouw op je achterban, een sterke, betrouwbare en slimme achterban, dan heb je de kans deze episode eens en voor altijd achter je te laten. We zullen je helpen, de rechter, Mel, Jack, Mike, Brie.'

'Mike?'

'Mike, die vriend van me die bij de politie werkt.' Hij slikte moeilijk. 'Hij zegt dat je er verstandig aan zou doen om je te melden. Misschien niet bij de politie, maar in elk geval bij iemand die de wet goed kent. Een jurist. Of de rechter.'

'Goed, laat ik dat dan maar doen,' zei ze onverwachts.

'Wat?' vroeg hij verrast.

'Ja. Ik vind het doodeng, maar zoveel keus heb ik niet. Of ik nu jouw advies opvolg of op de loop ga en me probeer schuil te houden, het gevaar dat ik van hem te vrezen heb, wordt er niet minder door.' Ze zweeg een ogenblik, keek hem toen aan. 'Bedankt, John. Erg fijn dat je me wilt helpen.'

'Ik ben blij dat ik kan helpen,' zei hij. 'Ook al zou je het niet voor jezelf doen, bedenk dan dat je het voor Chris doet.'

'Ja,' mompelde ze met onvaste stem. 'Dat zal ik proberen.'

Preacher leek niet iemand op wie gelet moest worden, laat staan iemand die beschermd moest worden, maar Jack dacht daar anders over. Hij voelde zich persoonlijk verantwoordelijk voor deze beer van een vent, die in de twee oorlogen in Irak onder hem had gediend.

Er was nog een reden waarom Jack hem dezer dagen scherp in de gaten hield: Preacher gedroeg zich anders dan anders, en Jack herkende de verandering in zijn vriend maar al te goed, want nog niet zo lang geleden was het hem zelf overkomen. Hij mocht dan weten wat er met Preacher aan de hand, Preacher zelf had het waarschijnlijk niet eens in de gaten.

Gedurende de twintig jaar die Jack in het leger had gezeten, had hij nooit een langdurige vaste relatie gehad. Hij had vriendinnen gehad, daar niet van, maar zich settelen, trouwen, kinderen krijgen, dat was allemaal niets voor hem geweest.

Drie jaar nadat hij in Virgin River was komen wonen, was er een verpleegkundige bij dokter Mullins in de praktijk komen werken: Mel. Na nog geen week was Jack verkocht geweest. Ze was de juiste vrouw op het juiste moment. Hij had zich volslagen overdonderd gevoeld, maar had niettemin heel goed geweten wat er met hem aan de hand was: hij was verliefd op Mel, en niet zo'n beetje ook.

Het was totaal onverwacht gebeurd, net als bij Preacher nu het geval was. Het was Jack van meet af aan duidelijk dat zijn vriend zich het lot van Paige aantrok. Dat was op zich niets verwonderlijks; Preacher had nu eenmaal een groot rechtvaardigheidsgevoel en nam het altijd op voor degene die onrecht was aangedaan. Maar naarmate de tijd verstreek, begon Jack tekenen te zien van de verandering die zich in de gevoelens van zijn vriend aan het voltrekken was. De intensiteit waarmee Preacher zich ontfermde over Paige, verried dat hij gedreven werd door meer dan de behoefte om haar te beschermen. Meer dan eens werden zijn ogen donker als hij naar haar keek. Dan wendde hij hoofdschuddend zijn blik af en fronste hij zijn voorhoofd alsof hij zich afvroeg wat hem mankeerde.

Wat ervaring met vrouwen betrof, verschilden Jack en Preacher met elkaar als dag en nacht. Vóór Mel had Jack nooit goed zonder gekund; hij had altijd wel ergens een vriendin gehad. Het was gewoon een levensbehoefte voor hem geweest. Preacher, daarentegen, was een eenling, en hoewel hij erg discreet was, was hij niet gesloten. Hij was open, transparant. Als Preacher eerder een vriendin had gehad, zou Jack dat zeker hebben gemerkt. Nee, hij wist bijna zeker dat dit de eerste vrouw in Preachers leven was, al had Preacher dat zelf waarschijnlijk nog niet door.

Jack hield ook Paige nauwlettend in de gaten. Ze was duidelijk een zachtaardige, kwetsbare vrouw, en hoewel ze ook lief voor Preacher was, kon het best zijn dat dat alleen maar voortkwam uit dankbaarheid. Als ze op een gegeven moment de boel op orde had, zou ze Virgin River waarschijnlijk weer verlaten – naar haar familie gaan of naar een andere staat verhuizen.

Vooralsnog waren Preacher, Paige en Christopher onafscheidelijk. Wanneer er geen klanten waren, zaten Preacher en Paige te kletsen of te kaarten. Als Chris niet in bed lag, dan zat hij bij Preacher op schoot of was hij bij hem in de buurt. Aan het einde van de middag, wanneer het druk was in de bar, waren Paige en haar zoon bij Preacher in de keuken, om te helpen of gewoon om hem gezelschap te houden. Ze werkte hard en wilde duidelijk graag haar steentje bijdragen.

Het was zonneklaar dat Preacher warme gevoelens voor Paige begon te koesteren; of die gevoelens wederzijds waren, was Paige niet aan te zien. Jack zou het er eigenlijk wel eens met Preacher over willen hebben, maar er deed zich maar geen gelegenheid voor om elkaar onder vier ogen te spreken. Hij zou trouwens ook niet weten hoe hij erover moest beginnen.

Iemand had eens tegen hem gezegd dat dit soort gevallen van huiselijk geweld misschien wel linker waren dan een oorlogssituatie. Bij de politie waren er die zeiden liever te worden geconfronteerd met een gewapende overval dan betrokken te worden bij een geval van huiselijk geweld. Jack mocht Paige graag en zou niet graag zien dat haar iets overkwam, maar hij wilde ook niet dat Preacher iets vervelends overkwam.

Hij besloot zijn zorgen eerst maar eens aan zijn vrouw voor te leggen. 'Ik wil er even tussenuit,' zei hij tegen Preacher. 'Kun je zolang de honneurs waarnemen?'

'Natuurlijk.'

Jack stak de straat over en trof Mel en dokter Mullins in de keuken aan. Ze zaten te kaarten. Mel, die duidelijk aan de winnende hand was, begon te stralen zodra haar man in de deuropening verscheen.

'Als dit spelletje uit is, zullen we dan even een eindje gaan rijden?' vroeg hij.

'Waar wil je naartoe?'

Jack haalde zijn schouders. 'Nergens. Ik heb gewoon zin om samen een eindje te gaan rijden. Het is voor de verandering eens lekker weer, daarom.'

'We kunnen net zo goed meteen ophouden, want het wordt toch niets met mij,' mompelde dokter Mullins. 'Ik heb vandaag niet één keer gewonnen.' Hij wierp zijn kaarten op tafel en stond op.

'Kom op, je moet wel een beetje sportief leren zijn, hoor,' zei Mel plagend.

'Ik moet leren vals spelen,' verzuchtte hij, waarna hij de keuken verliet.

Mel schoot haar jas aan en ging met Jack naar buiten. 'Waar gaan we heen?' vroeg ze weer.

'Gewoon, een eindje rijden, zei ik toch? Was het erg druk vandaag?'

Hand in hand liepen ze naar Jacks auto. Hij hield het portier voor haar open en hielp haar instappen, waarna hij achter het stuur kroop.

'Vanochtend was het best druk,' vertelde Mel toen ze eenmaal reden. 'Iedereen is verkouden. Het is de laatste tijd ook zulk rotweer geweest. Volgens mij hebben ze me aangestoken.'

'Voel je je niet lekker dan?'

'Nou, dat valt wel mee, maar ik heb wel een wattenhoofd en een van mijn oren zit dicht. Vanwege je-weet-wel kan ik natuurlijk geen medicijnen nemen.'

'Misschien is het in jouw omstandigheden niet zo verstandig om te blijven werken in een omgeving waar het stikt van de bacillen,' meende Jack.

'Ach, hou op!' riep ze lachend uit. Ze streelde liefdevol over haar buik. 'Nu moet je niet overdrijven.'

Nadat ze een kleine tien minuten in westelijke richting hadden gereden, sloeg Jack een zijweg in. 'Deze weg zit vol hobbels en kuilen, Mel,' zei hij, terwijl hij de auto tot stilstand bracht. 'Kun je dat wel hebben?'

'Zolang ik met mijn hoofd niet door het dak ga, is het geen probleem. Waar breng je me naartoe?'

'Ik wil je even iets laten zien. Zet je schrap, ik zal heel langzaam rijden.'

De weg was smal en bochtig, liep vrij steil omhoog, en aan weerszijden stonden bomen. Boven spreidde zich een stuk vlak open grasland voor hen uit met een schitterend uitzicht over de vallei beneden.

'En? Wat een uitzicht, hè?' zei Jack.

'Werkelijk adembenemend...' Haar blik dwaalde over weilanden en akkers, die werden afgewisseld met boom- en wijngaarden, boerderijen met bijgebouwen.

'Kom.' Hij opende zijn portier en stapte uit.

Mel volgde zijn voorbeeld en kwam naast hem staan.

Liefdevol sloeg hij een arm om haar heen.

'Wat een uniek plekje is dit, Jack. Dat je dit hebt ontdekt...'

'Puur toeval. Hoe zou je het vinden als dit het uitzicht was vanaf de veranda van ons toekomstige huis?'

Haar hoofd ging met een ruk omhoog; haar mond viel open. 'Nee, Jack!'

'Ik denk namelijk dat ik het wel kan krijgen. De grond is van de Bristols, maar ze kunnen er niet zoveel mee. Het ligt te ver van hun weilanden af, en voor akkerbouw is het niet vlak genoeg. Het is ook maar een paar hectare groot, net genoeg voor ons.'

Haar ogen stonden vol tranen. 'O, Jack,' zei ze weer. 'Dat je op zoek bent gegaan naar een stuk grond...'

Hij lachte. 'Je moest eens weten over hoeveel terreinen ik heb geslopen, in de hoop een geschikt stuk grond te vinden waarvan de eigenaar bereid zou zijn te verkopen. Dit terrein leek me ideaal. Het heeft niet alleen een prachtig uitzicht, maar het grenst ook nog aan het bos, dus we kunnen nog eens een ree in onze moestuin aantreffen.'

'Een eigen moestuin... Ik heb nog nooit een eigen moestuin gehad.'

'Nou, lijkt het je wat?'

'Ik vind het geweldig. Ik vind jou geweldig.'

Hij ging achter haar staan en legde zijn handen op haar buik. Ze leunde tegen hem aan en legde haar handen op de zijne. Zo stonden ze een tijdje zonder iets te zeggen van het uitzicht te genieten. Op een gegeven moment voelde Mel een kleine beweging in haar buik, iets wat ze een paar dagen daarvoor pas voor het eerst had waargenomen.

'Ik voel de baby bewegen,' fluisterde ze. 'Jammer voor je dat het nog niet aan de buitenkant te voelen is.'

Hij drukte zijn lippen tegen haar hals. 'Kennelijk is ze het er helemaal mee eens.'

'Wie zou er nu niet weg van deze plek zijn? O, Jack, misschien had je het me maar beter niet kunnen laten zien. Als Fish en Carrie Bristol het nu eens niet willen verkopen. Ik moet er gewoon niet aan denken...' Ze drukte zijn handen tegen haar buik.

'Inderdaad. Denk er maar niet aan. Ga er maar van uit dat wij hier straks gaan wonen,' zei hij, zachtjes haar buik masserend. 'Ik heb wel eens gehoord dat mannen hun zwangere vrouw een beetje eng gaan vinden; dat ze haar niet durven aanraken, geen seks meer met haar willen hebben.'

'Niet alle mannen.'

'Ik verlang naar je... meer dan ooit,' zei hij met zijn lippen tegen haar hals.

Ze moest lachen. 'Daar kies je dan wel een ongelukkig moment voor uit.'

'Laten we deze plek, waar ons huis straks komt te staan, even inwijden.'

'Ja, dag. Kom ik straks terug met mijn kleren vol grasvlekken. Dokter Mullins ziet me al aankomen. Nee, hoor. Houd je maar lekker in.'

'Ik ga hier een mooi huis voor je bouwen,' beloofde hij. 'Eerst moet de weg hierheen verbreed en genivelleerd worden, en dan moet de grond bouwrijp gemaakt worden. Dat moet ik laten doen natuurlijk; dat kan ik niet zelf. Intussen kunnen we een ontwerp laten maken. Ik zal ook hulp nodig hebben bij het leggen van de fundering, maar de rest kan ik –'

'Het klinkt allemaal prachtig, Jack, maar zie eerst maar eens dat je die grond krijgt.'

Hij draaide haar naar zich toe. 'Echt, ik ga hier een huis voor je bouwen, Mel.'

'Goed,' zei ze lachend. 'Zorg dan maar dat het er ook komt.'

Ze gingen weer in de auto zitten en bleven nog een hele tijd zwijgend van het uitzicht zitten genieten. Mel dacht terug aan maart dit jaar, toen ze in Virgin River was gearriveerd. Ze was hierheen gekomen om het verlies van haar man te verwerken en een nieuwe start te maken, maar had meteen spijt van haar beslissing gehad. Wat moest een stadsmens als zij ook in zo'n gat op het platteland? En nu, nu keek ze uit over het mooiste landschap van Amerika, en ze wist dat ze nooit meer ergens anders wilde wonen.

Volgend jaar maart zou ze bevallen – van een meisje, volgens John Stone, haar gynaecoloog. In een jaar tijd was haar leven volkomen veranderd. De stadsvrouw was zich thuis gaan voelen op het platteland, maar dat was niet het enige. De vrouw die ervan overtuigd was geweest dat ze nooit meer zou kunnen liefhebben, had hier de liefde van haar leven gevonden; de vrouw die zich er al bij had neergelegd dat ze altijd kinderloos zou blijven, was zwanger.

'Wat ben je stil,' zei ze tegen Jack.

'Ja,' verzuchtte hij. 'Ik zit te piekeren. Ik heb je hulp nodig, Mel.'

'O, daarom moest ik zo nodig mee. Niet vanwege het uitzicht, maar omdat je behoefte had aan privacy,' zei ze. 'Vertel het maar. Wat zit je dwars?'

'Ik heb Preacher de laatste tijd zo'n beetje geobserveerd.'

'Aha. Je bent niet de enige.'

'En wat is je conclusie?' vroeg Jack.

'Dat lijkt me duidelijk: dat hij wel erg gehecht is aan zijn logés.'

'Juist. Dat dacht ik dus ook. Ik heb alleen het gevoel dat hij niet weet wat hem overkomt.'

Ze pakte zijn hand. 'Daar komt hij vanzelf wel achter.'

'Maar Mel, ik ben bang dat Paige alleen maar lief voor hem is uit dankbaarheid. Ik bedoel, Preacher is wel het soort man dat je graag in de buurt hebt als er een moordenaar achter je aan zit.'

'Daar hebben we het weer. Je veilig bij iemand voelen is van levensbelang,' zei Mel. 'Jij gaf mij een veilig gevoel, iets wat ook voor mij heel belangrijk was.'

'Maar ze was een hoopje ellende toen ze kwam. Ze was bont en blauw geslagen en doodsbang. Straks is ze weer helemaal beter, en als ze geen reden meer heeft om bang te zijn –'

'Schei uit, Jack. Ik was ook een hoopje ellende toen ik hier aankwam; daar heb jij je toch ook niet door laten weerhouden?'

'Nee, maar misschien ligt dit anders…'

'Je bent bang dat ze hem verdriet doet,' zei ze.

'Ja, dat zou best eens kunnen.'

Ze lachte en kneep even in zijn hand. 'Wat ben je toch een kloek,' zei ze. 'Preacher is een grote jongen. Laat hem zijn eigen boontjes doppen; hij is mans genoeg.'

'Ja, maar als die gek die haar in elkaar geslagen heeft, achter haar aan komt, zit Preacher er tot in zijn nek in.'

'Bemoei je niet met zaken die je niet aangaan, Jack.'

'Ik voel me nu eenmaal verantwoordelijk voor hem. Ik sta er ook wel van te kijken. Preacher heeft nooit veel contact met vrouwen gehad. Volgens mij heeft hij ook geen idee wat hij ermee moet.'

Mel moest een beetje lachen. 'Nou en? Zo belangrijk is dat toch niet? En misschien vergis je je en weet hij het best. Het enige wat belangrijk is, is dat hij weet wat hij voelt en wat hij wil. Maar nogmaals, Jack, bemoei je er niet mee, want daar krijg je geheid spijt van.'

'Ja, je zult wel gelijk hebben,' verzuchtte Jack. Hij startte de motor en reed terug naar het dorp.

Nadat hij bij de praktijk afscheid van Mel had genomen, ging hij terug naar de kroeg. Preacher stond achter de bar; Paige zat tegenover hem. En hij hield haar hand vast...

'Ha, je bent er weer. Ik wilde je wat vragen,' zei Preacher.

'Wat dan?'

'Ik zou graag een dag vrij nemen.'

'Wanneer?'

'Nou, vandaag of morgen. Liefst zo gauw mogelijk.'

'Morgen is prima wat mij betreft.'

'Ik zal je vertellen waarom. Ik ga met Paige naar Grace Valley voor een gesprek met rechter Forrest. Overigens heb ik ook even met Brie gebeld om te vragen of ze een goede advocaat in Los Angeles wist, voor het geval Paige er een nodig heeft. Ze gaat rechter Forrest vragen of hij haar voorlopig de voogdij over Chris wil toekennen en of hij haar man, door wie ze al jaren wordt mishandeld, een contactverbod wil opleggen.'

Jack keek hen beurtelings aan. 'Dat is niet niets.'

'Nee, maar als ik iets kan doen om Paige, Chris en de baby uit deze ellende te halen, zal ik het niet nalaten.' Preacher zag dat Paige beschaamd haar hoofd liet hangen en stootte haar aan. 'Jij hebt niets misdaan, Paige.' Toen keek hij Jack weer aan. 'Ik heb gezegd dat ze op onze steun kan rekenen en dat ze niet bang hoeft te zijn dat haar iets ergs overkomt.'

'Iets ergs?' herhaalde Jack.

‘Paige is zwanger. Ze heeft hulp nodig.’

‘Ja, natuurlijk.’

‘Een vervelende bijkomstigheid is alleen dat door die aanvraag voor een contactverbod haar man erachter kan komen waar ze zit.’

‘Ai.’ Dat hoorde Jack voor het eerst. ‘Is dit dan wel de beste strategie? Ik bedoel, hoe groot zou anders de kans zijn dat iemand haar hier vindt als ze zich een beetje gedeisd houdt?’

‘Dat kan ik niet goed inschatten,’ antwoordde Preacher schouderophalend. ‘We weten dat haar man haar intussen als vermist heeft opgegeven, haar en Chris. Als iemand erachter komt dat ze hier zit, is het leed niet te overzien; dus is het maar beter dat ze zichzelf meldt. Volgens mij is dit nu het beste wat we kunnen doen.’

‘Weet waar je aan begint; huiselijk geweld is linke soep.’

Preacher keek zijn vriend doordringend aan. ‘Alsof ik dat niet weet, maar er moet een einde aan komen, en daar heeft Paige onze hulp bij nodig.’

‘Ja, natuurlijk. Je weet dat je altijd op me kunt rekenen. Maar, eh... zou je je hier nu wel in storten? Het resultaat zou namelijk wel eens heel anders kunnen uitvallen dan je verwacht,’ zei Jack. ‘Is er echt geen andere mogelijkheid?’

‘Jack heeft gelijk,’ zei Paige. ‘Misschien doen we er fout aan. Straks zit jij met de brokken.’

‘Welnee,’ zei Preacher. ‘Als iemand straks met de brokken zit, is hij het.’

‘Ik zou er anders nog maar eens goed over nadenken, Preacher,’ zei Jack.

Preacher vernauwde zijn ogen tot spleetjes. ‘Niet nodig, Jack. Dit is wat ons te doen staat. Discussie gesloten.’

Jack slaakte een diepe zucht. ‘Al goed, Preach, al goed. Zoals je wilt.’

Preacher voelde dat Paige het plan opeens niet meer zag zitten. Niet zo verwonderlijk na al die stomme vragen van Jack, dacht hij kwaad.

'Misschien moeten we nog maar eens goed nadenken over dat laatste plan,' zei Paige later die avond, toen Chris al lang en breed lag te slapen en er nog maar een paar man aan de bar stond.

'Waar ben je bang voor, Paige? Dat ze je de voogdij over je kind afnemen? Ik zal wel dom zijn, maar eerlijk gezegd zie ik dat gewoon niet gebeuren. Zeker niet na wat die vent je heeft aangedaan. Hij heeft een strafblad. Het is niet een kwestie van jouw woord tegen het zijne. Ze zien heus wel dat het niet in het belang van Chris is om hem aan zijn vader toe te wijzen.'

'Ik ben het helemaal eens met Jack,' zei ze. 'Je moet je er maar niet mee bemoeien; je weet niet wat je je op de hals haalt. Het is nog niet te laat om weg te gaan. Als ik maar eenmaal op dat adres in Washington ben, kan ik –'

'Wees niet bang,' zei Preacher. 'Het komt allemaal goed, echt. Ik heb met rechter Forrest gesproken, en hij geeft je alle kans van slagen.'

'Ik wilde alleen maar zeggen dat er meer mogelijkheden zijn...'

'Stel dat het zover komt, dan breng ik jullie erheen. En dan blijf ik bij jullie tot ik zeker weet dat jullie veilig zijn.'

'Maar dat hoef je toch –'

'Dat was een belofte, Paige.'

'Ik ben anders niet van plan om je eraan te houden.'

'Dat geeft niet. Als ík me er maar aan houd.'

Ze drong niet langer aan. Het was duidelijk dat Preacher zich niet liet ompraten. Ze wenste hem toen maar welterusten en trok zich terug op haar kamer.

Nadat de laatste klanten naar huis waren gegaan, sloot Preacher af. Omdat hij zich toch een beetje zorgen bleef maken over Paige, ging hij naar boven en klopte zachtjes aan. Toen ze opendeed, zag hij meteen dat ze gehuild had: ze had rode ogen en een vlekkerig gezicht. Op het bureau stond een half gepakte koffer.

'Ach, Paige toch.' Hij pakte haar bij de hand en trok haar mee de gang op om Christopher niet wakker te maken.

Snikkend verborg ze haar gezicht tegen zijn borst.

Hij sloeg zijn armen om haar heen en streelde haar troostend over haar rug. 'Kom, laten we even naar beneden gaan,' zei hij na een poosje.

Met zijn arm om haar schouders geslagen, leidde hij haar de trap af. Hij nam haar mee naar zijn kamer, maar liet de deur openstaan, voor het geval dat Christopher wakker werd en hij om zijn moeder zou roepen. Hij liet Paige op de bank zitten en nam zelf de grote leren stoel ernaast. Toen nam hij haar handen in de zijne en keek haar recht in de ogen. 'Ben je echt zo bang, dat je alleen nog maar aan vluchten kunt denken?' vroeg hij zacht.

Ze knikte zwijgend.

Met een vinger streek hij over haar gezicht. 'We moeten het toch proberen. Samen slaan we ons er wel doorheen.'

'Zelfs al zou het lukken, dan weet ik niet hoe ik je ooit moet belonen,' zei Paige.

Preacher schudde zijn hoofd. 'Ik wil helemaal geen beloning van je, Paige. Ik wil alleen maar dat jij nooit meer in je leven wordt mishandeld.'

Ze moest zijn gezicht even aanraken. 'Je bent een engel, jij,' zei ze, haar handpalm tegen zijn wang leggend.

'Ach, welnee,' zei hij met een lachje. 'Ik ben een heel gewone vent.'

Ze schudde haar hoofd, en opnieuw biggelde er een traan omlaag, die Preacher kalmpjes afveegde.

'Het is me nog altijd een raadsel,' zei hij. 'Een man met een leuke vrouw, een zoon en een kind op komst... Je zou toch eerder denken dat hij alles doet wat in zijn vermogen ligt om jullie te beschermen, ervoor te zorgen dat jullie niets overkomt. Ik zou willen dat...' Langzaam schudde hij zijn hoofd.

'Wat zou je willen, John?'

'Jij hoort een man te hebben die van je houdt en die ervoor zorgt dat je dat geen seconde kunt vergeten. Iemand die Christopher de kans geeft om op te groeien tot een leuke, fatsoenlijke vent, een man die respect heeft voor vrouwen.' Hij legde een hand tegen haar haren, liet zijn vingers erdoorheen gaan. 'Als ik jouw man was, zou ik heel zuinig op je zijn,' fluisterde hij.

Ze keek in zijn ogen en glimlachte naar hem met een mengeling van angst en verdriet.

'Kom even hier.'

Gewillig liet ze zich door hem op schoot trekken, trok haar knieën op en legde haar hoofd tegen zijn schouder.

Hij sloeg een arm om haar heen en leunde met gesloten ogen achterover in zijn stoel. Dit is wat ik haar te bieden heb, dacht hij. Veiligheid. Troost. We zullen haar verlossen van die hufter, dan zal ze haar zelfvertrouwen vanzelf weer terugkrijgen. En dan zal ze weggaan. En vroeg of laat zal ze een man tegenkomen die haar wel fatsoenlijk behandelt. Maar voordat het zover is, zal ze soms iemand nodig hebben die haar even vasthoudt, en als ik toevallig diegene ben, zal ik daarmee genoegen nemen.

Zo bleef hij zitten mijmeren tot zijn blik op de klok viel en hij zag dat het al bijna middernacht was. Paige had zich al uren niet bewogen; ze was in zijn armen in slaap gevallen. Als het aan hem lag, bleven ze de hele nacht zo zitten... Hij slaakte een diepe zucht en drukte zijn lippen tegen haar haren. Met haar in zijn armen stond hij op. Ze werd wakker en keek hem aan.

'Sst,' zei hij. 'Ik breng je naar je bed. Morgen is een belangrijke dag.'

Hij droeg haar naar boven en legde haar naast haar slapende kind. Vlak voor hij de kamer verliet, streek hij een haarlok uit haar gezicht.

'Dank je wel, John.'

'Je hoeft me niet te bedanken,' zei hij. 'Ik doe dit omdat ik het wil.'

Jack stond de volgende morgen achter het huis hout te hakken, toen Preacher op hem af kwam met een gezicht als een donderwolk. Verontrust legde Jack zijn bijl neer. Wat zou er aan de hand zijn, vroeg hij zich af.

Voordat hij die vraag had kunnen uitspreken, werd zijn kaak getroffen door Preachers vuist, waardoor hij zijn evenwicht verloor en plat op zijn achterste belandde. Het was alsof er een bom in zijn hoofd ontplofte. 'Wat –'

'Moest je haar nu werkelijk het gevoel geven dat ze iets fout heeft gedaan?' wilde Preacher weten. 'Heb je dan geen hersens in die kop van je?'

Jack maakte een ondefinieerbaar geluid. Verdwaasd legde hij een hand tegen zijn pijnlijke kaak. Als Preacher zo kwaad was, was het verstandig om voorlopig nog maar even op de grond te blijven zitten.

'Dat arme kind durft uit angst toch al nauwelijks om hulp te vragen, en dan meen jij me in haar bijzijn te moeten waarschuwen? Wat mankeert jou in vredesnaam?'

'Preacher, eh...'

'Ik had wel wat meer van je verwacht, Jack. Je weet nota bene hoe het is. Mel kwam hier ook aan met de nodige problemen. Weliswaar niet dezelfde, maar ze was bepaald niet in vakantiestemming toen ze naar Virgin River kwam. Als ik toen tegen jou had gezegd dat je je er maar beter niet mee moest bemoeien, zou jij me knock-out hebben geslagen!'

'Ja, dat is niet ondenkbaar,' mompelde Jack langzaam. Voorzichtig bewoog hij zijn kaak heen en weer. Gelukkig niet ontwricht, dacht hij, maar zijn jukbeen zou wel eens gebroken kunnen zijn.

'Ik dacht dat ik op je kon rekenen. Jij hebt toch ook altijd op mij kunnen rekenen?'

'Ik begrijp het. Ze betekent veel voor je,' begon Jack voorzichtig.

'Daar gaat het helemaal niet om! Ik wil haar graag helpen en verwacht daar niets voor terug. Maar ik verwacht van jou niet dat jij me ervan af probeert te brengen.'

'Je hebt helemaal gelijk. Het spijt me.'

'Ik hoef jou toch niet te vertellen dat ik nooit iets zal doen waar ik niet helemaal achter sta!'

‘Nee, dat weet ik. Dat heb je me nog eens goed duidelijk gemaakt.’ Hij maakte aanstalten om op te staan.

Preacher stak hem een hand toe, maar in plaats van Jack overeind te hijsen duwde hij hem terug op de grond. ‘Als je niets beters te doen hebt, houd dan in elk geval je kop dicht!’ beet hij hem toe, waarna hij zich omdraaide en naar zijn appartement terugkeerde.

Jack trok zijn knieën op en sloeg zijn armen eromheen. Zo bleef hij een tijdje voor zich uit zitten staren. Verdraaid nog aan toe, wat een klap was dat.

Voorzichtig kwam hij overeind. Dat houthakken kon hij verder wel vergeten, dacht hij duizelig. Hij slenterde naar de overkant. Mel was er nog niet, maar in de keuken trof hij dokter Mullins aan, die net koffie aan het zetten was.

‘Wie mag dat wel niet op zijn geweten hebben?’ vroeg de dokter droogjes zodra hij Jacks gezicht zag.

‘Preacher voelde zich door mij op zijn teentjes getrapt,’ antwoordde Jack. ‘Heb je gauw wat ijs voor me?’

Een halfuur daarna kwam Mel binnen. Ze liet haar tas op de balie staan en liep gewoontegetrouw direct door naar de keuken, waar ze Jack aantrof met een ijskompres tegen zijn gezicht. Ze leek er niet eens erg van op te kijken. ‘Zeg maar niets,’ zei ze terwijl ze zichzelf een kop koffie inschonk. ‘Je hebt advies gegeven aan iemand die daar niet van gediend was.’

‘Had ik maar beter naar je geluisterd,’ verzuchtte hij. Hij liet het ijskompres zakken en toonde haar zijn gehavende gezicht. Zijn oog was inmiddels blauw en gezwollen.

Afkeurend schudde Mel haar hoofd.

‘Preacher lijkt heel goed te weten wat hem overkomt,’ zei Jack.

Mel glimlachte. ‘Wat heb ik je gezegd?’

‘Hij vond het niet gepast dat ik meende hem te moeten waarschuwen.’

Ze maakte een afkeurend geluid om duidelijk te maken dat ze dat ook niet zo slim van hem vond.

'Ik heb gezegd dat ik er spijt van had. Hij had volkomen gelijk.'

'Nadat hij je dat onder je neus had gewreven zeker…'

'Eh… inderdaad, ja.'

Ze sloeg haar ogen ten hemel. 'Mannen.'

'Nou, we staan anders altijd op één lijn, hoor.'

'Behalve als er een vrouw in het spel is.'

'Ja, dat blijkt.'

'Geef voortaan alleen je mening als er uitdrukkelijk om gevraagd wordt.'

'Ja. Ik kan in het vervolg maar beter mijn mond houden, zei hij.'

'Kijk aan. Dat zijn wijze woorden.'

Jack trok een grimas en hield het kompres weer tegen zijn gezicht.

'Doet het pijn?' vroeg ze, toen ze hem ineen zag krimpen.

'Wat denk je. Allemachtig, die kerel kent zijn eigen kracht niet.'

'Je mag je hier natuurlijk schuilhouden zolang je wilt, maar vroeg of laat zul je het toch weer goed moeten maken. Je zou Preachers dienst vandaag toch overnemen?'

'Ja, maar het leek me beter als ik hem even wat tijd gaf om af te koelen. Eén blauw oog is wel genoeg wat mij betreft.'

'Nou, als Preacher je twee blauwe ogen had willen geven, dan had hij dat meteen gedaan, vermoed ik zo,' zei Mel.

Niet lang daarna ging Jack terug naar de kroeg. Toen hij de keuken binnen kwam, wierp Preacher hem een chagrijnige blik toe. Jack trok zich er niets van aan en kwam bij hem staan.

'Hé, man,' zei hij. 'Je hebt volkomen gelijk. Ik hoor me niet te bemoeien met jouw zaken. Het spijt me. Mag ik met jullie meedoen?'

'Weet je wel zeker dat je mee wilt doen? Kan het kleine ventje het wel aan?' vroeg Preacher.

'Nou, zo kan-ie wel weer, hoor. Je hebt al een klap uitgedeeld, en ik kan je verzekeren dat ik die nog voel. We hadden het er ook gewoon over kunnen hebben.'

'Ik wilde er zeker van zijn dat ik duidelijk overkwam.'

'Je bent meer dan duidelijk geweest, Preach. Nou, hoe zit dat? Ik vraag het maar één keer.'

Preacher dacht een ogenblik na en reikte zijn vriend toen de hand.

'Dat flik je me niet nog eens, hè?' vroeg Jack, terwijl hij Preacher de hand schudde.

'Zolang jij er geen aanleiding toe geeft.'

Even later kwamen Paige en Christopher de trap af.

'Hemel,' zei Paige geschrokken toen ze Jacks gezicht zag.

'Het is nog veel erger dan het eruitziet,' zei hij.

'Wat is er gebeurd?'

'Ik ben zo stom geweest om achter een muilezel te gaan staan.' Hij viste een cd uit zijn achterzak. 'Dit moest ik van Mel aan je geven. Foto's die ze van je heeft gemaakt, zei ze. Voor het geval je ze nodig hebt. Ik moest erbij zeggen dat het geen feest was,' zei hij, alsof hij geen idee had wat erop stond. 'Als de rechter erom vraagt, kun je deze cd gerust bij hem achterlaten, want ze heeft er nog een paar kopieën van gemaakt.'

Hoofdstuk 6

Rechter Forrest was al in de zeventig en nog altijd werkzaam bij een hogere rechtbank. Hij was een krasse oude man met een ernstige, bijna strenge uitstraling, maar tegenover Preacher was hij een en al hartelijkheid. Hij ontving Preacher en Paige in zijn kantoor; zijn secretaresse ontfermde zich zolang over Christopher.

Nadat ze tegenover het grote bureau hadden plaatsgenomen, vertelde Paige op verzoek van de rechter iets over haar leven.

Zes jaar geleden was ze met Wes Lassiter getrouwd. Ze had inmiddels een zoon van drie, en op het moment was ze iets meer dan twee maanden zwanger. De relatie met Wes was eigenlijk van meet af aan gewelddadig geweest; nog voordat ze trouwden, had hij haar al een keer geslagen. Gaandeweg was hij steeds gewelddadiger geworden.

'Ik had het natuurlijk moeten zien aankomen,' zei Paige. 'Nog voor we getrouwd waren, probeerde hij op alle mogelijke manieren mijn leven te bepalen, en hij kon nogal opvliegend zijn. Over het minste of geringste wond hij zich verschrikkelijk op. Soms over mijn doen en laten, maar meestal over gewone dingen, zoals het verkeer of iets op zijn werk. Hij werkt op de beurs, met aandelen en zo; een baan met veel stress dus.'

'En de laatste keer dat hij je mishandelde, kun je me daar iets over vertellen?' vroeg de rechter.

Met trillende vingers legde ze de cd met de foto's op zijn bureau. 'Omdat ik bang was een miskraam te krijgen, ben ik in Virgin River naar een specialistische verpleegkundige gegaan; zij heeft toen meteen foto's genomen.'

'De vrouw van Jack, weet je wel,' vulde Preacher aan. 'Mel.'

'Zo zag ik eruit na de laatste keer,' zei Paige. 'Dit is de reden waarom ik bij hem weg ben gegaan. Voor de zoveelste keer.'

Rechter Forrest stopte de cd in zijn computer en klikte een paar keer met de muis. Toen keek hij Paige aan. 'Heb je aangifte gedaan?'

'Dat durfde ik niet meer.'

'Dus je hebt al wel eens eerder aangifte gedaan?' wilde hij weten.

'Twee keer. Ik heb ook eens om een contactverbod verzocht, maar dat had geen enkele zin, want dat lapte hij aan zijn laars. Ik kon zelfs niet bij mijn moeder blijven omdat hij haar ook begon te bedreigen.'

'Ik zie dat Mel Sheridan de foto's alleen heeft voorzien van een datum,' zei de rechter.

'Ik weet het. Dat heeft ze met opzet gedaan. Ik wilde eerst helemaal niet dat ze een medisch dossier van me aanlegde, maar zij zei dat ik het nog wel eens nodig kon hebben. Op mijn medisch dossier staan ook alleen maar mijn voornaam en de datum vermeld.'

'Juist, ik begrijp het. Je zult het zeker nodig hebben. Deze verwondingen dateren dus van vijf september jongstleden, en een week later geeft je man jullie als vermist op, op twaalf september.' Hij leunde naar voren. 'Je hebt hier te maken met een uiterst gevaarlijk sujet, jongedame. Als je hem niet aanklaagt wegens mishandeling, gaat hij gewoon door. In je eentje zul je hem in elk geval niet kunnen dwingen hiermee op te houden.'

'Dat hij er zo lang mee heeft gewacht...' mompelde Paige.

'Nou, zo gek is dat niet,' zei de rechter. 'Hij zou niet graag hebben gezien dat de politie je in deze toestand aantrof.' Rechter Forrest haalde de cd weer uit de computer en gaf hem terug. 'Op grond van deze foto's leg ik hem een contactverbod op. Verder krijg je tijdelijk de voogdij over je zoon. Deze man heeft je mishandeld en je pas na een week als vermist opgegeven, alsof je weggegaan was met zijn medeweten en hij pas ongerust werd toen je niet op het verwachte tijdstip terugkeerde.'

Paige opende haar mond om iets te zeggen, maar de rechter stak zijn hand op.

'Van nu af aan spreek je alleen nog maar in aanwezigheid van je advocaat. Het feit dat je man er een week overheen heeft laten gaan, is van groot belang. Als je geluk hebt, wordt er besloten dat jouw aanwezigheid niet is vereist bij de behandeling van de echtscheiding en de toewijzing van de voogdij, maar ik zou er toch rekening mee houden dat je terug naar Los Angeles zult moeten. Mocht dat het geval zijn, logeer dan niet bij familie, maar op een geheim adres. En ga vooral niet alleen.'

'Natuurlijk gaat ze niet alleen. Ik ga met haar mee,' zei Preacher.

De rechter knikte goedkeurend. 'Ik zal nu meteen het papierwerk in orde maken. Gaan jullie maar lunchen; tegen de tijd dat jullie terug zijn, ligt de boel klaar.' Hij stond op. 'Ik wens jullie veel sterkte.'

'Nu gaat het pas echt eng worden,' verzuchtte Paige toen ze een paar uur later terug naar Virgin River reden.

Fluitend kwam Rick de kroeg binnen. Hij was via de achterdeur de keuken binnen gekomen en liep vervolgens door naar de bar, waar Jack met rekeningen bezig was.

'Hallo, Jack.'

Jack keek op.

'Allemachtig... Man, wat heb jij nou?'

'Tja, het ziet er fleurig uit, hè?'

'Wie heeft dat op zijn geweten?'

'Tegen een deur aangelopen,' mompelde Jack.

'Ja, dag.' Daar trapte Rick niet in. 'Die deur heeft vast een naam, en ik kan maar één vent bedenken die zo'n vuistslag heeft. Hij moet wel erg kwaad op je zijn geweest. Hoe heb je dat voor elkaar gekregen?'

Grinnikend schudde Jack zijn hoofd. 'Wat ben je toch bijdehand. Ik vond dat hij recht had op mijn wijze raad.'

'O, eh… Je zei zeker dat hij moest uitkijken niet te erg betrokken te raken bij Paige.'

'Hoe kom je erbij?' reageerde Jack verontwaardigd.

'Nou, het is toch duidelijk dat Preacher dol op haar en dat jochie van haar is. Waar is hij trouwens?'

'Hij is met Paige naar de rechtbank. Ik verwacht hem elk moment terug.'

Rick barstte in lachen uit.

'Wat is daar zo geestig aan?' vroeg Jack.

'O, Jack toch. Heb je tegen hem gezegd dat hij dat vooral niet moest doen?'

'Nee!' riep Jack uit. Toen zuchtte hij diep. 'Als ik dat tegen hem had gezegd, had ik het niet meer na kunnen vertellen.' Hij wees naar zijn gezicht. 'Dit kreeg ik alleen maar omdat ik zei dat hij er misschien nog eens goed over na moest denken.'

'Goeie genade,' zei Rick. 'Die Preacher toch. Hij heeft het echt zwaar te pakken.'

'Ja, maar ik vraag me af of hij daar zelf al van doordrongen is; dus begin er alsjeblieft niet over.'

Rick gaf Jack een stomp tegen zijn arm. 'Ben je gek? Ik ga me echt niet met zijn zaken bemoeien. Ik kijk wel uit.'

'Juist, ja,' mompelde Jack. Was hij hier dan echt de enige die het allemaal niet snapte?

Jack was al die belangstelling voor zijn gehavende gezicht op een gegeven moment beu en ging vroeg naar huis. Later op de avond ging de telefoon.

'Ha Brie!' riep hij verheugd uit bij het horen van de stem van zijn jongste zus. 'Hoe staat het leven?'

'Hallo, Jack. Hoe is het daar bij jullie?'

'Prima. Zeg, Preacher vertelde me dat hij jou had gesproken in verband met een kennis van hem die in de problemen zit. Fijn dat je hem kunt en wilt helpen. Het is echt een beroerde situatie.'

'Ja, daarom bel ik je ook even. Ik wilde even een paar namen en telefoonnummers doorgeven. Heb je pen en papier bij de hand?'

'Je hebt het druk zeker?' vroeg Jack. 'Je klinkt zo gehaast.'

'Ja, wel een beetje. Ben je er klaar voor?'

'Ja, kom maar op met die namen.'

Ze gaf een aantal namen door van advocaten in Los Angeles en van een paar in het noorden van Californië. 'Laat die vrouw contact opnemen met een advocaat voordat ze iets anders doet of voordat haar man verdere stappen tegen haar onderneemt. Het is echt belangrijk dat ze dat zo snel mogelijk doet.'

'Komt in orde. Je klinkt nogal kortaf, heb je net een zaak verloren of zo?'

'Ik ben met een lastige zaak bezig,' antwoordde ze. 'Ik heb vandaag mijn dag ook niet.'

'En hoe is het met Brad? Is hij in de buurt?'

'Geef me Mel even,' zei zijn zus zonder omhaal van woorden.

'Goed,' zei Jack. 'Gaat het echt wel goed met je?'

'Ja, hoor. Kan ik Mel nu even spreken, alsjeblieft?'

'Mel, Brie wil je even spreken,' zei Jack, terwijl hij zijn vrouw de telefoon voorhield.

Enigszins verwonderd nam Mel de telefoon van hem over. 'Hallo, Brie –'

Brie liet haar niet uitspreken. 'Luister, Mel. Ik vertel het aan jou, en dan moet jij het maar aan Jack vertellen, want dat kan ik op het moment niet aan. Brad is bij me weg. Hij is ervandoor met een andere vrouw. Hij heeft niet eens de moeite genomen om zijn kleren mee te nemen, wat waarschijnlijk betekent dat hij al bij haar ingetrokken is.'

'Maar Brie,' zei Mel, 'wie –'

'Mijn beste vriendin,' fulmineerde Jacks zus. 'Christine, mijn beste vriendin! Zoiets verwacht je toch niet... Ik heb er ook nooit iets van gemerkt.'

'En sinds wanneer weet je het?' hoorde Jack Mel vragen.

'Sinds een week. Blijken ze al een jaar iets met elkaar te hebben! En dat terwijl hij en ik het al een hele tijd over kinderen hadden. O, hij wilde zo graag kinderen... We neukten ons helemaal suf. Blijk ik niet de enige te zijn met wie hij het doet.' Ze lachte wrang. 'Zou ze soms net zo naar een kind verlangen, vraag je je af.'

'O, Brie –'

'Hij wil zijn spullen natuurlijk komen halen, maar ik zit erover te denken om de boel buiten te zetten en de fik erin te steken.'

'Brie –'

'Hij heeft al een advocaat in de arm genomen; hij weet natuurlijk best dat hij zonder advocaat tegen mij geen kans maakt. Hij wil zo snel mogelijk scheiden.' Ze lachte weer. 'Misschien is ze wel zwanger. Dat zou wel heel wrang zijn, vind je niet?' Haar stem dreigde te breken.

Mel kende Brie nog niet zo lang, maar ja, ze kende Jack ook nog niet zo heel lang. Van Jacks vier zussen voelde ze zich het meest aangetrokken tot Brie, de jongste, zijn lievelingszus. Zij en Brie waren ook van dezelfde leeftijd.

Niet zo lang geleden waren Mel en Jack nog in Sacramento geweest, de plaats waar ze getrouwd waren. Mel had toen juist de indruk gekregen dat Brad en Brie stapelgek op elkaar waren. Nu vroeg ze zich af of ze misschien iets had gemist.

'Mel, wil jij het alsjeblieft aan Jack vertellen? Ik weet dat hij zijn zwagers als echte broers beschouwt, dus dit zal wel hard aankomen. Ik –'

'Schei uit, Brie,' zei Mel. 'Kom naar ons toe. Neem een week vrij en kom hierheen.'

'Ik kan nu niet weg,' zei Brie moedeloos. 'Ik zit midden in een grote zaak. Brad weet dat. Daarom komt hij er juist nu mee. Hij weet dat ik al mijn energie voor mijn werk nodig zal hebben.' Ze lachte bitter. 'Heeft het eigenlijk nog wel zin om te knokken voor een man die al een jaar met je beste vriendin slaapt?'

'Daar zou ik geen zinnig antwoord op weten,' antwoordde Mel.

'Zeg maar tegen Jack dat ik hem binnenkort wel bel, maar dat ik er op dit moment niet met hem over kan praten. Wil je dat doen?'

'Ik zal het doen, lieve schat. Wat je maar wilt. Is er iemand in de buurt om je een beetje te steunen? Een van je zussen misschien? Of je vader?'

'Ja, maak je daarover maar geen zorgen. Maar ik moet sterk blijven, wil ik me hierdoorheen slaan. Sterk en kwaad. Als ik hierover met Jack praat, stort ik geheid in, en dat kan ik me op het moment niet veroorloven.' En met die woorden hing ze op.

Mel staarde gechoqueerd naar de telefoon in haar hand.

'Wat had ze?' vroeg Jack.

'Ze vroeg of ik jou maar even wilde vertellen dat Brad bij haar weg is en dat hij wil scheiden.'

'Nee. Dat meen je niet...'

Mel knikte. 'Ze zei ook dat ze nu niet met je wil spreken, maar dat ze je binnenkort zal bellen.'

'Wat is dat voor een waanzin!' Hij griste de telefoon uit haar handen.

'Zou je haar wens niet liever respecteren?' vroeg Mel, terwijl hij Bries nummer intoetste.

Hij reageerde niet en wachtte vol ongeduld tot er opgenomen zou worden. 'Neem even op, Brie,' zei hij toen hij Bries antwoordapparaat kreeg. 'Toe nou, ik moet je stem even horen. Brie! Neem als de bliksem die telefoon op! Je denkt toch niet dat ik ga zitten wachten tot –' Hij slaakte een diepe zucht.

'Jij kunt ook nooit gewoon doen wat je gevraagd wordt, hè?' vroeg Brie.

Mel had genoeg gehoord en ging weer op de bank zitten. Jack keerde zijn rug naar haar toe en zette het gesprek met Brie op gedempte toon voort. Hij bleef soms ook een tijd stil; voor een man kon hij ook heel goed luisteren.

Mel keek een paar keer op haar polshorloge. Na ruim een halfuur hing Jack op. Ze keek hem aan toen hij bij haar kwam zitten. 'Je hebt haar zeker aan het huilen gemaakt?' informeerde ze.

Hij knikte. 'Niet dat dat de bedoeling was natuurlijk, maar ik moest gewoon weten wat er aan de hand was. Ik zou nu het liefst een hartig woordje met Brad spreken, maar Brie zei dat ze me zou vermoorden als ik hem opbelde.'

Ze volgde met haar vinger de contouren van de bloeduitstorting op zijn wang. 'Goh. Toen we trouwden, had ik geen idee dat je zo'n ongelooflijke bemoeial was...'

Jack stond op en verdween naar het rommelkamertje, dat tevens dienstdeed als logeerkamer. Even later kwam hij terug met een zwart-witfoto die hij uit een van de vele verhuisdozen had gevist. Met een punt van zijn shirt veegde hij het stof eraf.

Het was een fototje van Jack op zestienjarige leeftijd met in zijn armen de kleine Brie, die toen vijf was. Hij wees naar iets waarom zij moest lachen.

'Ze liep altijd achter me aan,' vertelde hij. 'Ik kon nergens heen, of ze wilde mee. Ze was zes toen ik in het leger ging. Alle meiden waren in tranen, maar Brie was echt ontroostbaar.' Hij zuchtte. 'Ze mag nu dan wel officier van justitie zijn – een van de meest gevreesde openbare aanklagers van Californië – maar voor mij blijft ze altijd mijn kleine zusje, kleine Brie. Ik moet haar helpen. Ik moet iets voor haar doen...'

'Je zou kunnen beginnen met haar te vragen waaraan zij behoefte heeft,' opperde Mel. 'En vergeet niet een onderscheid te maken tussen haar gevoelens en die van jou.'

'Mijn gevoelens?' mompelde hij vaag.

'Ja. Niet alleen Brie is iemand kwijt, maar jij ook. Jullie hebben allemaal een hechte band met elkaar; dat heb ik wel gezien. De hele familie zal hierdoor getroffen zijn. Daarom zeg ik, pas op dat je Brie niet belast met jouw boosheid en verdriet. Ze heeft het al zwaar genoeg.'

'Ja,' zei hij peinzend. 'Je hebt helemaal gelijk.' Hij zakte onderuit op de bank met een sombere uitdrukking op zijn gezicht. 'Ik beschouwde Brad als een broer,' zei hij. 'Ik vertrouwde erop dat hij goed voor mijn kleine zusje zou zorgen. Hoe heeft hij dit nu kunnen doen?' Hij pakte de hand van zijn vrouw. 'En ondanks het feit dat ze zelf tot over haar oren in de problemen zit, denkt ze er ook nog aan om mij die nummers voor Paige door te geven. Vraagt ze me om Paige op het hart te drukken zo snel mogelijk contact op te nemen met een advocaat en haar te zeggen dat ze heel wat van dit soort kerels achter de tralies heeft gekregen. Mel, normaal gesproken snap ik wat mannen beweegt, maar op dit moment snap ik niets van ze.'

Nadat Paige een van de advocaten had gesproken die Brie had aangeraden, belde ze Brie zelf. Jacks zus zei dat ze erop voorbereid moest zijn dat haar man over niet al te lange tijd contact met haar zou zoeken. Het zou ongetwijfeld een onaangename confrontatie worden.

'Ik weet het,' zei Paige. Ze kon er niet van slapen, ook al bezwoer John dat alle deuren op slot waren en dat hij altijd bij het minste geluid wakker werd. Ze was nerveus en afwezig. Zelfs tijdens het bedienen en opruimen kon er geen lachje meer af. Ze keek doorlopend naar buiten, en elke keer wanneer de telefoon ging, kromp ze ineen.

'Als hij naar de kroeg belt, laat je het me toch wel weten, hè?' had ze John gevraagd.

'Natuurlijk, maar hij weet inmiddels de naam van je advocaat, dus het zou logisch zijn als hij die belde.'

'Vergeet het maar, dat doet hij nooit,' zei Paige.

Ook Mel probeerde haar op te vrolijken. 'Volgens mij ben jij al drie dagen de deur niet uit geweest,' zei ze op een gegeven moment tegen haar.

'Ik zou het liefst Chris in de auto zetten en ervandoor gaan,' vertrouwde Paige haar toe.

'Ja, dat kan ik me voorstellen,' zei Mel, 'maar met een beetje geluk vechten die advocaten het onder elkaar uit en ben je binnenkort een vrij mens.'

'Nou, dat zie ik anders nog niet gebeuren.'

'Ik ga zo even naar de overkant, samen met Connie en Joy een aflevering van de een of andere televisieserie kijken. Ga gezellig mee, dan ben je er even uit,' stelde Mel voor.

'Ik weet niet...'

'Kom op, Paige. Het is aan de overkant. Als we nu allebei de omgeving goed in de gaten houden...'

Onder het toeziend oog van Preacher, die het nodig vond om zich er persoonlijk van te vergewissen dat de kust veilig was, staken Mel en Paige de hoofdstraat over.

Maar toen de twee vrouwen na afloop van de televisie-uitzending weer naar de kroeg terugkeerden, wachtte Paige een onaangename verrassing. Pal naast de kroeg stond een SUV geparkeerd, en de man die ertegenaan geleund stond, kwam haar akelig bekend voor. Mel had niets in de gaten. Ze zei net dat ze zo had moeten lachen over het doorlopende commentaar van de twee oude vrouwen over de personen in de soap, toen Paige abrupt bleef staan.

'O, nee...' Paige hapte naar adem. Ze trok Mel aan haar mouw en hield haar midden op straat staande.

Hij stond tussen hen en de ingang van de kroeg in, nonchalant tegen zijn auto geleund, de handen in zijn broekzakken, een spottende grijns om zijn mond.

'Nee...' fluisterde Paige weer.

'Is hij het?' vroeg Mel.

'Ja.'

Hij maakte zich los van de auto en slenterde langzaam op hen af.

Beschermend ging Mel voor Paige staan. 'Jij hoort hier helemaal niet te zijn!' riep ze hem toe. 'Je hebt een contactverbod gekregen.'

Al lopend haalde hij een document uit zijn achterzak. 'Ik heb hier een gerechtelijk bevel. Paige moet mijn zoon onmiddellijk terug naar Los Angeles brengen voor de hoorzitting inzake de voogdij. En ik kwam hem even ophalen,' zei hij met een triomfantelijke grijns. 'Je hebt niet met de eerste de beste te maken, Paige. Kom, je gaat mee naar huis.'

'Jack!' schreeuwde Mel. 'Verdomme. Jack!'

'Nee...' jammerde Paige achteruitdeinzend.

De man kwam steeds dichterbij, maar Mel was niet van plan opzij te gaan. Hij mocht dan een gemene grijns hebben, qua postuur viel hij volkomen in het niet bij de mannen in de kroeg die Paige zouden beschermen. Eigenlijk had hij nog het meeste weg van een miezerig eerstejaarsstudentje met die keurige vouw in zijn broek en die dure leren schoenen. Hoe was het mogelijk dat deze schrielhannes zoveel macht bezat en zoveel ellende veroorzaakte, vroeg Mel zich af. De man was kleiner dan Jack en heel wat kleiner dan Preacher. Hij was misschien net zo lang als Rick, schatte ze. Nog geen één meter tachtig met korte bruine piekharen. Zo'n knappe snelle boy uit de stad. Hij moest eens weten wat hem te wachten stond.

Net op het moment dat Paige het op een lopen zette, zag Mel Jack naar buiten komen. Wes Lassiter duwde Mel hardhandig opzij en ging achter Paige aan. Mel wankelde achteruit, verloor haar evenwicht en smakte onzacht tegen het plaveisel.

Dat zou Jack niet ontgaan zijn, schoot het door haar heen. Ze hoorde hem aankomen nog voor ze haar ogen opsloeg. Haastig wierp ze een blik over haar schouder. Hij was te laat om Paige nog te kunnen beschermen, want Lassiter had haar inmiddels ingehaald; hij greep haar bij haar haren en smeet haar tegen de grond. Tot Mels ontzetting gaf hij haar een trap.

'Wat was je nou van plan, hè?' schreeuwde hij. 'Je dacht toch niet dat je zomaar bij me weg kon gaan?'

In het voorbijgaan keek Jack Mel even aan. Net toen Lassiter met zijn voet weer naar Paige uithaalde, greep Jack hem bij zijn nek. Hij tilde hem van de grond en slingerde hem met zo veel kracht van zich af, dat de man een meter verder op het asfalt terechtkwam.

Preacher, die waarschijnlijk in de keuken had gestaan toen Mel om hulp had geschreeuwd, kwam even na Jack naar buiten gerend met Rick in zijn kielzog. Jack boog zich intussen over Paige heen, die moeizaam overeind ging zitten. Ze hield een hand tegen haar gezicht gedrukt. Het bloed stroomde uit haar neus. Mel voelde zich te wankel om op te staan en kroop op handen en voeten naar hen toe.

Omdat Preacher zag dat er al voor Paige gezorgd werd, rende hij rechtstreeks op Lassiter af, die zich verdwaasd zat af te vragen wat hem overkomen was. Preacher bukte zich, pakte de man onder zijn armen en tilde hem moeiteloos van de grond. Ze keken elkaar recht in de ogen. Lassiters benen bungelden slapjes in de lucht, op zijn gezicht stond doodsangst te lezen.

'Ik ga jou een mep verkopen waarvan je nooit meer bijkomt, jij vuile klootzak!' snauwde Preacher hem toe.

'John!' riep Paige huilend uit. 'John!'

'Preach,' hoorde Preacher Jack zeggen, terwijl hij diens hand op zijn arm voelde. 'Ga maar even naar Paige toe.' Hij keek over zijn schouder naar Paige. Ze zat rechtop en hield huilend een hand tegen haar neus. Haar kleren zaten onder het bloed. Daarna keek hij weer naar Lassiter, die hem totaal verstijfd van schrik aanstaarde en nog altijd boven de grond zweefde. De verleiding om deze smeerlap eens even flink te verbouwen was groot...

Nee, dacht Preacher toen. In het bijzijn van Paige moet ik geen geweld gebruiken, anders denkt ze meteen dat ik net zo ben als hij, en dat ben ik niet. Hij liet de man abrupt los en bracht zijn gezicht tot vlakbij dat van Lassiter. 'Waag het niet om op te staan,' zei hij dreigend. Toen ging hij naar Paige.

'Kom maar.' Hij liet zich op een knie zakken, tilde haar op en ging weer rechtop staan.

'Ik mankeer niets,' fluisterde ze snikkend. 'Het gaat wel weer.'

Preacher begon in de richting van de praktijk te lopen. 'O, Paige,' verzuchtte hij. 'Dit had nooit mogen gebeuren.'

Jack had Mel intussen overeind geholpen.

'Ik heb niets,' zei ze, het stof van haar kleren slaand. 'Hij duwde me opzij, en ik verloor mijn evenwicht.'

'Je hebt nergens pijn?' vroeg Jack voor alle zekerheid.

Ze schudde haar hoofd. Toen keek Jack naar Lassiter, die nog altijd verkreukeld op de grond zat. De angst op zijn gezicht had plaatsgemaakt voor een spottende uitdrukking, die Jacks bloed deed koken.

Rick, die tussen Jack en Lassiter stond, zag Jacks vuisten open- en dichtgaan en deed haastig een stap opzij toen Jack op Lassiter afstapte. Jack stak Lassiter een hand toe om hem overeind te trekken.

'Maar goed dat je tussenbeide kwam,' zei Lassiter, Jacks hand grijpend. 'Anders had ik hem tot moes geslagen.'

Hij stond nog niet rechtop, of Jack haalde uit. Voor de tweede keer belandde Lassiter op het asfalt.

Jack boog zich over hem heen. 'Ga je mij nu ook verbouwen, knul?' snauwde hij.

Lassiter keek omhoog. Het bloed spoot uit zijn neus. 'Wie denk je wel...' Moeizaam krabbelde hij overeind. Hij nam een bokshouding aan, keek Jack vuil aan en schuifelde wat met zijn voeten.

Jack lachte hem uit. 'Wat nou? Wil je nu echt met me op de vuist? Kom maar op dan.'

Lassiter deed een aanval, trok zich plotseling terug, boog door de knieën en trapte naar Jacks hoofd. Jack was hem echter te snel af. Hij greep Lassiter bij zijn enkel en gaf er een ruk aan, zodat Lassiter op zijn rug op de grond belandde.

'Wat was je van plan, jochie?' vroeg Jack, zijn enkel stevig vasthoudend. 'Wilde je me soms een trap geven?'

'Laat me los!'

Jack liet Lassiters enkel los, greep hem bij zijn shirt en trok hem weer overeind om hem meteen een stomp in zijn maag te verkopen. Lassiter klapte dubbel. Vervolgens gaf Jack hem nog een vuistslag in zijn gezicht, waardoor hij achteroversloeg en opnieuw ruggelings tegen de grond smakte.

Preacher keek even om, zag wat er gebeurde en ging toen de praktijk binnen.

'Nu is het wel genoeg geweest,' bracht Lassiter happend naar adem uit.

‘Dat bepaal ik wel,’ zei Jack. Hij trok de andere man overeind voor een laatste vuistslag, die hem half bewusteloos een paar meter verder in het stof deed belanden. ‘Zo. Nu is het wel mooi geweest,’ zei Jack, het denkbeeldige stof van zijn handen slaand. ‘Bind zijn handen even op zijn rug, Rick, dan ga ik de sheriff waarschuwen.’

‘Goed.’ Rick sprintte terug naar de kroeg om een stuk touw te gaan halen.

Mel schudde haar hoofd. ‘Schaam je,’ zei ze tegen haar echtgenoot.

‘Sorry, Melinda, maar iemand moet die kerel toch een lesje leren. Als ik Preacher zijn gang had laten gaan, had deze hufter de rest van zijn leven in een rolstoel gezeten.’

‘Nou, maar als je hier problemen mee krijgt, weet dan dat je niet bij mij hoeft aan te komen,’ zei ze, waarna ze zich omdraaide en terug naar de praktijk ging.

Paige lag op de onderzoektafel. Preacher, die naast haar stond, hield haar hand vast. ‘Ik heb je in de steek gelaten,’ fluisterde hij tegen haar.

‘Nee,’ fluisterde ze terug. ‘Dat heb je niet.’

‘Je was bang dat ik hem in elkaar zou slaan, hè?’

Ze reageerde niet en wendde haar gezicht af.

Voorzichtig streek hij een haarlok uit haar gezicht. ‘De verleiding was groot, maar ik zag het nut er niet van in. Ik weet mezelf onder alle omstandigheden in de hand te houden.’ Hij pakte haar bij haar kin en draaide haar gezicht naar zich toe. ‘Hoorde je wat ik zei, Paige? Ik heb mezelf altijd in de hand.’

Ze knikte zwakjes.

Op dat moment kwam Mel met een ijskompres aan, dat ze op Paige’ gezicht legde. Toen zag ze de donkere vlek in het kruis van Paige’ spijkerbroek.

‘Preacher,’ zei ze. ‘Zou je de kamer even willen verlaten? Ik wil Paige onderzoeken. En vraag of dokter Mullins even hier komt.’

‘Het spijt me vreselijk dat ik je in de steek heb gelaten,’ zei hij nogmaals tegen Paige.

Paige legde een hand tegen zijn wang, waarop hij zijn lippen tegen haar voorhoofd drukte en terneergeslagen de kamer verliet.

Mel zou niet weten op welke manier Preacher dit had kunnen voorkomen; hij kon zich toch moeilijk aan Paige laten vastklinken. Die Lassiter was doortrapt en razendsnel. De man was duidelijk krankzinnig. Ze legde een laken over Paige heen. 'Even meewerken, Paige. Ik wil dat je je broek uittrekt, want je verliest bloed. Het zou kunnen dat je op het punt staat een miskraam te krijgen.'

Zachtjes snikkend hief Paige haar bekken op om Mel de gelegenheid te geven haar broek omlaag te trekken. Toen zich onder Paige onmiddellijk een plas bloed begon te vormen, zag Mel van verder onderzoek af. Ze voorzag Paige van maandverband, legde het laken weer over haar heen en zei dat ze zo terugkwam.

In de gang zag ze dokter Mullins, die net de onderzoekkamer binnen wilde gaan. 'Ze moet met spoed naar Grace Valley en misschien zelfs wel naar Valley Hospital,' zei ze tegen hem. 'Kun jij John Stone even bellen en Preacher vragen of hij met de brancard kan komen?'

'Miskraam?' vroeg dokter Mullins.

'Als ze geluk heeft, is dat het geval. Laten we hopen dat het geen inwendige bloeding is. Ze is pas negenentwintig. Ik ga haar niet onderzoeken; dat laat ik aan John over. Zeg hem maar dat er sprake kan zijn van inwendig letsel. Die klootzak van een man van haar heeft haar in haar buik getrapt.'

Dokter Mullins trok een grimas en draaide zich om om Preacher te waarschuwen.

Terug in de onderzoekkamer boog Mel zich over Paige heen. 'We gaan je zo dadelijk naar Grace Valley brengen, Paige,' zei ze. 'Hier moet een specialist bij komen. Misschien moet je zelfs wel geopereerd worden.'

'Raak ik de baby kwijt?' vroeg Paige zwakjes.

'Ik zal er geen doekjes om winden, Paige,' zei Mel. 'Het ziet er niet zo best uit. Zo dadelijk komt Preacher met de brancard. Wil je dat hij met je meegaat?'

'Nee, maar ik wil nog wel even wat tegen hem zeggen.'

Zodra Preacher even later met de brancard arriveerde, vroeg Mel of hij, nadat hij Paige had gesproken, haar kon helpen om Paige op de brancard te leggen.

'John,' zei Paige toen hij haar hand pakte. 'Wil je alsjeblieft goed op Christopher letten? Zorg ervoor dat hij zijn vader niet te zien krijgt en dat hij zich niet ongerust maakt over mammie. Zeg maar dat mammie niet lang wegblijft. Wil je dat voor me doen?'

'Maar Mel en Jack willen anders best –'

'Nee, John. Alsjeblieft, ontferm je over Chris. Bij jou voelt hij zich veilig. Zorg er alsjeblieft voor dat hij zijn vader niet te zien krijgt. Ik smeek het je.'

'Ik doe alles voor je, Paige… Het spijt –'

'Je hoeft je niet schuldig te voelen, John. Zorg maar gewoon goed voor Chris.'

Samen met Mel tilde Preacher Paige op de brancard. Bij de aanblik van de plas bloed die ze op de onderzoektafel achterliet, voelde hij zijn eigen bloed in zijn oren bonzen. Toen hij de brancard naar buiten reed, kwam Rick aangesneld om hem te helpen de brancard de verandatrap af te dragen.

'Het komt allemaal goed, Paige,' fluisterde Preacher met tranen in zijn ogen. 'En maak je maar geen zorgen over Christopher. Ik zal heel goed voor hem zorgen.'

Wes Lassiter zat op zijn knieën midden op straat met zijn handen op zijn rug gebonden en met een lelijk toegetakeld gezicht. De cafébezoekers waren nieuwsgierig naar buiten gekomen en hingen op en rond de veranda. Jack en Preacher zaten op de trap te wachten op de komst van de sheriff, Jack met zijn hand in een bak met ijs.

Het was niet de sheriff, maar Henry Depardeau, de hulpsheriff die even later aan kwam rijden. Jack kende Henry goed. Iets meer dan een maand daarvoor was Mel gegijzeld geweest door een verslaafde die, op zoek naar drugs, de praktijk was binnen gedrongen. Bij de schietpartij die er toen op was gevolgd – waarbij Jack betrokken was geweest – was Henry ook ter plaatse geweest.

De hulpsheriff stapte uit en hees zijn holster op. 'Zo, Sheridan,' zei hij. 'Ik kom jou wel erg vaak tegen de laatste tijd.'

'Het genoegen is geheel wederzijds,' zei Jack. Hij stak zijn pijnlijke hand op. 'Ik had je graag de hand geschud, maar...'

Henry wierp een blik in de richting van Lassiter. 'Is dat jouw werk?'

'Ja. De man wierp mijn zwangere vrouw tegen te grond en schopte vervolgens zijn eigen zwangere vrouw lens.'

'Goedemorgen,' mompelde de hulpsheriff. Toen keek hij naar Jacks gezicht. 'Zo te zien, ben jij ook niet geheel onbeschadigd uit de strijd gekomen.'

'Welnee, joh. Hij heeft me helemaal niet geraakt; daar heb ik wel voor gezorgd. Dit is al oud,' zei Jack. 'Ben tegen een deur aan gelopen. Een grote stomme deur.'

'Maar jij hebt hem dus wel een pak slaag verkocht. Dan vrees ik dat jij ook mee naar het bureau zult moeten.'

'Doe wat je moet doen, Henry. Hij trapte naar mijn hoofd. Telt dat mee?'

'Misschien. Hij leeft in elk geval nog.'

'Dat heeft hij juist aan Jack te danken,' zei Preacher. 'Ik stond namelijk op het punt om hem naar de andere wereld te helpen.'

'Er zit bloed op je shirt, chef. Hoe verklaar je dat?'

Preacher keek omlaag en zag nu pas dat er een brede veeg bloed op zijn shirt zat. 'O. Dat is van Paige. Paige is de vrouw van die kerel daar. Ik heb haar opgetild en naar de praktijk gebracht.' Hij keek Jack aan. 'Ik moet even een schoon shirt aantrekken voor Chris wakker wordt. Waar je allemaal niet aan moet denken als er kinderen in de buurt zijn.' Na deze woorden sprong hij op en verdween haastig naar binnen.

'Goed,' zei Henry tegen Jack. 'Jij bent dus de enige die hem heeft geslagen.'

'Inderdaad.'

'En hoe is die vrouw eraan toe?'

'Ze is onderweg naar een gynaecoloog omdat ze veel bloed verloor. De kans is groot dat ze een miskraam krijgt. Die vent van haar wist overigens dat ze zwanger was. Hij greep haar van achteren bij haar haren, smeet haar tegen de grond en trapte haar in haar buik.'

'Zijn er nog meer mensen die dat hebben gezien?'

'Getuigen genoeg. Preacher, Rick hier, mijn vrouw Mel. Je moet haar later maar ondervragen want ze is nu met Paige naar dokter Stone in Grace Valley. Er was nogal haast bij.'

'Zeg, ik zit hier, hoor!' riep Lassiter.

Henry wierp een blik over zijn schouder. 'Kop houden jij!' Hij keek Jack aan. 'Ik kan ervan op aan dat je er niet stiekem vandoor gaat?'

'Waar zou ik heen moeten, Henry? Ik wil weten hoe het Mel vergaan is; dus ik blijf hier tot ze terugkomt.'

'Mooi. Ik neem hem in elk geval mee. Laten we dan afspreken dat je naar het bureau komt als de sheriff je alsnog wil spreken.'

'Afgesproken,' zei Jack.

'Ik snap niet waarom het nodig is om hier een paar vrouwen lastig te komen vallen,' mompelde Henry hoofdschuddend.

'Nee,' zei Jack zacht. 'Het slaat helemaal nergens op.'

Onderweg naar Grace Valley kreeg Paige een miskraam. In Grace Valley namen dokter Stone en June Hudson het over van Mel en dokter Mullins. Ze brachten Paige met hun ambulance naar Valley Hospital voor onderzoek en eventuele behandeling.

Toen Paige na de procedure wakker werd, kreeg ze te horen dat ze geen inwendig letsel had opgelopen. Wel moest ze een nacht ter observatie in het ziekenhuis blijven. De volgende ochtend kon ze weer naar huis, al raadde dokter Stone haar wel aan om een paar dagen rust te houden.

De tweede persoon die aan haar bed verscheen, was Preacher. 'Hallo,' zei hij zacht. 'Hoe is het met je?'

Ze pakte zijn hand. 'Waar is Christopher?' vroeg ze slaperig.

'Chris is thuis. Mel en Jack passen op hem. Hij slaapt vannacht bij mij op de kamer en morgen neem ik hem mee als ik je kom ophalen.'

'Hm.'

'Zeg, Paige. Ben je wakker genoeg om me even aan te horen? Ik moet je een paar dingen vertellen, en dat doe ik het liefst niet in het bijzijn van Chris.'

'Hm,' mompelde ze. 'Ik ben wakker.'

'Goed dan. Wes is gearresteerd. Hij had drugs op zak; wat precies konden of wilden ze me niet vertellen. Hij wordt aangeklaagd wegens mishandeling, drugsbezit en het negeren van een contactverbod. Hij kan misschien op borgtocht vrijgelaten worden, maar hij moet in elk geval voor de rechter verschijnen. Rechter Forrest heeft beloofd er vaart achter te zetten. Eén ding is zeker: zolang die klootzak op vrije voeten is, zal ik jou dag en nacht bewaken, want zoiets mag geen tweede keer gebeuren. Het had sowieso niet mogen gebeuren natuurlijk.'

'Dat ligt niet aan jou, John. Jij hebt gedaan wat je kon,' mompelde ze slaperig.

'Deze keer zal hij de dans niet ontspringen. Je hebt het hem geflikt, Paige. Besef je dat wel? Paige. Ben je er nog?'

'Ja, ja. Ik ben er nog.'

'En, eh...' Preacher aarzelde. 'En als hij eenmaal veroordeeld is en achter de tralies zit, kun je eindelijk naar huis. Hij zal je er niet meer van kunnen weerhouden om te scheiden, en ook de volledige voogdij over Christopher zal je praktisch in de schoot geworpen worden. Misdadigers kunnen namelijk geen aanspraak maken op hun kinderen.'

'Naar huis?' vroeg ze.

'Nou ja, bij wijze van spreken. Je kunt gaan en staan waar je wilt.'

'Voor hoelang gaat hij dan achter de tralies, denk je?'

'Geen idee. Je advocaat is nog aan het bekijken of het mogelijk is hem poging tot moord – van de foetus – in de schoenen te schuiven, maar dat lijkt me geen haalbare kaart. Ik vind het trouwens heel erg dat je een miskraam hebt gekregen.'

'Ik heb zo mijn best gedaan om hem te behouden,' zei ze zwakjes, 'maar het heeft gewoon niet zo mogen zijn.'

Voorzichtig legde hij zijn grote hand op haar buik, de eerste keer dat hij zoiets intiems deed. 'Dat weet ik. Je kon er niets aan doen. Als er iemand iets te verwijten valt, ben ik het.'

'Waarom zeg je dat nu toch de hele tijd? Echt, John. Jou valt helemaal niets te verwijten. Integendeel.'

'Besef je wel dat je zo goed als vrij bent?'

'Vrij... Ik zou niet weten wat ik nu moest doen.'

'Nou, je zou terug naar Los Angeles kunnen gaan,' opperde Preacher.

'Ik weet het niet. Ik heb er eigenlijk alleen maar pijnlijke herinneringen aan.'

'Als je de behoefte hebt om rustig over je toekomst na te denken, mag je gerust nog even blijven, hoor. Zolang je maar wilt.' Nauwelijks hoorbaar voegde hij eraan toe: 'Wat mij betreft, voor de rest van je leven.'

'Ik kan me nuttig maken,' zei ze. Glimlachend sloot ze haar ogen. 'Ik ben heel goed in afwassen.' Ze sloeg haar ogen weer op, maar ze vielen vanzelf weer dicht.

Preacher streek haar haren uit haar gezicht. 'Jack is van plan om een huis te gaan bouwen,' zei hij. 'Hij zal dan geen tijd hebben voor de kroeg, dus ik kan wel een vervanger gebruiken. Christopher en jij...'

'Hm...'

'Je bent moe, hè? Ga maar lekker slapen.'

'Hm.'

Hij boog zich over haar heen en gaf haar een vluchtige kus op haar voorhoofd. 'Tot morgen.'

'Hm.'

Juist op het moment dat hij de kamer wilde verlaten, zei ze: 'John...'

Hij liep terug naar het bed. 'Wat is er?'

'Mag ik bij je blijven? Tot ik weer helemaal beter ben?'

Zijn hart begon te juichen. Hij had het gevoel dat zijn borstkas op het punt stond uit elkaar te spatten. Hij deed zijn best om zijn hoop de kop in te drukken, maar het lukte hem niet. 'Natuurlijk,' antwoordde hij zacht. 'Ik zou het fijn vinden als je bleef. Iedereen zou het fijn vinden.'

'Ik voel me zo thuis bij jullie...' mompelde ze nog zacht. Toen vielen haar ogen dicht.

Hoofdstuk 7

Opnieuw lag Paige op de kamer boven de keuken om een beetje op krachten te komen, met dit verschil dat ze er nu veel minder slecht aan toe was dan de vorige keer. Haar neus bleek gelukkig niet gebroken te zijn; ze moest het gewoon een paar dagen rustig aan doen na die miskraam. Terwijl ze lag te rusten, paste Preacher op Christopher. Brie had een advocaat in Los Angeles ingeschakeld, die intussen beroep had aangetekend tegen het gerechtelijk bevel dat Christopher terug moest naar zijn vader, gegeven het feit dat de vader zelf in voorlopige hechtenis zat.

Wes Lassiter kwam na drie dagen op borgtocht vrij en reisde spoorslags terug naar Los Angeles – volgens zijn advocaat om te voorkomen dat zijn werkgever erachter zou komen dat hij in de cel had gezeten.

Preacher wilde geen enkel risico nemen en had zijn vriend Mike Valenzuela gevraagd om twee keer per dag te controleren of Lassiter zich ook daadwerkelijk in Los Angeles bevond.

Het leven in Virgin River leek net weer een beetje tot rust te zijn gekomen, toen Mel op het spreekuur een patiënt kreeg die ze niet had verwacht, en al helemaal niet in zo'n conditie...

Dokter Mullins was een dagje uit vissen, toen Mels goede vriendin Connie zich bij haar meldde. Connie was een roodharige vijftiger met een onverwoestbaar humeur, die nog niet helemaal hersteld was van de zware hartoperatie die ze afgelopen mei had ondergaan. Ze had haar nichtje Liz bij zich.

Mel begon te stralen toen het tweetal binnenkwam, maar toen ze Liz' bedrukte gezichtje zag verstarde haar glimlach. Automatisch keek Mel naar de buik van het meisje. Ze keek Connie aan, die een grimas trok en een hulpeloos gebaar maakte.

Liz was een halfjaar daarvoor door haar moeder, Connies zus, naar Connie in Virgin River gestuurd omdat ze onhandelbaar zou zijn en 's avonds de straten van Eureka onveilig maakte. Zowel Connie als haar zus hoopte dat het meisje in Virgin River wat rustiger zou worden, al was het alleen maar doordat het dorp heel wat minder mogelijkheden tot ontsporing te bieden had dan Eureka, dat echt een stadje was. Maar toen Connie in mei een hartinfarct had gekregen, was Liz terug naar huis gestuurd.

'Hallo, Liz,' begon Mel opgewekt. Per slot van rekening hoorde het bij haar werk om de patiënt op zijn of haar gemak te stellen. 'Welkom terug. Hoe is het met je?'

'Niet zo goed,' antwoordde het meisje.

'Ik ben wel blij je weer te zien,' zei Mel, het meisje bij de hand nemend. 'Je komt vast voor een onderzoek. Ga maar mee.'

Liz liet zich gewillig meetronen naar de onderzoekkamer. Ze maakte een heel andere indruk dan een halfjaar eerder. Toen had ze er nogal ordinair uitgezien; ze had rokken gedragen die niet of nauwelijks meer waren dan schaamlapjes, leren laarzen met hoge hakken en superkorte topjes. Daarbij had ze zich altijd zwaar opgemaakt, en een navelpiercing had het geheel gecompleteerd. Veertien was ze, een bloedmooie, provocerende meid die gemakkelijk voor achttien kon doorgaan. Geen wonder dat haar moeder zich grote zorgen over haar maakte.

Nu droeg ze een gewone spijkerbroek en een wijde trui die haar buik moest verhullen. Desondanks was het duidelijk dat ze zwanger was. Ze had zich opgemaakt, zij het lang niet zo zwaar als vroeger. Niet dat ze dat nodig had; zonder make-up was ze al beeldschoon. Ze zag er ook stukken jonger uit dan in de lente. Jonger en kwetsbaarder.

Rick had het van meet af aan zwaar van haar te pakken. Jack en Preacher, die Rick onder hun hoede hadden genomen, fungeerden zo'n beetje als surrogaatbroers of -vaders. Jack had het indertijd nodig gevonden om Rick nog eens extra te wijzen op de risico's van intimiteit, zeker als het meisje in kwestie nog zo jong was.

Kort nadat Liz naar haar moeder was teruggekeerd, had Rick tegen Jack gezegd dat het uit was, herinnerde Mel zich, dus ze ging ervan uit dat Rick niet de vader zou zijn. Bovendien leek het haar niets voor Rick om een meisje zwanger te maken en haar vervolgens te laten zitten. Het zag ernaar uit dat Liz al heel snel troost bij een andere jongen had gezocht.

'Zo,' zei Mel toen ze eenmaal alleen waren. 'Wil je vertellen waarom je hier bent?'

'Ik ben zwanger. Dat lijkt me duidelijk.'

'Ben je al bij de huisarts geweest om je te laten onderzoeken?'

'Nee. Ik wist het niet zeker… Ik dacht dat ik dik aan het worden was.'

'Hoeveel keer ben je niet ongesteld geweest?'

Ze haalde haar schouders op. 'Weet ik het. Ik ben nooit regelmatig geweest. Ik wist nooit wanneer ik het kon verwachten.'

'Heb je enig idee hoever je al bent?' vroeg Mel.

'Dat weet ik precies, omdat ik het maar met één jongen gedaan heb, en maar één keer.' Ze keek Mel aan met haar grote blauwe ogen.

Tegen beter weten in hoopte Mel nog steeds dat het niet Rick zou zijn. 'Als je de precieze datum nog weet, kunnen we uitrekenen wanneer je ongeveer moet bevallen.'

'Zeven mei,' zei ze. De tranen sprongen haar in de ogen.

Rick, wist Mel. Verdomme. Twee dagen voordat Connie een hartaanval had gekregen en Liz terug naar Eureka was gestuurd. Ze was zelfs al verder dan Mel. 'Goed,' zei ze. 'Laten we je eerst maar eens onderzoeken. Kleed je maar even helemaal uit, beha, onderbroekje, de hele rambam, en trek dan dit hemd aan.'

'Maar ik heb nog nooit –'

'Rustig maar, Liz. Je zult zien dat het meevalt. Ik ga even weg; dan kun je je rustig uitkleden. Ik leg je straks wel uit wat we gaan doen.'

Als Liz niet zelf met een datum over de brug gekomen was, had Mel het wel van Connie gehoord.

'Mijn zus was van mening dat haar dochter, gezien het feit dat ze in Virgin River zwanger is geworden, hier dan ook maar haar zwangerschap moest uitzitten,' zei Connie met een lichte afkeuring in haar stem. 'Je zou bijna gaan denken dat ik de vader was.'

Mel schudde meewarig het hoofd. 'Dit soort dingen gebeurt helaas vaker dan je denkt, Connie.'

'Ik weet niet goed wie van hen ik het liefste de nek om zou draaien.'

'Ik wil hier geen moord en doodslag hebben,' zei Mel, haar vriendin een bemoedigend klopje op de arm gevend. 'Laten we proberen om ze er zo goed mogelijk doorheen te helpen en kijken hoe ze de draad van hun jonge levens weer kunnen oppakken.'

'Stelletje stomme idioten,' mopperde Connie. 'Wat dachten ze dat ze aan het doen waren?'

Mel ging naast haar zitten. 'Jij gaat ervan uit dat ze op dat moment dachten. Als dat al zo was, dan dachten ze vooral vanuit hun onderbuik. Gaat het een beetje? Denk aan je bloeddruk, hè.'

'Ja, maak je maar geen zorgen. Dit is me gewoon wat rauw op mijn dak gevallen.'

'Ik heb zo'n gevoel dat je niet de enige bent die hiervan zal opkijken.'

'Hoe bestaat het dat ze het zelf niet doorhad?'

'Ach, Connie. Ontkenning kan de buikspieren van een veertienjarige heel lang strak houden.'

'Ze is intussen vijftien. Niet dat dat veel uitmaakt.'

Mel moest een beetje lachen. 'Het maakt het wel minder spectaculair. Nou, ik ga maar eens naar mijn patiënt toe. Concentreer jij je nu maar op je ademhaling.'

Liz bleek al ruim vijf maanden zwanger te zijn. Ja, ze had beweging in haar buik gevoeld, maar ze dacht dat het winderigheid was. Ze dacht dat haar borsten zo gevoelig waren omdat ze elk ogenblik ongesteld kon worden. Haar manier van redeneren was typerend voor een meisje van haar leeftijd, zeker van een meisje dat niet regelmatig menstrueerde. Ze leek zich niet bewust te zijn van de veranderingen die zich in haar lichaam voltrokken en wenste vooral dat het allemaal niet waar was.

'Blijf je voorlopig bij je tante?' vroeg Mel.

Ze haalde haar schouders op. 'Waarschijnlijk wel. Tenzij ze me eruit gooit natuurlijk.'

'Zoiets zou ze nooit doen, dat weet je best. Betekent dat ook dat je hebt besloten om de baby te laten komen?'

'Ja. Ik kan toch niet anders, of wel soms?'

'In deze fase zijn er niet veel mogelijkheden, nee,' beaamde Mel.

'Nou, dan. Ik laat het kind komen, want ik heb geen andere keus.' Ze haalde zwaar adem. 'Wat een ellende…'

'Wat kan ik voor je doen, Liz?'

Het meisje schudde mismoedig haar hoofd. 'Niets. Niemand kan nog iets voor me doen.'

'Lieve schat, je bent heus niet de eerste tiener die zwanger is. Ik zal eerlijk tegen je zijn: je gaat een moeilijke tijd tegemoet, maar geloof me, je zult je er wel doorheen slaan.'

'Ik moet eerst vandaag zien te overleven.'

'Hoezo? Wat staat er vandaag dan te gebeuren?' wilde Mel weten.

'Nou, ik zal het hem toch moeten gaan vertellen.'

'Hij weet het niet.'

'Nee.' Het huilen stond Liz nader dan het lachen. 'Hij zal woest zijn.'

'Nou, nou. Je moet niet vergeten dat niet alleen jij hiervoor verantwoordelijk bent. Moet je horen, je krijgt een paar dagen de tijd om even tot jezelf te komen, en dan neem ik je mee naar de kliniek in Grace Valley voor een echo. Daarmee kun je je baby bekijken. Als je geluk hebt, kunnen ze zelfs vaststellen of het een jongen of een meisje is. Aangenomen dat je dat graag wilt weten.'

'Goed,' zei het meisje. 'Ja, dat wil ik eigenlijk wel weten.'

'Je kunt ook vast eens gaan nadenken over de manier waarop je wilt gaan bevallen. Waarschijnlijk zal de gynaecoloog je voorstellen om maar in Valley Hospital te bevallen, aangezien het hier om een eerste kind gaat. Je kunt er ook voor kiezen om hier te bevallen, maar houd er dan rekening mee dat ik je geen ruggenprik kan geven.'

'Ik zou niet weten wat ik moest kiezen...'

'Daar moet je ook rustig de tijd voor nemen,' zei Mel. 'Mag ik je een goede raad geven?'

'Ga je gang,' zei Liz. 'Je bent heus de eerste niet.'

'Ga het hem zo snel mogelijk vertellen, dan heb je dat tenminste achter de rug en kun je je op andere dingen concentreren.'

Liz huiverde. 'Ja,' mompelde ze. 'Dat had ik zelf ook al bedacht.'

Rick parkeerde zijn truck naast die van Jack en kwam zoals gewoonlijk vrolijk fluitend via de achterdeur de keuken binnen. Preacher stond deeg uit te rollen, en naast hem op het aanrecht zat de kleine Christopher te knoeien met zijn eigen stukje deeg. Rick woelde door zijn blonde haartjes.

'Hallo, koksmaatje. Ben je pasteitjes voor ons aan het maken?'

'Dit is mijn pasteitje,' antwoordde Chris zonder op te kijken.

'Wat knap van je, zeg,' zei Rick bewonderend.

'Er zit binnen iemand die je graag wil spreken, Rick,' zei Preacher.

Rick lachte. 'O?'

'Luister. Blijf kalm. Wind je vooral niet op. Gebruik je hersens. Denk even na voordat je iets zegt, ja?'

Enigszins bevreemd keek Rick hem aan. 'Ja...'

Rick ging de bar binnen. Jack, die aan de bar stond te kletsen met een paar mensen, keek hem aan met een ernstige uitdrukking op zijn gezicht. Toen knikte hij met zijn hoofd naar een tafeltje in de hoek.

Liz! Daar zat Liz! Rick kon zijn ogen bijna niet geloven en grijnsde van oor tot oor. O, hemel, Liz... Zijn hart begon wild te bonzen. Hij had haar sinds mei niet meer gezien en miste haar nog elke dag. Hij droomde zelfs van haar.

Toen hij naar haar toe liep, stond ze op, en terwijl ze opstond, gingen haar handen naar haar buik alsof ze hem moest ondersteunen. Rick had het gevoel alsof de bodem uit zijn bestaan werd weggeslagen. Hij bleef als aan de grond genageld staan en staarde haar met open mond aan. Zijn blik ging van haar gezicht naar haar buik en weer terug. Hij voelde een onbedwingbare neiging opkomen om ervandoor te gaan. Hij wilde weg, hij wilde dood.

Hij zag dat de tranen haar in de ogen sprongen. Ze was doodsbang, dat was duidelijk. Preachers wijze woorden flitsten door zijn hoofd: blijf kalm; denk even na voordat je iets zegt... Hij besefte dat hij haar nog steeds stond aan te gapen en sloot zijn mond, slikte moeizaam en liep langzaam op haar toe. Ze stak haar kin vooruit en bleef hem dapper aankijken, ook al biggelde er een dikke traan over haar wang.

Zijn hoofd tolde. Hoe was dit nu mogelijk, vroeg hij zich verwilderd af. Het kon toch niet van hem zijn? Ze had zelf gezegd dat het goed afgelopen was. Hoe moest dat nu? Hij zat nog op school, en nu stond het enige meisje met wie hij het één keer had gedaan opeens voor zijn neus – met een dikke buik. Ze keek naar hem alsof ze doodsbang voor hem was, maar híj was net zo goed in paniek. Heer in de hemel, bad hij, laat het niet waar zijn. Ze... Was ze soms bang dat hij haar de schuld zou geven?

Hij vermande zich plotseling en probeerde na te denken. In gedachten hoorde hij Jacks stem.

Je kunt wel het gevoel hebben dat je volwassen bent, maar dat wil nog niet zeggen dat je het ook bent, Rick. Je moet er ook naar handelen, doen wat juist is...

Welke mogelijkheden had hij? Hij kon ervandoor gaan, hij kon het ontkennen, hij kon flauwvallen en hopen dat haar buik verdwenen zou zijn wanneer hij weer bijkwam.

Er rolde weer een traan over haar wang, zag hij, terwijl hij zich wanhopig probeerde voor te stellen wat Jack in dit geval zou doen, of Preacher. Preacher had zich over Paige en Christopher ontfermd...

Daar kon hij een voorbeeld aan nemen. Opeens wist hij hoe hij moest handelen. Hoe het allemaal verder moest, zag hij later wel, maar nu zou hij laten zien dat hij een man was.

Hij kwam pal voor haar staan en keek in die bange ogen van haar, glimlachte om haar gerust te stellen. Toen sloeg hij een arm om haar middel en kuste haar vluchtig op haar voorhoofd. 'Lizzie,' fluisterde hij.

Ze begroef haar gezicht tegen zijn schouder en liet haar tranen de vrije loop.

Hij trok haar tegen zich aan en hield haar stevig vast. 'Niet huilen,' fluisterde hij. 'Toe, Lizzie. Huil nu maar niet.' Over zijn schouder keek hij naar Jack, die een veelbetekenende blik naar de deur wierp. 'Kom,' zei hij tegen Liz. 'Laten we even naar buiten gaan; dat praat wat rustiger.' Hij sloeg een arm om haar schouders en loodste haar naar de deur.

Onder een boom achter de kroeg bleef hij staan. 'Hé,' zei hij zacht. 'Als je zo blijft huilen, kunnen we niet praten.'

'O, Rick… Het spijt me zo.'

Hij duwde haar kin wat omhoog en keek in haar ogen, die rood waren van het huilen. 'Ik begrijp het niet, Liz. Hoe kan dit nu?' vroeg hij zacht. 'Je had gezegd dat we weer rustig konden ademhalen.'

Ze haalde haar schouders op. 'Dat dacht ik zelf ook. En ik had het gevoel dat dat was wat je graag van me wilde horen.'

'Maar dan toch alleen maar als dat ook echt het geval was,' zei hij.

'Ik wist het niet. Ik wist het gewoon niet.'

'Maar je was toch ongesteld geworden? Dat had je zelf gezegd.'

Ze haalde haar schouders. 'Ik ben nooit regelmatig geweest. Een keer of vier per jaar of zo, meer niet. Je vroeg me er elke dag naar, dus ik dacht, laat ik maar zeggen wat hij wil horen, dan houdt hij wel op. Maar daarna maakte je het meteen uit. Ik kon aan niets anders meer denken. Ik begreep niet waarom je me opeens niet meer wilde. Het moest aan mij liggen. Ik moest iets fout hebben gedaan. Ik voelde me een –'

'Nee. Nee, het lag niet aan jou. Je had niets fout gedaan,' wierp hij ertegenin. Verschrikkelijk, wat had hij haar aangedaan?

'Zo voelde het wel,' zei ze snikkend.

Hij herinnerde zich nog precies hoe het gegaan was en voelde zich een ongelooflijke hufter. Een paar dagen nadat het was gebeurd, had ze terug naar haar moeder in Eureka gemoeten. Hij had constant met haar aan de telefoon gehangen, had willen weten hoe het met haar was, of ze al ongesteld was geworden. Uiteindelijk had ze het verlossende woord gesproken, en in datzelfde gesprek had hij haar te kennen gegeven afstand te willen nemen en voorgesteld elkaar voorlopig maar even niet te zien. Hij was stapelgek op haar, had hij gezegd, maar de verleiding was zo groot en ze konden zich duidelijk niet beheersen. Straks zaten ze met een kind, en daar waren ze veel te jong voor.

Niet dus.

Hij nam haar in zijn armen. 'O, Liz, liefje,' fluisterde hij. 'Heb je dan niet begrepen dat ik het uitmaakte voor jouw bestwil?' Voor mijn eigen bestwil! 'Ik was bang dat ik me een volgende keer weer niet zou kunnen beheersen en jou in moeilijkheden zou brengen.' Mezelf in moeilijkheden zou brengen! 'Je bent nog zo jong. Veel te jong.' Ik ben te jong! 'O, Lizzie, waarom heb je me niet verteld hoe het zat?'

'Ik wist het zelf niet eens.' Ze begon weer te huilen.

'Stil maar, schatje. Huil maar niet. Het is jouw schuld niet, het is mijn schuld. Toe, huil nu niet.'

Maar ze bleef maar huilen. Ze had ook zo opgezien tegen dit gesprek en voelde zich enorm opgelucht dat hij een en al begrip was.

'Zullen we even een eindje gaan rijden?' stelde hij voor toen ze eindelijk uitgehuild was.

Ze knikte.

Met de rug van zijn hand veegde hij haar tranen af. 'Moet je tante het niet weten?'

'Ze weet het al,' antwoordde ze. 'Ze wist ook dat ik vandaag hierheen wilde om het jou te vertellen.'

'Nou, laten we eerst maar een eindje gaan rijden. Om op adem te komen en een beetje moed te verzamelen om Connie onder ogen te komen.'

'Moet je Jack niet zeggen dat je even weg bent?'

Hij sloeg een arm om haar schouders en liep naar zijn auto. Jack had haar dikke buik ongetwijfeld gezien. 'Jack kent me. Hij weet wat ik doe.' Namelijk me als een volwassen vent gedragen, dacht hij erachteraan. Alleen had hij daar veel eerder aan moeten beginnen; nu zaten ze met de gebakken peren...

'Waar wil je naartoe?'

'Ergens bij de rivier?' stelde hij voor. 'Want we zijn nog niet uitgepraat. We hebben het nog helemaal niet gehad over hoe het nu verder moet.'

'Blijf je dan bij me?' vroeg ze.

'Ja, wat dacht je?'

'Hou je dan van me, Rick?'

Hij keek naar haar dikke buik, die ze aan hem te danken had. Heer in de hemel, dacht hij. Of hij van haar hield? Dat ging hem te ver. Het liefst zou hij hier niets mee te maken hebben. Wat moest hij daar nu op zeggen? Hij herinnerde zich de manier waarop Jack en Preacher met hun vrouwen omgingen en drukte zijn lippen tegen haar slaap.

'Ja, natuurlijk. Wat dacht je dan? Maak je nu maar geen zorgen; het komt allemaal wel goed. Het zal misschien niet gemakkelijk zijn, maar het komt goed.'

Normaal gesproken ging Jack na het eten zo snel mogelijk naar huis, maar deze keer bleef hij hangen. Ergens had hij het vermoeden dat Rick nog even langs zou komen. De jongen zou vast wel de behoefte hebben om tekst en uitleg te komen geven. Niet dat er veel uit te leggen viel – Lizzies dikke buik sprak boekdelen. Maar Rick beschouwde Jack als een soort vader, iets waar Jack niets op tegen had, zelfs in deze omstandigheden niet.

Jack was nog even bij Mel langsgegaan voor ze naar huis was gegaan. 'We hebben een nieuw probleem, maar ik heb zo het gevoel dat jij daar intussen het fijne al van weet.'

'Je weet best dat ik daar niets over kan zeggen, schat,' zei ze. 'Het spijt me voor je.'

'Maar ik wil ze zo graag helpen.'

'Dat begrijp ik, Jack. Maar aangezien het om een patiënt van me gaat, hou ik mijn mond.'

'Kun je me dan niet wat adviezen geven?' vroeg hij.

Ze boog zich naar hem toe om hem een zoen te geven. 'Je hebt mijn advies helemaal niet nodig. Je weet zelf heel goed wat je wel en niet moet doen.' Ze keek naar zijn hand, die nog dik was, en toen naar zijn toegetakelde gezicht. 'Je ziet er niet uit. Je zou je eens een avondje gedeisd kunnen houden,' zei ze liefjes. 'En wat Rick betreft, luister naar wat je hart je ingeeft. Als iemand begrijpt wat die jongen op het moment doormaakt, ben jij het wel.'

Die was raak, dacht Jack. Hij was er vrijwel zeker van dat Mel zwanger was geraakt bij de eerste de beste keer dat ze hadden gevrijd – de eerste keer sinds jaren dat hij geen condoom had gebruikt.

Het was inmiddels halfnegen. Preacher had Christopher in bad gedaan en daarna bij zijn moeder in bed gelegd en schonk Jack en zichzelf net een glas whisky in, toen Rick de uitgestorven kroeg betrad. De jongen die binnenkwam, leek echter in geen enkel opzicht meer op de knappe vrolijke zeventienjarige scholier. In een paar uur tijd leek hij wel tien jaar ouder te zijn geworden.

Hij ging bij Jack en Preacher aan de bar zitten, haalde een hand door zijn haren en keek zijn twee mentoren aan. 'Jullie zullen intussen wel weten wat er aan de hand is, neem ik aan?'

'Liz is zwanger,' zei Jack.

'Inderdaad. Een moment van zwakte afgelopen mei – en bingo! De baby wordt in februari verwacht. Ze is dus hoogzwanger.'

'O, nee… Rick…' reageerde Preacher ontzet. 'Ach, jongen toch…'

Rick schudde zijn hoofd. 'Het kan alleen maar van mij zijn. Ik ben hier verantwoordelijk voor.'

'Voor dat soort dingen zijn er anders twee nodig,' zei Preacher, die zich nog goed herinnerde dat Liz indertijd de krolse kat had uitgehangen.

'Ja, maar zij loopt met een dikke buik rond,' zei Rick. 'Er eerlijk voor uitkomen dat ik verantwoordelijk ben voor die dikke buik is wel het minste wat ik kan doen, lijkt me. Niet dat ze dat eist.' Hij slaakte een diepe zucht. 'Jullie zullen wel vreselijk teleurgesteld in me zijn. Ik heb het verknald. En niet zo'n beetje ook.'

Jack verbeet een grijns. Wat een kanjer, dacht hij trots. Iedere andere jongen van zeventien zou er in zo'n situatie vandoor gaan, maar Rick dus niet. Rick erkende zijn aandeel, aanvaardde zijn verantwoordelijkheid. Het moest niet gemakkelijk voor hem zijn om hem en Preacher onder ogen te komen. 'Hebben jullie al besloten hoe het verder moet?'

'Nee, niet echt. We moeten nog even van de schrik bekomen, weet je. Maar ik heb tegen Liz gezegd dat dit net zo goed mijn probleem is als het hare en dat ze van me op aan kan. Tegen Connie heb ik gezegd dat ik natuurlijk alle kosten zal vergoeden.'

'Hoe reageerden Ron en Connie?' wilde Preacher weten.

'Ze zouden me het liefst vermoorden natuurlijk,' antwoordde Rick, 'maar ik ben voor ze door het stof gekropen, heb me duizend keer verontschuldigd. De belofte me helemaal dood te zullen werken leek ze wat milder te stemmen.'

'Nou, dat zal niet nodig zijn, lijkt me,' merkte Jack droogjes op. 'Je kunt hier een paar uur extra komen werken als je wilt, maar school komt op de eerste plaats, Rick, wat er ook gebeurt.'

'Dat aanbod neem ik natuurlijk met beide handen aan. Nu moet ik Liz' vertrouwen zien terug te krijgen. Dat ze dat kwijt is geraakt, is mijn eigen schuld.'

'Je kunt jezelf wel van alles verwijten, maar veel helpen zal het niet,' zei Jack. 'Dit soort dingen gebeurt. Ik vind dat je er heel volwassen op reageert. Er zullen er niet veel zijn die je dat nadoen.'

Rick leek hem niet te horen. 'Toen ik haar daar zag zitten vanmiddag... Het was duidelijk dat ze in paniek was; ze was bang voor mijn reactie. Achteraf begreep ik ook pas waarom. Vlak na onze, eh... escapade moest ze terug naar Eureka. Ik zat natuurlijk behoorlijk in de rats en belde haar toen om de haverklap op om te vragen of ze al ongesteld was geworden – alsof dat het allerbelangrijkste in de wereld was... Om van het gezeur af te zijn sprak ze het verlossende woord. En wat deed ik toen, stomme idioot die ik was? Ik maakte het uit.'

Hij haalde een hand over zijn bezwete nek. 'Ik dacht juist dat dat een verstandige beslissing was, omdat ik bang was dat het anders weer zou gebeuren. Maar als ik het niet uitgemaakt had, zou ik hebben geweten dat ze wel degelijk zwanger was. Dan was er misschien nog iets aan te doen geweest. Ik bedoel...' Hij keek zijn vrienden beurtelings aan. 'Die baby beweegt al. Ze heeft het me laten voelen...'

Jack die zelf over een paar maanden vader hoopte te worden, voelde iets in zijn borstkas samenkrimpen. En Preacher, Preacher zou maar wat graag in Ricks schoenen hebben gestaan, maar dat was iets wat niemand wat aanging, zelfs Jack niet.

'Ze is zo'n kind,' verzuchtte Rick. 'Ik vraag me af hoe ik het ooit weer goed kan maken.'

'Allereerst moet je haar het gevoel geven dat ze er niet alleen voor staat,' zei Preacher. 'Wees lief voor haar, behandel haar met respect. Wees ervan doordrongen dat ze de moeder is van jouw kind, wat de toekomst ook mag brengen.'

'Ja... Ze vroeg of ik van haar hield,' zei hij ongemakkelijk.

Er viel een stilte. Jack schonk een klein beetje whisky in een glas en gaf het aan Rick.

'Wat heb je daarop gezegd?' vroeg Preacher.

'Wat moest ik zeggen? Als ze me dat destijds had gevraagd, had ik geheid ja gezegd... Dat had ik misschien moeten zeggen.' Hoofdschuddend staarde hij naar zijn glas whisky. '"Ja, natuurlijk," zei ik.'

'Heel goed, Rick,' zei Preacher. 'Dat was het beste antwoord dat je kon geven.'

Jack tikte met zijn glas tegen dat van Rick. Hij was apetrots op zijn pupil. Geen spoortje zelfmedelijden, geen gejammer over erin geluisd zijn, geen verwijten aan het adres van Liz. Hiermee bewees Rick dat hij ruggengraat had. Dat hij pas zeventien was, maakte het des te bewonderenswaardiger.

'Je overleeft het wel,' zei hij.

'Ik heb het gevoel dat ik van alles moet gaan doen,' verzuchtte Rick, 'maar ik weet niet goed wat.'

'Op dit moment moet jij helemaal niets,' zei Jack. 'Jij gaat eerst eens rustig je gedachten op een rijtje zetten. Geen impulsieve acties of overhaaste beslissingen. Dus mocht je overwegen om er stiekem vandoor te gaan en in het geheim te trouwen, zet dat dan alsjeblieft meteen uit je hoofd. Je bent zeventien; Liz is vijftien, en er is een kind op komst. Laat haar in elk geval niet in de steek en wees lief voor haar. Hoe het allemaal verder moet, zal de tijd leren.'

'Jack, Preach,' zei Rick. Zijn ogen glansden verdacht. 'Het spijt me. Jullie hadden me nog zo gewaarschuwd, maar ik –'

'Rick.' Jack liet hem niet uitspreken. 'Je bent niet de eerste die zoiets overkomt. Maak je geen zorgen. We slaan ons er heus wel doorheen.' Hij nam een slok whisky. 'Gemakkelijk zal het niet zijn, maar gelukkig kunnen we tegen een stootje.'

Hoofdstuk 8

Rechter Forrest had weliswaar gezegd te zullen proberen Wes Lassiter zo snel mogelijk te berechten, maar aangezien Lassiter niet in Mendocino County was opgepakt, maar in Humboldt County zou zijn zaak door een andere rechter worden behandeld.

Lassiter bleek bij zijn arrestatie in bezit te zijn van methamfetamine. Het gebruik van de drug zou, zo beweerde zijn advocaat, hebben bijgedragen tot het agressieve gedrag en het gebrekkige oordeelsvermogen van zijn cliënt. Zou Lassiter ook nog wegens drugsbezit worden veroordeeld, dan hing hem een langdurige gevangenisstraf boven het hoofd. Zijn advocaat pleitte echter voor verplichte opname in een afkickcentrum. De rechter ging akkoord en besloot tot vrijlating op borgtocht. Na ontslag uit het afkickcentrum zou Lassiter worden aangeklaagd wegens het plegen van drie misdrijven, waarvan twee zware. Een succesvolle behandeling zou eventueel meetellen bij het bepalen van de strafmaat. Er werd nog een aantal andere voorwaarden gesteld. Bij het voortijdig afbreken van de behandeling werd de borgtocht ingetrokken en ging Lassiter in afwachting van zijn rechtszaak de gevangenis in. Verder zou Lassiter tijdens zijn verblijf in het afkickcentrum door de officier van justitie op aanwezigheid worden gecontroleerd, wat betekende dat hij zich niet anoniem kon laten behandelen.

'Vat deze beslissing nu niet onmiddellijk op als slecht nieuws,' zei Brie aan de telefoon tegen Paige. 'Het is best mogelijk dat hij heel anders tegen de dingen aankijkt als hij eenmaal afgekickt is. Ik raad je wel aan om de procedures inzake de aanvraag tot ontbinding van het huwelijk en het verzoek om volledige voogdij gewoon door te laten gaan. Het kan zijn dat hij je probeert te dwarsbomen, maar gezien de voorwaarden die de rechter heeft gesteld, is mijn inschatting dat Lassiter liever meewerkt dan de cel weer in gaat.'

'Hoelang gaat zijn behandeling duren?' vroeg Paige.

'Daar valt weinig over te zeggen. Er staat minimaal een maand voor, maar meestal duurt het een paar maanden. Kijk, hij kan er niet op eigen initiatief mee stoppen. Zijn behandelaars bepalen of hij klaar is of niet.'

'Ik wist niet dat hij echt een drugsprobleem had,' zei Paige. 'Ik vermoedde wel iets. Ik had een keer iets in zijn zakken gevonden wat op drugs leek, maar ik durfde hem er niet naar te vragen. Ik ben er toch niet helemaal gerust op. Hij is in staat om zijn behandelaars ervan te overtuigen dat hij er wel klaar mee is. Hij is nogal manipulatief, weet je.'

'Ja, dat zijn alle verslaafden. Geloof me, als er een instelling is waar er meer hulpverleners zijn dan patiënten, dan is het wel in een afkickcentrum.'

'Maar ja, rustig op straat kunnen lopen zonder de hele tijd over mijn schouder te kijken zit er voorlopig dus nog niet in,' mompelde Paige.

'Paige, na alles wat jij hebt meegemaakt, zul je over je schouder blijven kijken zolang hij leeft. Vraag Preacher maar of hij je leert hoe je met een wapen moet omgaan.'

Na een paar dagen over Bries suggestie te hebben nagedacht, begon ze erover tegen John.

'Niet eens zo'n slecht idee,' zei hij. 'Gaan we doen. De afgelopen dagen heeft mijn vriend Mike op mijn verzoek die smeerlap in de gaten gehouden, maar nu meneer in dat afkickcentrum in Minnesota is opgenomen zul je naar de officier van justitie moeten bellen om je ervan te vergewissen dat hij er nog steeds zit.'

'O.' Ze slikte moeizaam. 'Zou mijn advocaat dat niet voor me kunnen doen?'

'Denk even goed na, Paige,' zei Preacher. 'Neem het heft in handen. Ik wil je met alle liefde beschermen, maar het is belangrijk dat je weer een beetje zelfvertrouwen krijgt. Misschien ben je het vergeten, maar je hebt ooit zelfvertrouwen gehad...'

Het was waar, dacht ze. Voor Wes in haar leven was verschenen... Haar zelfvertrouwen was al wel bezig terug te komen, had ze gemerkt, maar het was nog heel kwetsbaar. John had gelijk, ze moest haar zelfvertrouwen terug zien te krijgen, al was het alleen maar vanwege Christopher, die ze straks in haar eentje zou moeten grootbrengen.

Zo was het niet in haar opgekomen dat ze wel eens naar de rechter kon stappen om om dat contactverbod en de voogdij te verzoeken. Alleen had ze het ook nooit aangedurfd, maar met de steun van John had ze het toch maar mooi gedaan. Het was afschuwelijk geweest, en ze had het doodeng gevonden, maar ze had het overleefd en Wes was geboeid afgevoerd. Hij zat dan intussen wel in het een of andere chique instituut om van zijn verslaving af te komen, maar daarmee was de kous natuurlijk nog niet af. Hij had nogal wat op zijn geweten, en als straks bepaald werd dat hij daarvoor voor jaren achter de tralies moest, wat heel waarschijnlijk was, dan waren Christopher en zij pas echt vrij. De eerste stappen op de weg naar de vrijheid waren gezet. Nu moest ze doorgaan, ook al was ze nog zo bang.

Al ijsberend door de keuken, wierp ze angstvallige blikken naar het telefoontoestel. Uiteindelijk trok ze de stoute schoenen aan en belde de officier van justitie. De volgende dag had ze al minder tijd nodig voordat ze belde. Deze keer kreeg ze alleen te horen dat er nog niet gecontroleerd was en dat het er die dag waarschijnlijk ook niet meer van zou komen – of ze de volgende dag weer kon bellen.

Opeens werd ze kwaad. 'Nee,' antwoordde ze gedecideerd. 'U moet begrijpen dat mijn kind en ik constant in angst leven. Deze man is levensgevaarlijk. Hij heeft gedreigd me te vermoorden! Bekijk mijn dossier maar eens, dan is het duidelijk dat hij het ook al eens daadwerkelijk heeft geprobeerd. Ik ga niet zitten wachten tot morgen. Ik wil nú weten of hij daar nog zit of niet. Over een uur bel ik terug!'

Met bonzend hart legde ze de telefoon neer. Toen zag ze Preacher in de deuropening staan; prompt kreeg ze een kleur als een boei.

Hij trok een wenkbrauw op. 'Zie je wel? Je kunt het best,' zei hij glimlachend.

Twintig minuten later werd ze gebeld door een naaste medewerker van de officier van justitie. Na haar te hebben gerustgesteld, gaf hij haar het telefoonnummer van de ontwenningskliniek en de naam van de contactpersoon. Als ze zich ongerust maakte, kon ze zelf naar de kliniek bellen – zelfs meermalen per dag.

'Waarom bel je niet meteen even?' vroeg Preacher, toen ze weer begon te ijsberen.

'Ik... Ik durf niet goed. Straks neemt Wes op.'

'En wat dan nog?'

'Dat overleef ik niet.'

'Ben je gek,' zei hij rustig. 'Je hangt gewoon weer op. Je hoeft hem niet meer spreken. Nooit meer. Waar of niet?'

'Ja,' antwoordde ze verbaasd, maar daarmee was haar angst nog niet verdwenen. Stel dat Wes alles ontkende, of dat hij erin slaagde zijn behandelaars ervan te overtuigen dat hij berouw had van zijn daden? Ze pakte resoluut de telefoon en toetste het nummer van de kliniek in. Hij kon hun vragen haar een bericht door te geven; of zeggen dat hij haar graag wilde spreken – of Christopher. Niet dat hij anders wel met Christopher sprak, maar het zou echt iets voor Wes zijn om te doen alsof hij zijn kind zo miste.

Gelukkig werd ze doorverbonden met de gewenste persoon. 'Met Paige Lassiter. Ik bel even om te informeren of Wes Lassiter in huis is.'

'U kunt gerust zijn, *ma'am*,' antwoordde de contactpersoon vriendelijk. 'Hij is in huis.'

'Dank u,' zei ze zwakjes.

'Prettige dag verder.'

Bevend legde ze de telefoon neer. Toen keek ze John aan.

'Ik weet dat het moeilijk is,' zei hij zacht, 'maar je zult zien dat het met de dag gemakkelijker wordt. En daarmee krijg je telkens een stukje meer van jezelf terug.'

De weg naar Fallujah, in Irak, stond bekend als levensgevaarlijk; menige Amerikaanse legereenheid was op die weg aangevallen. Toen majoor Jack Sheridan samen met zijn manschappen de stad in reed, raakte de sectie die werd aangevoerd door artillerist Miguel Valenzuela door een autobom gescheiden van de rest. Ze werden vervolgens onder vuur genomen door sluipschutters en waren genoodzaakt dekking te zoeken in een leegstaand gebouw. Een aantal van hen was gewond geraakt. Urenlang achtereen schoot Mike zijn M16 leeg om de aanvallers op afstand te houden. Toen hun eenheid – waartoe ook Preacher behoorde – er uiteindelijk in slaagde om hen uit hun benarde positie te verlossen, kon Mike zijn arm nauwelijks meer bewegen en zat zijn schouder op slot. Hij kreeg een medaille voor zijn moedige optreden.

Achttien maanden had Mike in Irak gezeten. Hij had het zonder kleerscheuren overleefd en heel wat levens gered.

Nu lag hij in coma in een ziekenhuis in Los Angeles met drie kogels in zijn lichaam. De schutter was een joch van veertien; de enige plek waar hij Mike niet had geraakt, was zijn kogelvrije vest. De dader werd door een collega van Mike doodgeschoten. Een voorlopig onderzoek wees uit dat het hier waarschijnlijk om een soort examen ging om te worden toegelaten tot een bende. Wie een politieagent wist om te leggen had bewezen dat hij geen kleine jongen was.

Preacher was degene die de telefoon opnam. Het was nog vroeg; het koffiezetapparaat stond aan; Chris rende nog niet door het huis, en buiten werd hout gehakt.

De schietpartij had de vorige avond plaatsgevonden, vertelde Ramon, Mikes oudste broer. Dat hij nu pas belde, kwam doordat het hem de nodige tijd had gekost om achter het telefoonnummer van een van Mikes vrienden uit het leger te komen. Mike was intussen geopereerd en lag in coma op de intensive care.

Preacher deed de achterdeur open. 'Jack!' riep hij. 'Kom eens gauw!'

Jack legde zijn bijl meteen weg en kwam haastig binnen.

'Valenzuela is tijdens het werk neergeschoten,' zei Preacher plompverloren. 'Zijn toestand is ernstig. Hij ligt in het traumacentrum van Los Angeles. Ik wil Zeke nog even bellen en vragen of hij de anderen op de hoogte wil brengen, en dan gooi ik hier de boel dicht.'

'Allemachtig,' mompelde Jack. 'Hoeveel kans geven ze hem?'

'Zijn broer Ramon denkt dat hij het wel haalt, maar hij ligt nog in coma. Hij zei wel iets in de trant van dat Mike waarschijnlijk nooit meer de oude zou worden.' Preacher schudde zijn hoofd. 'Probeer een vlucht te krijgen. Ik ga in elk geval met de auto.'

Paige was onder aan de trap blijven staan. Ze voelde dat er iets ernstigs aan de hand was.

'Maar Paige en Christopher dan?'

Preacher haalde zijn schouders op. 'Die neem ik mee. Ik pieker er niet over om ze hier achter te laten.'

'Waarheen neem je ons mee?'

De twee mannen draaiden zich naar haar om.

'Naar Los Angeles,' antwoordde Preacher. 'Een van onze makkers is neergeschoten tijdens zijn werk. Hij ligt zwaargewond op de intensive care, en ik moet naar hem toe.'

'Los Angeles? Maar John, ik ga echt niet naar –'

'Jawel, het kan best. Je moet gewoon mee. Het gaat om mijn vriend Mike, degene die zoveel voor je heeft gedaan. Ga maar, Jack,' zei hij. 'Ik zal Ricks grootmoeder zo nog even vragen of ze Rick wil vragen hier elke dag even te komen kijken of alles in orde is.'

'Goed.' Jack was weg.

Preacher keek Paige aan. 'Maak je niet ongerust. Je loopt geen gevaar. Je kunt vandaar ook elke dag naar de kliniek bellen. Als je wilt, kunnen we zelfs van de gelegenheid gebruikmaken om wat spullen bij je thuis op te halen. Misschien zijn er ook nog mensen die je even wilt spreken; dat kan nu allemaal.'

Ze staarde hem aan, zei niets.

'Ik moet er echt heen, Paige, en liefst zo snel mogelijk. En jullie moeten mee, zodat ik me geen zorgen over jullie hoef te maken. Alsjeblieft. Maak het me niet moeilijk...'

Ze vermande zich. 'Goed. Ik zal zorgen dat we klaarstaan,' zei ze, waarna ze naar boven rende.

Preacher sloot zijn ogen en slaakte een zucht van verlichting.

Op de veranda van de praktijk nam Jack afscheid van Mel. 'Toe, ga nu mee,' zei hij. 'Ik vind het geen prettig idee om je hier alleen achter te moeten laten.'

Ze legde een hand tegen zijn borstkas en keek hem aan. 'Ik ben niet alleen. Er wonen nog meer mensen in dit dorp, weet je. Wat kan me nu overkomen?'

'Maar Preacher is ook weg, en hij neemt Paige en Chris mee. Hij beweert dat hij ze hier niet zomaar achter kan laten. Volgens mij durft hij ze niet alleen te laten.'

'Dat is ook niet zo vreemd, gezien de situatie waarin zij verkeert. Maar ik kan echt niet weg nu, Jack. Dokter Mullins heeft me nodig, en ik heb nog een hoop te doen. Maak je nu maar geen zorgen, mij zal niets gebeuren. O, en hierop staat de naam van een arts.' Ze stopte een papiertje in het borstzakje van zijn shirt. 'Zie dat je deze vent te spreken krijgt. Zeg maar dat je vrouw vroeger onder hem gewerkt heeft. Hij zal je precies kunnen vertellen wat je over Mike wilt weten.'

'Heb je onder hem gewerkt? Wanneer was dat dan?'

'O, heel lang geleden, maar ik denk dat hij nog wel weet wie ik ben. Hij is chirurg, misschien is hij zelfs wel degene die Mike heeft geopereerd. Vergeet niet te vertellen dat er een baby op komst is, want ik denk dat je hem daar erg blij mee zult maken.'

'Doe ik.' Hij boog zich naar haar toe en kuste haar lang en teder.

'Je hebt geen idee hoe moeilijk ik het vind om zonder jou te moeten vertrekken.'

'Ga dan maar gauw, je wilde er toch zo snel mogelijk heen?'

Plankgas reed Jack naar Eureka. Onderweg laadde hij Mels oude mobieltje op zodat hij haar straks vanuit het ziekenhuis in Los Angeles kon bellen. Hij nam een vlucht met een tussenstop in Redding en verwachtte binnen drie uur in Los Angeles te zijn. Preacher zou er met de auto zo'n acht tot tien uur over doen.

Aangekomen in Los Angeles, ging hij direct van de luchthaven naar het ziekenhuis. Mike lag nog aan de beademing. De enigen die bij hem werden toegelaten, waren zijn naaste familieleden en dan nog slechts gedurende een paar minuten per uur. Maar er waren er meer die naar het ziekenhuis waren gekomen voor Mike. Voor en in het gebouw zag het zwart van de uniformen – collega's van Mike die hun steun kwam betuigen. Mike kwam uit een grote familie, die in groten getale waren gekomen. Behalve zijn ouders, broers en zussen waren er talloze ooms, tantes, neven en nichten. Rokkenjager Mike was tweemaal getrouwd geweest, dus het zou Jack niet verbazen als er minstens een van zijn ex-vrouwen tussen liep, en wellicht een stuk of wat vriendinnen. Hij ontdekte ook een paar vrienden uit het leger – Zeke, een brandweerman uit Fresno, en Paul Haggerty, die aannemer was in Grants Pass, verkeerden in de positie om meteen te kunnen komen; de anderen waren ongetwijfeld onderweg hierheen.

'Waar is Preacher?' vroegen ze aan Jack.

'Die is onderweg hierheen. Hij komt met de auto. Weten jullie hoe het met Mike is?'

'We zijn niet zoveel te weten gekomen. Hij is in elk geval op drie plaatsen geraakt: in zijn hoofd, in zijn schouder en in zijn lies. Hij schijnt erg veel bloed te hebben verloren en is nog altijd niet bij kennis. Ze zijn ook heel lang met hem bezig geweest.'

Jack haalde het stukje papier tevoorschijn en liet het hun zien. 'Weten jullie toevallig of dit de naam is van de chirurg die hem heeft geopereerd?'

De twee mannen keken elkaar vragend aan, schudden toen hun hoofd.

'Nou, dan ga ik maar eens kijken of ik deze man kan vinden. Dit is een oude kennis van Mel, en hij schijnt in dit ziekenhuis te werken. Misschien kan hij ons iets wijzer maken. Ik zie jullie straks wel weer.'

Ruim een uur zwierf Jack door het ziekenhuis op zoek naar dokter Sean Wilke. Bij elke balie liet hij een bericht voor de man achter, maar dat leverde niets op. Hij stond net op het punt om zijn vrienden maar weer op te gaan zoeken, toen hij een man van een jaar of veertig haastig de intensivecareafdeling binnen zag komen. Hij droeg een witte jas met daarop een naamplaatje waarop 'dokter Wilke' stond.

'Dokter Wilke.' Jack hield de arts staande en gaf hem een hand. 'Mijn naam is Jack Sheridan. Ik ben hier voor Mike Valenzuela.'

Dokter Wilke deed nogal koel en afstandelijk en schudde Jack plichtmatig de hand. Er waren horden mensen voor Mike gekomen; hij kon ze moeilijk stuk voor stuk te woord staan.

'Ik ben getrouwd met Mel Monroe,' flapte Jack er plompverloren uit.

De arts bekeek Jack opeens met heel andere ogen. 'Wat vertel je me nu?' Hij pompte Jacks hand enthousiast op en neer. 'Ach, Mel... Goh, hoe is het met haar?'

'Heel goed. Ze gaf me uw naam en zei erbij dat u me misschien iets kon vertellen over mijn vriend Mike.'

'Als je nog even geduld hebt... Ik was toch naar hem op weg om te zien hoe hij eraan toe is. Als ik hem gezien heb, zal ik je bijpraten, goed?'

'Geweldig,' zei Jack. 'Fijn dat u even tijd voor me wilt maken.'

Toen Jack een kwartier later dokter Wilke met Mikes ouders en broer zag staan praten, wist hij zeker dat deze man Mikes chirurg was. Terwijl de familie weer bij Mike naar binnen ging, liep de arts op Jack toe.

'Loop maar mee,' zei hij. 'Ik heb heel even pauze.'

'Gaat hij het redden, denkt u?'

'Jawel, dat denk ik wel. De vraag is alleen of hij blijvend letsel heeft opgelopen, en zo ja, hoe ernstig dat zal blijken te zijn.' Hij loodste Jack de personeelskantine binnen en schonk twee bekertjes koffie in, waarvan hij er eentje aan Jack gaf.

Jack nam een slokje. Het scheelde niet veel of hij had het meteen weer uitgespuugd. Het leek net slootwater.

'Smerig, hè? Ja, ik weet het,' zei dokter Wilke.

'Ik ben verwend,' zei Jack. 'Ik ben eigenaar van een eetcafé en kan niet anders zeggen dan dat onze koffie fantastisch is. Die van Starbucks is er niets bij. Mel is inmiddels echt verslaafd aan koffie – mijn schuld, vrees ik. Maar vertelt u eens wat over Mike, dokter Wilke.'

'Zeg maar Sean, hoor. Goed. De situatie is als volgt: hij is nog niet bij bewustzijn vanwege die hoofdwond, ofschoon die de minst ernstige van de drie was. Hij mag van geluk spreken, want de kogel lijkt de hersenen geen schade te hebben toegebracht. Wel hebben we een stukje van zijn schedel moeten lichten om de kogel te kunnen verwijderen. Dit heeft enige zwelling tot gevolg gehad, en daarvoor hebben we een shunt en een drain aangelegd. De kogel in zijn lies heeft de grootste schade aangericht, te weten aan blaas en darmen. Hij heeft ook veel bloed verloren.'

'Mijn hemel. Hij is achttien maanden in Irak geweest en teruggekeerd zonder een schrammetje...'

'De schouder ziet er niet al te best uit. Ik vrees dat hij het volledige gebruik ervan wel kan vergeten.'

'Verd –' Jack schudde zijn hoofd. 'Kan hij straks wel weer gewoon aan het werk?'

Sean trok een bedenkelijk gezicht. 'Daar zou ik maar niet op rekenen. Zijn verwondingen zijn zeer ernstig; dus hij zal heel lang moeten revalideren. En die schouder zal altijd een zwak punt blijven; hij zal er nooit meer helemaal van op aan kunnen.'

'Maar het is een harde kerel,' wierp Jack ertegenin.

'Dat is een ding dat zeker is. Anders had hij dit niet overleefd.'

'Bedankt voor alles wat je hebt gedaan, Sean. En ook voor het feit dat je me het een en ander hebt willen uitleggen.'

'Graag gedaan.' Sean leunde naar voren. 'Ik weet dat je momenteel wel iets anders aan je hoofd hebt, maar ik zou toch graag nog even van je horen hoe het met Mel is. Ik heb al zo'n tijd niets meer van haar gehoord.'

Jack lachte en vertelde hoe hij Mel had leren kennen, dat hij kortgeleden met haar getrouwd was en dat ze in blijde verwachting was.

Sean Wilke wist niet wat hij hoorde.

'Ja, we waren allemaal nogal verrast. Een vrouw die in de veronderstelling was dat ze geen kinderen kon krijgen en een ex-marinier van veertig die nog nooit aan trouwen had gedacht. Man, ik had nooit vaste relaties, dat leek me niets voor mij. Maar de dag dat ik Mel ontmoette, was de mooiste dag van mijn leven. Ze betekent alles voor me.' Jack trok de blocnote dat op tafel lag naar zich toe en vroeg Sean om een pen. 'Je moet haar gauw eens bellen,' zei hij. 'Laat haar zelf maar vertellen hoe het met haar is. Ze zou het erg leuk vinden om iets van je te horen.' Hij schreef hun telefoonnummer op en schoof Sean de blocnote toe.

Na enige aarzeling scheurde Sean het blaadje af. Hij vouwde het zorgvuldig op en stak het in zijn zak.

'Je moet haar bellen, hoor,' drong Jack aan. 'Dat zou ze echt heel leuk vinden. Ik heb nog een vraagje. Mag ik niet heel even bij Mike naar binnen? Hij was een van mijn beste mannen – een zeer goede soldaat. Hij heeft heel veel levens gered. Echt een held. Ik hou van die kerel, snap je. En ik ben de enige niet.'

'Nee, dat heb ik gemerkt.'

Uiteindelijk bleef Jack de hele nacht aan Mikes bed zitten, zodat de familie een paar uur kon slapen. Mikes hoofd was aan één kant kaalgeschoren, en hij zat aan allerlei slangen vast. Dat was allemaal nog tot daaraan toe, maar dat hij aan de beademing lag, vond Jack moeilijk om aan te zien. Mike lag daar maar, roerloos en met gesloten ogen.

Preacher was na kort met Mikes familie te hebben gesproken en Jacks plunjezak uit diens auto te hebben gehaald, meteen met Paige en Christopher naar een hotel in de buurt gegaan.

De volgende ochtend vroeg kwam hij Jack de kamersleutel brengen, waarop Jack naar het hotel ging om een paar uur te slapen. In de loop van de middag was Jack weer terug om vervolgens weer de hele nacht aan Mikes bed te zitten. Minstens één keer per uur stond hij op. Dan boog hij zich over zijn vriend heen en sprak hij hem toe.

'Iedereen is naar je toe gekomen, jochie. Je familie, je collega's, een paar van je oude makkers. We zitten allemaal te wachten tot je wakker wordt. Toe, word eens wakker, oude jongen.'

Op de derde dag mocht Mike van de beademing af. Hij sloeg zijn ogen op, maar wakker was hij niet. Met niets ziende ogen staarde hij naar zijn familie en naar Jack. De verpleging deed verwoede pogingen hem aan te moedigen, maar hij bleef maar glazig voor zich uit staren.

Rond middernacht zat Jack weer aan het bed van zijn vriend. Op een gegeven moment voelde hij een hand op zijn schouder. Toen hij omkeek, keek hij recht in de donkere ogen van Mikes moeder. Mrs. Valenzuela was een mooie sterke vrouw van halverwege de zestig. Ze had acht kinderen grootgebracht en was inmiddels grootmoeder van een hele hoop kleinkinderen. Als ze niet bij Mike zat, zat ze in de ziekenhuiskapel de rozenkrans te bidden. Slapen deed ze nauwelijks.

'Je bent een man met veel geduld,' zei ze zacht.

'Nou, in dit soort situaties niet,' gaf hij toe.

'Ik heb veel over je gehoord. Miguel is niet de eerste jongen bij wie je de wacht houdt. Hij vertelde me dat jij iemand bent die zijn mannen nooit in de steek zal laten, hoe gevaarlijk het ook is.'

'Ach, hij overdrijft,' zei Jack.

'Dat denk ik niet,' zei ze. 'Ik denk dat ik nu maar ga slapen, dan ben ik morgen weer fris. Ik vind het erg fijn dat je dit wilt doen. Dank je wel, Jack.'

'Iemand als Mike laat ik niet in de steek, Mrs. Valenzuela. Daar is hij veel te waardevol voor.'

Halverwege de zesde nacht schrok Mike wakker. Hij draaide zijn hoofd om en mompelde: 'Sarge...'

Jack sprong op en boog zich over hem heen. Mike keek zowaar helder uit zijn ogen! 'Ik ben bij je,' zei Jack. 'Er is nog veel meer bezoek voor je. Probeer wakker te blijven, anders gooit de verpleging ons er straks allemaal uit.'

Onmiddellijk stond er een verpleegkundige naast het bed. 'Mike?' vroeg ze. 'Weet je waar je bent?'

'Niet ergens in Irak, hoop ik,' antwoordde hij zwakjes.

'Je ligt in het ziekenhuis. Op de intensive care.'

'Gelukkig. Geen sluipschutters hier.'

'Mike, ik ga even je moeder waarschuwen,' zei Jack. 'Ik ben zo terug.'

Jack verliet de afdeling en ging naar een aparte wachtruimte waar Mikes familie en vrienden konden wachten, telefoneren of een beetje rusten. De Valenzuela's konden zich terugtrekken in de grote camper die de politie speciaal voor hen had neergezet, maar in de wachtruimte hingen nog een man of tien, vijftien rond.

'Hij is bij bewustzijn; hij herkent mensen.'

Er ging een collectieve zucht van verlichting door het zaaltje. Jack belde vervolgens naar de camper om te vragen of Mrs. Valenzuela even wilde komen, waarna hij terugkeerde naar de intensive care. Toen hij bij Mikes kamer aankwam, werd zijn vriend net door twee artsen onderzocht. Een van hen was Sean, de andere een neuroloog.

Sean nam Jack even mee de kamer uit. 'Ik heb Mel nog niet gebeld,' zei hij, 'maar ik ben het echt van plan. Ik wilde even iets tegen je zeggen. Ik weet dat je bijna een week lang elke nacht naast het bed van je vriend hebt gezeten. Mel mag in haar handjes knijpen met zo'n man als jij. Je bent een goed mens, Jack. Een trouwe vriend.'

'Mike zou anders hetzelfde voor mij hebben gedaan, hoor,' zei

Jack lachend. 'En wat Mel betreft, ik mag in mijn handjes mag knijpen dat ze me wil hebben. Ze heeft echt mijn leven veranderd.'

In de week dat Jack in Los Angeles was ging Mel met Liz naar dokter Stone in Grace Valley om een echo te laten maken.

'Weet je zeker dat je je tante niet mee wilt hebben?' vroeg Mel op weg naar de auto.

'Nee, dat hoeft echt niet,' zei Liz. 'Ik ga liever alleen met jou.'

'Prima. Wat zie je er mooi uit vandaag.'

Liz fleurde zichtbaar op. 'O. Dank je.'

Het verbaasde Mel een beetje dat het meisje zoveel aandacht aan haar uiterlijk had besteed; ze gingen immers alleen maar een echo maken. Ze had zich bescheiden opgemaakt; haar haren glansden, en ze droeg een strakke spijkerbroek met eroverheen een sweater, die moest verhullen dat haar broek niet meer dicht kon.

'Zie je er erg tegen op?'

'Wel een beetje, ja,' erkende Liz.

'Dat is anders nergens voor nodig, hoor. Het doet helemaal geen pijn.'

Bij de kliniek aangekomen, begreep Mel plotseling waarom Liz zich had opgetut en waarom ze haar tante Connie liever niet mee wilde hebben: tegenover de kliniek stond een truck geparkeerd die haar bekend voorkwam.

Zodra Rick Mels auto zag aankomen, stapte hij uit en kwam naar hen toe. Liz begon meteen te stralen en rende hem met open armen tegemoet.

Sinds Liz' terugkeer naar Virgin River had Mel hen meer dan eens samen gezien, in de kroeg of in het dorp. Ze gedroegen zich altijd erg braaf, vooral in het gezelschap van Connie en Ron – en die leken permanent aanwezig te zijn. Rick hield dan Liz' hand vast, sloeg losjes een arm om haar schouder of drukte zijn lippen vluchtig tegen haar slaap.

Nu ging het er echter heel anders aan toe. Ze vloog hem om de hals. Hij hield haar teder tegen zich aan. Opeens bekeek Mel Rick met andere ogen. Rick was knap, lang en goedgebouwd, maar nog een jongen, een tiener met een overdaad aan testosteron.

Ze kusten elkaar midden op straat, lang, diep en hartstochtelijk. Ze vraten elkaar zowat op. Hij streelde haar rug, haar buik, keek haar diep in de ogen en praatte tegen haar halfgeopende lippen. Dit was geen jongen meer, maar een man. Een man en een vrouw, maar allebei eigenlijk nog kinderen.

Mel schraapte haar keel, waarop het tweetal elkaar met tegenzin losliet en naar haar toe kwam. 'Hallo, Rick. Ik wist niet dat je ook zou komen.'

'Ik spijbel een dagje. Ik denk niet dat de schoolleiding me dispensatie had verleend voor het laten maken van een echo van mijn kind. Maar Liz wilde graag dat ik erbij was.'

'Ik snap het.' Zo volwassen. Zo jong. Kinderen waren het nog, kinderen die over niet al te lange tijd ouders zouden worden...

'Nou, zullen we dan maar naar binnen gaan en kennismaken met de dokter?' Van tevoren had Mel dokter John Stone gebeld en hem verteld over haar patiënt.

Niet lang daarna lag Liz op de onderzoektafel. Rick stond naast haar en hield haar hand vast zoals menig echtgenoot die vader werd placht te doen. Ze keek liefdevol naar hem op, terwijl hij gespannen naar de monitor tuurde.

'O, man...' zei Rick. 'Kijk nu toch eens.'

'Kun je iets onderscheiden?' vroeg dokter Stone. 'Dit zijn de armpjes, hier de beentjes. Hoofdje, kontje. Penis.'

Mel keek naar Rick. Hij begon te knipperen met zijn verdacht glanzende ogen. Hij kneep Liz' hand bijna fijn en perste zijn lippen stijf op elkaar in een poging om zijn emoties in bedwang te houden.

Het was heel wat om een dikke buik te zien in de wetenschap dat jij daar verantwoordelijk voor bent, om te voelen dat daarbinnen iets bewoog en te beseffen dat het werkelijk leefde. Maar om het voor het eerst te aanschouwen, om voor het eerst je zoon te zien, dat was een ervaring die niet in woorden te vatten viel.

'Een jongen... Het is een jongen,' stamelde hij. Toen boog hij zich voorover en kuste hij Liz' voorhoofd. Ze begon te huilen. 'Stil maar, Liz. Het komt allemaal goed,' fluisterde hij. Hij kuste haar tranen weg.

Mel sloeg het tafereeltje zwijgend gade en had grote moeite om haar tranen te bedwingen. Hoelang kende ze deze jongen nu? Toch al bijna een halfjaar. Maar kende ze hem eigenlijk wel? De jongen die ze kende, hoorde zich over wiskundesommen te buigen, maar in plaats daarvan zag ze een man die naar zijn zoon op de monitor stond te staren. Hij was wel erg snel volwassen aan het worden...

Na afloop drukte dokter Stone een foto af, die hij aan Liz' overhandigde, waarna hij en Mel de kamer verlieten om het jonge stel even wat privacy te geven.

'Pff,' verzuchtte Mel. 'Ik wist niet dat hij er ook zou zijn. Ik ken hem vrij goed, maar hier sta ik toch echt even van te kijken. Nu is hij opeens vader.'

'Jong en onnozel en zo verliefd, dat ik er bijna niet goed van word. Ik geloof dat ik Sydney maar zo snel mogelijk naar de nonnetjes moet sturen.'

'Nu al? Ze is pas acht. Ik zou nog maar even wachten.'

'Dat meisje is al bijna zes maanden onderweg, Mel. Moeder worden op je vijftiende... Het zou verboden moeten worden.'

'Sst. Straks horen ze je nog.'

'Welnee, ze hebben wel wat anders aan hun hoofd. We kunnen maar beter even aankloppen voor we weer naar binnen gaan, want voor hetzelfde geld liggen ze daar een nummertje te maken.'

'Dat lijkt me sterk,' zei Mel. 'Volgens mij liggen ze snikkend in elkaars armen in het besef dat de toekomst er somber uitziet.'

'Waarom heb je niet gezegd dat Rick er ook bij zou zijn?' vroeg Mel op de terugweg naar huis.

Liz haalde haar schouders op. 'Omdat tante Connie dat niet goed zou hebben gevonden.'

'Waarom niet? Hij is toch de vader?'

'Tante Connie is kwaad. Kwaad op mij en kwaad op Rick. Om over mijn moeder maar niet te spreken... Ze wil niet dat ik nog contact met Rick heb.'

'Ze stuurt je terug naar Virgin River, maar wil niet dat je nog contact met Rick hebt?' vroeg Mel verwonderd. 'De logica daarvan ontgaat me.'

'Ja, stom, hè?' Liz legde haar handen om haar buik en zuchtte. 'Een jongen,' zei ze zacht voor zich heen.

Mel keek opzij en zag dat er een traan over Liz' gezicht liep.

Als een vrouw in staat is om zwanger te worden, dacht Mel, is ze ook in staat om te houden van het nieuwe leven in haar buik. En zeker in staat om te houden van de man die het heeft verwekt.

Hoofdstuk 9

Preacher ging een paar keer per dag even naar het ziekenhuis. Paige en Chris bleven dan op de hotelkamer, waar ze volgens Preacher volkomen veilig waren. Wes zat nog altijd in de ontwenningskliniek – Paige had tot dan toe elke dag gebeld om zich daarvan te vergewissen – maar al zou hij ontsnapt zijn, dan nog kon hij met geen mogelijkheid weten waar ze zaten.

Toch was het Preacher niet ontgaan dat Paige altijd een zucht van verlichting slaakte zodra hij weer terug was. Al meer dan eens had hij zich afgevraagd of haar angst en onzekerheid alleen maar toe te schrijven waren aan een gewelddadige huwelijksrelatie, of dat er misschien nog een andere, dieper liggende oorzaak was. Hoewel ze al heel wat over zichzelf had verteld, besefte hij dat er nog veel was dat hij niet wist. Een van de dingen waarover ze zich zelden uitliet, was haar familie.

Tijdens de lange rit van Virgin River naar Los Angeles had ze heel geanimeerd zitten vertellen over de kappers- annex schoonheidssalon waar ze vroeger had gewerkt, over de periode dat ze samen met haar vriendinnen in een oud huis had gewoond, en zelfs over de vriendjes die ze had gehad. Ze had zelfs iets meer losgelaten over haar leven met Wes, op gedempte toon om te voorkomen dat Chris, die op de achterbank had liggen slapen, er niets van zou opvangen.

Maar toen Preacher naar haar familie had geïnformeerd, had ze niet veel meer kwijt gewild dan het feit dat haar moeder vroeg weduwe was geworden en dat ze een oudere broer had die getrouwd was. Ze had opeens gespannen en somber geleken en was volkomen dichtgeklapt.

'Sinds mijn trouwen heb ik maar weinig contact met mijn familie,' had ze verteld. 'En Bud en ik hadden nooit zoveel met elkaar.'

'Wat niet is, kan nog komen,' had Preacher gezegd. 'Zo'n kans laat je toch niet lopen? Ik zou er ik weet niet wat voor overhebben om even een uurtje bij mijn moeder te kunnen zijn. Ik ben bij het leger gegaan omdat ik zo graag een paar broers wilde hebben.'

'Dat weet ik, ja.'

'Ik wil je nergens toe dwingen, maar ik zou zeggen, als je nu toch in de buurt bent...'

'Misschien vind je mijn familie wel helemaal niet leuk, John.'

'Moet dat dan? Zij hoeven mij ook niet leuk te vinden. Ik zeg alleen dat als je wilt, je even bij ze langs kunt gaan.'

Vier dagen na dat gesprek belde ze haar moeder op. Er gingen nog twee dagen overheen voordat ze aankondigde dat ze uitgenodigd waren om bij haar broer en zijn gezin te komen eten. Haar moeder zou er ook zijn.

Meteen al bij de kennismaking kreeg Preacher het akelige gevoel dat er iets grondig mis was met Paige' familie, maar hij had er bijna een uur voor nodig om erachter te komen wat er precies mis was. Achtenvijftig minuten te veel. Hij was niet traag van begrip; hij was dit soort mensen nog niet zo vaak tegengekomen. In principe meed hij ze ook als de pest.

Paige' broer woonde met zijn gezin in een vrij klein prefabhuis in een stoffige voorstad van Los Angeles. Het meest opvallende waren de eenvormigheid van de huizen, het ontbreken van bomen en de auto's die op het garagepad hun wekelijkse wasbeurt kregen. Bud had een flinke voortuin, die bestond uit een minutieus bijgehouden grasmat; de tuin van het huis ernaast was een kale woestenij met een groot hek eromheen.

De heer des huis huizes, gekleed in T-shirt en kakibroek en met een flesje bier in de hand, deed open nog voor ze de voordeur hadden bereikt.

'Hallo, hallo, hallo!' riep hij joviaal, terwijl hij hen tegemoet liep. 'Kijk eens wie we daar hebben! Vertel eens, hoe is het met mijn kleine zusje?'

'Heel goed, Bud,' antwoordde Paige.

Ze liet zich door haar broer omhelzen, maar beantwoordde zijn omhelzing niet echt van harte, constateerde Preacher, die zich met Christopher een beetje op de achtergrond hield.

Broer Bud liet zijn zus los en liep met een brede grijns en uitgestoken hand op Preacher af. 'Jij bent de nieuwe vriend zeker? Kom binnen. Ook een biertje? Je lijkt me een echte bierdrinker.'

Preacher pakte de uitgestoken hand en schudde die een beetje terughoudend. Hij was helemaal niet zo'n bierdrinker. En de nieuwe vriend was hij ook al niet. 'Ik ben anders niet –'

'Kom verder. Welkom in ons nederige stulpje,' zei Bud.

Preacher keek de zitkamer rond. Van woninginrichting had hij geen kaas gegeten, maar het zag er wel comfortabel uit. Er stond een bank en een joekel van een televisiescherm met een luie stoel ervoor, en verder was alles brandschoon. 'Mooie grasmat,' merkte Preacher op. 'Een hoop werk, lijkt me.'

'Joh, dat is Gins pakkie-an,' antwoordde Bud. 'Ze zegt dat ze het leuk vindt, maar als je het mij vraagt, hoopt ze stiekem dat ze de buurtprijs voor de mooiste tuin krijgt.' Hij begroette Christopher niet, maar legde een hand tegen zijn achterhoofdje en leek hem zachtjes de zitkamer uit te willen duwen. 'Ga maar naar de speelkamer, Chris. Ga maar spelen met de andere kindjes.'

Chris draaide zijn hoofd weg en klemde zich vast aan Preachers been.

Preacher boog zich voorover. 'Je mag ook hier blijven als je dat liever wilt, hoor,' zei hij, waarop Chris zich nog steviger aan hem vastklemde.

'Wat maakt het uit,' zei Bud. 'Kom mee naar achteren. We hebben steaks; er zijn snacks. Wat gezellig, zusje. Leuk dat je even langskomt. Welke reden had je ook alweer om uit je schuilplaats tevoorschijn te komen?'

Preacher zag Paige ineenkrimpen.

'Een vriend van John... Hij ligt in het ziekenhuis. Hij is politieagent...'

In de keuken waren twee vrouwen bezig met de voorbereiding van het eten. De oudere vrouw keek op van de salade die ze aan het maken was.

'Paige,' bracht ze ademloos uit. 'O, Paige...' Ze was kleiner dan Paige en erg mager. Ze droeg een broek en een hooggesloten blouse met lange mouwen, waardoor ze Preacher heel even aan zijn moeder deed denken.

Moeder en dochter vielen elkaar om de hals; beiden kregen het een beetje te kwaad.

'Mam. Mam,' zei Paige zacht. Deze keer was haar omhelzing gemeend.

Ook de jongere vrouw, die geduldig haar beurt afwachtte, werd hartelijk omhelsd. 'Wat fijn om je te zien,' zei ze.

'Dolores, Gin, dit is John, de nieuwe vriend,' zei Bud.

'Nee, ik ben –'

'Ik heb alleen Bud Lite in huis. Dat is zeker wel goed, hè? Als je Bud heet, drink je niets anders. Dat begrijp je zeker wel? Zeg, wat is er met die vriend in het ziekenhuis?'

Preacher nam het flesje bier aan dat hem werd aangereikt. 'Hij is politieagent, zoals Paige zo-even al zei. Hij werd neergeschoten tijdens het werk en was er nogal beroerd aan toe; dus wilde ik hem even opzoeken.'

'Verrek, volgens mij is dat op het nieuws geweest.' Bud gaf met zijn flesje een tik tegen dat van Preacher.

'Dat zou kunnen.'

'Ja, ik weet het wel zeker. Heb je veel vrienden bij de politie?' vroeg Bud. Hij liep naar de tafel. 'Ga naar de speelkamer, Chris. Daar kun je fijn met de anderen spelen. Waar hadden we het ook alweer over? O, ja. Ik vroeg of je veel vrienden bij de politie had.'

'Eentje maar.' Preacher legde een hand op Chris' schouder. Het begon tot hem door te dringen dat Paige' broer een bullebak was. Een bazige, onvolwassen, respectloze bullebak.

Bud ging aan het hoofd van de tafel zitten met zijn rug naar de tuindeuren. Midden op tafel stond een grote schaal met tacochips en een kleinere met salsasaus. De achtertuin lag er al even smetteloos bij als de voortuin, zag Preacher, alleen stond daar een hoge schutting omheen. Er stonden een keurig afgedekte hot tub, een barbecue, wat tuinmeubilair. Er was zelfs een vogelbadje. Maar geen speelgoed... Had Paige niet gezegd dat ze drie kinderen hadden?

Bud schoof de stoel naast zich uit, waarop Preacher ging zitten. Bud was niet echt klein – zo'n één meter tachtig – en had een paar gespierde armen, die hij, gezien de opgerolde mouwen van zijn T-shirt, kennelijk graag etaleerde. Hij had een permanente glimlach op zijn gezicht, wat Preacher een veeg teken vond. Je glimlacht immers alleen als er iets te glimlachen valt, anders heb je iets te verbergen. Voor de derde keer maande Bud Chris om naar de speelkamer te gaan, waarop Preacher het jongetje bij zich op schoot nam.

De vrouwen waren hen gevolgd naar de eetkamer en zaten inmiddels ook aan tafel.

'Vertel eens wat meer over die schuilplaats van je, Paige,' zei Bud, terwijl hij op de chips aanviel.

'Virgin River heet het. Het ligt helemaal in het noorden, midden in de bergen. Het is er erg mooi.'

'Hoe ben je daar eigenlijk terechtgekomen?'

'O, we waren op weg naar vrienden, en toen zijn we verdwaald,' antwoordde ze weinig enthousiast. 'Chris was onderweg ziek geworden. Hij had koorts. Er bleek daar een dokter te zijn. Toen zijn we daar blijven overnachten.'

Preacher moest zijn best doen om neutraal te blijven kijken tijdens het aanhoren van Paige' verhaal. Het kwam overeen met de feiten, en voor haar nieuwe vrienden in Virgin River zou het volstaan hebben. Maar ze was nu bij familie, bij mensen die haar goed kenden!

Vanwege Chris waren ze genoodzaakt geweest een paar dagen te blijven, vertelde ze verder. Maar het bleek haar daar eigenlijk zo goed te bevallen, de mensen waren zo aardig, en ze konden wel wat hulp in de kroeg en de keuken gebruiken. Ze vroeg zich af of het misschien niet iets voor haar zou zijn en besloot het een kans te geven.

Bud wilde weten wat Wes daarvan vond.

'Nu ja, hij kon het niet erg waarderen, maar mijn besluit stond vast,' zei Paige.

Niet erg waarderen? Waarom bleef Paige maar om de hete brij heen draaien, vroeg Preacher zich af. Zou de familie soms niet weten dat haar man haar mishandelde? Dat ze bij hem weg wilde omdat ze voor haar leven en dat van haar kind vreesde?

Een van de kinderen stormde de kamer in, een meisje van een jaar of zeven, acht. Met een verwilderde blik in de ogen griste ze een handvol chips uit de schaal. Toen haar vader haar toeblafte als de bliksem naar de speelkamer te gaan, was ze meteen weer weg.

Paige vertelde nog wat meer over de omgeving, de mensen en het eenvoudige leven in Virgin River. Bud stond op om nog twee flesjes bier te halen en reikte Preacher er een aan.

'Bedankt,' zei Preacher, 'maar ik hoef niet meer.'

Bud zette het flesje niettemin voor zijn neus.

Toen Chris voorzichtig een handje naar de schaal chips uitstak, zei Bud: 'Afblijven, knul. Die zijn voor de grote mensen.'

Als door een adder gebeten, trok Chris zijn hand terug.

'Misschien heeft hij honger,' zei Preacher. Hij trok de schaal een eindje naar zich toe, pakte er een chipje uit en gaf het aan Chris. Vanuit zijn ooghoek zag hij een flauw glimlachje op Paige' gezicht verschijnen.

Het was hem al opgevallen dat Dolores en Gin niet deelnamen aan het gesprek en nauwelijks van de chips aten.

Opnieuw rende er een kind binnen, een nogal sjofel uitziend meisje met verwarde haren. Ook zij deed een greep in de schaal met chips en verdween na een snauw van haar vader.

Preacher ging in het dagelijks leven veel met mannen om, en daar zaten heel wat rouwdouwers tussen, maar vaders die hun eigen kinderen niet in de buurt duldden, kwam hij toch niet vaak tegen. In de kringen waarin hij zich bewoog, nam familie een prominente plaats in. Veel van zijn vrienden waren getrouwd en hadden kinderen, en de kinderen maakten overal deel van uit. De vrouwen werden nagenoeg aanbeden.

Het werd Preacher duidelijk dat het er hier niet vriendelijk en respectvol aan toeging. Vooral de manier waarop Bud met Paige omging, beviel hem niet, en hij zat er net over te denken om maar eens op te stappen, toen er een luid gekrijs uit de speelkamer kwam. Buds vrouw sprong onmiddellijk op om poolshoogte te gaan nemen. Een ogenblik later kwam ze terug met een peuter van een jaar of twee op de arm, een schattig kindje met blonde krullen en een betraand gezichtje.

Bud vroeg aan Preacher wat hij voor de kost deed.

'Ik? Ik ben kok. Een vriend van me kocht op een gegeven moment een kroeg. Toen ik een keer langsging om daar te gaan vissen, ben ik nooit meer weggegaan.'

Ze kletsten nog een poosje door over de bar. Preacher deed echt zijn best. Paige' broer lag hem weliswaar niet zo, maar een mens hoefde toch niet iedereen aardig te vinden? Het kon geen kwaad om te proberen het een beetje gezellig te houden, al was het maar voor Paige. Het was per slot van rekening haar familie, en die had je nu eenmaal niet voor het uitkiezen. Bud had ongetwijfeld zo zijn goede kanten, maar of Preacher die die dag nog te zien zou krijgen, was de vraag.

Dat jagen en vissen sprak Bud in elk geval erg aan. Hij zou graag eens langskomen, al zou hij niet weten wanneer. Hij had absoluut geen tijd. Hij moest zo hard werken, maar ja, wat wil je ook met drie kinderen…

Drie kinderen die hij nauwelijks zag, dacht Preacher. Het gesprek kabbelde voort. Preacher was erg spraakzaam voor zijn doen om Paige te laten zien dat hij echt zijn best deed en heel sociaal kon zijn.

Gin had de peuter bij zich op schoot genomen en haalde Chris over om kennis te maken. Even later liet het meisje zich van haar moeders schoot af glijden, waarna Gin het tweetal naar de speelkamer stuurde.

'Wat deed je eigenlijk voor je kok werd?' vroeg Bud.

'Ik was marinier. Ik heb twaalf jaar bij het leger gezeten.'

'Marinier!' riep Bud uit. 'Ik had het kunnen weten. Ben je soms ook in Irak geweest?'

Preacher knikte. 'Een paar keer,' antwoordde hij. 'Het waren geen gezellige uitjes.'

'Dat je daar in de keuken staat.' Bud lachte. 'Je had beter uitsmijter kunnen zijn.'

'Die is daar niet nodig.'

'Zeg, over keukens gesproken... Zullen we niet eens gaan eten?'

Paige' moeder en schoonzus stonden tegelijk op. Paige kwam ook half overeind met de vraag of ze misschien kon helpen, maar Bud gebood haar weer te gaan zitten.

'Dat doen zij wel.'

En Paige gehoorzaamde.

Er werden borden op tafel gelegd – vijf, welgeteld. Preacher telde ze voor alle zekerheid twee keer.

'Eten de kinderen niet mee?' vroeg hij.

'Gin brengt straks wel wat naar de speelkamer, hotdogs en zo, daar zijn ze gek op. Met kinderen aan tafel kun je nooit een behoorlijk gesprek voeren.'

Even later werden er salades op tafel gezet en nog twee flesjes bier.

'Een beetje doordrinken, oude jongen,' zei Bud tegen Preacher. 'Je loopt een ronde achter.'

'Wat gaat er nu eigenlijk met Wes gebeuren?' vroeg Bud aan Paige tijdens het eten.

Ze keek haar broer aan, maar het duurde even voor ze antwoord gaf. 'Ik weet het niet, Bud. Hij zit op het moment in een ontwenningskliniek.'

'O? Waarom?'

Opnieuw antwoordde ze niet direct. 'Om van zijn drugsverslaving af te komen. Het schijnt wel vaker voor te komen onder beursmakelaars... Zo'n verslaving aan, eh... je weet wel, stimulerende middelen.'

Waarom deed ze voorkomen alsof het om een onschuldig pepmiddel ging, vroeg Preacher zich af. Het ging toch verdomme om meth!

'Kon jij hem daar dan niet mee helpen?'

'Hoe dan, Bud?' vroeg ze.

'Ja, weet ik veel. Gewoon, wat je in zo'n geval doet.'

Paige legde haar bestek neer en keek haar broer strak aan. 'Nee, Bud. Ik kon niets doen. Het lag volkomen buiten mijn macht.'

Bud keek naar zijn bord en prikte driftig in zijn salade. 'Waarom moest je het aan de grote klok hangen?' mopperde hij. 'Had toch ook gewoon je bek gehouden.'

Preachers vork viel kletterend op zijn bord. 'Pardon? Dit meen je toch niet, mag ik hopen?'

Bud keek Preacher aan. 'Ze had een kast van een huis met een zwembad in de tuin,' zei hij met volle mond. 'Maar dat heeft ze je niet verteld zeker?'

Preacher keek naar Paige' gezicht. Paige keek hem even aan, liet toen haar blik weer op Bud rusten. 'Mijn broer begrijpt niet dat de grootte van je huis er helemaal niet toe doet,' zei ze tegen Preacher.

'Ach, mens, zeik toch niet,' zei Bud. 'Ik zeg alleen dat er momenten zijn waarop je beter je mond kunt houden; dat is alles. Ik bedoel, je zat er warmpjes bij, je had het verdomme helemaal voor elkaar!'

Preacher moest zich inhouden om rustig op zijn stoel te blijven zitten. Hij had zin om te schreeuwen. Wist je dat die hufter haar midden op straat in elkaar heeft geslagen? Hij heeft zijn eigen kind vermoord door haar in haar buik te trappen! Zonder het te weten had hij zijn vork van zijn bord gepakt, waarin hij zo hard kneep, dat hij het staal vervormde.

Hij had niet het recht om zich hardop uit te spreken; hij was hier immers te gast. Dit was weliswaar Buds huis, maar hij beschouwde zichzelf als een gast van Paige. Zij had hem meegevraagd. Maar goed dat hij haar niet alleen had laten gaan. Bij de gedachte alleen al werd hij niet goed.

'Hij was gemeen en agressief, Bud.'

'Allemachtig, ja, er waren wat probleempjes, ja. Maar hij zwom wel in de centen!'

Preacher dacht dat hij ontplofte. Het bloed gonsde in zijn oren; zijn hart hamerde tegen zijn ribbenkast. Op dat moment legde iemand een hand op zijn gebalde vuist. Hij keek op en ving de angstige smekende blik op van Paige' moeder die tegenover hem zat.

'Begrijp Bud niet verkeerd,' zei ze. 'Waar het hem om gaat, is dat er bij ons in de familie nog nooit iemand is gescheiden. Ik heb mijn kinderen ook meegegeven dat je moet proberen de ander te begrijpen en je over de problemen heen te zetten.'

'Iedereen heeft problemen,' beaamde Gin. Dezelfde angstige smekende blik.

Preacher vroeg zich af hoelang hij dit nog volhield. Als dit niet ophield, zag hij zichzelf ertoe in staat om Bud nog voor ze aan de steaks toe waren hardhandig de mond te snoeren. Het punt was alleen dat hij zich dan zou verlagen tot het niveau van Wes. Je boosheid uiten door op de vuist te gaan. De ander met fysiek geweld tot overgave dwingen. Een fluitje van een cent als je toch de sterkste was...

'Het waren anders niet zomaar wat probleempjes,' zei Paige. 'Hij mishandelde me.'

'O, shit.' Bud greep naar zijn bier.

Een doordringende gil uit de speelkamer deed Preacher opspringen uit zijn stoel. Op hetzelfde moment rende Chris binnen, met een handje om zijn onderarmpje geklemd. Hij vloog huilend op zijn moeder af, die hem bij zich op schoot nam.

'Wat is er?' vroeg ze. 'Wat is er gebeurd?'

Preacher bukte zich en haalde voorzichtig Chris' hand weg. In het onderarmpje stond de onmiskenbare afdruk van een kindergebit. Hij keek Bud vol ongeloof aan. 'Een van de kinderen heeft hem gebeten!'

'Ach, joh. Zo zijn kinderen nu eenmaal. Ze maken het straks heus wel weer goed.' Bud maakte een nonchalant gebaar met zijn hand, alsof hij niets te maken had met het gedrag van zijn kinderen, laat staan dat hij zich er verantwoordelijk voor voelde.

Gin was opgesprongen. 'Wacht, daar heb ik wel iets voor.'

Ook Dolores stond op. 'Ik haal even wat ijs.'

Preacher nam Chris van Paige over en hield hem teder tegen zich aan. Hij keek Paige aan, maar hoewel hij zijn uiterste best deed om kalm te blijven, zag ze aan zijn ogen dat hij witheet van woede was.

Paige ging staan met een waardigheid die Preacher met trots vervulde. 'Ik denk dat we maar gaan.'

'Ga zitten,' blafte Bud.

Voor Preacher was de maat vol. IJzig kalm gaf hij Chris terug aan zijn moeder. Vervolgens plantte hij beide handen op tafel en bracht zijn gezicht zo dicht bij dat van Bud, dat deze gedwongen was achterover te leunen. Vanuit zijn ooghoek zag hij Paige al naar de voordeur lopen.

'Jammer van de steaks,' siste hij tegen Paige' broer. Toen pakte hij de vork die hij al enigszins verbogen had, vouwde hem met één hand dubbel en liet hem midden in Buds salade vallen. 'Blijf zitten. We komen er zelf wel uit.'

Tegen de tijd dat Preacher Paige inhaalde, was ze al halverwege het garagepad. Achter hem kwamen de twee andere vrouwen haastig aangelopen. Preacher had geen ervaring met dergelijke situaties, maar hij kon wel raden wat er nu ging gebeuren. Waarschijnlijk zouden ze zich uitputten in verontschuldigingen, zouden ze zijn gedrag proberen te vergoelijken en Paige smeken om toch weer naar binnen te gaan.

Ze keek om toen hij een hand op haar schouder legde.

'Geef maar.' Hij nam haar zoon van haar over. 'Ik zet hem vast in de auto, dan kun jij even afscheid nemen.'

Hij zette Chris in het kinderstoeltje achterin en maakte zijn veiligheidsgordel vast. 'Hoe is het met die arm van je? Laat eens zien... O, dat gaat al beter zie ik. Zeg, heb jij zin in pannenkoeken? Zullen we pannenkoeken gaan eten?'

Chris knikte. Preacher veegde zijn tranen af.

'Lekker, pannenkoeken. En chocolademelk.'

De peuter knikte weer, maar deze keer lichtten zijn ogen een beetje op.

Preacher kroop achter het stuur. Hij zag dat de twee vrouwen ieder een hand van Paige vasthielden. Even later maakte ze zich los uit hun greep, omhelsde hen en liep haastig naar de auto. Nog voordat ze haar veiligheidsgordel vast had kunnen maken, scheurde Preacher weg.

'Chris en ik hebben zin in pannenkoeken en chocolademelk,' zei hij na een paar kilometer.

Paige slaakte een diepe zucht. 'Ik speelde nog wel met het idee om het ze uit te leggen,' zei ze. 'En waarom ik het toch niet heb gedaan –'

Preacher legde een hand over de hare en kneep er even in. Hij glimlachte en schudde zijn hoofd. 'Niet nu,' zei hij zonder geluid te maken. 'Na die pannenkoeken wil ik nog heel even langs het ziekenhuis om te zien hoe het met Mike is.'

'Natuurlijk.'

'Weet je,' zei hij na een korte stilte. 'Jouw moeder heeft wel wat weg van mijn moeder. Ze was ook mager, maar veel sterker dan je zou verwachten en ze had er flink de wind onder. En ze was zo snel. Als ik een lelijk woord zei of te weinig respect toonde, greep ze me voordat ik het in de gaten had stevig bij mijn oor en dwong me zo op de knieën. En dat terwijl ik op mijn twaalfde al boven haar uitstak!

De laatste keer dat dat gebeurde was in de week voor ze stierf. Ik vermoed dat ze dat van de nonnen had geleerd – sommige van hen konden behoorlijk vals zijn. Maar goed, daarmee maakte mijn moeder wel duidelijk dat ze niet met zich liet sollen.' Hij gaf haar nog een kneepje. 'Volgens mij heeft jouw moeder die truc nooit helemaal onder de knie gekregen.'

Paige moest een beetje lachen.

'Fantastisch, zoals je opeens van tafel opstond en zonder iets te zeggen de deur uit liep. Ik was echt trots op je. Zie je wel, je bent tot veel meer in staat dan je denkt.'

Ze zuchtte. 'Ik had het alleen veel eerder moeten doen. Ik heb wel een paar keer op het punt gestaan.'

'Anders ik wel,' zei Preacher. 'Misschien verwachtten we te veel van Bud. Wij allebei. Is hij altijd zo?'

'Ja. Als hij niet pruilt.'

'Kon hij goed met Wes overweg?'

'Hij vindt Wes geweldig. Omdat hij denkt dat Wes stinkend rijk is. Wes vindt Bud een malloot.'

'Hm.' Preacher dacht een ogenblik na. 'Zou Bud nu echt denken dat het de moeite waard is om je een paar keer per jaar in elkaar te laten timmeren voor een kast van een huis met een zwembad?'

'Dat denk ik wel,' antwoordde ze. 'Ik weet het bijna zeker.'

'Hm. Zou hij bereid zijn om te verhuizen naar mijn kast van een huis, om te zien of die theorie klopt?'

Paige lachte. 'Ik wist niet dat jij ergens een kast van een huis had, John.'

'Heb ik ook niet.' Hij haalde zijn schouders op. 'Maar omwille van Bud wil ik best naar zoiets op zoek gaan.'

De liefde was als een golf over Preacher heen gespoeld op het moment dat Paige in Virgin River was gearriveerd, en hij werd steeds sterker. Haar nabijheid haalde zijn zachte kant naar boven, maakte dat hij zijn beste beentje voorzette. Er zat ook een verontrustend aspect aan; telkens wanneer ze hem aanraakte, wanneer hij een vleugje van haar zoete natuurlijke lichaamsgeur opving, merkte hij dat hij opgewonden raakte.

Ze waren nu een paar weken vrijwel continu in elkaars gezelschap, en zijn liefde voor Paige groeide met de dag. Misschien zelfs wel met het uur. Als hij haar hand pakte, trok ze hem nooit terug. Heerlijk was dat. Soms sloeg hij losjes een arm om haar schouders, meestal om haar te laten weten dat hij over haar waakte, dan wilde ze nog al eens tegen hem aan leunen. En ook aan Chris raakte hij met de dag meer gehecht.

Hij zou willen dat dit zo eeuwig kon blijven voortduren.

Ze deelden een kamer met twee grote bedden: een voor Preacher en een voor Paige en Christopher. Aan de ene kant wilde hij niet anders dan met haar op een kamer slapen; aan de andere kant was het een marteling. Telkens wanneer hij haar hoorde omdraaien of haar een geluidje hoorde maken, vroeg hij zich af hoe het zou zijn om naast haar te liggen, haar lichaam tegen het zijne te voelen. 's Ochtends douchte hij altijd nadat zij geweest was. Tegen de tijd dat hij eronder vandaan kwam, was hij volkomen bedwelmd door de geuren van haar shampoo, haar zeep of haar lotion.

Mike Valenzuela was inmiddels in staat om rechtop in bed te zitten en zelfstandig te eten, hoewel hij nog steeds veel pijn had en het gevoel had dat hij dronken was. Er was weinig hoop dat hij ooit weer terugkwam bij de politie; zijn herstel en revalidatie zouden nog wel eens heel lang kunnen duren. Nu de crisis min of meer achter de rug was, nam het aantal agenten dat de wacht hield langzamerhand af. Zeke en Paul waren vertrokken; Jack en Preacher vonden ook dat het tijd werd om terug naar huis te gaan.

Op weg naar Virgin River gingen Preacher en Paige, op aandringen van Preacher, nog even langs Paige' huis om wat spullen op te halen. Preacher was even bang dat Chris niet meer weg zou willen als hij zijn oude huis zag, maar hij had zich voor niets zorgen gemaakt, want zodra ze wegreden, viel het jongetje in diepe slaap.

‘Ik moet je wel even waarschuwen, John,’ zei Paige. ‘Het huis is echt enorm.’

‘Nou en? Dat weet ik toch. Vind je het moeilijk om al die luxe achter te moeten laten?’

Ze schudde haar hoofd. ‘Ik ben zo weer terug. Zoveel hoef ik niet mee te nemen.’

Ze moesten onder een slagboom door om de dure exclusieve wijk binnen te kunnen rijden. Preacher moest zijn best doen om zich te onthouden van commentaar op de overdaad aan luxe. Protserige landhuizen, perfect bijgehouden gazons, tuinen aangelegd door tuinarchitecten, overal werksters voor het poetsen van het koperwerk aan de dubbele voordeuren.

Via een gietijzeren toegangspoort en een brede oprijlaan met een bocht kwamen ze bij Paige’ huis, een uit baksteen opgetrokken landhuis met twee woonlagen. Het was werkelijk gigantisch. En daarin hadden ze met zijn drieën gewoond, dacht Preacher meewarig. Wat moesten ze zich verloren hebben gevoeld.

‘Heel indrukwekkend,’ mompelde hij, terwijl hij de auto met de achterkant naar het huis draaide, zodat Paige haar spullen zo in de laadbak kon zetten. ‘Je moet toch ooit het gevoel hebben gehad dat je de hoofdprijs had binnengehaald.’

Paige legde een hand op zijn knie en keek hem ernstig aan. ‘Nooit,’ zei ze. ‘Ik heb hem gesmeekt om het niet te kopen. Hij deed niet anders dan mopperen over de kosten, maar hij moest en zou het hebben. Wil je niet even mee naar binnen?’

Daar voelde Preacher niets voor. Hij had haar een kamer gegeven boven de keuken van een kroeg in een dorpje waar niet eens een school was. ‘Nee, ik heb genoeg gezien. Ik wacht hier wel, dan kan ik Chris in de gaten houden.’

Preacher vroeg zich af hoe het voor Wes moest zijn om dit alles – zijn vrouw, zijn zoon, zijn mooie huis – kwijt te raken. Zou het ooit in hem opkomen dat hij het allemaal nog zou hebben als hij wat meer respect voor zijn vrouw had gehad?

Paige had inderdaad niet veel tijd nodig. Toen ze weer naar buiten kwam, had ze vier weekendtassen bij zich, voornamelijk gevuld met kleren voor Chris en zichzelf. Verder had ze wat speelgoed en een paar boeken ingepakt, en op het laatste moment zette ze Chris' driewieler nog gauw even in de laadbak.

'Pff, wat ben ik blij dat dit achter de rug is,' zei ze toen ze eenmaal op weg waren naar Virgin River. 'Ik hoop dat ik dat huis nooit meer binnen hoef.'

'Toch sneu om dit alles kwijt te raken. Het is iets waarvan iedereen droomt, het idee van een gelukkig leven: een gezin, succes, bezit.'

'Is dat ook jouw idee van een gelukkig leven, John?'

Hij lachte. 'Mijn idee is heel wat bescheidener.'

Ze bestudeerde zijn profiel een ogenblik. 'Niet zozeer bescheidener als wel veel minder gecompliceerd,' zei ze.

Dat was ooit het geval geweest, maar nu niet meer, dacht Preacher bij zichzelf. Zijn idee van een gelukkig leven zat pal naast hem. Heel dichtbij en tegelijk buiten zijn bereik.

Rick had zijn hele leven in Virgin River gewoond. De kinderen met wie hij vroeger had gespeeld, waren dezelfde als degenen met wie hij op de lagere school had gezeten en nu op de middelbare school zat. Hij was geliefd en had een hoop vrienden. Maar dit laatste schooljaar was zijn leven drastisch veranderd. Als hij nu 's ochtends op school kwam, had hij zijn zwangere vriendin bij zich.

Liz leek in geen enkel opzicht meer op het meisje dat een halfjaar daarvoor naar Virgin River was gekomen. Ze zat nu in de tweede klas, maar oogde een stuk jonger dan het vorige schooljaar toen ze rond had gelopen in veel te korte rokjes en laarzen met hoge hakken. Van de would-bevrouw van de wereld met die brutale mond was niets meer over; ze schaamde zich en was verlegen en kwetsbaar. Ze was een onzekere tiener met een dikke buik en was totaal afhankelijk van Rick.

Rick deed zijn best om er zoveel mogelijk voor haar te zijn. Hij bracht haar niet alleen naar school, maar ook tussendoor liep hij met haar mee wanneer ze van klas moest wisselen, waardoor hij zelf vaak te laat in de les kwam – tot ongenoegen van zijn leraren. Toch kwam hij er altijd rond voor uit waarom hij te laat was. Liz was zijn vriendin en ze was zwanger van zijn kind. Natuurlijk zou hij willen dat het anders was, maar zo lagen de zaken nu eenmaal. Liz had hem nodig. Ze had niemand anders.

Het duurde niet lang voor hij mot kreeg. Een bijdehante opmerking van Jordan Whitley, een schreeuwlelijk uit de onderbouw, was de druppel die de emmer deed overlopen. Rick greep Whitley bij zijn shirt, duwde hem met zijn rug tegen de kluisjes aan en sloeg op hem in. Net voordat de leraren de vechtersbazen uit elkaar haalden, sloeg Whitley een keer raak, waardoor Rick later die middag op zijn werk verscheen met een blauw oog.

'Wat is er met jou gebeurd?' vroeg Preacher.

'Niets,' mompelde Rick. 'De een of andere halvegare had iets te zeggen over mijn liefdeleven.'

'Zo? En toen kreeg jij de behoefte om je in elkaar te laten slaan?'

'Nee, Preach. Ik wilde hem een lesje leren. Helaas stond hij weer op. Ik had harder moeten slaan.'

'Tja... Het valt soms niet mee om je zelfbeheersing niet te verliezen, hè?'

Rick haalde zijn schouders op. Eigenlijk had hij al heel lang de pest aan die knul en had hij hem er al vaker van langs willen geven. 'Hij heeft altijd een grote bek gehad. Misschien houdt hij hem voortaan dicht.'

Zijn liefdeleven was ook niet om over naar huis te schrijven. Zeker, hij had seks met Liz. Het was alleen niet meer zoals het vroeger was. Liz verlangde naar hem, dat was het niet, maar ze was niet meer de hitsige meid die zich zo verrukkelijk schaamteloos kon laten gaan.

Soms voelde hij tijdens het vrijen de baby bewegen, en het gebeurde vaak dat Liz moest huilen. Dan hield hij haar alleen maar vast en probeerde hij haar te troosten door te zeggen dat het allemaal goed kwam. Dat ze er wel uit zouden komen. Hij zou alleen willen dat hij er zelf niet zo aan twijfelde.

Ze werden nu geacht zich te gedragen als volwassenen, maar privacy hadden ze nauwelijks, daar zorgde Liz' tante Connie wel voor. Alleen als Rick van school niet rechtstreeks naar huis maar naar het park reed, konden ze een halfuurtje ongestoord samen zijn, maar dat was dan ook alles. Ze snapten niet waarom ze niet samen in een bed mochten liggen. Waar was Connie bang voor? Dat Liz nog zwangerder zou worden of zo? Het was heel, heel frustrerend.

Als het aan Liz lag, liepen ze weg en trouwden in het geheim. Rick moest er niet aan denken – ze waren pas vijftien en zeventien! Hij probeerde haar tot rede te brengen. Hij zou haar nooit in de steek laten, dat wist ze toch? Trouwen was zo'n grote stap. Het leven was al ingewikkeld genoeg op dit moment. Ze konden maar beter wachten tot ze hadden besloten wat ze met de baby zouden doen.

Het klonk alsof hij de wijsheid in pacht had, terwijl het tegendeel het geval was. Hij vond het allemaal vreselijk ingewikkeld en verwarrend, maar daar hoefde Liz niets van te weten. Ze had het al moeilijk genoeg, zonder de wetenschap dat hij ten einde raad was.

Hoofdstuk 10

Tijdens de terugreis probeerde Preacher meer te weten te komen over die twee goede vriendinnen van Paige, Jeannie en Pat. 'Zijn ze intussen getrouwd, of weet je dat niet?'

'Ik weet het niet, maar het zal wel,' antwoordde Paige. 'Ze zullen ook vast een betere keus hebben gemaakt dan ik. Zij hadden namelijk al vanaf het eerste moment door dat Wes niet deugde, maar ik wilde er niet van horen.'

Eenmaal thuis, kroop Preacher direct achter de computer. Het duurde niet lang voor hij de informatie had die hij zocht, maar er gingen drie dagen overheen voor hij genoeg moed had verzameld om ermee voor de dag te komen.

'Zeg, Paige,' begon Preacher toen ze Chris voor zijn middagslaapje naar boven had gebracht. Hij legde zijn hakmes neer. 'Ik, eh... Ik hoop niet dat ik te ver ben gegaan, maar ik heb ze gevonden. Je vriendinnen.' Uit zijn achterzak haalde hij een opgevouwen velletje papier met daarop de achternamen, adressen en telefoonnummers van haar vriendinnen.

Paige gaapte hem aan en pakte aarzelend het stuk papier aan. Een ogenblik staarde ze ernaar, toen keek ze hem weer aan.

Hij haalde zijn schouders op. 'Ik heb me wel weer met jouw zaken bemoeid, maar ik dacht –'

'John!' Joelend viel ze hem om de hals.

Lachend tilde hij haar van de vloer. Ze kuste hem op beide wangen, meerdere keren, waardoor hij alleen nog maar harder ging lachen. Met tegenzin liet hij haar weer zakken.

Ze keek hem aan. 'Hoe heb je dat voor elkaar gekregen?'

'Op het internet is zoiets een fluitje van een cent,' zei hij. 'Weet je hoe het internet werkt? Niet? Ik zal het je wel een keer laten zien; er is niets aan.'

Hoofdschuddend staarde ze naar het papier. Wes had ook een computer met een internetverbinding, maar daar mocht ze natuurlijk geen gebruik van maken; ze mocht immers niet te veel contact met de buitenwereld hebben.

'Toe maar,' zei Preacher. 'Ga ze meteen maar bellen. Je kunt de telefoon in mijn appartement gebruiken; dat praat wat rustiger.'

Ze ging op haar tenen staan en gaf hem weer een zoen op zijn wang. Uit haar blik sprak zo veel dankbaarheid, dat hij er helemaal week van werd. Toen draaide ze zich om en rende ze naar zijn appartement.

'Mooi,' mompelde hij tegen zichzelf. 'Zo zijn er een heleboel kleine dingetjes waarmee ik haar een groot plezier kan doen. Heel mooi.' Tevreden nam hij het hakmes weer ter hand.

Toen Jack even later de keuken binnen kwam, keek hij verbaasd naar Preachers gezicht. 'Wat sta jij daar te grijnzen?'

'Ik grijns niet.'

'Joh, ik wist niet dat jij zoveel tanden had.'

'Ach, Paige is helemaal gelukkig. Ik had iets voor haar opgezocht. Dat is alles.'

'Zo te zien, is ze niet de enige die gelukkig is. Man, je bloost helemaal. En dan die grijns, niet te geloven, wat een bek vol tanden. Zo breed heb ik jou nog nooit zien grijnzen.'

Geen wonder, dacht Preacher. Jij komt ook niet op het idee om me om de hals te vliegen en me te zoenen, en dat is maar goed ook. Hij bleef maar grijnzen. Hij wist het, maar hij kon er niets aan doen.

Hoofdschuddend verliet Jack de keuken.

Die avond kreeg Preacher alles in geuren en kleuren te horen. Pat zat nog altijd in Los Angeles. Ze werkte parttime in een chique salon, waar nogal wat beroemdheden kwamen, en ze had een dochtertje.

Jeannie bleek naar Oregon te zijn verhuisd en had een eigen salon. Ze was getrouwd met een man die twaalf jaar ouder was dan zij en die nog niet eerder getrouwd was geweest. Hij was piloot op een vrachtvliegtuig. Hij was meestal tien dagen weg en kwam dan voor een week of twee naar huis. Een paar jaar geleden was ze een eigen zaak begonnen, maar nu ze dertig was – en hij tweeënveertig – vonden ze het tijd worden om eens aan kinderen te gaan denken.

'Ze bood me een baan aan, hoe vind je dat?' Paige was helemaal opgewonden. 'Ze zou het echt heel leuk vinden als ik bij haar kwam werken en bood aan me op te leiden tot assistent-manager.'

'Goh,' zei Preacher. 'Dat klinkt inderdaad niet gek. Lijkt dat je niet wat?'

Lachend legde ze een hand op zijn arm. 'Voordat ik daarover kan nadenken, moet ik eerst het een en ander op orde hebben.'

Paige raakte niet uitgepraat over het leven van haar vriendinnen. Tot in de kleinste details deed ze het hele verhaal uit de doeken. Ze bleven die avond dan ook nog lang bij het vuur zitten.

'Ik weet niet hoe ik je moet bedanken, John,' zei ze uiteindelijk. 'Het was zo ontzettend fijn om ze te spreken.'

'Je mag ze zo vaak bellen als je maar wilt, hoor. Jullie hebben vast een hoop bij te praten.'

'Maar het is niet lokaal, John.'

'Wat maakt dat nu uit. Voor mijn part bel je ze elke dag. Heb je geen zin om ze op te zoeken?'

'Ach, Pat zit in Los Angeles, en je weet dat ik daar liever niet heen ga. Ik word al niet goed bij het idee, maar zodra ik wat meer zekerheid heb over een aantal dingen, ga ik Jeannie gauw eens opzoeken.'

Toen Paige' advocaat haar verzoek om een scheiding indiende, zat Wes in de kliniek. Hij had Paige gewaarschuwd dat Wes kon weigeren de papieren in te zien. Zolang hij in behandeling was, kon hij zich beroepen op de bescherming waarop hij recht had. Maar binnen een paar dagen belde de advocaat terug om te melden dat Wes de aanvraag had ontvangen en dat hij spijt had en zijn medewerking zou verlenen. Zijn enige eis: het recht om zijn zoon te bezoeken, al dan niet onder toezicht. Verder liet hij weten dat hij rond Thanksgiving uit de kliniek hoopte te worden ontslagen.

Paige besloot Brie te bellen en vroeg aan John of ze even gebruik mocht maken van zijn telefoon.

'Ik vertrouw het voor geen cent,' zei Paige, nadat ze Brie had verteld wat ze van haar advocaat had gehoord.

'Dat lijkt me heel verstandig. Per slot van rekening hebben we geen idee of hij wel vooruitgang boekt, en we kunnen er niet achter komen ook. Voor hetzelfde geld is hij een probleemgeval. Bovendien zou ik hem ook, als ik zijn advocaat was, dringend hebben aangeraden om berouw te tonen en zich coöperatief op te stellen. Ik zou hem vertellen dat hij betere kansen had als hij tijdens de zitting zijn tranen liet vloeien en benadrukte dat zijn gedrag te wijten was aan het gebruik van drugs.'

'O. Leuk is dat,' zei Paige.

'Niet zo negatief,' zei Brie. 'Ik heb vaak genoeg meegemaakt dat een beklaagde door zo'n advies werkelijk tot inzicht kwam. Het werkt niet altijd natuurlijk. Hij krijgt sowieso zijn zin niet als hij het hof tegen de haren in strijkt. We weten dan wel niet hoe hij er in werkelijkheid voor staat, maar het feit dat hij er al langer dan een maand zit, betekent dat hij er nog niet is. Een behandeling van twee maanden is geen uitzondering. Hij heeft het dus nog niet verbruid.'

'Maar dit is wel zijn derde overtreding,' bracht Paige ertegen in. 'Dat betekende toch dat hij automatisch de cel in moet?'

'Ah,' zei Brie. 'Straffen willen nogal eens verschillen. Hij kan worden beschuldigd en veroordeeld zijn, maar zijn straf kan altijd lichter uitvallen dan je hoopt. Hij heeft een goede advocaat. Als hij geluk heeft, komt hij er met een lichte straf van af – een korte celstraf, plus een lange tijd voorwaardelijk vrij. De rechter is nu eenmaal vrij om de strafmaat te bepalen. Mag ik je een goede raad geven? Ga niet in op zijn eis om zijn zoon te bezoeken en zet haast achter die scheiding. Als hij er werkelijk in slaagt om af te kicken, kan hij proberen om de voogdij aan te vechten. Maar zoiets kan jaren duren, kan ik je verzekeren.'

Het bleef een ogenblik stil.

'Blijf intussen wel alert,' ging Brie verder. 'Vergeet niet hoe gevaarlijk die vent is. Jij kent hem beter dan wie ook.'

'Hemel!' riep Paige in paniek uit. 'Denk je dat hij toch meteen hierheen komt zodra hij ontslagen is?'

'Dat is niet ondenkbaar, Paige, maar ik denk dat hij zich wel aan de regels houdt omdat hij weet dat hij anders onherroepelijk de cel in gaat tot zijn zaak voorkomt, waarschijnlijk begin januari.'

Paige slaakte een diepe zucht. 'Tegen die tijd ben ik oud en grijs.'

Paige merkte dat ze er de laatste tijd niet helemaal met haar hoofd bij was. Vreemd genoeg werden haar gedachten niet in beslag genomen door Wes of door de scheiding, maar door John. Het was inmiddels november en het was nat en koud, net als op de dag dat ze in Virgin River was aangekomen, nu twee maanden geleden.

Ze had niet voorzien dat ze het hier zo naar haar zin zou hebben. Soms kon ze zich totaal verliezen in het moment; dan voelde ze zich tevreden met het leven. Zo kon ze intens genieten van het samen bezig zijn in de keuken. John en zij leken elkaar perfect aan te voelen. Als hij de sjalotjes had gesneden, deed zij ze in de pan. Was hij klaar met het raspen van kaas, dan maakte zij de rasp schoon. Ze klutste de eieren, waarna hij de omelet bakte. Hij kneedde het deeg, zij rolde het uit.

Het was een genot om hem gade te slaan, alles wat hij deed, gebeurde met zorg en zekerheid en zonder haast. Hij nam altijd overal de tijd voor. Ze vond het heerlijk om naar hem te luisteren als hij Chris voor het slapengaan nog een stukje voorlas. Zijn zachte, diepe, ietwat schorre stem had iets rustgevends. Het mooiste moment van de dag brak aan wanneer ze samen na sluitingstijd met een borrel en een kopje thee bij de haard konden gaan zitten. Vaak voerden ze lange gesprekken.

Ze had zich al meer dan eens afgevraagd hoe het zou zijn om in die grote sterke armen te liggen, om zijn lippen tegen haar hals te voelen. Het was lang geleden dat ze naar een man had verlangd, besefte ze. Ze brachten dagelijks zo veel tijd in elkaars gezelschap door, dat ze zijn slechte kanten nu toch wel zou hebben ontdekt... Ze kon er geen een noemen. Voor haar en Chris was hij altijd even lief, maar dat hij niet met zich liet sollen, had hij laten zien tijdens het bezoek aan haar familie.

Hield ze zichzelf voor de gek, of was John werkelijk zo'n goed mens? Zag ze niet iets over het hoofd? Waren er geen dingen die ze niet wilde zien? Strooide hij haar soms zand in de ogen met de bedoeling haar binnen te halen? Nee. Deze reus van een man was gewoon één bonk hoffelijkheid en respect; hij genoot niet alleen het vertrouwen van zijn vrienden, maar van het hele dorp.

Ze was hard op weg om verliefd op hem te worden. Ze was totaal vergeten hoe het was om verliefd te zijn. Wat ze in het begin voor Wes had gevoeld, viel totaal in het niet bij wat ze nu voor John voelde. Ze speelde wel eens met het idee om het gewoon maar eens uit te spreken. Ik wil voor altijd bij je blijven... Maar ze was bang om afgewezen te worden. Ze zag het al helemaal voor zich hoe dat zou gaan: hij zou schrikken van haar bekentenis en haar vervolgens op zijn bekende rustige geduldige manier uitleggen dat hij haar beschouwde als een goede vriendin, dat hij haar alleen maar wilde helpen, verder niet...

Nadat ze Chris die avond in bad had gedaan en in bed had gelegd, kwam ze naar beneden. 'Zeg, John, wil jij hem vanavond voorlezen of zal ik het doen?'

'Ik doe het wel,' zei Preacher. 'Ik vind het veel te leuk. Is hij er klaar voor?'

'Hij ligt met smart op je te wachten.'

Toen Preacher naar boven ging, liep Paige door naar de bar, waar Jack aan het opruimen was. De laatste twee klanten gingen net de deur uit.

'Preacher is Chris zeker aan het voorlezen?'

'Ja. Ga maar naar huis, ik pas zo lang wel op de zaak. John komt toch zo weer beneden.'

'Nou... Weet je het heel zeker?'

Ze glimlachte. 'Ik zal voor alle zekerheid de deur op slot doen. En anders is John in drie tellen beneden als hij mij hoort gillen, denk je niet?'

'Je bent bij hem in goede handen. Het is hondenweer buiten. Ik heb Rick een halfuur geleden ook maar naar huis gestuurd.'

'Nou, ga je vrouw dan maar verrassen,' zei ze.

Het duurde inderdaad niet lang voordat Preacher naar beneden kwam. 'Chris was al vertrokken voordat het verhaaltje uit was,' zei hij, terwijl hij een glas pakte. 'Kan ik jou ook iets inschenken?'

'Nee, dank je.'

'Je bent de laatste tijd een beetje stil, klopt dat?' vroeg hij.

Ze plantte een elleboog op de bar en liet haar kin op haar hand rusten. 'Ik heb een hoop om over na te denken. Over niet al te lang zal de scheiding een feit zijn. Een raar idee, een beetje eng ook wel. Ik kan de gevolgen niet overzien.'

Preacher had een glas whisky voor zichzelf ingeschonken. 'Ik heb iets waar je misschien een beetje van opfleurt,' zei hij. 'Blijf zitten, ik ben zo terug.' Hij verdween naar zijn appartement en kwam terug met een grote witte envelop in zijn hand, die hij haar meteen gaf. 'Ik heb het risico maar genomen. Als je er niets voor voelt, dan is er nog geen man overboord.'

In de envelop bleken twee retourtjes naar Portland te zitten. 'Wat is dat nou?'

'Je hebt heel veel aan je hoofd,' zei Preacher. 'Ik had al zo'n vermoeden dat je je zorgen maakte over de toekomst. Dit leek me een geschikt moment om die oude vriendin van je eens op te zoeken en haar salon eens te bekijken. Wie weet...'

'Wie weet wat?'

'Wie weet krijg je weer zin om je oude vak te gaan uitoefenen...'

Paige legde de envelop op de bar. Toen ze zo-even had gezegd dat ze de gevolgen niet kon overzien, had ze daarbij aan Wes gedacht en hoe hij op de scheiding zou reageren – niet aan wat ze wat ze na de scheiding zou gaan doen, of waar ze heen zou gaan. Ze was immers al waar ze wilde zijn.

'John,' zei ze. 'Zeg eens eerlijk, vind je het tijd worden dat Chris en ik vertrekken? Eerlijk antwoorden, hoor.'

Preacher keek haar ontsteld aan. 'Nee, helemaal niet!' zei hij uit de grond van zijn hart. 'Ik geef je die tickets niet omdat ik jullie weg wil hebben. Het zijn retourtickets, hoor. Ik dacht... Ik weet dat je haar mist. En ik weet natuurlijk best dat je uiteindelijk...' Zijn stem stierf weg.

Paige beet op haar onderlip en keek hem doordringend aan. 'Ik denk dat ik wel weet wat je bedoelt. Wat houdt "uiteindelijk" precies in?'

'Luister eens, Paige. Ik ben niet iemand die zichzelf voor de gek houdt. Ik weet dat je hier op den duur weg zult willen. Ik bedoel, als je je zelfvertrouwen eenmaal terug hebt en de draad van je leven weer wilt oppakken...'

Zeg het dan, riep Paige zichzelf inwendig toe. Zeg dan dat je het liefst de rest van je leven hier zou willen blijven! 'Ik zou op het moment niet weten wat ik moest.'

'Nou, daarom heb ik die tickets gekocht – voor jou en Chris. Ga die vriendin opzoeken. Misschien doe je daar inspiratie op. Ik heb haar overigens niet opgebeld om te vragen of het wel uitkwam. Ze zijn geldig in de week van Thanksgiving, dus ik kan ze weer teruggeven, of de datum laten veranderen.'

Ze dacht een ogenblik na. 'Bij nader inzien wil ik toch graag wat drinken. Een glas rode wijn, kan dat? Heb je niet iets openstaan?'

Preacher keek onder de bar en hield vervolgens een fles omhoog. Toen ze knikte, schonk hij een glas voor haar in. Terwijl ze aan haar wijn nipte, pakte ze envelop van de bar. 'Wat ontzettend lief bedacht, John. En wat een duur cadeau.'

'Beschouw het maar als kerstcadeau. Heeft Chris al eens in een vliegtuig gezeten?'

Ze schudde haar hoofd. 'Straks vind ik Portland ontzettend leuk. Hoe zou jij dat vinden?'

Glimlachend boog hij zich naar haar toe om haar een kus op haar voorhoofd te geven. 'Als iemand het verdient om gelukkig te zijn, dan ben jij het,' zei hij.

Preacher wilde haar laten beseffen dat ze een keus had, daarom had hij haar die twee tickets naar Portland gegeven. Hij was niet achterlijk, hij had al lang gemerkt dat ze met plezier in zijn keuken werkte en dat ze zich thuis voelde in Virgin River. Ze voelde zich hier veilig; haar kind was hier op zijn gemak. Maar als er ergens anders iets beters op haar wachtte, dan moest ze dat weten. Hij wilde niet dat ze bleef omdat ze dacht dat dat de enige mogelijkheid was. Hij wilde dat ze bleef omdat ze niets anders wilde.

Het was een risico; daar was hij zich van bewust. En als ze zou besluiten om weg te gaan, zou hij gek worden. Als ze zou besluiten om te blijven trouwens ook.

Paige wikte en woog, maar besloot uiteindelijk toch haar vriendin te gaan bezoeken. Ze reed met haar eigen auto naar het vliegveld van Eureka en vloog vandaar naar Portland. Meteen bij aankomst liet ze Preacher weten dat ze een goede vlucht had gehad. Een paar dagen later belde ze weer. Ze zei dat Portland een leuke stad was en vertelde enthousiast over Jeannies winkel en haar hond, waar Chris helemaal weg van was.

Preacher bracht de tijd door met het plannen van het diner voor Thanksgiving, een jaarlijkse traditie. Het was prettig om een groot kookproject in het vooruitzicht te hebben; het leidde zijn gedachten af. Hij bladerde zijn kookboeken door, stelde een menu samen en maakte boodschappenlijstjes. En hij liet zijn haren groeien. Sinds de dag dat Paige was vertrokken, had hij zijn hoofd niet meer geschoren, en na vier dagen liep hij rond met een kop vol kleine zwarte stekeltjes.

'Wat zullen we nu hebben?' Lachend wreef Mel over zijn borstelige schedel.

'Het is koud boven.'

'Ik vind het wel geinig. Laat je het 's winters altijd groeien?'

'Ik had er andere winters niet zo'n last van,' antwoordde hij. Toen was hij ook niet verliefd op een vrouw die kapster van beroep was.

'Heb je Paige verteld dat je je haren laat groeien?'

'Nee. Waarom zou ik?'

Mel haalde haar schouders op. 'Wat vrouwen als nieuws beschouwen, wordt door mannen kennelijk niet zo interessant gevonden,' verzuchtte ze. 'Heb je haar nog gesproken?'

'Ze heeft gebeld, ja. Ik had het idee dat ze het naar haar zin had. Haar vriendin heeft een hond, waar Chris helemaal gek op is.' Hij nam het aanrecht af. 'Wat denk je, zou een hond hier erg in de weg lopen?'

Mel schoot in de lach. 'Wat is dat nu, Preacher? Het lijkt wel of je ze mist.'

'Ach, welnee. Ik ben blij voor Paige. Ze had haar vriendin jaren niet gezien.'

'Ik heb echt een beetje met hem te doen,' zei Mel later tegen Jack. 'Kijk hem nu eens, hij is zo ongelukkig. Hij is zo verliefd op haar, dat hij nauwelijks kan denken. Maar je moet niet denken dat hij er ook maar iets over loslaat – tegen niemand. Hij heeft ook wel iets kaals, zo zonder dat blonde engeltje op zijn schouders. Hij moet haar bellen en zeggen dat hij haar erg mist.'

Jack trok een wenkbrauw op en keek zijn vrouw aan. 'Bemoei je er maar niet mee,' zei hij. 'Je zou er een ontwrichte kaak aan kunnen overhouden.'

Die avond, nadat Jack naar huis was gegaan en de laatste klant was vertrokken, ging Preacher naar Paige' kamer. Ze had al haar spullen achtergelaten, constateerde hij. Ook al Chris' speelgoed lag er nog. Niet dat hij daarvan opvrolijkte; hij was ervan overtuigd dat ze niet terug zou komen. Misschien alleen om haar spullen op te halen, maar niet voor hem. Het enige wat hij haar te bieden had, was een veilige haven. Jeannie en haar man konden haar dat ook geven, dat en waarschijnlijk nog veel meer.

Zijn oog viel op haar nachthemd, dat ze achteloos op bed had gegooid. Toen hij het oppakte en eraan rook, kreeg hij tranen in zijn ogen.

Preacher stortte zich met hart en ziel op de bereiding van het Thanksgiving-diner. Het gezelschap dat zou komen was niet zo groot: Jack, Mel en dokter Mullins, Hope McCrea, Connie en Ron, Liz, Rick en Lydie, zijn grootmoeder, Joy en Bruce.

Op Thanksgiving Day kwamen Mel en Jack een handje helpen in de keuken. Mel schilde aardappelen en rolde het deeg voor de pasteien uit, terwijl Jack de potten en pannen afwaste en opruimde. Ondertussen kletsten ze over de naderende kerst die ze bij Jacks familie in Sacramento zouden vieren en over de volgende kerst, hun eerste kerst met de baby.

Preacher was stil en concentreerde zich op zijn werk. Na de ruim twaalf kilo wegende kalkoen te hebben gevuld, maakte hij de pasteien klaar en stopte ze in de oven, maar erg veel plezier leek hij er deze keer niet in te hebben.

'Wat heeft hij vandaag?' vroeg Jack toen Preacher met borden en bestek naar binnen was gegaan. 'Heeft hij soms iets onder de leden?'

'Wat dacht je?' vroeg Mel op gedempte toon. 'Paige en Chris. Waarschijnlijk vraagt hij zich af of ze ooit terug zullen komen.'

'Hoezo? Ze worden toch pas maandag terugverwacht?'

'Dat weet hij ook wel. Hij heeft haar toch zelf die vliegtickets gegeven; ze is naar Portland gegaan op zijn aandringen. Maar hij heeft het er erg moeilijk mee. Hij ziet er zo leuk uit met die haartjes. Kon ze hem zo maar zien. Volgens mij heeft hij het ook voor haar gedaan. Wie had ooit kunnen vermoeden dat er iets moois kon groeien op die kale schedel...'

Aangezien Preacher geen uitgesproken persoonlijkheid was, merkte verder niemand dat hij in een sombere stemming was. Tegen de tijd dat de eerste gasten arriveerden, stond er een feestelijk gedekte tafel op hen te wachten. Jack voorzag iedereen van een drankje en zette nog snel een paar flessen wijn op tafel.

Nadat Preacher de hors-d'oeuvres binnen had gebracht, ging hij terug naar de keuken om het brood op te warmen en de kalkoen uit de oven te halen. Hij zou blij zijn als deze avond voorbij was, dacht hij bij zichzelf. Hij keek echt uit naar het moment waarop iedereen weg was; hij had behoefte om alleen te zijn.

Iets voor vijven, net voordat de kalkoen zou worden aangesneden, ging de deur open. In de deuropening stond Paige met Christopher aan de hand. Haar blik ging het gezelschap rond op zoek naar Preacher. Toen ze hem achter de bar ontdekte, begon ze te stralen.

Preacher kon zijn ogen niet geloven en staarde haar met open mond aan. Het was of de rest van het gezelschap niet meer bestond. Terwijl Paige naar de bar liep, kwam hij er haastig achter vandaan.

'Het spijt me dat ik er niet was om je te helpen' zei ze.

Preacher bukte zich om Christopher op te pakken. Het jongetje sloeg zijn armpjes om zijn nek en legde vervolgens met een verbaasd gezicht een handje op Preachers stekelhaar. 'Je hebt het niet geschoren.'

Preacher gaf hem een zoen op zijn wang. 'Ik had zo'n koud hoofd,' verklaarde hij.

Paige sloeg haar armen om zijn middel en hief haar gezicht naar hem op. 'We hoopten eigenlijk dat we nog konden aanschuiven…'

'Je bent eerder teruggekomen,' zei hij zacht.

Ze knikte. 'Ik wilde graag hier zijn. Bij jou. Heb je me een beetje gemist?'

'Een beetje,' zei hij, waarna hij een arm om haar schouders legde en haar naar zich toe trok.

Het feestje was eerder afgelopen dan verwacht. Iedereen was zich bewust van de verlangende blikken die Paige naar Preacher wierp, ook al scheen het slachtoffer zelf ze niet correct te interpreteren. Na het eten doken alle vrouwen de keuken in om samen nog even snel af te wassen, waarna iedereen haastig afscheid nam en naar huis ging.

'Misschien hebben ze wel ruzie gehad voordat ze vertrok,' dacht Mel hardop. 'Heb jij enig idee wat daar aan de hand is?'

'Bedoel je voordat ze wegging of op dit moment?' vroeg Jack.

'Ervoor.'

'Nee, geen flauw idee.'

'En op dit moment?

'Op dit moment staat de kroeg te schudden op zijn fundamenten, denk ik.'

Nadat Preacher alle restjes in de koelkast had gezet, de vloer had geveegd, het verlichte bordje 'open' uit had gedaan en de deur had vergrendeld, ging hij naar boven. Paige had Christopher in bad gedaan en wilde hem graag zijn pyjama aantrekken, maar kennelijk stond het hoofd van meneer daar nog niet naar, want hij sprong wild op het bed op en neer. Preacher zag aan haar gezicht dat ze er genoeg van begon te krijgen. Geen wonder, ze had het grootste deel van de dag met het ventje in het vliegtuig en de auto gezeten.

'Zo. Nu is het klaar, cowboy,' zei Preacher, het pyjamajasje van Paige overnemend.

Gehoorzaam stak de peuter zijn armpjes door de mouwen van het kledingstuk, waarna hij zijn rug naar Preacher toe draaide om de knoopjes te laten vastmaken.

'Wat ben jij een grote jongen,' mompelde Preacher goedkeurend.

Paige legde een hand op Preachers arm. 'Kun jij de cowboy in bed leggen? Dan ga ik vast naar beneden.'

Chris sprong op Preacher toe en klemde zich met handen en voeten aan hem vast.

'Geef je mammie nog even een kusje?' vroeg Preacher.

Christopher boog zich naar zijn moeder en gaf haar een kus, waarna Paige de kamer verliet.

'Hup, in bed jij,' zei Preacher, terwijl hij hem op bed liet zakken.

Chris greep snel een boek van het nachtkastje. 'Nog even voorlezen.'

'Lijkt me geen goed idee. Het is een lange dag geweest.'

'Eén bladzij maar,' smeekte het jongetje.

'Vooruit dan maar. Eén bladzij dan.' Preacher ging naast hem op bed zitten en nam het boek van Chris aan. 'Nu moet je echt gaan slapen,' zei hij drie bladzijden verder.

Daar voelde Chris niets voor, en hij begon te draaien en te jengelen.

'Heb jij vandaag soms zoetigheid gegeten?' vroeg Preacher. 'Kom, in bed. Het is nu klaar.' Hij stopte de peuter in en gaf hem een zoen op zijn kruin. 'Welterusten. Tot morgen.'

'Welterusten,' mompelde Chris braaf.

Toen Preacher beneden kwam, zat Paige aan het tafeltje bij het vuur. Er stond al een glas whisky voor hem klaar, en zelf had ze een glas wijn genomen. Er lag een nieuw blok hout op het vuur, wat erop wees dat de avond voorlopig nog niet afgelopen zou zijn. Het licht van de vlammen danste op haar lichtbruine haren; ze had een blosje op haar wangen, en om haar welgevormde lippen speelde een glimlach.

'Ik heb je maar vast ingeschonken. En mezelf ook.'

'Heerlijk,' zei Preacher. 'Die knul is een beetje opgewonden. Ik vroeg nog aan hem of hij vandaag iets zoets had gegeten, maar toen realiseerde ik me dat ik hem zelf een stuk taart en wat ijs heb gegeven. En hij heeft ook cola gedronken.'

'Ach, hij zal zo wel in slaap vallen, want hij is doodop,' zei Paige. 'Wat had je trouwens lekker gekookt, John. Werkelijk, je hebt jezelf vandaag overtroffen.'

'Ik had je vandaag nog helemaal niet verwacht.' Hij trok een stoel bij en ging bij haar aan tafel zitten. 'Is er soms iets gebeurd?'

Ze schudde haar hoofd. 'Welnee. Het was ontzettend gezellig. Jeannie heeft een leuke man. Hij kon het ook goed met Christopher vinden. Ze werkt zich een slag in de rondte in die winkel van haar. Ze heeft alle reden om trots op zichzelf te zijn want de zaken gaan goed. Het was een ontzettend goed idee van je om me daarheen te sturen.'

Hij haalde zijn schouders op. 'Het was duidelijk dat je haar erg miste.'

'Maar zal ik je eens leuks vertellen?' vroeg ze lachend. 'Na een paar dagen miste ik jou. Jou, en Mel en Jack en nog een paar anderen. En ik miste de keuken.'

'Is ze nog teruggekomen op die baan die ze je eerder had aangeboden?'

'Jazeker. Ik heb gezegd dat ik er nog even over wilde nadenken, maar dat ik er vrijwel zeker van was dat ik er niet op inga.'

Preacher was er niet zeker van dat hij het goed had begrepen. 'Waarom niet? Heb je soms iets anders in gedachten?'

Ze trok een wenkbrauw op. 'Zoals zelf een zaak beginnen, bedoel je zeker. Nee. Ik voel me thuis in Virgin River, John. Chris heeft het hier ook erg naar zijn zin. Je had gezegd dat je er geen bezwaar tegen had als we zouden blijven, en ik geloof je. Wel wil ik dat je het me laat weten als je merkt dat onze aanwezigheid jou of de kroeg geen goeddoet.'

'Maar Paige, het zou niet eens in me opkomen om tegen je te liegen. Heb ik ooit tegen je gelogen?'

Ze moest lachen. 'Niet echt, nee. Maar je hebt er wel een handje van om informatie tijdelijk achter te houden.'

'Nou, dat valt best mee,' zei hij. 'Zeg, Paige... Mist Chris zijn vader niet? Ik bedoel, vraagt hij nooit naar hem?'

'Nee. Hij miste zijn driewieler, vandaar dat ik die toch maar meenam toen we mijn spullen gingen halen.' Ze sloeg haar ogen neer en zweeg een ogenblik. 'Er is wel iets anders waarover ik me een beetje zorgen maak, John. Mijn vader was een bullebak, en mijn broer is net zo. En dan hebben we Wes. Ik weet niet of dat soort dingen genetisch bepaald is... Straks blijkt Chris erfelijk belast te zijn. Zou je misschien een keer willen kijken of je daar iets meer over te weten kunt komen?'

'Dat wil ik best doen, maar als ik naar Chris kijk, zie ik een lief nieuwsgierig jongetje dat voorzichtig met de dingen omgaat. Dus waarschijnlijk maak je je voor niets zorgen.' Hij nipte aan zijn whisky. 'Over Wes gesproken, heeft hij geen familie of vrienden?'

'Nee,' antwoordde Paige. 'Hij heeft helemaal niemand. Hij heeft een ongelukkige jeugd gehad, pleeggezinnen, tehuizen, je kent het wel. Het zal ook bepaald geen lieverdje zijn geweest.' Ze lachte wrang. 'Ik vond het geweldig dat iemand met zo'n beroerde start het zover had geschopt, maar ik zag alleen de buitenkant; vanbinnen was alles nog hetzelfde. Hij had het verleden niet van zich afgeschud; hij droeg het met zich mee.'

Peinzend staarde Preacher in het vuur. 'Ik zat eens met een jongen in het leger die ook in tehuizen en pleeggezinnen was opgegroeid,' vertelde hij. 'Had ook een beroerde jeugd gehad. Toch was hij een zachtaardige rechtschapen vent geworden, juist doordat hij zoveel ellende had meegemaakt. Tja, je kunt van tevoren niet zien hoe het uitpakt, hè? Je moet maar gewoon je best doen om je kind al het goede mee te geven.' Hij keek haar grinnikend aan. 'Ik wil de beruchte oorgreep van mijn moeder wel even demonstreren...'

Glimlachend nipte Paige aan haar wijn. Tijdens haar verblijf bij Jeannie hadden ze menige avond tot diep in de nacht zitten praten. Paige had haar natuurlijk over John en Virgin River verteld, hoe ze hem had leren kennen, zijn confrontatie met Wes, het bezoek aan haar familie in Los Angeles en hoeveel ze toen aan hem had gehad, hoe goed hij met Chris overweg kon.

Het was Jeannie al opgevallen dat Chris' beer een flanellen poot had, maar toen ze had gehoord dat dat Johns initiatief was, was ze ongeveer van haar stoel gevallen. 'Je meent het niet! Ik ken geen enkele man die zoiets zou doen. Wat een bijzondere vent moet dat zijn.'

'Dat is een van dingen die maakte dat ik besloot te blijven. De manier waarop hij met Chris omgaat.'

'Maar je kunt toch niet je hele leven bij die man blijven alleen omdat hij zo lief is voor je kind,' had Jeannie ertegen ingebracht.

'Dat is ook niet de enige reden,' had Paige gezegd. 'Het is ook de manier waarop hij mij behandelt. Alleen is hij nogal stil. Nogal... terughoudend. Ik weet niet of het een kwestie van verlegenheid is, of dat hij een grote padvinder is die alleen maar zijn plicht doet en intussen uitkijkt naar de dag dat ik wegga...'

Jeannie had haar uitgelachen. 'Je moet hem misschien een beetje helpen om over de brug te komen.'

'Wat?'

'Kennelijk ben jij het flirten helemaal verleerd,' had Jeannie geantwoord. 'Niet zo verwonderlijk, trouwens. Laat hem merken dat je graag bij hem bent. Je voelt je daar thuis; dat komt door hem. Laat hem weten dat hij je een goed gevoel geeft vanbinnen. Wees ingetogen, maar zorg dat de boodschap overkomt, namelijk dat jij precies de vrouw bent die bij hem past. Pak het een beetje subtiel aan. Als hij er niet van gediend is, dan merk je dat wel. En als hij echt zo verlegen is, schrik je hem er in elk geval niet mee af.'

'John,' zei Paige na een lange stilte. 'Weet je heel zeker dat je ons hier wel wilt hebben? Ik bedoel, de feestdagen komen eraan en...'

'Ik zou niet weten wat ik hier zonder je moest,' antwoordde Preacher naar waarheid.

'Een betere reactie had ik niet kunnen wensen.' Ze dronk haar glas leeg, stond op, drukte haar lippen tegen zijn voorhoofd en hield ze daar een ogenblik. 'Dit is namelijk de enige plek ter wereld waar ik wil zijn,' voegde ze er zacht aan toe. 'Erg sexy, dat nieuwe kapsel van. Heel erg sexy.' Na die uitspraak verdween ze naar boven.

Preacher dacht dat hij flauwviel.

Het hoogtepunt van het visseizoen viel altijd in de late herfst. Sportvissers kwamen dan in groten getale naar het gebied om op zalm en steur te vissen, en dat betekende dat de kroeg druk bezocht werd. Velen van hen kwamen hier al jaren en kenden Jack en Preacher natuurlijk. Ze waren dan ook aangenaam verrast toen ze een nieuw gezicht zagen.

Paige was duidelijk in haar element. Ze serveerde drankjes en maaltijden, maakte tafels schoon, praatte en lachte met de klanten en wierp tussen de bedrijven door opvallend vaak een warme blik in de richting van Preacher, wanneer hij in de buurt was.

De gesprekken aan de bar gingen zoals altijd over de grootte van de vangst, de staat waarin de rivier verkeerde of het weer. Dit jaar was echter ook Preachers vangst onderwerp van gesprek.

'Het wordt hier hoe langer hoe leuker. Die nieuwe serveerster zal wel heel wat klandizie aantrekken,' merkte een van de mannen aan de bar op toen Paige met een dienblad vol vuile borden en glazen de keuken in verdween. 'Waar heeft Preacher die mooie vriendin van hem gevonden?' vroeg hij aan Jack.

'Volgens mij heeft zij hem gevonden,' antwoordde Jack.

'Hij zou anders wel eens wat vrolijker mogen kijken.'

'Ach, je kent Preach,' zei Jack. 'Hij loopt niet graag met zijn gevoelens te koop.'

Paige had daarentegen het gevoel dat John wel degelijk meer van zijn ware gevoelens liet zien. Hij had zich in elk geval niet van haar afgekeerd, integendeel, hij raakte haar vaak terloops aan, gaf haar een vluchtige kus op haar wang of haar voorhoofd of omhelsde haar zomaar.

Het fijnste moment van de dag brak aan wanneer de laatste klant vertrokken was, John de boel afsloot, Chris gebaad en wel in bed lag en de keuken aan kant was. Dan hadden ze het rijk alleen en zaten ze tot laat bij het vuur te praten. Sinds kort kuste hij haar bij het welterusten wensen vluchtig op haar mond, waarna zij naar boven ging en hij zijn appartement opzocht.

Ze beschouwde hem als het beste wat haar ooit overkomen was en hoopte vurig dat hij er niet al te lang over zou doen om erachter te komen dat ze meer voor hem voelde dan alleen dankbaarheid.

Jack had Rick de laatste tijd goed in de gaten gehouden. Het was te verwachten dat de jongen niet zorgeloos huppelend door het leven ging, maar hij leek gaandeweg wel erg zwaar gebukt te gaan onder zijn zorgen.

'Volgens mij moeten wij nodig weer eens samen gaan vissen,' zei Jack.

'Geen tijd,' zei Rick. 'Er moet geld verdiend worden.'

Jack grijnsde. 'Je hebt geluk. Ik ben namelijk een aardige werkgever. Als ik je gewoon doorbetaal, ga je dan wel mee vissen? Op voorwaarde natuurlijk dat je vertelt wat je op je lever hebt.'

'Je weet niet waar je aan begint,' mompelde Rick somber. 'Ik zit zo vreselijk met mezelf in de knoop, dat zelfs de beste psychiater ter wereld me niet zal kunnen ontwarren.'

'Gelukkig ben ik er nog,' zei Jack. 'Ga je visgerei maar halen.'

Ze reden naar de rivier, waar ze hun lieslaarzen aantrokken, het water in liepen en hun hengels uitwierpen. Er waren veel hengelaars in deze tijd van het jaar, maar ze konden rustig een privégesprek voeren zonder bang te zijn te worden afgeluisterd, want er was ruimte genoeg. Bovendien werd alles overstemd door het geluid van het ruisende water.

'Vertel eens, jochie. Waar zit je precies mee?' vroeg Jack toen ze eenmaal aan het vissen waren.

'Het kind... Mijn zoon. Ik denk niet dat ik hem wil afstaan.'

'Ai,' bromde Jack. Met die mogelijkheid had hij totaal geen rekening gehouden. Was Mel maar hier. Zij zou wel weten hoe ze moest reageren. 'Hoe moet dat nu?'

'Ik weet het niet, ik weet me geen raad,' antwoordde Rick. 'Toen ik hem zag bewegen op de echo, gebeurde er iets met me. Wat ik zag bewegen, was mijn zoon, Jack. Mijn zoon! Ik ga een kind dat ik heb gemaakt toch niet door een ander laten grootbrengen? Ik zou geen oog meer dichtdoen...'

Jack begreep het heel goed. 'Er zijn anders adoptiegevallen bekend waarin de biologische ouders contact blijven houden en zelfs betrokken worden bij de opvoeding.'

'Dat zie ik niet zo zitten,' zei Rick meteen. 'Je zult het wel gek vinden, maar –'

'Hoe denk Liz hierover?'

Hij lachte, maar erg vrolijk klonk het niet. 'Liz zou het liefst meteen van school af gaan en in het geheim trouwen. Je weet niet half hoe zwaar ze het heeft op school.'

Jack voelde zich opeens ontzettend dom. Hij had er geen moment bij stilgestaan hoe moeilijk het moest zijn om met een dikke buik naar school te moeten – voor Liz een vrijwel nieuwe school, want ze had er voor de zomer maar een paar maanden op gezeten. Met een tatoeage op haar voorhoofd zou ze niet minder bekijks hebben.

'Dat wist ik inderdaad niet, Rick,' zei hij ernstig.

'Wanneer ze van lokaal moet wisselen, haal ik haar op en loop ik met haar mee, waardoor ik zelf vaak te laat in de les kom. Niet dat de leraren daar enig begrip voor kunnen opbrengen. Het is zo moeilijk allemaal.' Hij slaakte een diepe zucht. 'Lizzie is eigenlijk nog maar een kind. Dat idee had ik helemaal niet toen ik haar voor het eerst zag. Ze was… Ik kon gewoon niet van haar afblijven, ze was zo sexy, ze wilde zo graag. Ze leek zo… zo ervaren, maar dat was ze helemaal niet. Ik bleek de eerste te zijn, weet je. De eerste en de enige. En nu is ze een klein bang meisje dat zou willen dat dit allemaal niet waar was.' Hij haalde diep adem. 'Ze verlaat zich helemaal op mij.'

'Ik besef opeens dat ik je in je sop heb laten gaarkoken,' zei Jack. 'Het spijt me, ik had meer aandacht aan je moeten besteden. Ik –'

'Het is anders jouw probleem niet, hoor. Het is mijn probleem, en het is mijn eigen schuld. Als ik naar je had geluisterd…'

'Hola, we hebben het hier niet over schuld,' zei Jack. 'Je bent heus de eerste niet die een keer in zijn leven vergeet om een condoom te gebruiken. Je hebt gewoon pech gehad dat het ook meteen raak was, want dat komt heel wat minder vaak voor. Welkom bij de club, zou ik zeggen.'

Rick wist niet wat hij hoorde. 'Is jou dat dan ook overkomen?'

'Jazeker.'

'Hoe oud was je toen?'

Jack keek hem aan. 'Veertig.'

'Wat? Met Mel?'

'Dit blijft wel onder ons, hè?' vroeg Jack. 'Ik weet niet of Mel het leuk vindt dat ik hier zo open over ben. Maar inderdaad, we vermoedden dat het meteen de eerste keer raak was. Het verschil is alleen dat ik een oude vent ben en er absoluut geen spijt van heb. Ik zou het niet anders willen. Ik vind juist dat ik geboft heb.'

'Tjonge. Zelfs een verloskundige kan dus in de fout gaan. Ik geloof niet dat ik me erg hoef te schamen.'

'In dit geval was *ík* degene die in de fout ging, jochie,' corrigeerde Jack hem. 'Je moet gewoon altijd condooms gebruiken, en niet alleen om het meisje niet met een dikke buik op te schepen, maar ook om geen soa op te lopen – of door te geven, want je kunt er ook mee rondlopen zonder het te weten. Ik heb het mijn hele leven met een condoom gedaan, behalve die ene keer. Ik dacht niet na, verloor mijn kop. Ik heb Mel niet beschermd. Het is dat ik zo blij ben met de baby, maar anders zou ik me daar schuldig over voelen. Dit soort dingen gebeurt nu eenmaal, ook al ben je tien keer volwassen. Gelukkig verkeren wij in de positie om dit avontuur aan te gaan. We willen het ook aangaan. Maar jij? Voor jullie jonkies is het een harde dobber. Het zal niet gemakkelijk zijn.'

'Ik zit ook een beetje klem,' verzuchtte Rick. 'Mijn vriendin is zwanger, maar ik moet me in allerlei bochten wringen om alleen met haar te kunnen zijn. En ik doe het niet eens zozeer voor mezelf – zij heeft er behoefte aan, weet je. Ze heeft mijn aandacht nodig. Ze heeft het al zo moeilijk. Dan wijs ik haar toch niet af?'

'Ze zou denken dat je niets om haar geeft,' zei Jack.

Rick zuchtte weer. 'Soms heeft ze van die huilbuien. We doen het wel... Ik wil dat zij het fijn heeft, maar wanneer het voorbij is, barst ze in tranen uit. Ik weet niet wat ik nog meer moet doen.'

Ik zou zelf ook gaan huilen, dacht Jack bij zichzelf. 'Misschien moet je doen wat zij wil.'

'Dat denk ik dus ook. Misschien moet ik dat ook maar gewoon doen. Ik zal grootmoeder vragen of Liz bij ons kan komen wonen. En dan moet ik maar met haar trouwen of zo.'

'Daar heb je anders wel toestemming voor nodig.'

Rick schudde zijn hoofd en lachte wrang. 'Over drie maanden zitten we wel met een kind!'

'Ja, maar –'

'Ze willen dat ze het afstaat. Er is geen discussie over mogelijk. Het is het beste voor het kind, beweert iedereen. Liz laat zich daar misschien nog wel van overtuigen, maar ik niet. O, ik vind het zo moeilijk om er niet tegen in te gaan.'

'O, Rick...' Jack wenste op dat moment wel twintig dingen tegelijk, maar bovenal wenste hij dat Rick zijn zoon was, zodat hij kon ingrijpen. Ze waren te jong om samen een kind op te voeden, of ze nu trouwden of niet. Er zat niets anders op dan het kind te laten adopteren. 'Jij bent de vader. Dan moet je toch iets ondertekenen als je hem afstaat?'

'Weet ik veel. Hoe moet ik dat nu weten?'

'Ik zou maar eens met Mel gaan praten,' zei Jack. 'Nee, dat meen ik. Mel gaat over baby's, ik doe andere dingen.'

'Ik word verscheurd vanbinnen,' zei Rick. 'Aan de ene kant heb ik ontzettend de pest in dat Liz en ik door mijn schuld in deze toestand zijn beland. Het is een ramp. Maar aan de andere kant... Toen ik mijn zoon op die echo zag, verlangde ik ernaar om hem vast te houden, zag ik al voor me hoe ik hem zou leren honkballen...' Hij schudde zijn hoofd. 'Iedereen kan je van alles uitleggen en overal voor waarschuwen, maar niemand kan je voorbereiden op de manier waarop je leven verandert als je zo stom bent om een keer geen condoom te gebruiken.'

'Ja,' beaamde Jack.

'Nogmaals, het spijt me dat ik je zo teleurgesteld heb, Jack.'

'Dat gevoel heb ik anders niet, hoor. Ik vind het ontzettend rot voor je en heb ook erg met je te doen, maar ik ben niet teleurgesteld in je. Ik vind dat je je in deze moeilijke omstandigheden juist heel volwassen en waardig hebt opgesteld. Nu moeten we eens gaan bedenken op welke manier jullie de draad van je leven weer kunnen oppakken.'

'Je kunt van alles bedenken, maar ik denk niet dat dat nog kan. Mijn leven wordt nooit meer wat het geweest is, en dat van Liz ook niet.'

Toen Jack de keuken uit kwam, zag hij aan de andere kant van de bar een man zitten. Hij droeg een cowboyhoed met een brede rand en had donkere ogen. Jack herkende hem onmiddellijk: hij was de man die een paar maanden terug zijn consumpties had willen betalen met een biljet van honderd dollar, dat hij van een dikke rol bankbiljetten had gehaald. Het biljet had onmiskenbaar naar marihuana geroken, en Jack had het dan ook geweigerd.

Het was ook dezelfde man die Mel had ontvoerd en haar vervolgens naar een afgelegen caravan had gebracht waar een vrouw had liggen bevallen van een kind. Alleen al om die reden had Jack zin om hem een lesje te leren. In plaats daarvan nam hij doodgemoedereerd de bar af en vroeg hij: 'Wat was het ook alweer? Heineken en Beam, hè?'

'Dat heb je goed onthouden,' zei de man.

'Ik heb een goed geheugen voor belangrijke dingen. Ik heb geen zin om nog eens voor jouw drankjes op te moeten draaien.'

De man haalde zijn portefeuille tevoorschijn en legde een biljet van twintig dollar op de bar. 'Gewassen en gestreken speciaal voor jou, beste vriend.'

Jack gaf hem zijn bestelling. 'In wat voor wagen rijd je trouwens tegenwoordig?'

De man keek Jack achterdochtig aan.

'Ik zag nog niet zo lang geleden die Range Rover van je ergens in de greppel liggen. Total loss. Ik heb het toen meteen maar even doorgegeven aan de hulpsheriff.'

De man sloeg zijn whisky in één teug achterover. 'Tja,' zei hij. 'Foutje. Ik vloog de bocht uit. Vast te hard gereden. Ik heb nu een truck. Tweedehands.' Hij zette het flesje bier aan zijn lippen en nam een lange teug. 'Klaar met je verhoor?' vroeg hij, waarmee hij duidelijk wilde maken dat het gesprek wat hem betrof afgelopen was.

'Nog niet helemaal,' zei Jack. 'Er is laatst een kind geboren in de een of andere caravan...'

De man zette het flesje bier met een klap op de bar en keek Jack dreigend aan. 'Ik dacht dat medische informatie vertrouwelijk was.'

'Die verloskundige is toevallig mijn echtgenote. Zoiets flik je me geen tweede keer. Is dat duidelijk?'

De man keek Jack verbluft aan.

'Moet ik het nog een keer zeggen? Ze is mijn vrouw, en ik wil niet hebben dat ze zulke risico's neemt, dus... Geen geintjes meer, begrepen?'

De man trok een mondhoek op en nam nog een slok bier. 'Ik geloof ook niet dat ik dat nog eens zo zou doen.'

Jack staarde hem doordringend aan.

'Ze liep niet echt gevaar, maar je hebt gelijk. Dat soort dingen moet ze maar niet meer doen.'

Het bleef een ogenblik stil. Toen zei Jack: 'In Clear River is ook een kroeg. Die is een stuk beter.'

De man schoof Jack zijn lege glas toe. 'Een stuk rustiger ook.'

Jack gaf hem nog een whisky. Hij pakte de twintig dollar, legde het wisselgeld op de bar ten teken dat de man wat hem betrof kon vertrekken en begon zijn glaswerk te poetsen. Toen hij een barkruk hoorde verschuiven, keek hij over zijn schouder. De man was opgestaan en liep zonder om te kijken naar buiten. Grinnikend constateerde Jack dat hij geen fooi had achtergelaten.

Hij liep nieuwsgierig naar het raam om te zien wat voor auto de man had. Hij bleek inderdaad zijn maatstaven wat naar beneden te hebben bijgesteld, want hij stapte in een donkerkleurige Ford met ramen van getint glas met extra lampen op het dak. Jack keek goed naar zijn nummerplaat, al wist hij dat het toch niet uitmaakte.

Op dat moment ging de deur open en kwam Mel binnen. Doordat haar jack openhing, was duidelijk te zien dat ze zwanger was. Ze had een vreemde uitdrukking op haar gezicht.

'Heb je die kerel gezien, die nu wegrijdt?' vroeg Jack.

Ze knikte.

'Heeft hij nog wat tegen je gezegd?'

Mel klom op een barkruk. 'Hm-m. Hij bleef even staan, bekeek me van top tot teen en feliciteerde me.'

'Je bleef toch niet staan praten, mag ik hopen?'

'Ik vroeg nog even hoe het met die baby was, en hij antwoordde dat ze alles hadden wat ze nodig hadden.'

'O, Mel...' mompelde Jack hoofdschuddend.

'Ik ben geen seconde bang voor hem geweest, Jack. Er lopen heel wat enge kerels buiten rond, maar iets in mij zegt me dat hij niet gevaarlijk is.'

Hoofdstuk 11

Na een verblijf van twee weken in het ziekenhuis, twee weken in het revalidatiecentrum en nog eens twee weken bij zijn moeder thuis had Mike Valenzuela het helemaal gehad. Hij kon zijn ene arm nog steeds niet gebruiken en voelde zich depressief. Gelukkig had hij zijn geheugen weer helemaal terug en waren ook de afatische verschijnselen totaal verdwenen, al was daar veel tijd overheen gegaan. Niets was griezeliger dan plotseling tot de ontdekking komen dat je niet meer beschikt over je geestelijke vermogens.

Lichamelijk ging het ook wel weer, al had hij nog erg veel pijn, voornamelijk in zijn schouder, schouderblad, arm en nek. Soms was het zo erg, dat hij er 's nachts van wakker werd. Op dat soort momenten was hij nauwelijks in staat zich te bewegen, maar dan moest hij toch zijn bed uit voor een pijnstiller en een groot ijskompres. Ook van zijn lies had hij veel last, zowel van stijfheid als van spierzwakte in zijn linkerbeen. Het lopen ging met de dag beter, al had hij nog een wandelstok nodig.

Als hij in de spiegel keek, zag hij een mager lichaam, dat eens zo strak en gespierd was geweest. Een man met een licht gebogen houding omdat de pijn in zijn kruis en zijn buik het rechtop staan en lopen niet toestond, de gebogen rechterarm beschermend tegen zijn middenrif gedrukt, de verstijfde verzwakte vingers naar binnen gekruld. Zijn dikke zwarte lokken, die eraf hadden gemoeten toen ze de kogel uit zijn schedel hadden verwijderd, leken ook al niet echt aan te groeien. Hij zag een politieman van zesendertig die voor honderd procent arbeidsongeschikt was verklaard. Een man die bij zijn moeder woonde omdat hij zijn huizen aan zijn twee ex-vrouwen had gegeven en het appartement dat hij huurde ten tijde van het schietincident had opgezegd.

En er was nog iets, iets wat hem niet aan te zien was: het plassen ging nog erg moeilijk, en hij had al zo lang geen erectie meer gehad, dat hij bijna niet meer wist hoe het voelde. Hij werd er bepaald niet vrolijk van.

Mike had altijd een hard leven geleid. Hij was eerst bij de mariniers gegaan en vervolgens bij de politie terechtgekomen. Hij was een echte man; hij deed veel aan sport en hield van dingen als pokeren, jagen en vissen. En hij was dol op vrouwen. Hij was twee keer getrouwd geweest, beide keren omdat hij er toevallig voor in de stemming was geweest. Natuurlijk was hij beide keren ook weer gescheiden, want trouw zijn bleek niet zijn sterkste kant. Hij was een echte rokkenjager. Dat kon hij nu verder wel vergeten, dacht hij somber. Misschien kreeg een man maar een bepaald aantal erecties in zijn leven, en kennelijk had hij de zijne gebruikt.

Hij mocht autorijden – zijn linkerhand en zijn rechterbeen functioneerden prima – maar het afleggen van lange afstanden werd hem door de artsen afgeraden. Mikes besluit stond echter vast: hij was het spuugzat allemaal; hij ging weg. Hij zette alles wat hij dacht nodig te hebben in de kofferbak van zijn SUV en zette koers naar het noorden.

'Kom toch hierheen,' had Jack gezegd. 'Je mag zo lang blijven als je wilt, al zul je wel bij ons moeten logeren. Je kunt niet bij Preacher terecht, want hij heeft zijn logeerkamer aan Paige gegeven. Herinner je je nog dat Preacher je een keer belde in verband met een mishandelde vrouw die voor haar man op de vlucht was? Dat is Paige.'

Mike herinnerde er zich nog vaag iets van. Het maakte hem niet uit waar hij kon logeren. Hij wilde gewoon ergens zijn waar hij niet betutteld werd door zijn familie en waar zijn collega's hem niet konden bereiken om te informeren hoe het met hem ging, want vooralsnog was dat niet zo heel geweldig. De arts had gezegd dat hij zijn arm uiteindelijk weer voor bijna honderd procent zou kunnen gebruiken, maar dat dat wel heel veel tijd en inspanning zou kosten. De overige problemen – het plassen, de erectie – zouden spontaan terugkomen of niet. Er viel op dat moment in elk geval niets aan te doen.

Hij had goede herinneringen aan Virgin River; hij had er altijd plezier en kwam er tot rust. Hij, en een paar van zijn oude makkers, kwamen er een paar keer per jaar bij elkaar om te jagen en te vissen, te pokeren en vooral veel plezier met elkaar te hebben.

Nu ging hij er vooral heen om rust aan zijn hoofd te hebben en aan zijn herstel te werken. Daarna kon hij zich pas weer op de toekomst richten.

Afgelopen augustus was hij er nog geweest, niet om te jagen of te vissen, maar omdat Jack hem nodig had gehad. Jack had hem gebeld om te vertellen dat hij achter een drugsverslaafde aan zat die zijn vriendin Mel met een mes had bedreigd. De man was de wildernis in gevlucht, en Jack had een paar man nodig gehad om het bos uit te kammen. Mike had niet geaarzeld, de jongens opgetrommeld, en de volgende ochtend was iedereen in Virgin River geweest. Zo ging dat: als een van hen een oproep deed, gaf de hele groep er gehoor aan. Ze hadden het hele gebied doorzocht, maar het enige wat ze tegen waren gekomen, was een agressieve beer.

Bij die gelegenheid hadden ze ontdekt dat Jack, hun aanvoerder, het zwaar te pakken had van deze Mel, een fijngebouwd pittig ding, een bijzonder leuke vrouw. Jack, de eeuwige charmeur die zich nooit had willen binden, was inmiddels met haar getrouwd, en ze verwachtten een kind. Mike kon er nog steeds niet over uit. Kennelijk was hij deze keer tegen een vrouw opgelopen voor wie hij echt gevallen was, een vrouw die hem de waarde van een vaste relatie had doen inzien.

Deze gebeurtenis en het schietincident hadden Mike aan het denken gezet. Hij begon te verlangen naar een ander soort leven. Hij had ergens het gevoel dat hij een aantal dingen misgelopen was.

Dus pakte hij zijn koffer en vertrok naar Virgin River. Hij had ook zijn wapens, zijn gewichten en zijn hengel maar meegenomen, ofschoon hij betwijfelde of hij ze ooit nog zou kunnen hanteren. Hij wilde rust. Hij wilde aan zijn arm werken, en Preacher zou er wel voor zorgen dat hij weer een beetje op gewicht kwam.

Bij de kroeg aangekomen, drukte hij op de claxon. Toen hij uitstapte, zag hij Jack grijnzend in de deuropening staan. Bij Jack hoefde hij niet bang te zijn te worden beschouwd als een zielige, magere, gehandicapte man, die medelijden behoefde. Jack deed niet aan medelijden.

'Ik ben blij dat je hebt besloten om te komen, man,' zei Jack. Hij omhelsde zijn vriend hartelijk zoals altijd, zij het iets voorzichtiger.

'Anders ik wel,' zei Mike. 'Ik heb een hoop werk te verzetten voordat ik weer een beetje de oude ben.'

'Dat gaat je zeker lukken.'

Mel was ook naar buiten gekomen. Ze was nu onmiskenbaar zwanger en mooier dan ooit. Lachend trad ze hem tegemoet. 'Hallo, Mike. Ik ben ook blij dat je hebt besloten om te komen,' zei ze. 'Ik kan je helpen met die arm. Voor je het weet, kun je hem weer gebruiken.'

Mike sloeg zijn gezonde arm om haar heen. 'Als dat zou kunnen...'

'Kom gauw binnen,' zei Mel. 'Er is hier iemand die je nog niet kent, al heb je haar wel geholpen.'

Met moeite beklom Mike de verandatrap. Jack hielp hem niet; hij keek rustig toe. Toen ze eenmaal binnen waren, riep Jack Preacher, die even later met zijn schort nog om de keuken uit kwam. Grijnzend en met open armen kwam hij op Mike toegelopen.

'Hé, man.' Hij gaf Mike een klap op zijn schouder, die Mike ineen deed krimpen. 'Goed om je te zien.'

'Ja, ja... Oef, wil je dat voortaan laten?'

'O. Sorry. Heb je nog zo'n last van die schouder?'

'Gaat wel. Zeg, wat ziet mijn oog, Preacher? Groeisels op het scheldak?'

'Het was koud daarboven,' mompelde Preacher. 'Zeg, ik heb je toch niet echt pijn gedaan?'

'Geef me maar zo'n lekker biertje van je, dan gaat het wel over.'

'Komt eraan. Misschien wil je ook wat eten?'

'Eerst een biertje.'

Preacher verdween achter de tap, terwijl Mike zich op een barkruk hees, tussen Jack en Mel in.

'Heb je nog erg veel pijn?' vroeg Mel.

Mike haalde zijn schouders op. 'Het is allemaal zacht weefsel, hè, maar, eh... Ja, soms voel ik het wel.'

'Gebruik je pijnstillers?'

'Zo min mogelijk. Ik probeer het zo'n beetje te ondervangen met ontstekingsremmende middelen en soms een biertje, maar zo nu en dan moet ik naar de Percodan grijpen, ook al baal ik daar ontzettend van. Ik word er een beetje raar van in mijn hoofd.'

'Dat was je altijd al,' merkte Jack op. 'Preacher, geef mij ook maar een biertje.' Even later hief hij zijn glas om op Mike te drinken. 'Op een snel herstel.'

'Dat je wens verhoord mag worden,' zei Mike, waarna hij een flinke teug van zijn bier nam. 'Volgens de dokter zou ik me na een maand of drie wel beter gaan voelen. Ik dacht aan zes weken wel genoeg te hebben, maar...'

Er kwam een vrouw de keuken uit. Ze lachte naar Mike en zei: 'Hallo, jij bent dus Mike.' Ze ging naast Preacher staan, die bezitterig een arm om haar schouders sloeg.

Het was niet waar, dacht Mike. Preacher had een vriendin! En wat voor vriendin... 'Inderdaad,' antwoordde hij afwezig. Beeldschoon was ze. Haar lichtbruine haren tot over haar schouders, een gave huid, welgevormde perzikkleurige lippen. Bij het zien van het kleine litteken op haar onderlip, schoot hem het hele verhaal opeens weer te binnen. Ze had mooie groene ogen met donkere wimpers en perfecte wenkbrauwen. Hij moest lachen. 'Als jullie nu in Los Angeles zaten, maar dat jullie uitgerekend hier in de wildernis de twee mooiste, meest sexy vrouwen van de hele staat vinden... Niet te geloven!'

'Nou,' zei Mel. 'We komen anders wel uit Los Angeles, maar het lot heeft ons hier gebracht.'

Preacher wist niet half wat een juweel van een vrouw hij daar had, dacht Mike bij zichzelf. Hij keek naar het gezicht van zijn vriend. Preacher kende Mikes reputatie en zou hem misschien als een bedreiging ervaren, ook al had hij een lamme arm en liep hij met een stok. Mike zuchtte inwendig. Preacher moest eens weten...

'Nou, op jullie geluk.' Hij hief zijn glas. Toen keek hij Jack aan. 'Het spijt me, Sarge, maar ik zit er helemaal doorheen. De rit was toch zwaarder dan ik had gedacht. Zou je het heel erg vinden als ik –'

'Welnee, rijd maar achter me aan,' zei Jack. 'Ik help je even met het uitladen van je bagage, dan kun je gaan pitten. Als je daarna geen zin hebt om hier terug te komen voor het eten, kom ik je wel wat brengen.'

'Te gek, man.' Mike reikte Preacher de hand – zijn gezonde.

Preachers gezicht lichtte op. 'Goed dat je gekomen bent, Mike. We gaan er met ons allen voor zorgen dat je gauw weer de oude wordt.'

Mikes ochtend begon steevast met het drinken van de proteïnendrank die Mel hem had voorgeschreven, maar die afschuwelijk smaakte. Daarna deed hij rek- en strekoefeningen en oefende hij wat met bespottelijk lichte gewichten. Tegen tien uur baadde hij in het zweet. Dan nam hij een douche en ging weer rusten. Het nadeel van rusten was dat het opstaan daarna helse pijnen veroorzaakte, die hij probeerde te verzachten met behulp van een ijskompres. Soms slaagde hij erin om tegen drieën in de kroeg te zijn voor een biertje alvorens zich bij Mel en dokter Mullins te melden. Mel begon dan altijd met het masseren van zijn arm en schouder, waarna ze hem oefeningen liet doen. Soms viel het hem zo zwaar, dat hij moest huilen als een klein kind.

Hij bracht een gewicht van een pond met zijn rechterhand omhoog, maar slaagde er nog niet in het voorbij schouderhoogte te krijgen. Mel bleef hem aanmoedigen. Hij kon nog niet eens gewoon drie borden uit de kast pakken. Bij de eerste poging had hij ze prompt stuk laten vallen en had hij zich verplicht gevoeld helemaal naar Fortuna te rijden om nieuwe te kopen.

Zo nu en dan haalde hij zijn geweer tevoorschijn en probeerde hij of hij het hoog genoeg kreeg om door het vizier te kunnen kijken, maar ook dat lukte van geen kant.

'Ik zou toch nog eens met een orthopeed gaan praten, Mike,' zei Mel. 'Ik kan er zo een voor je opzoeken, als je wilt.'

'Nee. Ik heb mijn buik vol van operaties.'

'Op deze manier zou het wel eens veel langer kunnen duren.'

Mike wilde er niets van weten. Misschien viel er wel iets aan te verbeteren, maar de vraag was ten koste waarvan. 'Ik heb alle tijd. Ik hoef geen orthopeed. Ik doe het liever zelf.'

'Heb je nog meer klachten? Hoofd? Kruis?'

'Allemaal prima,' antwoordde hij, maar hij keek haar niet aan.

Na twee weken in Virgin River – acht weken na de operatie – was hij nog steeds niet in staat om een eenvoudige buikspieroefening te doen. Hij was al wel wat aangekomen, en ook het rechtop lopen ging een stuk beter, dus er was sprake van een zekere vooruitgang. Hij was Jack en Mel, en Preacher en Paige, dan ook enorm dankbaar voor hun nimmer aflatende steun en aanmoediging.

Op dagen dat de zon scheen, wilde hij nog wel eens naar de rivier rijden om daar te kijken naar de sportvissers. Hij genoot ervan om Jack en Preacher bezig te zien, helemaal als ze Rick bij zich hadden. Die drie mannen op een rijtje, hun lijnen uitwerpend met zo'n precisie, zo'n elegantie – het leek wel ballet.

Mike was vroeger ook geen onverdienstelijk hengelaar geweest. Ach, er waren zoveel dingen waar hij vroeger goed in was geweest…

Op een avond zat hij in zo'n mismoedige stemming aan de bar. Hij was blijven plakken; normaal gesproken maakte hij het nooit zo laat. Aan een tafeltje bij het vuur zaten nog een paar hengelaars, die bijna klaar waren met eten. Toen Preacher na het voorlezen weer beneden kwam, zei Jack dat hij naar huis wilde en vroeg hij Preacher of hij wilde afsluiten.

Nadat Jack weg was, vroeg Mike Preacher om nog een biertje. Toen begon hij te mopperen. Hij baalde van zijn arm, van de pijn, van zijn onhandigheid en van nog veel meer.

Preacher schonk zichzelf een whisky in en hoorde geduldig Mikes geweeklaag aan. Zo nu en dan knikte hij meelevend of mompelde hij iets bevestigends.

'Ik kan mijn geweer niet eens omhoog krijgen. Ik kan een heleboel dingen niet omhoog krijgen. Ik weet nu wat een slappe lul is,' zei hij somber. Hij zag Preachers verbaasde blik. 'Ik meen het, Preach. Hij is zo dood als een pier. Ze hadden hem er net zo goed meteen kunnen afschieten...'

Preacher bracht zijn glas naar zijn mond. 'Je bent de enige die ik ken die in een coma heeft gelegen en klaagt over het feit dat hij een tijd geen seks heeft gehad,' merkte hij op. 'Dacht je soms dat dat maar gewoon doorging terwijl je voor pampus lag, of zo...'

'Denk jij dat maar,' zei Mike met dubbele tong. 'Maar ik lig nu toch niet meer voor pampus, of wel soms?'

'Hé, man. Er zijn hier nu eenmaal niet zoveel vrouwen. Je zult het gewoon een tijdje zonder moeten stellen.'

'Preacher... Wat is het eerste wat je ziet als je 's ochtends wakker wordt? Waar kijk je tegen aan? Tegen een prachtige tent, waar of niet? En weet je wat ik zie? Een oneindige vlakte die zich uitstrekt tot aan mijn voeteneinde.'

Preacher keek zijn vriend onderzoekend aan. 'Heb jij vanavond soms een pijnstiller ingenomen, Mike?'

Mike antwoordde niet.

'Mike,' zei Preacher weer. 'Heb je voor je hierheen kwam nog een pijnstiller genomen?'

'Kweeniemeer.'

'Hm. Blijf zitten waar je zit en verroer je niet. Ik ben zo terug.'

Blijven zitten, dacht Mike vaag. Alsof bewegen tot de mogelijkheden behoorde...

Mike had nauwelijks door dat Preacher weg was gegaan. Toen Preacher terugkwam, zat hij nog altijd in zijn glas te staren en in zichzelf te mompelen.

'Kom, Mike.' Jack pakte hem beet en hielp hem van de barkruk af. 'Nee, laat die stok maar. Leun maar op mij.'

'Wat –'

'Wat zul jij vannacht lekker slapen, zeg.'

Preacher hield de deur open. 'Het kan zijn dat hij een extra pijnstiller heeft genomen, Jack. Ik heb het hem gevraagd, maar hij wist het niet meer.'

'En hoeveel heeft hij gedronken?'

'Meer dan normaal, dat is zeker. Een stuk of twee, drie denk ik,' antwoordde Preacher.

'Bij mij heeft hij er in elk geval twee achterovergeslagen.' Jack pakte Mike, die slap tegen hem aanhing, steviger beet.

'Ik heb hem er een gegeven. Zeg het even tegen Mel. Zij zal wel weten of we ons zorgen moeten maken.'

'Zal ik doen. Goed dat je even hebt gebeld.'

De volgende dag was Mike pas halverwege de middag boven water. Hij belde Preacher op of hij opgehaald kon worden, aangezien zijn eigen auto nog bij de kroeg stond.

'En lekker geslapen zeker?' informeerde Preacher, toen Mike voorzichtig bij hem in de auto klom.

'Waarschijnlijk wel, ik zou het je niet kunnen vertellen.'

'Ik zou maar een beetje oppassen met het nemen pijnstillers in combinatie met alcohol. Volgens mij had je er meer dan één ingenomen. Als je daar dan nog een paar biertjes achteraan drinkt, zoals gisteravond, ga je geheid onderuit.'

'Ja, dat is heel goed mogelijk,' mompelde Mike, 'maar het is soms gewoon niet te harden...'

'Daarnaast kan het zijn dat je een beetje depressief bent,' ging Preacher verder. 'Het is niet ongebruikelijk bij patiënten die een zware operatie hebben moeten ondergaan – vooral na een hartoperatie of een traumatisch ongeluk. Jij met je drie kogels zou wel eens in die laatste categorie kunnen vallen, lijkt me.'

'Tja, het zou kunnen,' reageerde Mike ontwijkend.

Preacher viste een stuk papier uit zijn borstzakje. 'En dan is er het probleem met de tent... Ik heb het gisteravond even opgezocht: "Erectiele dysfunctie – veelvuldig voorkomend verschijnsel na ingrijpende operaties, na een gewelddadig incident; ook als bijwerking van bepaalde medicijnen." Gevolgd door een hele waslijst van oorzaken. Verder zou je moeten laten nakijken of je geen chronische blaasontsteking hebt, want je hebt een katheter gehad. Ik zou zeggen, kaart het aan wanneer je straks bij Mel bent. Ze heeft verstand van die dingen. Je hoeft ook niet bang te zijn dat het het dorp rondgaat, want ze vertelt zelfs Jack nooit iets. Ik heb het meteen maar even voor je geprint.'

Mike nam het blaadje aan en vouwde het met tegenzin open. 'O, man... Dat ik jou dit heb verteld...'

'Ik denk dat het vanzelf terugkomt. En mocht dat toch niet zo zijn, dan kun je altijd nog overwegen om een staaf in te laten brengen. Zelf zou ik er niet aan moeten denken. Dan zou ik nog liever mijn toevlucht tot bidden nemen...'

'O, shit...'

'De mogelijkheid van een depressie moet je wel echt serieus nemen, Mike,' zei Preacher. 'Mel kan je er vast wel iets voor geven. En hou voortaan bij hoeveel pijnstillers je neemt en zo. Het is gisteren goed afgelopen, maar voor hetzelfde geld... Enfin, genoeg daarover.'

'Preacher, als je hierover ooit –'

'Maak je geen zorgen, ik zal heus niet uit de school klappen. Je kent me toch langer dan vandaag?'

Mike las het stuk dat Preacher geprint had, vluchtig door. 'Hoe kom je aan deze informatie?'

‘Op het internet gevonden. Stap ermee naar Mel, of dokter Mullins. Mel lijkt me beter, al is ze een vrouw. Ze is van veel dingen beter op de hoogte dan Mullins. Ik denk niet dat hij veel schapenhouders met dit probleem op het spreekuur krijgt, jij wel?’

‘Ik kan je wel schieten, weet je dat?’ zei Mike.

‘O ja? Dat gaat wel over,’ zei Preacher. ‘Tegen de tijd dat je honger begint te krijgen, vermoed ik zo.’

Een paar dagen daarna kwam Mike met zijn problemen bij Mel. Ze gaf hem een antibioticakuur tegen de blaasontsteking en schreef een licht antidepressivum voor, dat hij waarschijnlijk maar een paar maanden hoefde te gebruiken.

Hij piekerde er echter niet over om Preacher te bedanken. Er waren dingen waarover je als man niet sprak, in elk geval niet als je nuchter was. Toch vond hij het diep in zijn hart wel heel bijzonder van Preacher dat hij er niet voor teruggeschrokken was.

Toen hij op een middag de kroeg betrad, zat Preacher op een laag krukje met een badhanddoek om zijn schouder, terwijl Paige zijn haren knipte. Verrast sloeg hij het tafereeltje gade.

‘Ik ben eigenlijk kapster,’ vertelde Paige glimlachend, ‘en als John haren wil hebben, zal hij het regelmatig even moeten laten knippen… door mij.’ Ze pakte een kam en begon zijn borstelige wenkbrauwen bij te werken. ‘Om nog maar niet te spreken van deze vervaarlijke dingen. Ik ben nog nooit iemand tegengekomen met zulke dikke wenkbrauwen.’

‘Ik moet toegeven dat hij er tegenwoordig bijna menselijk uitziet,’ zei Mike. ‘Ik had al zo’n idee dat jij erachter zat.’

Preacher wierp hem een dreigende blik toe.

Lachend haalde Mike een hand door zijn eigen bizarre haardos. Zijn haren waren aan de ene kant stukken langer dan aan de andere, en daar waar het litteken zat, was zijn schedel zelfs nog behoorlijk kaal.

‘Wil je dat ik jouw haren straks ook even doe? Ik heb nu toch alles bij de hand.’

'Nou, graag. Vind je het echt niet vervelend?'

'Welnee,' zei Paige. 'Zo, John. Je bent klaar.' Ze schudde de handdoek uit.

'Vind je het wel goed dat ik me door je vriendin laat knippen, Preach?' vroeg Mike gekscherend.

Preacher keek hem met gefronst voorhoofd aan, stond op en gaf Paige een zoen op haar voorhoofd – voor het geval er nog enig misverstand bestond.

Paige legde een hand op zijn arm en keek adorerend naar hem op, iets wat Preacher totaal leek te ontgaan. Mike begon zich af te vragen of zijn vriend eigenlijk wel doorhad wat hier aan de hand was.

'Ik ga wel even kijken of Chris al wakker is,' kondigde Preacher aan.

'Ha, fijn. Zodra ik met Mike klaar ben, kom ik naar de keuken om je te helpen.' Ze keek Mike aan. 'Als u maar even plaats wilt nemen...'

Hij ging op de kruk zitten, waarna Paige de badhanddoek om zijn schouders drapeerde.

'Laat me eens kijken... Ja, daar kan ik wel wat aan doen.' Voorzichtig raakte ze het litteken aan. 'Is dit plekje nog erg gevoelig?'

'Nee, helemaal niet. Maar er wil maar geen haar op groeien.'

'Daar valt wel een mouw aan te passen. Ik stel voor om het helemaal kort te knippen, dan loop je in elk geval met een egaal hoofd rond. Je hebt echt een hoofd voor een korte coupe.'

'Dat vonden ze bij de marine ook. Maar nee, ik ben heel blij dat je me wilt knippen. Ik vind alles best.'

'Je zult je een ongeluk geschrokken zijn toen het gebeurde,' zei ze.

'Ik herinner me er helemaal niets van. Opeens ging het licht uit.'

'Misschien maar goed ook.' Ze ging fanatiek tekeer; zwarte lokken vielen op zijn schouders en op zijn schoot. Al gauw lag de vloer er bezaaid mee. 'Ik wilde je nog bedanken... Ik weet dat John indertijd je hulp heeft ingeroepen in verband met mijn ex-man.'

'Je bent inmiddels gescheiden, begrijp ik?'

'Ja, nog maar sinds kort. Ik laat me nu weer bij mijn meisjesnaam noemen.'

'Maar je bent nog steeds hier, dus neem ik aan –'

'Ik voel me hier thuis, ik vind het heerlijk. Het is lang geleden dat ik me zo, wat zal ik zeggen, zo normaal heb gevoeld. En Chris is hier ook zo gelukkig. Hij is helemaal stapel op John.'

'Nou, het is wel duidelijk hoe John erover denkt.'

'O ja?' vroeg ze.

Mike lachte. 'Vooruit, hij is bepaald geen open boek, maar ik kan je wel vertellen dat ik hem nog nooit zo heb meegemaakt. Het is zonneklaar.'

Paige pakte een spiegel en hield hem voor. 'En wat vind je ervan?'

'Kind, je hebt echt talent,' zei hij. 'Dat je zoiets moois van die chaos hebt kunnen maken. Grote klasse! Je zou je eigen keten moeten beginnen.'

'Maar dan toch niet hier in Virgin River,' zei ze lachend. 'Nee, hoor. Ik heb het hier prima naar mijn zin en geniet van de samenwerking met John.'

Op een ochtend werd Mike vroeger dan anders wakker. Hij hees zich uit bed, legde een ijskompres op zijn stijve pijnlijke schouder en nam zijn revolver mee naar buiten. Hij richtte met links en tuurde door het vizier.

'Gaan we alweer op boevenjacht?' informeerde Jack, die op dat moment naar buiten kwam. Hij was al helemaal aangekleed.

Mike draaide zich naar hem om. 'Ik zat te denken, misschien moet ik maar eens links leren schieten... Voor het geval het nooit meer iets wordt met die rechterarm.'

Jack haalde zijn schouders op. 'Het kan geen kwaad om het te leren, maar ik zou de hoop zeker nog niet opgeven. Zo erg lang ben je nog niet aan het revalideren.'

'Het is gewoon frustrerend dat het allemaal zo langzaam vooruitgaat.' Mike stopte het wapen terug in zijn holster. 'Is er hier in de buurt een plaats waar ik kan oefenen?'

'Iets buiten Clear River, een halfuurtje rijden hiervandaan, is een schietbaan. Ik maak wel even een routebeschrijving voor je.'

'Ben je op weg naar de kroeg?' vroeg Mike.

'Ik ga zo,' antwoordde Jack. 'Eerst Mel nog even uit haar bed trommelen.'

'Goed, ik ga vast,' zei Mike, terwijl hij voorzichtig het trapje af daalde. 'Ik zie je zo wel.'

Jack bleef op de veranda staan tot Mike uit het zicht verdwenen was. Toen trok hij zijn laarzen uit, liet ze voor de deur staan en rende terug naar de slaapkamer. Daar trok hij haastig zijn kleren uit en stapte in zijn boxershort terug in bed.

'Mel,' fluisterde hij. 'We hebben het rijk even alleen.'

Ze sloeg haar ogen op en draaide zich naar hem om. Het volgende moment werd ze hartstochtelijk gekust. Toen het tot haar doordrong wat hij zo-even had gezegd, beantwoordde ze zijn kus vol vuur. 'Weet je het zeker?' vroeg ze.

'Ik heb hem zien wegrijden,' antwoordde hij lachend. 'Je mag zoveel herrie maken als je wilt.'

'Zoveel herrie maak ik anders niet, hoor,' zei ze quasigebelgd, terwijl ze zijn boxershort omlaagtrok. 'O... Ik geloof dat ik me deze keer toch maar eens helemaal laat gaan.'

'Doe dat maar, mijn lief. Misschien doe ik wel met je mee.'

Mike bracht zijn auto voor de kroeg tot stilstand, maar hij stapte niet direct uit. Daar op de veranda zat, onderuitgezakt in een stoel, een vrouw. Een grote vrouw. Ze droeg een lange broek, een houthakkershemd met een donzen bodywarmer en een paar laarzen. Haar hoofd was opzij gevallen; haar armen bungelden slap langs de armleuningen, en op de vloer naast de stoel lag een lege fles.

Na zijn wapen onder zijn stoel te hebben verborgen, stapte hij uit. Hij liet zijn stok in de auto liggen, strompelde moeizaam de verandatrap op en boog zich over de vrouw heen. Hij voelde haar pols. Ze was in elk geval niet dood.

Hij probeerde de deur; de kroeg was nog niet open. Hij besloot ze maar niet te storen en ging terug naar de auto om de deken te halen die hij in de kofferbak had liggen. Na de deken over de vrouw te hebben gelegd, stak hij een van de gaskachels aan waarmee Jack 's winters de veranda verwarmde en besloot ook maar even te gaan zitten. Jack kon er immers elk ogenblik aankomen.

Toen Jack er na een kwartier nog altijd niet was, begon het hem te dagen. Niet te geloven, wat een sufferd was hij ook! Langzaam begonnen de puzzelstukjes op hun plaats te vallen. Tjonge, wat een knap stukje speurwerk, Valenzuela, dacht hij bij zichzelf.

Jacks huis was niet zo heel groot, en bovendien erg gehorig. Hoe vaak had hij ze 's nachts niet op gedempte toon horen praten? Hij kon niet verstaan wat ze zeiden, maar hoorde wel dat ze lagen te praten. En 's ochtends, wanneer hij weer eens beroerd geslapen had, had Mel toch ook wel eens een opmerking gemaakt in de trant van: 'Niet zo'n beste nacht, hè? Gaat het een beetje?' Elke kreun en elke zucht was te horen. Ze hadden evengoed gedrieën in een tent kunnen liggen.

Hij kon uitslapen, maar Jack en Mel niet. Ze hadden geen enkele privacy – en dat terwijl ze nota bene pas getrouwd waren. Hij nam zich voor meer rekening met hen te houden, wat vaker het huis te verlaten en ze te laten weten dat ze hem voorlopig niet terug hoefden te verwachten.

Ook zou hij op zoek kunnen gaan naar een andere verblijfplaats; dan was hij ze ook niet langer tot last. Maar Jack was zo blij geweest dat hij gekomen was, en Mel hielp hem graag met zijn oefeningen. Misschien was het toch beter om te proberen hun op een subtiele manier wat meer privacy en tijd voor elkaar te geven.

Hij keek naar de vrouw en vroeg zich af wie ze was en wat ze hier deed. Zou die fles uit de kroeg afkomstig zijn? Had Preacher haar de vorige avond soms de hele fles gegeven, zodat hij de tent had kunnen afsluiten? Nee. Als ze hier de hele nacht had gelegen, zou ze nu onderkoeld zijn, want het was 's nachts bitterkoud.

Ruim een halfuur nadat Mike op de veranda was gaan zitten,

kwam Jack eindelijk aanrijden. 'Wat krijgen we nou?' vroeg hij verstoord, zodra hij de vrouw zag.

'Tja. Ik hoopte juist dat jij me hier meer over kon vertellen,' zei Mike.

'Is Preacher nog niet op?'

'Geen idee. Misschien staat hij in de keuken, maar de voordeur is in elk geval nog op slot, en het leek me nu niet zo nodig om het hele huis wakker te maken, als je begrijpt wat ik bedoel.'

'O, Mike. Het spijt me. Ik –'

'Jack, Jack. Je hoeft niets uit te leggen. Ik moet jullie mijn verontschuldigingen aanbieden. Ik ben een stommeling, ik denk soms gewoon niet na.'

'Verdorie, Mike...'

Mike begon te lachen. 'Zie ik het goed? Moet je blozen? Mel is verdomme je vrouw, Jack. Ik parasiteer –'

Jack legde een hand op Mikes gezonde schouder. 'Genoeg, Mike. We hebben het er niet meer over.'

'Maar ik wilde nog wel even kwijt dat ik nu wakker geschud ben. Jij en de *comadrona* hebben recht op een privéleven.'

'*Comadrona*?'

Mike lachte. 'Verloskundige. Van nu af aan zal ik een modelgast zijn.'

'Maak je daar nu maar niet druk over. Dat jij aansterkt en beter wordt, dat is het belangrijkste. Niet alleen voor jou, maar ook voor ons.'

'Op dit soort momenten weet je pas wie je ware vrienden zijn,' zei Mike lachend. 'Maar vertel eens, wie is dit?'

'Cheryl Creighton. Ze is zwaar aan de drank.'

'O. Tref je haar 's ochtends wel vaker aan op je veranda?' vroeg Mike.

'Nee. Dit is voor het eerst.'

'En die fles, heeft ze die uit de kroeg?'

'Nee. Ze weet dat ze bij ons niets krijgt,' antwoordde Jack. 'Ik zou niet weten waar ze hem vandaan heeft. Ze dronk vroeger altijd Everclear, maar dat is hier moeilijk te krijgen. Wij zijn hier het enige etablissement met een tapvergunning.' Hij wreef met zijn hand over zijn nek. 'We kunnen haar hier maar beter weghalen.'

'Waar wil je haar heen brengen?'

'Naar haar eigen huis.'

Op dat moment klonk er gerammel aan de binnenkant van de deur. Preacher stak zijn hoofd naar buiten. 'Welja,' mompelde hij, bij het zien van de vrouw in de stoel.

'Is er al koffie, Preach?' vroeg Jack.

'Zeker.'

'Lekker. Laten we dan onder het koffiedrinken bedenken wat me met haar aan moeten,' stelde Jack voor. 'Zo te zien zal ze niet weglopen.' Hij pakte de lege fles op en nam hem mee naar binnen.

Twintig minuten daarna kwam Mel binnen. Ze had haar jack tot boven dichtgeritst en haar kraag opgezet. Mike liet een waarderende blik over haar gestalte gaan. Haar blonde haren vielen over haar schouders; haar ogen straalden; ze had kleur op haar wangen, en haar lippen waren vol en roze.

'Zeg, Jack,' zei ze. 'Cheryl Creighton loopt slingerend over straat met een deken om zich heen, of vertel ik niets nieuws?'

'Gedeeltelijk,' antwoordde Jack. 'Toen ik aankwam, lag ze hier op de veranda haar roes uit te slapen. Ik was van plan om haar zo dadelijk naar huis te brengen, maar dat hoeft nu niet meer.'

'Verdorie, Jack. Er moet toch een manier zijn om dat arme mens te helpen. Ze is pas dertig!'

'Als jij nu iets bedenkt, doe ik wel mee,' zei Jack. 'Bedenk wel dat haar ouders haar al jaren proberen te helpen.'

'Kennelijk pakken ze het dan niet goed aan.' Hoofdschuddend verliet ze de kroeg.

Jack was net bezig het haardhout aan te vullen, toen Connie binnenkwam. Ze was duidelijk overstuur.

'Ze hebben het gedaan,' was het eerste wat ze zei. 'Ze zijn ervandoor.'

'Nee, hè,' zei Jack. 'Wanneer zijn ze ongeveer weggegaan, weet je dat?'

'Geen idee.' De oudere vrouw haalde haar schouders op. 'Misschien wel in het holst van de nacht. Ik heb er in elk geval niets van gemerkt. Ron zoekt momenteel de omgeving af. Ik weet niet hoe ik het mijn zus moet vertellen.'

'Dat zou ik ook nog maar even niet doen,' raadde Jack haar aan. 'Ik ben zo terug. Schenk jezelf intussen maar een kopje koffie in.' Hij verdween naar de keuken, belde het politiebureau en vroeg of Henry Depardeau, de hulpsheriff die verantwoordelijk was voor dit gebied, zo snel mogelijk naar de kroeg kon komen. Daarna belde hij de rijkspolitie. Beide keren gaf hij een beschrijving van Ricks truck en zei erbij dat de familie contact zocht met het jonge stel.

Daarna ging hij terug naar Connie. 'Ik heb mijn best gedaan om me er niet mee te bemoeien, Connie,' zei hij, terwijl hij nog wat koffie in zijn mok schonk. 'Maar misschien had ik dat beter wel kunnen doen.'

'Hoe kom je daar nu bij?'

'Kijk, Rick heeft alleen Lydie, maar Lydie is oud en voelt zich vaak niet al te best. Voor levenslessen en dat soort zaken is Rick aangewezen op Preacher en mij. Ik geef direct toe dat we geen van beiden de ideale vaderfiguur zijn, maar zo is het nu eenmaal: hij kan alleen bij ons terecht met zijn problemen. Ik denk nu dat we al lang hadden moeten ingrijpen.'

'Hoor eens, Jack, ik doe ook maar wat ik denk dat goed is.'

'Dat weet ik, Connie. Dat weet ik. Weet jij waarom ze weggelopen zijn? Ik zou wel een paar redenen kunnen bedenken. Eén ervan is: ze willen hun baby niet afstaan. Als jij bij het standpunt blijft dat adoptie onvermijdelijk is, wat de meest zinnige oplossing lijkt, dan zien ze zichzelf gedwongen om nog drastischer maatregelen te nemen.'

'Mijn hemel, Jack. Wat moeten die kinderen nu met een baby?'

'Toen Rick te horen kreeg dat Liz zwanger was, vond hij dat het zijn taak was om haar angst weg te nemen. Hij heeft gezworen haar te beschermen, koste wat het kost. Hij zal het gevoel hebben gehad dat hij voor het vuurpeloton stond. Stel je voor, een zeventienjarig joch dat te horen krijgt dat hij vader gaat worden! Er zijn er niet veel die op zo'n moment besluiten om hun vriendin terzijde te staan, hoe moeilijk het ook mag zijn. Preach en ik zijn dan ook apetrots op hem. Hij probeert een man te zijn die de moeder van zijn kind beschermt. Vind je het ook niet een beetje raar dat hij haar tegen ons moet beschermen? Dat kan niet de bedoeling zijn.'

'Het is een goede knul, dat is waar, maar toch, Jack...'

Jack haalde zijn schouders op. 'Over een paar maanden wordt Rick achttien. Dat is nog steeds erg jong voor een vader, maar een record zal hij niet breken. Maar hij woont bij zijn grootmoeder, en Liz woont bij jullie. Ze hebben geen plaats waar ze rustig samen kunnen zijn.'

'Maar, Jack, hun relatie moet vooral niet hechter worden. Het zijn nog kinderen!'

'Ze hebben wel samen een kind gemaakt, Connie. Dat valt niet meer terug te draaien. Elke dag is een lijdensweg voor Liz. Soms verlangt ze naar een arm om zich heen van de enige persoon die aan haar kant staat. In haar situatie moet ze juist niet het gevoel hebben dat ze er alleen voor staat en dat niemand van haar houdt. Ze heeft hem nodig, Connie.'

'Maar ze is pas vijftien...'

Hij knikte. 'Ik weet het. Nu ga ik iets zeggen wat je misschien niet zo leuk vindt, en ik zal me voorzichtig uitdrukken, maar denk eens terug aan het moment waarop Rick en Liz iets met elkaar kregen. Ze was toen veertien, een veertienjarige die zich gedroeg als een meisje van eenentwintig. Twee kinderen met het lichaam van een volwassene en de geest van een puber. Ik weet het niet, hoor, maar volgens mij moeten ze voorlopig maar even niet trouwen. En aangezien ik me in zekere zin in dezelfde positie bevind als Rick, kan ik me heel goed voorstellen dat hij zijn kind niet wil afstaan.'

Connie sloeg haar ogen neer en schudde haar hoofd. 'Ik heb zelf geen kinderen,' zei ze. 'Mijn zus had me hier ook nooit mee moeten opzadelen. Ik moest er maar voor zorgen dat het allemaal niet serieuzer werd tussen die twee en dat die baby werd geadopteerd door iemand die het kind een goed tehuis kan geven.'

'Je hebt helemaal gelijk. Je zus had dit niet op jouw bordje mogen gooien. Toch ben ik blij dat ze dat gedaan heeft, want zo te horen heeft ze weinig geduld en nog minder wijsheid. Maar jij... Ik ken jou langer dan vandaag, Connie. Jij hebt dat wel in huis. Misschien moet je het maar gewoon op jouw manier doen, in plaats van naar de pijpen van je zus te dansen. Per slot van rekening woont Liz onder jouw dak.'

'Maar ik zou niet weten wat het beste is –'

'Jawel, dat weet je best. Ze zijn een stel, Liz en Rick. Ze zijn weliswaar nog erg jong, dus of ze het lang met elkaar uithouden valt nog maar te bezien, maar hoe je het ook wendt of keert: ze zijn een stel, en er is een kind op komst. Liz kan dan misschien wel gedwongen worden het kind af te staan, maar Rick niet. Misschien zouden we beter de koppen bij elkaar kunnen steken om te bekijken op welke manier we ze kunnen helpen bij het ouderschap, zodat ze hun school kunnen afmaken.'

'Maar ik kan de zorg voor een baby echt niet aan,' zei Connie. 'Dat laat mijn gezondheid niet toe.'

'Je hoeft niet bang te zijn dat alles op jou zal neerkomen, Connie. Preacher en ik... We hebben er alles voor over om Rick te helpen. Ik denk dat ik ook voor Mel en Paige kan spreken. In plaats van Liz en Rick te vertellen wat ze moeten doen kunnen we misschien beter eens vragen waar ze behoefte aan hebben.' Hij haalde zijn schouders op. 'Echt, Connie. Ze hebben elkaar nodig. Ze hebben privacy nodig. Liz is al zwanger, dus dat is het punt niet. Als ze samen mogen zijn, vinden ze het waarschijnlijk ook niet meer zo nodig om maar snel te trouwen.' Hij sloeg het laatste restje van zijn koffie achterover. 'Het is alleen te hopen dat dat intussen nog niet gebeurd is.'

Op dat moment rinkelde de telefoon. Jack verdween naar de keuken om op te nemen. Een paar seconden later was hij weer terug. 'We hebben ze,' zei hij. 'Henry Depardeau is bij ze. Ze stonden langs de snelweg een band te verwisselen. Ik ga ze wel even oppikken. Kun jij hier de honneurs waarnemen tot Preacher er is?'

Jack reed nog geen kwartier op de snelweg, of hij zag de auto van de sheriff staan met daarvoor Ricks kleine truck. Hij reed er voorbij en zette de auto voor die van Rick neer. Rick had de lekke band al verwisseld en net de reserveband erop gezet.

Zodra Liz Jack zag, sloeg ze haar handen voor haar gezicht en begon te huilen. Rick kwam overeind. Hij sloeg een arm om haar schouders, waarop ze haar gezicht tegen zijn schouder begroef.

Jack pakte haar van achteren bij haar bovenarmen en nam haar over van Rick. 'Liz. Huil nu maar niet, meisje. Alles komt goed, geloof me. Ga maar vast in mijn auto zitten. Ik kom er zo aan. Toe maar.'

Rick keek Jack aan. 'Ben je kwaad?'

'Welnee. Wat is er gebeurd?'

Rick bukte zich om een van de moeren strakker aan te draaien. 'Lizzie was totaal in paniek. Hysterisch. Ze was bang dat ze de baby zou verliezen en mij kwijt zou raken.'

Jack knikte begrijpend. 'En toen besloot jij om haar te laten zien dat er geen reden was om daar bang voor te zijn.'

'Nou ja, wat kon ik anders?' Hij draaide de volgende moer aan. 'Ik dacht dat als ik haar nu mee zou nemen naar Oregon en met haar zou trouwen, ze wel tot rust zou komen. De tijd begint te dringen, Jack. Ze balanceert op het randje. Ik maak me grote zorgen over haar.' Zuchtend gaf hij de derde moer een extra draai. 'Ik moet zoveel mogelijk bij haar kunnen zijn, anders gebeuren er ongelukken.'

'Je hebt helemaal gelijk, maar door ervandoor te gaan los je niets op. Neem haar mee naar huis. Ga met Connie om de tafel zitten. Maak haar duidelijk dat jij nu het heft in handen neemt, dat je voor je vriendin en je kind moet en ook wilt zorgen. Ik heb haar vanochtend even gesproken. Ik denk dat ze best bereid is om naar je te luisteren.'

'Ja, denk je?'

Jack haakte zijn duimen achter zijn riem. 'Rick,' zei hij. 'Ik zie dat je erg je best doet om de boel onder controle te houden, maar je moet je hoofd erbij houden, jochie. Als je weer de neiging voelt opkomen om zoiets te doen, wil je dat dan eerst even met mij komen overleggen, alsjeblieft? Samen kunnen we dan tot een oplossing komen.'

'Soms lijkt het of er geen oplossing bestaat.' Na het aandraaien van de laatste moer richtte hij zich op.

'Ik weet het, Rick, maar –'

'Ik wil dat kind houden,' zei Rick op vlakke toon.

'Dat zou ik ook willen,' beaamde Jack. 'Laten we ons best doen om dit allemaal in goede banen te leiden. Ik sta aan jouw kant, Rick.'

'Waarom zou je? Per slot van rekening had je me gewaarschuwd, maar heb ik niet naar je geluisterd.'

'Zo heb ik dat anders nooit gezien. Hierover hebben we het bovendien al eens eerder gehad. Laat nu toch eens tot je doordringen dat je hierin niet alleen staat.'

'Ik had jullie zo graag een reden gegeven om trots op me te kunnen zijn,' verzuchtte Rick.

Jack greep de jongen bij zijn arm en schudde hem zachtjes door elkaar. 'Dat heb je ook. Ik ben zo trots op je, dat ik zou willen dat je mijn eigen zoon was.'

Hoofdstuk 12

Er stonden maar vier hengelaars in de rivier; echte fanatiekelingen, want het was koud, het regende en het zalmseizoen liep op zijn eind. Op de hoger gelegen gebieden was al een flink pak sneeuw gevallen, en de kerstdagen lagen voor de deur.

Voor de derde keer die dag beet. Preacher haalde zijn vangst binnen – bepaald geen klein exemplaar – en waadde terug naar de oever.

Dit was niet normaal, dacht Jack. Hij en Preacher hadden nooit van die lange gesprekken, maar die dag was Preacher wel bijzonder zwijgzaam, en somber bovendien. Er zat hem duidelijk iets dwars.

Hoofdschuddend ging Jack zijn vriend achterna. 'Preacher!' riep hij. 'Hebben we genoeg voor vanavond, denk je?' vroeg hij toen hij hem inhaalde.

Preacher knikte en wilde naar de auto lopen, maar Jack greep hem bij zijn mouw. 'Preacher. Wat is er met je aan de hand?'

'Hoezo?' vroeg Preacher ietwat verstoord.

Jack zuchtte gefrustreerd. 'Jij hebt dit lieve gezinnetje onder je hoede genomen. Je waakt over ze als een ware papa beer. Dat kleine jochie adoreert je. Je hebt een mooie aanhankelijke vriendin die 's nachts je bed verwarmt. Desondanks ben je gedeprimeerd. Ik bedoel, het is toch overduidelijk dat je gedeprimeerd bent!'

'Ik ben niet gedeprimeerd,' reageerde Preacher korzelig. 'En van een verwarmd bed is geen sprake.'

'Hè?' Jack begreep er niets van. 'Wat zei je?'

'Je hebt het goed gehoord. Ik heb haar met geen vinger aangeraakt.'

'O. Heeft ze er soms moeite mee?' vroeg Jack. 'Speelt haar recente verleden haar parten?'

'Nee,' antwoordde Preacher. 'Ik heb er moeite mee.'

Jack moest lachen. 'O? Je moet haar niet? Omdat ze –'

'Ik weet niet wat ik moet doen,' flapte Preacher er onverwachts uit. Hij liet zijn hoofd hangen.

'Schei uit, Preach. Dat weet je best. Je trekt al je kleren uit; zij trekt al haar kleren uit...'

Preachers hoofd schoot omhoog. 'Ik weet waar alle lichaamsdelen horen. Ik weet alleen niet zeker of ze er wel aan –'

'Nou ja, Preacher toch! Man, heb je dan geen ogen in je kop? Ze kijkt naar je alsof ze je wel kan –'

'Maar daar krijg ik het Spaans benauwd van! Ik ben zo bang dat ik haar pijn zal doen,' zei hij. Toen schudde hij somber het hoofd. Ach, wat maakt het ook uit, dacht hij. Jack is mijn beste vriend. Als ik het hem niet kan vertellen, bij wie kan ik het dan kwijt? 'Kan ik ervan op aan dat dit onder ons blijft? Want ik vermoord je, hoor.'

Jack lachte hem uit. 'Waarom zou ik dit iemand aan zijn neus hangen? Kom op, Preacher. Je zult haar echt geen pijn doen, geloof me nu maar.'

'Maar als dat nu wel het geval is? Ze heeft al zoveel ellende moeten doorstaan. Ze is zo zacht, zo klein. En ik ben... Ik ben een grote lompe klungel.'

'Jij?' Jack kwam niet meer bij van het lachen. 'Man, als jij een ei stukslaat, blijft zelfs de dooier heel. Je bent... Nou ja, inderdaad, je bent fors geschapen, ja.' Hij schudde meewarig het hoofd. 'Maar geloof me, vrouwen vinden dat absoluut geen punt.'

Preacher stak zijn kin vooruit en fronste zijn voorhoofd, alsof hij niet goed wist of hij dat als een compliment of als een belediging moest opvatten.

'Luister eens, oude jongen. Wat jij als een probleem ziet, is helemaal geen probleem. Vertrouw er nu maar gewoon op dat het allemaal wel losloopt.'

'Dat is het hem nu juist. Hoe kan ik daar nu van op aan? Ik ben bang dat ik in het vuur van de strijd mijn hoofd verlies. Straks doe ik haar pijn...' Hij staarde naar de gespreide vingers van zijn hand. 'Straks houd ik haar zo stevig vast, dat ze er blauwe plekken aan overhoudt. Ik word al niet goed als ik eraan denk.'

'Ik snap het. Luister, weet je wat je doet? Je gaat naar Paige en vertelt haar wat je dwarszit. Leg haar uit wat je er tot nu toe van heeft weerhouden om met haar te vrijen; dat je bang bent dat je je eigen kracht niet kent en te ruw met haar zult zijn, en dat dat wel het laatste is wat je zou willen. Ze zal je er wel overheen helpen. Verdomme, Preach. Zie je dan niet hoe ze naar je smacht? Volgens mij doet ze vanwege jou al weken geen oog meer dicht!'

'Dan is ze de enige niet...'

'Dat is toch niet vol te houden? Je moet er echt iets aan doen.' Jack begreep het maar al te goed. Hij had al weken iemand te logeren in een huis met kartonnen muren. Veel gelegenheid om te vrijen hadden Mel en hij dan ook niet, en hoewel hij een man was die een vluggertje op zijn tijd best kon waarderen, was dat toch niet je van het. Hij snakte zo langzamerhand naar een lange nacht met Mel alleen zonder rekening te houden met wie dan ook. Eén ding was zeker: het huis dat hij straks ging bouwen moest geluiddichte kamers hebben.

'Er zijn niet... Ik heb niet zoveel ervaring met vrouwen,' zei Preacher. 'Het aantal dat ik heb gehad is nog geen tiende van dat wat jij hebt gehad.'

'Dat is juist goed. Dat is zelfs heel goed. Je bent een serieuze man; daar krijg je extra punten voor! Wat je moet doen is... Niet te geloven, waar ben ik nu mee bezig?'

Preachers gezicht betrok.

Als hij me nu weer een mep verkoopt, kan hij er een terug krijgen, dacht Jack. 'Goed. Luister. Het is belangrijk dat je op de details let. De kleine dingen, Preacher. De geluidjes die ze maakt wanneer, je weet wel, wanneer je haar aanraakt. Vraag haar om je te laten zien wat... Argghh.' Hij gromde gefrustreerd, maar hij dwong zichzelf om door te gaan. 'Nou, eh... je vraagt haar om te laten zien wat ze fijn vindt. Is dit fijn? Is dat prettig? Luister naar haar, dan merk je vanzelf of je goed zit. Laat haar je hand leiden. Het is eigenlijk heel eenvoudig allemaal. Je wilt toch graag dat zij ervan geniet?'

Preacher maakte een hulpeloos geluid.

'Nou ja, iemand moet je toch een beetje wegwijs maken. Zal ik anders een pornofilm voor je proberen te vinden?'

'Ben je gek! Nee!'

'Des te beter. Erg veel wijzer word je er niet van. Ik denk dat je er het beste aan doet om er gewoon voor uit te komen dat je je een beetje onzeker voelt en dat je het graag goed wilt doen. Wees elkaars leermeester, Preacher. Dat is het beste.'

'Ik heb nog nooit iemand gehad van wie... Je weet wel.'

'Iemand van wie je hield,' vulde Jack aan.

'Inderdaad.' Preacher staarde naar de grond. 'Het leek op de een of andere manier nooit zo belangrijk. Misschien had ik daar meer bij stil moeten staan...'

'Kom op, Preacher. Pak jezelf bij je lurven. Je bent geen lomperik; je kent alleen je eigen kracht niet. Je bent sterk, maar zachtzinnig – een gouden combinatie, geloof me. Onthoud gewoon dat zij op de eerste plaats komt.'

Preacher keek hem verwonderd aan.

'Hé, je weet best wat ik bedoel. Hou je in tot je er zeker van bent dat ze, eh... bevredigd is. Dan kun je je helemaal laten gaan. Dat is het beste advies dat ik je kan geven. En zet er wat vaart achter. Je hebt het nu lang genoeg voor je uit geschoven.'

'Als ik ooit merk dat je dit verder hebt verteld –'

'Ik weet het. Dan vermoord je me. Tijd om spijkers met koppen te slaan, Preacher. Dat je nu nog niet doorhebt waarom ze hier blijft hangen... En zij maar wachten tot je over de brug komt. Doe het nu gewoon maar. Kom, laten we die vis gaan schoonmaken.'

Jack legde zijn hengel en zijn vangst in de laadbak van Preachers auto. Arme kerel, dacht hij. Arme vrouw!

Toen Mike de kroeg binnen kwam, was er geen kip, iets wat wel vaker het geval was op regenachtige middagen. Het kwam Mike eigenlijk wel zo goed uit; hij kwam toch alleen maar voor een biertje om de pijn in zijn schouder wat te verzachten. Als het koud en vochtig weer was, zoals die dag, had hij er veel meer last van.

Hij zag dat de haard dreigde uit te gaan en liep erheen om hem wat op te poken. Daarna legde hij er een paar nieuwe houtblokken op – nog altijd met zijn linkerhand.

Hij wierp een blik op zijn horloge. Drie uur. Jack en Preacher zouden het vast niet erg vinden als hij zelf maar even een biertje pakte, dacht hij, maar voor alle zekerheid ging hij toch even kijken of er iemand in de keuken was.

Er was iemand in de keuken: Paige. Ze stond met haar rug naar hem toegekeerd en was deeg aan het kneden.

'Hallo, Paige,' zei hij.

Ze keek om en wendde meteen haar gezicht af.

Mike had echter al gezien dat ze in tranen was. Hij fronste zijn voorhoofd. Wat zou er aan de hand zijn? Zouden ze onenigheid hebben?

'Hela, wat is dat nu?' Hij liep op haar toe en pakte haar bij een arm. 'Wat is er aan de hand?'

'Niets.' Ze haalde haar neus op.

Hij draaide haar om zodat hij haar kon aankijken. Wat een lief gezichtje, dacht hij. Die stomme Preacher ook. Hij beseft gewoon niet wat hij heeft. 'Maar je huilt. Dat zal toch niet voor niets zijn,' zei hij, een traan van haar wang vegend.

'Ik kan er niet over praten.'

'Natuurlijk wel. Het zou zelfs beter zijn als je het wel deed. Je bent helemaal overstuur.'

'Het gaat wel weer over.'

'Heeft Preacher soms iets gezegd of gedaan –'

Ze barstte in snikken uit en begroef haar gezicht tegen zijn borst.

'O, o. Is het zo erg?' Troostend sloeg hij zijn gezonde arm om haar heen.

'Ja,' bracht ze snikkend uit. 'Ik weet niet wat ik verkeerd doe.'

'Leg het eens uit, misschien kan ik helpen. Ik ben heel goed in het geven van gratis advies, kan ik je vertellen.'

'Het probleem is... Ik voel heel veel voor hem, maar hij vindt...'

Mike duwde haar kin een eindje omhoog. 'Wat vindt hij?'

'Hij vindt me niet aantrekkelijk.'

'Wat is dat nu voor onzin.'

'Nee, het is echt waar.'

'Paige, dat is echt onzin. De manier waarop hij naar je kijkt. Ik bedoel, hij vreet je zowat op met zijn ogen. Die kerel is helemaal hoteldebotel van je.'

'Waarom laat hij dat dan niet merken? Hij heeft me nog met geen vinger aangeraakt...' Er biggelde een dikke traan over haar wang.

Mike knipperde met zijn ogen. 'Dat meen je niet.' Hoe was dat nu mogelijk?

Ze bewoog haar hoofd fanatiek op en neer.

'O, man,' verzuchtte Mike. Hij was in de veronderstelling, en hij niet alleen, dat het hier elke nacht bal was. De manier waarop die twee naar elkaar keken – alsof ze bijna niet konden wachten tot iedereen weg was en ze het rijk alleen zouden hebben. Die kusjes te pas en te onpas, op haar wang, op haar voorhoofd. De manier waarop ze elkaar aanraakten, heel even, terloops, in de hoop dat niemand iets zou opvallen. Maar intussen voelde iedereen de vonken over en weer gaan!

'O, man,' zei Mike weer. Hij sloeg een arm om haar schouders. 'Paige, Preacher snakt naar je, echt waar. Het druipt er gewoon van af.'

'Waarom doet hij dan niets?'

'Dat weet ik ook niet, lieve schat. Preacher is... anders. Hij weet niet zo goed hoe hij het aan moet pakken, geloof ik. In dienst ging iedereen op zijn vrije avond achter vrouwen aan, iets wat mij twee huwelijken heeft gekost. Maar Preacher niet. Het gebeurde maar zelden...' Hij maakte zijn zin niet af. Had hij Preacher eigenlijk ooit wel eens in gezelschap van een vrouw gezien, vroeg hij zich opeens af. Hij kon zich er niets van herinneren. Preacher had in elk geval geen vaste vriendin, zoveel was zeker. Mike had nooit erg veel aandacht aan andermans liefdesperikelen geschonken; daarvoor had hij het veel te druk met zijn eigen liefdeleven. Misschien leed Preacher aan een gebrek aan zelfvertrouwen op seksueel gebied. Misschien durfde hij geen initiatief te nemen uit angst dat hij niet zou voldoen, of zoiets, concludeerde Mike.

'Ik denk dat hij niet durft,' hoorde hij zichzelf zeggen.

'Dat lijkt me sterk. Ik heb me praktisch in zijn armen geworpen! Hij zou moeten weten dat hij niet bang hoeft te zijn dat ik hem afwijs!' Ze staarde mismoedig naar de keukenvloer. 'Hij moet toch weten hoeveel ik van –'

Mike schudde zijn hoofd. 'Ik geloof ook niet dat hij bang is om te worden afgewezen, Paige. De man is gewoon dodelijk verlegen. Het klinkt idioot, maar ik wil wedden dat het daarmee te maken heeft. En ik ken hem al heel lang...'

'Hij heeft zich wel eens laten ontvallen dat hij zijn leven aan je zou toevertrouwen. Dat hij...'

'Ja, dat weet ik, dat is zo. Wij mannen zijn een raar volkje. We vertrouwen elkaar ons leven toe, maar we praten nooit over persoonlijke dingen. Preacher kan soms ontzettend naïef zijn, weet je.' Toen herinnerde hij zich het gesprek over depressie dat hij nog niet zo lang geleden met Preacher had gevoerd. 'En op andere momenten blijkt hij een diepgang te hebben waarvan een gewone sterveling hoogtevrees krijgt.' Hij keek Paige aan. 'Hij is een raadsel. Er zit veel meer in hem dan je... Ben je echt zo dol op hem?'

'Ja.'

'Probeer dan nog een beetje geduld te hebben. Hij komt heus wel,

Paige. Het is iedereen duidelijk dat hij heel veel om je geeft, en om Christopher. Ik heb hem nog nooit zo meegemaakt.'

'Misschien wil hij er eerst zeker van zijn dat ik –'

Mike schudde zijn hoofd. 'Hij wil eerst zeker van zichzelf zijn, Paige. Preacher gaat altijd behoedzaam te werk. Hij is als de dood dat hij je teleurstelt.'

'Hoe kan hij daar nu bang voor zijn?' Weer biggelde er een traan naar beneden.

Mike veegde hem af. 'Geloof me nu maar: de man is één bonk zenuwen. Hij kan vechten als geen ander. In een oorlog kun je blind op hem rekenen, en wie had kunnen denken dat er ook zo'n fantastische kok in hem schuilde? Maar van vrouwen heeft hij geen benul. Hij is geen rokkenjager, Paige. Ik weet niet of ik hem ooit heb zien flirten. Hij is geen versierder.'

'Dat vind ik juist zo fijn aan hem,' fluisterde ze.

Mike moest een beetje lachen. 'Heb geduld. Geef hem de tijd.'

Ze knikte en glimlachte flauwtjes.

Hij gaf haar een zoen op haar voorhoofd. 'Geloof me, het komt allemaal goed.'

'Denk je dat echt?'

'Jazeker. Geef het niet op, gewoon stug volhouden.'

Die Preacher, dacht Mike. Wat een bofkont. Deze vrouw aanbad hem; ze zou niets liever willen dan hem de hele nacht verwennen. 'Hou je gezicht maar even onder de kraan. Pak ik intussen een biertje voor mezelf.' Hij gaf haar een bemoedigend kneepje in haar schouder.

Toen ze zich omdraaide, stond Preacher in de deuropening met de vissen die hij had gevangen. Haastig schoot ze langs hem heen, met gebogen hoofd opdat hij niet zou zien dat ze had gehuild.

Preacher keek Mike doordringend aan. 'Wat doe je in de keuken?' wilde hij weten.

'Ik wilde graag een biertje voordat ik naar de martelkamer aan de overkant ga,' antwoordde Mike. 'Kan ik er zelf een pakken?'

‘Ga je gang.’ Preacher legde zijn vissen in de gootsteen.

‘Hallo, Mike,’ zei Jack. ‘Hoe is het?’ Hij wierp zijn buit boven op die van Preacher.

Mike wreef over zijn rechterbovenarm. ‘Elke dag een stukje beter dan de dag ervoor. Kan ik misschien een handje helpen? Eentje, welteverstaan?’

‘Nee, maar kom er vooral gezellig bij staan met je biertje.’

Preachers gegrilde forel was werkelijk hemels. Het was een van Paige’ lievelingsgerechten. Hij serveerde hem deze keer met een maïsdressing, spinaziesoufflé, spaghetti met een lichte knoflooksaus en warm brood. Dat het nogal arbeidsintensief was, vond hij niet erg. Als hij zich moest concentreren, kon hij tenminste niet aan andere dingen denken.

Hij had wel gezien dat ze tegen Mike aan leunde, dat hij haar een zoen op haar voorhoofd gaf, naar haar lachte en haar iets toefluisterde. Hij zou er niet van opkijken als ze voor Mike viel. Mike was sexy, charmant, romantisch, ook al was hij enigszins gehavend. Hij had altijd succes bij de vrouwen; hij had ook meer vrouwen gehad dan goed voor hem was. Dus zou het Preacher niet verbazen als het die kant op ging. Hij had altijd al wel geweten dat ze hem als niet meer dan een goede vriend beschouwde, een man die haar beschermde tegen het kwaad in de wereld. Al die kleine lachjes, die omhelzingen. Die duidden erop dat ze zin had. Ja, maar niet noodzakelijkerwijs zin in hém. Nu had hij helemaal de pest in dat hij zijn hart bij Jack had uitgestort.

Paige had die dag het brood gemaakt. ‘Uitstekend, Paige,’ zei hij.

‘Ik heb gewoon precies gedaan wat je zei. Het kon gewoon niet mislukken,’ zei ze. ‘Gaat het wel goed met je?’

‘Een beetje kougevat, denk ik,’ loog hij. ‘Het was daar ook zo koud.’

‘Heb je er al iets tegen ingenomen?’ vroeg ze bezorgd.

‘Nee, het gaat wel over.’

'Zal ik niet even iets voor je pakken? Een pijnstiller of zo?'

'Nee, joh. Is helemaal niet nodig. Ik ben nooit ziek.'

Er kwamen niet veel mensen eten – niet zo verwonderlijk, gezien het weer. Jack zat aan een tafeltje, samen met Mel, dokter Mullins en Mike; Paige en Chris zaten aan de bar tegenover Preacher, die Chris aanmoedigde om nog een hapje te nemen. Tegen zevenen was iedereen klaar met eten. Jack ruimde af, en Mel liep met hem mee naar de keuken om te helpen afwassen.

'Hé, man. Dat doe ik wel,' zei Preacher.

'Het is anders al bijna gebeurd, hoor. Daarna gaan we er meteen vandoor.'

'Voor mij hoef je je niet te haasten. Ik moet de boel toch nog aanvegen,' zei Preacher.

'O, maar dat kan ik ook even doen,' bood Jack aan.

'Nee, dat hoeft echt niet.'

Tien minuten later hielp Jack Mel in haar jas. Dokter Mullins was al naar de overkant, en Paige was naar boven om Chris in bad te doen.

'Kom je, Mike?' vroeg Jack.

'Ja, ik kom er zo aan, Jack.'

'Denk eraan, niet blijven plakken, hè?'

'Nee, nee,' zei Mike. 'Ik kom zo achter jullie aan.'

Zodra iedereen weg was, liep Mike naar de bar. Preacher was bezig de stoelen op de tafels te zetten, zodat de vloer geveegd kon worden.

'Zeg, Preacher. Kom eens even,' zei Mike.

Met lood in de schoenen gaf Preacher gehoor aan Mikes verzoek. Ik wil het niet horen, dacht hij bij zichzelf. Vertel me maar niet dat Paige en jij elkaar wel zien zitten. Doe het maar gewoon. Ik leer er wel mee leven. Ik zal wel moeten. Ik wist dat ik toch geen kans maakte.

'Drink nog even wat met me. Een kleintje. Ik heb vandaag geen pillen geslikt. Ik zweer het.'

Preacher pakte twee glazen en deed er een flinke scheut whisky in.

'Luister. Ik ga jou zo iets vertellen, en vervolgens doe jij of dit gesprek nooit heeft plaatsgevonden. Is dat duidelijk?'

'Zoals je wilt,' mompelde Preacher. Hij sloeg zijn whisky in één teug achterover en zette zich schrap.

'Toen ik vanmiddag in de keuken kwam, was dat meisje van je in tranen.'

Gechoqueerd keek Preacher zijn vriend aan.

'Ja. Ze kan maar geen hoogte van je krijgen. Ik heb zo het idee dat ze verliefd op je is, Preacher. Ze zit met smart te wachten tot er wat gebeurt. Ze snakt naar aandacht als je begrijpt wat ik bedoel.'

Preacher knikte.

'Ze begint zo langzamerhand het idee te krijgen dat jij niets in haar ziet. Dat je haar niet aantrekkelijk vindt.'

'Hoe komt ze daar nu bij,' mompelde Preacher, terwijl hij naar de fles greep om zijn glas bij te schenken.

'Het is maar dat je het weet,' zei Mike. 'Ik weet niet waar je op wacht, maar als je nu niet gauw tot actie overgaat, zal ze tot de conclusie komen dat je haar niet moet, dat je niets voor haar voelt. Dat zou ik ontzettend sneu vinden, want als ik jullie zo zie, jullie drietjes, dan horen jullie gewoon bij elkaar. Het zou zonde zijn als jullie elkaar kwijt zouden raken doordat jij je gedraagt als een idioot. Ik ga niet zitten speculeren over de reden waarom jullie alleen maar om elkaar heen blijven draaien, maar het wordt hoog tijd dat er iets gebeurt, Preacher.'

Preacher sloeg zijn tweede glas whisky achterover, terwijl Mike het zijne alleen even omhooghield.

'Ik dacht dat je bezig was mijn vriendin af te pikken,' bekende Preacher.

'Integendeel. Ik probeerde haar uit te leggen dat ze een beetje geduld met je moest hebben omdat je de hersens van een erwt hebt.' Hij grijnsde toen hij Preachers boze gezicht zag.

'Je pikte vroeger ook altijd andermans vriendinnen af,' zei Preacher.

'Ja, maar van die van mijn maten bleef ik af, Preach. Dat gaat zelfs mij te ver. Je mag het Paige dan nog niet duidelijk hebben gemaakt, maar de rest van de wereld weet al lang dat ze bij jou hoort. Van mij heb je trouwens niets te vrezen: ze wil jou, en alleen jou.' Na nog een slok whisky stond hij op. 'Vooruit, Preach. Die vrouw wacht met smart op je. Stel haar niet teleur. En stel het geen seconde langer uit ook.' Hij zette zijn glas op de bar en keek zijn vriend doordringend aan. 'Je zorgt dat dit in orde komt. Oké?'

Preacher knikte. 'Oké.'

Niet lang daarna ging Preacher naar boven om Chris naar bed te brengen. Het jochie rende in zijn blootje door de kamer en wilde duidelijk zijn pyjama niet aan. Preacher greep hem beet, zwaaide hem door de lucht, wat Chris in luid gegiechel deed uitbarsten, en zette hem pontificaal op bed.

'Zo is het mooi geweest,' zei hij. 'Het is bedtijd.'

Chris begon op en neer te springen. 'Je moet nog voorlezen.'

'Mammie gaat je vanavond voorlezen. Tien minuten, dan gaat het licht uit.' Hij hees het kind in zijn pyjama en gaf Paige bij het verlaten van de kamer een tikje tegen haar achterste. 'Ik zie je zo beneden.'

'Ja,' mompelde ze, aangenaam verrast door het speelse gebaar. Dat was ze niet van hem gewend...

Preacher ging naar zijn appartement om te douchen, te scheren en een paar gemakkelijke kleren aan te trekken. Hij had een knoop in zijn maag, zo gespannen was hij. Hij keek naar zijn bed, haalde de lappendeken eraf, vouwde hem op en legde hem opzij. Ik moet dit als een vriendendienst beschouwen, dacht hij bij zichzelf. Ik moet het voor haar doen, niet voor mezelf.

Paige was nog niet beneden toen hij weer in de bar kwam, dus hij pookte het vuur nog wat op en ging languit voor de haard zitten.

'Kom eens bij me, Paige,' zei hij, zodra hij haar binnen hoorde komen. Hij stak zijn hand naar haar uit en trok haar bij zich op schoot.

Vluchtig kuste ze hem op de mond, maar toen hij zich niet terugtrok, kuste ze hem weer, deze keer lang en teder.

Hij deed zijn lippen vaneen en streek met de rug van zijn hand over haar borst. Ze zuchtte zacht tegen zijn halfgeopende mond. Hij legde zijn grote hand om haar borst.

Ze raakte zijn wang en zijn kin aan. 'Je hebt je net geschoren.'

'Hm-m. Ik wil niet dat je je gezicht openhaalt aan mijn stoppelbaard. Mmm. Zeg, Paige. Weet jij eigenlijk wel wat ik voor jou voel?'

Ze keek hem aan, maar zei niets.

'Hoeveel ik voor je voel?'

'Daar heb je je nooit over uitgesproken...'

'Dat had ik misschien wel moeten doen. Maar ik...' Hij hield abrupt op en haalde diep adem. 'Ik weet niet goed hoe ik het moet zeggen, maar... Wat ik voor je voel, lijkt met de dag sterker te worden.'

Haar ogen lachten.

'Je bent zo zacht, zo klein en fijn, vergeleken bij mij. Ik verlang naar je, Paige. En hoe. Maar ik wist niet of je er al wel aan toe zou zijn...'

'Ik ben eraan toe,' fluisterde ze.

'Ik zit er erg mee, weet je. Ik ben bang dat ik je pijn doe, en dat is wel het laatste wat ik zou willen. Vooral na alles wat je... wat er gebeurd is voor je hier kwam.'

Paige wist gewoon niet wat ze moest zeggen. Toen ze de bezorgde afwachtende blik in zijn ogen zag, drukte ze haar lippen opnieuw tegen de zijne. 'Jij bent de liefste, de zachtaardigste man die ik ooit heb ontmoet, John,' fluisterde ze. 'Je zult me geen pijn doen.'

'Maar ik heb niet zoveel ervaring met vrouwen,' zei Preacher. 'Ik weet nooit zo goed wat ik precies moet doen en of ik het wel goed doe. En met jou wil ik het zo graag goed doen.'

'Dat geeft niets,' zei ze lachend. 'Dat gaan we dan toch samen uitvinden? Dat is juist spannend.'

'Al mijn vrienden weten wat ze met een vrouw aan moeten. Ze

hebben ervaring. Ik heb me er nooit zo mee beziggehouden. Tot ik jou leerde kennen.'

'Dat weet ik,' zei ze. 'Dat vind ik nu juist zo heerlijk aan jou.'

'Echt waar?'

'Het geeft me het gevoel dat ik bijzonder ben.'

'Maar ik weet echt heel weinig –'

'Ik zal je wel vertellen wat je moet weten,' fluisterde ze.

Kreunend trok hij haar dichter tegen zich aan. Toen hij haar kuste, voelde hij haar delicate tong zijn mond binnen glijden.

'Chris... Slaapt hij al?' vroeg hij ietwat buiten adem. 'Want we doen de slaapkamerdeur straks wel dicht.'

'Hij was al vertrokken voor ik goed en wel de kamer had verlaten, maar je hoeft niet bang te zijn dat hij opeens voor onze neus staat, John. Hij slaapt altijd de hele nacht aan één stuk door.'

Hij kuste haar weer, en nog een keer. Toen kwam hij overeind met haar in zijn armen. Onderweg naar de slaapkamer drukte ze haar lippen tegen zijn hals en begon ze aan zijn oorlelletje te sabbelen.

Voorzichtig liet hij haar op bed zakken. Ze ging op haar knieën zitten en hief haar gezicht naar hem op. Met zijn lippen tegen de hare begon hij haar blouse los te knopen. Haar handen verdwenen onder zijn T-shirt, dwaalden over zijn borstkas, beroerden zijn tepels. Hij sloeg haar blouse open en schoof hem over haar schouders naar achteren. De blauwe plekken waren verdwenen; haar huid was overal helemaal gaaf en smetteloos.

Ze maakte de rugsluiting van haar beha los en wierp hem achteloos weg. Zijn adem stokte bij het zien van haar volle, ivoorwitte borsten. Toen hij naar haar gezicht keek, lachten haar ogen hem toe alsof ze ervan genoot door hem te worden bekeken.

Preacher trok haastig zijn T-shirt uit en trok haar tegen zich aan. Aan de voorzijde van zijn trainingsbroek begon zich al de vorm van zijn opwinding af te tekenen. 'Paige,' zei hij zacht. 'Als we niet oppassen, is het voorbij voordat we het in de gaten hebben...'

Ze lachte en liet een regen van kussen neerdalen op zijn gezicht en zijn hals. 'Maar goed dat we weten dat het niet eenmalig zal zijn.'

Bij die mogelijkheid had hij geen moment stilgestaan. In zijn wanhopige streven om de dingen goed te doen en ervoor te zorgen dat zij het naar haar zin had, was het niet in hem opgekomen dat dit geen eindexamen was, maar een nieuw begin. Als hij het verknalde – iets waar hij eigenlijk van uitging – dan zou hij nog een kans krijgen om het goed te doen!

Hij ritste haar spijkerbroek open. 'Ik heb condooms in huis, Paige.'

'Heb jij je nog laten controleren sinds de vorige keer dat je... Ik ben laatst in het ziekenhuis nog gecontroleerd, en nu ben ik aan de pil.'

'Nee...' Hij kuste haar weer, verdronk in haar kus. Langzaam trok hij haar spijkerbroek omlaag. 'Dat was niet nodig. Ik ben niet... Zoveel mogelijkheden zijn er hier niet. O, wat voelt dit goed. Ik kan bijna niet geloven dat ik je nu in mijn armen heb...'

Ze sloot haar ogen, voelde zijn grote zachte handen over haar rug, haar heupen en haar billen gaan en weer terug omhoog. Behoedzaam, verleidelijk, verrukkelijk traag... Ze legde haar handen op zijn heupen en trok het koordje van zijn broek los, die vervolgens omlaaggleed en zijn erectie onthulde.

'Kijk nu toch eens,' fluisterde ze, terwijl ze haar ogen over zijn brede behaarde borstkas en zijn smalle heupen liet gaan. De tatoeage die anders altijd gedeeltelijk door de linkermouw van zijn T-shirt werd bedekt was nu in zijn geheel te zien: een Amerikaanse adelaar.

'Vertel me wat je prettig vindt,' fluisterde hij met zijn mond tegen haar lippen.

Zachtjes duwde ze zijn hoofd omlaag naar een van haar borsten. Zodra hij de tepel met zijn tong beroerde, wierp ze zuchtend het hoofd in de nek. Toen hij merkte dat de tepel reageerde, omsloot hij hem met zijn lippen en begon eraan te zuigen, iets wat aan beiden een diep gekreun ontlokte.

Ze trok een van zijn handen van haar rug en bracht hem naar de voorkant van haar lichaam. Ze leidde zijn hand over haar borsten en buik omlaag. Met haar vingers op de zijne liet ze hem voelen wat ze van hem wilde en waar.

'Daar,' fluisterde ze. 'Daar.'

Hij voelde, luisterde, onthield elk detail.

Waarschijnlijk was hij nooit op het idee gekomen dat zijn gebrek aan ervaring geen enkel probleem zou zijn en dat ze het feit dat hij haar gelukkig wilde maken veel belangrijker vond. Hij leerde snel. Ze hoefde hem alleen maar te laten zien wat ze wilde en hoe ze het wilde, en hij wist hoe hij haar gek van verlangen moest maken. Vermoedelijk kwam het niet in hem op dat hij niet de enige was die naar lichamelijke intimiteit snakte.

Hij kneep zijn ogen stijf dicht en bad in stilte om zelfbeheersing. Zijn grootste angst was dat hij niet zou voelen wanneer en of ze bevredigd zou zijn. Hij had geen idee wat hij kon verwachten; hij had er nooit zo op gelet. Het zou wel een hoop gezucht en gekerm zijn, dacht hij zo. Met een beetje geluk vertelde ze het hem gewoon.

Toen haar vingers zijn erectie omsloten, kreunde hij. 'Doe dat nog maar even niet,' raadde hij haar aan. 'Ik verlang zo naar je; ik sta gewoon op springen. Het is nog een wonder dat we de slaapkamer hebben gehaald.'

Ze liet zich achterover op bed vallen en trok hem met zich mee. 'Dat is helemaal niet erg, John,' fluisterde ze. 'Ik verlang al net zo erg naar jou.' Ze bracht zijn hand weer in positie en liet hem nog eens zien wat ze wilde. 'O, ja...' Ze kuste hem hartstochtelijk, duwde haar bekken tegen zijn hand.

'Zeg maar wat ik moet doen. Vertel me hoe je het wilt,' zei hij. 'Ik wil alleen maar dat jij ervan geniet.'

Ze liet haar hand omlaagglijden en pakte hem deze keer stevig vast. 'Laten we het nu maar gewoon doen, John. Experimenteren kunnen we later ook nog wel...'

'Maar ik wil jou zo graag voor laten gaan,' protesteerde hij zwakjes. 'Ik vind het belangrijk dat jij je prettig voelt.'

Ze lachte met haar lippen tegen de zijne. 'Ik voel me meer dan prettig, John. Sterker nog, ik heb me nog nooit zo goed gevoeld.' Na deze woorden spreidde ze haar benen voor hem.

Hij liet zich langzaam boven op haar zakken en gleed voorzichtig bij haar naar binnen. 'O, dit voelt helemaal perfect,' hoorde hij haar mompelen. Haar kracht en vastberadenheid verbaasden hem; ze leek niet overdonderd. Integendeel, ze toonde zich een volwaardige partner en scheen precies te weten wat ze wilde.

Toen ze begon te bewegen, volgde hij het ritme dat ze aangaf. Zelf verwachtte hij het niet langer dan een paar seconden te kunnen volhouden. Toen herinnerde hij zich opeens wat hij moest doen om haar te laten kreunen van genot. Hij had zijn hand nog niet in positie gebracht, of ze hapte naar adem.

'O, John...' Ze voerde het ritme op, sloeg een been om hem heen om hem dichter tegen zich aan te voelen.

Nog geen twee tellen later gebeurde het. Hij voelde haar spieren samentrekken, een pulserende beweging die hem naar binnen leek te trekken. Even schrok hij, maar het voelde fantastisch. En vreemd genoeg bleek hij in staat om zich nog steeds in te houden.

Toen liet ze zich gaan.

'Paige,' fluisterde hij ontroerd. 'O, Paige.'

Kreunend trok ze hem maar zich toe, zich verliezend in haar orgasme. Ze kuste hem hartstochtelijk, als wilde ze hem verslinden.

Toen het voorbij was, voelde hij haar lichaam verslappen. Heel langzaam kwam ze weer bij bewustzijn.

Vol ontzag keek hij op haar neer. 'Was dat het?' vroeg hij zachtjes, haar haren uit haar gezicht strijkend.

'Dat was het,' verzuchtte ze met een verzaligde glimlach om haar lippen.

'Dat was werkelijk... ongelooflijk.'

Ze lachte zacht en begon weer te bewegen. 'Maar we zijn nog niet helemaal klaar, John.'

'Nee,' gaf hij glimlachend toe. 'Daar zou je wel eens gelijk in kunnen hebben.'

Ze sloeg haar beide benen om hem heen, waarop hij langzaam in beweging kwam. Hij stootte diep bij haar naar binnen, voerde het ritme op en kon zich eindelijk laten gaan.

Dat het zo goed zou zijn, had hij nooit durven dromen. Het duurde dan ook heel lang voor hij weer op adem was. 'Paige,' fluisterde hij zwakjes. 'Zoiets heb ik nog nooit eerder meegemaakt.'

Liefkozend streelde ze zijn gezicht. 'Je bent gewoon te mooi om waar te zijn, weet je dat?' fluisterde ze, waarna ze hem kuste. Ze had geweten dat het zo zou zijn, dat hij in bed sterk en zacht tegelijk zou zijn, precies zoals hij in het dagelijks leven was. 'Wil je me één ding beloven, John?'

'Zeg het maar.'

'Wil je me voortaan vertellen wat je op je hart hebt? Tegenover mij moet je je niet generen. Nooit. Beloof je dat?'

'Ja, dat beloof ik.' Hij kuste haar borst, omvatte haar tepel met zijn lippen.

'O, John,' fluisterde ze.

Hij luisterde, registreerde, prentte elk geluidje, elk plekje in zijn geheugen.

Zo voelde het dus als je van iemand hield, dacht hij. Wanneer het genot van de ander belangrijker was dan je eigen genot, wanneer je aandacht besteedde aan elk geluidje, elke zucht. Hij kon niet van haar afblijven, exploreerde haar lichaam met zijn vingers, zijn lippen, zijn tong. 'Ik kan maar geen genoeg van je krijgen,' fluisterde hij.

'Dat is mooi, want ik ben nog lang niet moe. Je hebt zulke heerlijk zachte handen. Je bent zo bedachtzaam, zo alert: niets lijkt je te ontgaan. Ik wist gewoon dat het zo zou zijn, John. Voor mij ben je perfect.'

'Gaat het altijd zo, Paige?' vroeg hij. 'Ik bedoel, beleven andere mannen het ook zo?'

Ze lachte. 'Dat zou ik niet weten. Zo ervaren ben ik niet.'

'Ik heb nog nooit... Ik zweer het je, zo heb ik het nog nooit beleefd.'

'Ik ook niet. Je bent een fantastische minnaar. Echt, fantastisch.'

'Ik had nooit durven dromen dat je iets in mij zou zien,' bekende hij haar.

'Maar jij ziet jezelf niet, John. Zoiets vermoedde ik al. Je bent zo'n mooi mens, je bent zo slim, zo sterk en toch zo zachtaardig. Je beseft helemaal niet wat een knappe vent je bent en wat een geweldig lichaam je hebt: groot, gespierd, goed geproportioneerd. Geen grammetje vet.' Ze liet een hand over zijn schouder en zijn bovenarm gaan. 'Je hebt vaardige handen, sterk en toch zacht. Ik vind het heerlijk om door jou te worden aangeraakt... Het is helemaal zoals ik altijd droomde dat het zou zijn. Je weet niet half hoe bijzonder je bent.'

'Ik durfde niet te geloven dat het je echt om mijn persoon te doen was. Ik dacht dat het meer om –'

'Sst,' zei ze. 'Dacht je dat ik, na wat ik heb meegemaakt, een goede vent niet zou herkennen als ik er een tegenkom? Hoe kon je daaraan twijfelen?'

'Het spijt me dat je je zo lang ongelukkig hebt gevoeld,' zei hij. 'Ik gaf je kennelijk de indruk dat ik niets in je zag, terwijl ik... De hemel weet dat ik je wilde hebben, eigenlijk vanaf het moment waarop je hier over de drempel stapte.'

'Iemand heeft uit de school geklapt, geloof ik,' merkte ze op, maar het klonk niet alsof ze het heel erg vond.

'Mike. Hij raadde me aan om snel tot actie over te gaan omdat ik je anders wel eens kwijt zou kunnen raken.'

'Nou, zo'n vaart zou het niet gelopen hebben, denk ik, maar ik ben blij dat je niet langer hebt gewacht.'

'Je hebt het me ook erg gemakkelijk gemaakt. Ik was alleen maar van plan om jou te verwennen. Ik had er helemaal niet bij stilgestaan hoe fijn ik het zelf zou vinden. Toen ik je voelde klaarkomen, dacht ik dat ik erin bleef, zo goed voelde dat.'

Ze liet haar hand omlaagglijden en lachte toen ze merkte dat er een volgende ronde aan zat te komen.

'Ik zou jou elke nacht zo willen verwennen voor de rest van mijn leven,' fluisterde hij.

'Dat lijkt me wel wat,' zei ze. 'Ik hoop niet dat ik je afschrik, John, maar ik ben verliefd op je.'

Hij verborg zijn gezicht in haar hals en haar haren. 'O, liefje… Ik hou zo veel van je, dat ik bang ben dat ik het niet zal overleven.'

'Heb je het door, John? Dit is alles wat ik wil. Jou. Dat je van mij houdt, en ik van jou.'

'En nu?' vroeg hij.

'Nu gaan we het nog een keer doen. Langzamer.'

Hoofdstuk 13

Die ochtend scheen de zon. De lucht voelde koud aan; het was per slot van rekening ook december, maar het was onbewolkt en er stond geen wind. Na bij dokter Mullins langs te zijn gegaan om te zien of er wat te doen was, liep Mel even naar de overkant om koffie te drinken met haar man.

Jack was echt een ochtendmens; meestal was hij dan ook voor dag en dauw op. Hij kroop geruisloos uit bed en liet Mel lekker nog even doorslapen. Hij begon de dag steevast met houthakken, ook in de zomer, wanneer de haard helemaal niet werd gestookt. Hij vond het prettig om vroeg in de kroeg te zijn om op zijn dooie gemak te kunnen bekijken wat Preacher voor het eten had bedacht en om de voorraden na te lopen, lijstjes te maken van dingen die nog moesten gebeuren en ervoor te zorgen dat alles klaar was voor hij de deuren opende.

Mel trof hem achter de toog aan met een mok koffie in zijn hand. Christopher zat tegenover hem aan de bar. De halflege kom cornflakes en het onaangeraakte glas jus d'orange had hij terzijde geschoven om plaats te maken voor zijn kleurboek en kleurdoos.

'Goedemorgen, jochie.' Mel ging naast hem op een kruk zitten. 'Hoe is het?'

'Hm, goed,' antwoordde Chris zonder op te kijken.

Jack gaf Mel een mok koffie. 'Zeg, Chris,' zei hij. 'Vertel Mel eens wat je mij zo-even vertelde.'

'Wat dan?'

'Je weet wel. Dat je een grote jongen aan het worden bent en zo.'

'Ja,' zei het jongetje. 'Ik ben een grote jongen aan het worden.'

'Ja, dat zie ik,' beaamde Mel.

'En...' drong Jack aan.

'En John zei dat ik aan een eigen bed toe ben. En een eigen kamer. Omdat ik zo groot word.'

'Inderdaad,' zei Mel. 'Dat lijkt me wel een goed idee.'

Op dat moment kwam Paige de keuken uit. 'Hallo, Mel,' zei ze opgewekt. Ze had een blos op haar wangen; haar ogen straalden, en er speelde een vage glimlach om haar lippen, die er enigszins rood en gezwollen uitzagen. Ze had iets sereens en leek te zweven.

Grappig dat je altijd aan iemand kon zien of hij of zij de nacht tevoren seks had gehad, dacht Mel.

'Zeg, hoe zit dat met je ontbijt?' vroeg Paige aan Chris.

'Hm,' mompelde het jongetje.

'Volgens mij wil hij niet meer,' zei Jack. 'Sinds de vorige keer dat je kwam kijken heeft hij geen hap meer genomen.'

'Vooruit dan maar. Maar drink dan in elk geval je jus even op, Chris,' zei ze, waarna ze de kom mee naar de keuken nam.

Mel keek haar man vragend aan.

Grijnzend trok Jack een wenkbrauw op.

Ze leunde over de bar en greep hem bij zijn shirt. 'Wat is hier gaande?' siste ze.

'Dat lijkt me duidelijk.'

'Ik eis dat je onmiddellijk mee naar huis gaat...'

'Dat zal niet gaan,' fluisterde Jack.

'Waarom niet?'

'Omdat we een logé hebben en jij altijd een loeiende sirene aanzet.'

'O, dit is toch te bespottelijk voor woorden. Ik kan wel spugen van jaloezie.'

'Tja, leuk is anders; dat geef ik toe. Maar ja,' mompelde hij, een blik in de richting van de keuken werpend, 'sommigen van ons hebben wel plezier. Eindelijk.'

Een paar minuten daarna kwam Mike binnen. Hij wenste iedereen goedemorgen, gaf Chris een aai over zijn bol en nam de dampende mok koffie aan die Jack hem aanreikte. 'Hoe staat het leven vandaag?' informeerde hij belangstellend.

'Het is in elk geval mooi weer,' zei Jack, nippend aan zijn koffie.

'Zeg dat wel. Ik heb ook eindelijk weer eens redelijk geslapen,' wist Mike te vertellen. Hij zette zijn wandelstok tegen de bar en begaf zich naar de keuken. Toen hij zijn hoofd om de deur stak, trof hij Preacher en Paige in een innige omhelzing aan. Omdat Mike zichzelf verantwoordelijk achtte voor deze nieuwe ontwikkeling, vond hij het zijn goed recht om even te blijven staan kijken. Geen van beiden had door dat ze werden gadegeslagen. Op een gegeven moment kon Mike de verleiding niet langer weerstaan en schraapte zijn keel.

Verschrikt haalde Paige haar armen van Preachers nek. Preacher liet haar echter niet los en keek Mike verstoord aan.

'Een zeer goedemorgen samen,' zei Mike olijk. 'Als jullie tussendoor even een momentje hebben... Ik zou graag willen ontbijten.' Grinnikend trok hij zijn hoofd terug.

Hij hees zich op een barkruk en pakte zijn mok. 'Zo te zien, gaat het hier ook eindelijk de goede kant op,' merkte hij op. 'Ik ben duidelijk niet de enige die een fijne nacht heeft gehad.'

'Het werd tijd,' zei Jack.

'Ik mag hopen dat ik mijn ontbijt nog voor de lunch krijg.'

Preacher had zijn heftoestel uit elkaar gehaald en naar de schuur achter de kroeg gebracht en alleen een paar halters en enkele gewichten achtergehouden. Hij was met Chris naar het bos gegaan om twee kerstbomen te halen, een voor in zijn zitkamer en een groter exemplaar voor in de kroeg. Onder de boom in de zitkamer lagen de kerstcadeaus die hij samen met Paige was gaan kopen.

Mel en Jack waren naar Sacramento afgereisd, waar de hele familie Sheridan traditiegetrouw de kerstdagen doorbracht. Mike was daar ook van harte welkom, maar hij had de uitnodiging afgewezen. Ook wilde hij niet naar zijn familie in Los Angeles. Hij was nog maar zo kort in Virgin River, hij vond het prima om hier te blijven. Kerstavond en eerste kerstdag zou hij bij Preacher en zijn kersverse gezinnetje doorbrengen.

Preacher was nog altijd niet helemaal over de schok heen. Hij kon gewoon niet geloven wat hem was overkomen. Hij voelde zich zo gelukkig. Hij en Paige deden alles samen – de kroeg, de keuken, het zorgen voor Christopher – en leken elkaar perfect aan te vullen. Ze was er altijd als hij haar nodig had, en vice versa.

'''s Avonds, wanneer het kleine mannetje naar bed was, kreeg Preacher keer op keer van Paige te horen dat hij een geweldige minnaar was. Het idee dat dat voor hem weggelegd was, was nog nooit bij hem opgekomen. Hij had nooit kunnen dromen dat hij ooit een vrouw aan zijn zijde zou hebben, laat staan zo'n beeldschone vrouw met bovendien het karakter van een engel.

Binnen de kortste keren wist hij precies wat ze fijn vond, hoe hij haar moest laten lachen, kreunen en zuchten van genot. Preacher, die zich altijd snel geneerde en altijd zo bedachtzaam was, ontdekte dat hij lef had en steeds meer zelfvertrouwen kreeg in bed. Hij was niet langer bang dat hij Paige op welke manier dan ook pijn zou doen. Het was dat hij zijn liefdeleven als een privéaangelegenheid beschouwde, maar anders zou hij Jack zeker uitgebreid hebben bedankt voor zijn goede adviezen.

'Je laat het me wel weten als het je te veel wordt, hè?' vroeg hij toen ze in elkaars armen lagen. 'Als je het gevoel krijgt dat ik te veel van je eis?'

'Ja, John,' antwoordde ze ademloos. 'Maar doe jij dat dan ook?'

Hij lachte. 'Ja, natuurlijk. Al kan ik me absoluut niet voorstellen dat ik ooit genoeg van je zal krijgen.'

'Kom, ga maar gauw door met wat je aan het doen was…' fluisterde ze verleidelijk.

'Dit bedoel je? Zo? Nog een keer? En nog een keer?' vroeg hij plagend.

‘O, John…’

Het wonder van het vrouwelijke orgasme was voor Preacher de ontdekking van zijn leven. Al gauw werd hij een ware expert in bed – hij die niet gedacht had ooit een vrouw zo te kunnen beminnen! Intussen had hij heel wat manieren gevonden om Paige genot te bezorgen. Hij hield ervan om haar hele lichaam, van haar oogleden tot haar tenen, met zijn tong en lippen te bewerken en vervolgens, zodra hij voelde dat ze op het punt van exploderen stond, soepel bij haar binnen te glijden. Het voelen samentrekken van haar inwendige spieren was met niets ter wereld te vergelijken.

‘Dit is iets wat ik wel vierentwintig uur per dag zou willen doen, voor de rest van mijn leven,’ verzuchtte hij meer dan eens.

Hij genoot ervan om haar in zijn armen te houden tot ze weer langzaam op aarde terugkwam. Het kostte hem ook geen enkele moeite om zich in te houden. Als ze dan weer een beetje op adem gekomen was, deed hij het dunnetjes over, eerst zacht en langzaam en gaandeweg steeds krachtiger en sneller. Hij voelde altijd precies aan wanneer ze meer wilde; voor zijn gevoel gaf ze dat ook heel duidelijk aan.

En hij was nog wel bang geweest dat hij haar zou breken… Het was om je dood te lachen eigenlijk. Ze was helemaal niet breekbaar. Ze was ijzersterk.

Soms hield ze hem met opzet gevangen tussen haar benen of klom ze boven op hem om hem een koekje van eigen deeg te geven.

Hij had nooit geweten dat het leven zo geweldig kon zijn en seks zo leuk.

‘Ik had nooit gedacht dat ik zoveel van iemand, van jou kon houden,’ verzuchtte hij.

‘Of het zo vaak met me zou doen,’ voegde ze er lachend aan toe.

‘Paige,’ zei hij. ‘Er moet me iets van het hart. Misschien is het voor jou nog te vroeg om al te denken in termen van altijd en voor eeuwig, maar wat ik nu ga zeggen, meen ik serieus. Dit is wat mij betreft niet iets van voorbijgaande aard. Niet dat ik allerlei verwachtingen heb, begrijp me niet verkeerd. Maar ik wil dat je weet dat ik je nooit meer kwijt wil.'

Ze liet haar vingers door zijn haren gaan. 'Er kan altijd een moment komen waarop je genoeg van me hebt, John. Ben je daar dan niet bang voor?'

Hij schudde zijn hoofd. 'Zo zit ik niet in elkaar. Ik ga altijd bedachtzaam te werk – soms een beetje te bedachtzaam. Ik heb altijd veel tijd nodig om goed over de dingen na te denken. Maar ik neem geen beslissing voor ik er honderd procent zeker van ben, en heb ik eenmaal besloten, dan verander ik niet meer van gedachten. Ik weet best dat dat niet altijd even goed is, maar ik vind het prettig als dingen blijven zoals ze zijn.'

'Ik zal je er anders nooit op aanspreken,' zei ze. 'Ik ben helemaal gelukkig, hier en nu, samen met jou.'

'Er is nog iets wat ik graag kwijt wil. Ik ben niet iemand die geen tegenspraak duldt. Ik verwacht ook niet van je dat je het altijd met me eens bent, of dat je nooit eens een rotdag hebt of een slecht humeur. Dat soort dingen hoort er nu eenmaal bij, en ik zou het niet anders willen. Van mij mag je onmogelijke eisen stellen, stampvoeten als je je zin niet krijgt, tegen me schreeuwen omdat je met je verkeerde been uit bed bent gestapt. Ook kan ik er vrede mee hebben als je tot de conclusie komt dat ik niet de man ben met wie je oud wilt worden. Beloof me dat je nooit je mond zult houden uit angst voor mijn reactie, want dat zou ik verschrikkelijk vinden. Voel je alsjeblieft vrij om jezelf te zijn.'

Haar gezicht was nat van de tranen. 'John... Lieve, lieve John. Nog nooit heeft iemand zoveel van me gehouden...'

'Ik kan alleen maar van je houden als je volledig jezelf kunt zijn. Als ik ja tegen je zeg is dat niet alleen maar omdat je lief bent, maar ook omdat je bazig, afhankelijk, bang, boos, enfin noem maar op, bent. Ik hou van het hele pakket, voor minder ga ik niet.'

Ze kuste hem vluchtig op de mond.

Met zijn duimen veegde hij haar tranen af. 'Je hebt je best gedaan om die baby in je buik te behouden. Het heeft niet zo mogen zijn, iets waar je vast nog veel verdriet van hebt. Maar ik hoop dat er een dag komt waarop je tegen me over een broertje of zusje voor Chris begint.'

'Wil jij dan graag kinderen?'

'Eerlijk gezegd had ik nooit gedacht dat ik ooit met ja op die vraag zou antwoorden, maar nu ik jou heb, wil ik dat wel.' Hij lachte. 'Wil ik dat zelfs heel graag. Maar het heeft geen haast. Je weet, ik verander niet zo heel gauw van gedachten.'

'Je moet wel beseffen dat er met een zwangere vrouw heel wat minder gedold kan worden...'

Preacher fronste zijn voorhoofd. 'O. Minder. Waar zou dat dan op neerkomen, denk je?'

Ze lachte hem uit.

'Je plaagt me,' zei hij. 'Goed dan, je hebt erom gevraagd.' Hij trok haar naar zich toe en wilde een regen van kussen op haar gezicht laten neerdalen, maar ze hield hem tegen.

'John.' Ze nam zijn gezicht in haar handen. 'Wat je zo-even zei over het hele pakket, zo wil ik het ook. Ik wil jou in je totaliteit. Ik heb me nog nooit zo gelukkig gevoeld.'

Hij lachte. 'Als het aan mij ligt, blijf je dat voor de rest van je leven.'

Mel had zich enorm verheugd op de kerstdagen in Sacramento. Niet alleen zouden de zussen van Jack er met hun gezinnen zijn, maar ook haar zusje Joey, haar man Bill en hun drie kinderen zouden overkomen. Er was ruimte genoeg in Jacks ouderlijk huis; zijn zussen woonden allemaal in de buurt. Mel en Joey, die alleen elkaar nog hadden, waren liefdevol opgenomen in de familie Sheridan. Dit was pas de derde keer dat Mel naar Jacks familie ging, maar het was net alsof ze naar huis ging.

Ze had de Hummer bij dokter Mullins achtergelaten, voor het geval er iemand met spoed naar het ziekenhuis vervoerd moest worden. De laadbak van Jacks auto zat volgestouwd met kerstcadeaus. Het overgrote deel ervan hadden ze onderweg in Redding gekocht, de plaats waar ze een nacht bleven slapen – niet in het minst om weer eens uitgebreid van elkaar te kunnen genieten in een hotelkamer met fatsoenlijke muren.

Ofschoon ze het geen van beiden beschouwden als weggegooid geld, was er geen sprake van een nacht vol wilde passie, zoals het enkele maanden daarvoor zou zijn geweest. Mel was nu zeven maanden zwanger van een zeer beweeglijke dochter. Het vrijen was heerlijk, maar het ging er wat rustiger aan toe dan ten tijde van de conceptie. In plaats van luidkeels Jacks naam te schreeuwen, produceerde ze op het hoogtepunt niet meer dan een hartgrondig gekreun.

'Het is dat ik zo verdraaid zelfverzekerd ben, maar anders zou ik nu ernstig aan mezelf gaan twijfelen,' bekende Jack.

'Het spijt, schat. Mijn rug doet pijn; mijn borsten doen pijn, en ik heb continu het gevoel dat ik een marcherend hoempapaorkest met me meedraag, in plaats van dat lieve kleine dochtertje van je.'

'Oftewel, de kans dat het er vannacht nog wel een paar keer van zal komen, is daarmee verkeken.'

'Dit is het begin van een patroon dat zich de komende maanden steeds duidelijker zal gaan aftekenen,' zei ze.

Ze lag op haar rug. Haar dikke buik leek een ronde berg die uit haar tengere gestalte puilde. Jack kon er niet van afblijven. Er was een tijd geweest – en die zou ongetwijfeld terugkomen – dat hij niet van de rest van haar lichaam had kunnen afblijven, maar tegenwoordig waren het de capriolen van de baby die al zijn aandacht opeisten. Hij vond het geweldig wanneer de ene kant van haar buik inzakte en de andere kant op hetzelfde moment enorm uitpuilde. Een bobbel die zich van de ene naar de andere kant bewoog – een voetje – vond hij helemaal het einde. Terwijl hij zich bezighield met het observeren van al deze interessante verschijnselen, doezelde Mel zo'n beetje weg. In gedachten zag ze hem met hun dochtertje spelen, haar bij zich op schoot nemen of boven zijn hoofd ronddraaien.

'We moeten nog een naam bedenken voor je nieuwe speelkameraadje,' mompelde ze.

'Ik heb een idee,' zei hij. 'Emma.'

'Emma. Niet onaardig,' zei ze. 'Een voormalig liefje van je?'

'Mijn moeder.'

'Ach, wat schattig van je. Het zou je moeder vast veel plezier hebben gedaan dat je je eindelijk gesetteld hebt.'

'Zeg, Mel. Begin je al de zenuwen te krijgen over – je weet wel – over de bevalling?'

'Nee, waarom zou ik? Als het moment daar is, ga ik met John Stone naar het ziekenhuis, en mocht het allemaal niet volgens wens gaan, dan vraag ik om een ruggenprik. Ik kan me nu al verheugen op een lekkere biefstuk en een groot glas bier daarna.'

'Hm.' Peinzend streek hij met zijn vingers door haar haren. 'Zou je niet liever meteen om zo'n ruggenprik vragen?'

'Jack, zie jij er soms een beetje tegen op of vergis ik me?'

'O, schat. Dat is nog maar zacht uitgedrukt. Mijn hele wereld draait om jou. Ik denk niet dat ik het aankan om jou te zien lijden. Maar aan de andere kant... Ik zou dat moment voor geen goud willen missen, snap je? Ik moet en zal het meemaken.'

Ze glimlachte. 'Weet je nog dat je vaak tegen me zei dat ik op je moest vertrouwen? Nou, hierin moet je op mij vertrouwen. Ik weet wat ik doe, Jack.'

'Ja.' Hij zuchtte. 'Gelukkig kan tenminste een van ons dat zeggen.'

De volgende ochtend stond Mel in de badkamer haar haren te drogen. Thuis hadden ze maar één spiegel – zo'n kleintje boven de wastafel. Hier had ze een hele spiegelwand tot haar beschikking.

Jack stond zijn vrouw gade te slaan. Natuurlijk had hij haar naakt gezien, maar meestal als ze in bed lag, en als ze samen onder de douche gingen, stond hij te dicht bij haar om haar goed te kunnen bekijken. Nu stond ze in vol ornaat voor een spiegelwand.

'Mijn hemel, Melinda. Je bent enorm.'

De blik die ze hem toewierp suggereerde dat hij zich ook anders had kunnen uitdrukken.

'Eh... indrukwekkend, bedoel ik. Indrukwekkend. Kijk nu toch eens!'

'Kop dicht, Jack,' beet ze hem toe.

Toen ze bij Sam Sheridans huis aankwamen, liep Mel vast vooruit, terwijl Jack de bagage en de cadeaus uit de auto haalde.

'Mel!'

Toen ze omkeek, stond hij breed te grijnzen. 'Je begint een beetje te waggelen!' riep hij vol trots uit.

'Bah!' riep ze terug, waarop ze haar neus in de lucht stak en haar weg vervolgde.

Ofschoon het de volgende dag pas kerstavond zou zijn, bleken Jacks zussen, hun echtgenoten en hun kinderen er al te zijn. Mels zus en haar gezin waren ook net gearriveerd.

Binnen werd Mel bestormd door alle vrouwen, die haar omhelsden en kritisch bekeken.

'Allemachtig, je bent enorm!' riepen ze in koor uit.

Mel giechelde en straalde en liet iedereen aan haar buik zitten.

'Wat waggel je, je lijkt net een eend!' riep Joey uit, waarop alle vrouwen, met inbegrip van Mel dubbelsloegen van het lachen.

Jack keek verstoord in hun richting.

Dan en Ryan, twee van Jacks zwagers, kwamen op hem af. 'Heb je hulp nodig, Jack?' vroeg een van hen.

'Eh... ja. Graag,' mompelde Jack een beetje afwezig.

'Waarom frons je zo? Ben je soms iets vergeten?' vroeg Ryan.

'Nee, nee... Ik begrijp er niets van. Toen ik dat tegen haar zei – dat ze enorm was en dat ze waggelde – keek ze me aan alsof ze me wel kon vermoorden.'

De twee mannen lachten hem uit.

'Trek het je niet aan, broeder.' Bob legde een hand op zijn schouder. 'Als we nu eerst even de bagage naar binnen brengen, dan zullen we je daarna het een en ander bijbrengen over het leven. We zitten met de mannen achter op de patio; daar kunnen we lekker ongestoord kletsen zonder dat de vrouwen ons horen.'

Het was te koud om buiten te zitten, maar dankzij de terrasverwarming die Sam, wetende dat de mannen graag een sigaartje opstaken, had laten aanbrengen, was het er ook in de winter heel goed uit te houden. Hij zat er zelf ook maar al te graag nu zijn huis was overgenomen door een horde vrouwen. Met inbegrip van Mel en Joey waren het er welgeteld zes – de kleindochters niet meegerekend – en ze waren oppermachtig.

Al luisterend naar de ervaringen van zijn zwagers en de paar terloopse opmerkingen van zijn vader, ontdekte Jack dat het maken van een kind weliswaar een zaak van twee mensen was, maar de zwangerschapsperiode daarentegen een teamsport.

De vrouwen kenden de regels intuïtief. Een man kon hetzelfde zeggen als een vriendin of een zus, maar zijn opmerking kon totaal anders opgevat worden. Als je zus zei dat je enorm was, dan was dat een eerbetoon. Zei je man dat, dan wilde hij eigenlijk zeggen dat je moddervet was. Zei je beste vriendin dat je waggelde, dan was dat schattig. Maar als je man dat tegen je zei, dan vond hij je niet meer aantrekkelijk.

'Er zijn nog een heleboel meer van die linke dingen,' zei Bill, Joeys echtgenoot en vader van drie kinderen. 'Als je met haar wilt vrijen, word je pervers gevonden. Laat je haar met rust, dan verwijt ze je haar niet meer aantrekkelijk te vinden, terwijl ze toch verdomme je kind draagt.'

'Hm,' bromde Jack. 'Wanneer we vrijen, schreeuwt ze altijd de tent bij elkaar. De laatste keer kwam er niet meer dan een soort gekreun uit.'

Ryan verslikte zich bijna in een slok bier en kwam niet meer bij van het lachen. 'Heb ik ook meegemaakt,' bracht hij proestend uit.

'Wil je weten wat je verder nog te wachten staat of laat je het allemaal maar liever gewoon op je afkomen?' vroeg Bob.

'Nee, alsjeblieft zeg! Geen verrassingen meer. Dat overleef ik niet,' antwoordde Jack.

'Er zal een moment komen waarop je de baby leuker gaat vinden dan haar. Je leeft helemaal voor de baby. Ze verwijt je haar alleen maar als broedmachine te zien.'

'En wat doe je daaraan?'

'Om te beginnen, vermijd het woord broedmachine.'

'Kruip door het stof,' zei een van de anderen. 'Smeek om vergeving.'

'Maar pas op dat je niet gaat roepen dat je haar veel belangrijker vindt dan de baby, want daar krijg je ook weer problemen mee.'

'Goeie genade...'

'En aangezien jij niet met een dikke buik hoeft rond te lopen en geen chronische rugpijn hebt, moet je vooral niet zeggen dat het allemaal heel natuurlijk is, want dan heb je het helemaal gedaan.'

'Je zou denken dat een verloskundige boven dat soort dingen staat.'

'O, maar ze kan het niet helpen, hoor. Het is de schuld van de hormonen.'

'Wees voorzichtig met het bewonderen van haar borsten in deze periode,' waarschuwde Dan, de man van Jeannie. Hij nam een trek van zijn sigaar en blies de rook in een kringetje uit. 'Per slot van rekening is hun vorm een tijdelijke aangelegenheid.'

'Mijn hemel, dat zal niet meevallen, want –'

'Ik weet er alles van.' Iemand lachte. 'Zijn ze niet prachtig?'

'En dan komt het moment waarop de weeën beginnen,' zei Bill. 'Je masseert haar rug; je spreekt haar troostend en bemoedigend toe; je doet wat je kunt om het zo comfortabel mogelijk voor haar te maken, en wat doet de grote liefde van je leven? Ze snauwt je toe dat je je bek moet houden en met je poten van haar af moet blijven.'

Iedereen lag in een deuk, zelfs Sam.

'Heeft mam dat ook gedaan, pa?' wilde Jack weten.

Sam nam zijn sigaar uit zijn mond. 'Nou, ze gebruikte iets andere woorden, maar ze snauwde wel, ja. Alle vijf keer.'

Er volgde weer een lachsalvo.

'Waarom krijg ik dat soort dingen nu pas te horen? Jullie hadden me dat veel eerder moeten vertellen,' zei Jack quasiverwijtend.

'Zou dat zo'n verschil hebben gemaakt, Jack? Jij wist ook niet van tevoren dat je Mel zwanger zou maken. Ja, ik weet het, ik weet het... Jij dacht je alles wist wat er over vrouwen te weten viel. Zo zie je maar weer: je bent net zo'n sukkel als wij allemaal.'

Er werden nog een paar grappen over en weer gemaakt. Toen zei Jack opeens: 'Zeg jongens, ik mis iemand.'

Niemand zei iets. Zelfs Joeys man leek naar de grond te staren. Brad, Bries man, bijna ex-man, was de enige zwager van Jack die er niet was. Brie was de enige van zijn zussen die niet langer gebonden was; de enige ook die geen kinderen had. En dat terwijl ze zo naar een kind had verlangd.

'Heeft iemand hem de laatste tijd nog gesproken?' vroeg Jack.

'Nee,' zei iemand. De hele groep reageerde hoofdschuddend.

'Hoe is het met haar?' wilde Jack weten.

'Ze zegt dat het prima met haar gaat, maar dat is niet zo.'

'Volgens haar zussen.'

'En hij is bij die andere vrouw ingetrokken, die zogenaamde beste vriendin van Brie. Hij brengt zeker de kerstdagen door bij haar en haar kinderen.'

'Terwijl mijn zus, die zo graag een kind wilde, hier bij ons is,' vulde Jack aan.

'Wat een schoft.'

'Als we ons nu eens flink bezatten en met ons allen daarheen gaan om hem een lesje te leren?' stelde Jack voor.

'Als dat zou kunnen. Diep in hun hart zouden de vrouwen het prachtig vinden, maar mooi dat wij huisarrest voor het leven krijgen.'

'Is dan niemand van ons tegen ze opgewassen?'

'Nee,' antwoordden drie van de mannen in koor.

'Ik snap niet wat die kerel bezielt,' verzuchtte Jack voor de zoveelste keer.

'Jack, wat zou je gedaan hebben als je getrouwd was geweest met een ander toen je Mel leerde kennen? Heb je jezelf die vraag wel eens gesteld?'

'Die vraag hebben we onszelf toch allemaal gesteld,' mompelde Ryan.

Jack had zich dat inderdaad ook afgevraagd. Het zou vreselijk zijn geweest natuurlijk. Er waren veel vrouwen in zijn leven geweest, maar toen Mel langs was gekomen, had hij gelukkig net niemand gehad. Ofschoon er een paar vrouwen waren op wie hij erg dol was geweest, was het nooit tot een huwelijk gekomen.

'Ik denk dat ik mezelf van kant zou maken,' zei hij langzaam. Hij keek de kring rond. 'Heeft iemand enig idee hoe het verdergaat? Wat gebeurt er met het huis, bijvoorbeeld, en welke financiële afspraken zijn er gemaakt?'

'Man, dat wil je niet weten,' zei Dan.

'O, nee... Je gaat me toch niet vertellen dat –'

'Zij krijgt het huis. Dat wil zeggen, ze koopt hem uit,' zei Bob. 'Hij krijgt nog alimentatie ook.'

'Dat meen je niet!'

'Dat wil je niet weten, had ik toch gezegd.'

'Hoe is dat nu in vredesnaam mogelijk?'

'Zij is jurist, hij politieman. Zij verdient verreweg het meeste.'

'Nu heb ik helemaal zin om hem te gaan verbouwen.'

Op kerstavond hadden ze warme beenham en gegratineerde aardappelen, en op eerste kerstdag zou er kalkoen op het menu staan. Vanaf een uur of vier druppelden de verschillende familieleden binnen, en algauw was het in huis een gezellige boel. Er werd gepraat en gelachen, gegeten en gedronken, en er werden kerstliedjes gezongen. De mannen zongen hard en vals, en aan het einde van de avond waren de vrouwen degenen die achter het stuur kropen.

Mel en Joey hielpen hun mannen naar boven. Die lieten zich prompt achterover op hun bed vallen om hun roes uit te slapen.

Binnen de kortste keren stonken de kamers naar alcohol en sigarenrook.

Mel en Joey besloten samen op de bank te gaan slapen. Toen Mel even later beneden kwam, droeg ze een comfortabele trainingsbroek en had ze een deken en een paar kussens bij zich. Joey, die ook al in pyjama was, stond voor de koelkast en haalde er net een bakje met een restje ijs uit, dat ze gezamenlijk zittend op de bank naar binnen werkten.

'Maar je voelt je over het geheel genomen wel goed?' vroeg Joey.

'Ik voel me prima,' antwoordde Mel. 'Voor iemand met een militaire parade in zijn buik dan.'

'En hoe is het in Virgin River?'

'Goh, Joey. Je zou Preacher eens moeten zien. Sinds Paige in zijn leven is gekomen, is hij volkomen veranderd. Ze zijn zo verliefd; ze stralen gewoon. En wanneer ze naar elkaar kijken, zie je de vonken overspringen.'

Een geluid bij de voordeur deed de twee vrouwen verstoord opkijken. Tot hun verbazing zagen ze Brie binnenkomen.

Ze had haar jas nog aan en een tas over haar schouder. Haar gezicht was vlekkerig van het huilen. Ze liep naar hen toe en bleef pal voor de bank staan. 'Ik zag het opeens helemaal niet zitten… om in mijn eentje naar huis te gaan. Op kerstavond.'

'Ach, lieverd.' Mel spreidde haar armen.

Mel en Joey schoven automatisch opzij, zodat Brie tussen hen in kon gaan zitten.

Brie liet haar tas op de vloer vallen en trok haar jas en haar schoenen uit. Ze zat nog niet op de bank, of ze barstte in tranen uit. 'En dan te bedenken dat ik in de loop van de jaren talloze scheidingszaken heb behandeld,' bracht ze snikkend uit. 'Maar je weet niet wat je overkomt als de man van wie je houdt bij je weggaat, maar wel verwacht dat je goede vrienden met hem blijft.'

'Waar haalt hij het lef vandaan?' zei Mel.

'En weet je wat het ergste is? Ik kan hem wel schieten om wat hij heeft gedaan, en toch ik zou hem zo terugnemen.'

'O, Brie...'

'Als hij vanavond voor mijn neus zou staan en zou zeggen dat het een grote vergissing was, zou ik hem denk ik nog vergeven ook. Hij heeft om alimentatie gevraagd. Zij krijgt ook alimentatie van haar man, en ze hebben allebei een betaalde baan. Straks houden ze er nog geld aan over ook.'

'Wat een hufter, zeg.'

'Ik zou hem moeten haten, maar als ik daar eenmaal aan toegeef, kan hij helemaal niet meer terugkomen. En ik wil hem zo graag terug,' zei ze snikkend. 'Ik hou zoveel van hem.'

Mel en Joey sloegen hun armen om haar heen.

'Het spijt me dat ik me zo liet gaan, meiden,' zei Brie. 'Ik vergat even dat het Kerstmis is. En voor jou waarschijnlijk weer de eerste gezellige kerst die je in tijden hebt meegemaakt, Mel.'

'We zijn toch familie,' zei Mel. 'We vieren dingen met elkaar, en we delen ons verdriet met elkaar. Jij blijft gezellig bij ons. We slapen vannacht toch op de bank. Dit is waarschijnlijk zo'n ding dat uitgeschoven kan worden.'

'Waarom slapen jullie op de bank?'

'Omdat er zowel in haar als in mijn slaapkamer een dronkelap ligt te snurken, die naar drank en sigarenrook stinkt,' antwoordde Joey.

Hoofdstuk 14

De volgende ochtend werd Jack wakker met een barstende koppijn. Hij had de vorige dag veel te veel gedronken. Vaag herinnerde hij zich flarden van een gesprek over zwangere vrouwen... Of was dat de avond daarvoor geweest? Hij wist het niet meer; het liep allemaal door elkaar.

Hij had de smaak van dode muizen in zijn mond; zijn tong leek wel van leer. Hij opende een bloeddoorlopen oog en zag dat de plek naast hem leeg was. 'O-o,' mompelde hij. De wetenschap dat waarschijnlijk alleen zijn vader niet bij de vrouwen in ongenade was gevallen, was een schrale troost.

Hij sleepte zichzelf uit bed. Het was zes uur, zag hij op de wekker. Er was dus tijd genoeg om weer een beetje mens te kunnen worden voordat straks de hele meute op de stoep stond, maar eerst moest hij weten waar zijn vrouw uithing. Het was te hopen dat ze nog in Sacramento was...

Hij poetste zijn tanden en haalde een borstel door zijn haren die alle kanten op stonden. Hij wenste dat die ellendige zwagers van hem allemaal nog dieper in de problemen zaten dan hij, want het was natuurlijk hun schuld dat hij zoveel gedronken had. Wat hadden die jongens toch een slechte invloed op hem.

Hij had zelfs zijn kleren van de vorige dag nog aan – als dat geen slecht teken was... Aan de andere kant had Mel hem niet vermoord in zijn slaap, dus misschien viel het mee. Waarschijnlijk had ze besloten zijn executie uit te stellen tot een later tijdstip, wanneer hij weer bij bewustzijn zou zijn. Hij ging voor de spiegel staan, rechtte zijn rug, stak zijn behaarde borstkas vooruit en liet zijn indrukwekkende spierballen rollen. Ik ben een marinier, zei hij tegen zichzelf. Zij is een tenger ding van nauwelijks één meter zestig…

Hij zakte ineen. Wie probeer ik hier nu eigenlijk voor de gek te houden, vroeg hij zich af.

Zachtjes sloop hij de slaapkamer uit. Het was doodstil in huis. In de zitkamer trof hij Mel aan, die samen met Joey en Brie op de bank lag te slapen. Wat deed Brie opeens hier? Nu ja, dat zou hij later wel horen. Hij liet zich aan Mels kant op zijn knieën zakken en streek voorzichtig een haarlok uit haar ogen. Ze deed een oog open – het lachte niet.

'Schatje, ben je kwaad?' vroeg hij op gedempte toon.

'Ja.'

'Het spijt me. Ik had te veel gedronken.'

'Ik weet het. Ik hoop dat je je erg beroerd voelt.'

'Waarom ben je hier gaan liggen?'

'Ik had geen zin om in een asbak te slapen.'

'Wat doet Brie hier?'

'Dat vertel ik je later wel.'

'Krijg ik straf?' vroeg hij.

'Hoe raad je het.' Het oog ging weer dicht.

Daar kon hij het mee doen. Jack Sheridan, de grote minnaar, had blijkbaar heel wat minder verstand van vrouwen dan hij dacht. Hij zou maar eens beginnen met een douche nemen en zich aankleden, al was het alleen maar om zijn goede wil te tonen. Nadat hij dat had gedaan, sloop hij terug naar de keuken om koffie te maken en een paar pijnstillers in te nemen tegen de kater.

Even later kreeg hij gezelschap van zijn vader. 'Dat kan nog gezellig worden vandaag,' was het eerste wat hij zei. 'Jullie weten de vrouwen wel tegen je in het harnas te jagen, zeg.'

'Houd op. Zal ik je helpen met die kalkoen?'

'Ja, graag. Kunnen we daarna de brunch maken.'

'O, daar ben ik goed in,' zei Jack. 'Heb je trouwens gezien dat Brie er is?'

'Dat is me niet ontgaan,' zei Sam. 'Wat me ook niet is ontgaan, is dat twee van de vijf getrouwde vrouwen in mijn familie de nacht niet bij hun man hebben geslapen.'

'Houd op, pa. Ik krijg straks al op mijn lazer, doe er nu niet nog even een schepje bovenop, alsjeblieft.'

'Zoals je wilt, jongen,' reageerde hij droogjes. 'Als je nu echt in de nesten zit, neem haar dan mee naar mijn werkkamer en laat haar al je medailles zien. Zeg dat je minstens tien keer aan de dood ontsnapt bent en dat je heus niet bang bent voor haar.'

Jack wierp zijn vader een boze blik toe. Sam lachte hem uit; hij leek zich kostelijk te amuseren. Snel ging hij tot actie over. Hij fruitte de fijngesneden uitjes en selderijstengels, maakte de kalkoen schoon, mixte de ingrediënten voor de vulling, schilde de aardappelen. Mel werd altijd week vanbinnen als ze hem zo bezig zag, wist hij.

Brie was de eerste van de vrouwen die in de keuken verscheen. Ze had een van de lange flanellen nachthemden van Mel aan, die Mel alleen bij zich had wanneer ze uit logeren ging. Thuis droeg ze ze nooit.

'Goedemorgen, pa.' Brie omhelsde haar vader. 'Ik kon het gisteren gewoon niet opbrengen om naar huis te gaan.'

Ach arm kind, dacht Jack. Hij kon Brad wel vermoorden.

'Ik ben blij dat je hier bent blijven slapen, schat,' zei Sam. 'Je weet toch dat je hier altijd welkom bent? Blijf hier gerust vannacht ook maar, als je daar zin in hebt.'

'Ik zal wel zien.' Ze verborg haar gezicht tegen zijn schouder.

De volgende die haar opwachting maakte, was Mel. Slaperig kwam ze de keuken binnen. Ze liep rechtstreeks naar haar man en sloeg haar armen om hem heen. 'Denk vooral niet dat ik het je heb vergeven,' fluisterde ze toen ze hem hoorde zuchten van verlichting. 'Maar tijdens kerst wordt er niet gestraft.'

Glimlachend drukte hij zijn lippen op haar kruin. De ervaring had hem geleerd dat dat uitstel van executie meestal tot afstel leidde. Als Mel niet kwaad genoeg was om het hem meteen op zijn brood te geven, dan was het meestal niet de moeite waard.

In Virgin River verliepen de kerstdagen een stuk rustiger. Voor het eerst sinds de opening was de kroeg de hele dag gesloten. Christopher had zijn kerstcadeaus 's ochtends al mogen openmaken, waardoor hij de rest van de dag zoet was. Preacher had geroosterde eend gemaakt, en Paige had de pasteien voor haar rekening genomen. Tegen een uur of vijf was Mike gekomen. Hij had voor iedereen een kerstcadeau gekocht: een paar kinderboeken voor Chris, een groene kasjmier trui voor Paige, die perfect bij haar ogen paste, en voor Preacher een doos vol keukengerei dat alleen in gespecialiseerde winkels verkrijgbaar was.

'O, leuk!' riep Preacher enthousiast uit.

'Vraag me niet waar het voor is, want ik heb geen idee,' zei Mike. 'Maar volgens de winkel waren het echt dingen voor iemand die graag in de keuken staat.'

'Eens kijken wat we hier hebben... Een dienblad met thermostaat. Dat zoiets bestaat, zeg! Een speciale zeef om saus van klonten te ontdoen; die heb ik niet nodig want mijn sauzen klonteren niet. Een tang om vis of vlees in één keer mee om te draaien, een rasp. Goed bedacht, Mike,' zei hij grijnzend.

Toen ze aan tafel gingen, zag Mike tot zijn genoegen dat Paige speciaal haar nieuwe trui had aangetrokken. Nu pas viel hem op dat ze een diamanten hangertje om haar hals had. 'Mooi,' merkte hij op. 'Is dat soms een kerstcadeautje van Preacher?'

Ze knikte stralend en raakte automatisch de diamant aan. Het was een fantastisch cadeau. Wie had kunnen denken dat Preacher verstand van sieraden had? Dat hij überhaupt wist dat er zoiets bestond? 'Ik zit er wel een beetje mee dat we niets voor jou hebben, Mike. Je hebt ons zo schandalig verwend,' zei ze.

'Onzin. Daar moet je niet mee zitten, Paige. Dat ik hier gezellig bij jullie de feestdagen mag doorbrengen, is het mooiste kerstcadeau dat jullie me hadden kunnen geven,' zei hij uit de grond van zijn hart.

'Heeft je familie vandaag nog wat van zich laten horen?' informeerde ze.

'Wat heet. Ik denk dat ik ze bijna allemaal aan de lijn heb gehad. De hele meute zat natuurlijk bij mijn ouders.'

'Had je nu niet liever bij ze willen zijn?' vroeg Preacher, die intussen de eend aansneed.

'Nee, ik vind het nog te vroeg om me te vertonen. Ik ga pas terug als ik kan laten zien dat ik vorderingen heb gemaakt. Ik ben nog niet toe aan al die drukte; ik heb een beetje ruimte nodig; daar word ik volledig opgegeten. Tja, latino's, hè. Erg warm en hartelijk, maar ook erg expressief, veeleisend en bemoeizuchtig. Ze zitten de hele dag op je nek – met alle goede bedoelingen overigens. Nee, ik ga niet terug voordat ik mijn rechterhand goed genoeg kan gebruiken om zelf het vlees op mijn bord te snijden.'

'Daar kan ik in komen,' zei Preacher. 'Maar dat gaat gebeuren, let op mijn woorden.'

Na het eten gingen de mannen voor het vuur zitten kaarten. Paige ruimde intussen af en deed daarna Christopher in bad. Niet lang daarna kwam het jochie beneden met een boek onder zijn arm. Hij kroop bij Preacher op schoot alsof hij dat zijn hele leven al had gedaan.

'Welk boek heb je voor me meegenomen?' vroeg Preacher.

'Horton.'

'Alweer? Dat lezen we elke avond al. Wil je niet eens een ander boek proberen?'

Chris schudde zijn hoofd en wees op de omslag van het boek. 'Mazy, de luie vogel...'

Mike draaide zijn stoel naar de haard en strekte zijn benen voor zich uit. Preacher sloeg het boek open en begon voor te lezen, al kon hij het verhaal wel dromen. Zo nu en dan liet hij met opzet een zinnetje weg, dat prompt door Chris werd aangevuld.

Die Preacher toch, dacht Mike. Zat hij hier met een peuter op schoot, goedig voorlezend met die diepe, ietwat schorre stem van hem... Alsof hij zijn leven niet anders had gedaan. Een kerel die je maar beter niet als tegenstander kon hebben. Er kwam een beeld bij hem boven van zijn vriend in gevechtstenue met een M16 in de aanslag en een moordende blik in de ogen... een vent die in staat was om een heel leger in de pan te hakken. Mike wierp een zijdelingse blik op hem: de vechtmachine was een brave huisvader geworden, een grote lieve knuffelbeer. Betrouwbaar. Geduldig. Toegewijd.

Na een paar minuten hield Preacher op en gaf het slapende jongetje een zoen op zijn bol. 'Ik ga hem even naar boven brengen,' zei hij. 'Schenk jij ons intussen wat in, Mike? Ik ben zo weer terug.'

Mike liep naar de bar en kwam terug met twee glazen en een fles Canadese whisky die Preacher altijd dronk. Toen Preacher weer beneden kwam, hief Mike zijn glas. 'Op jou, oude jongen,' zei hij. 'Naar mijn idee heb je het prima voor elkaar.'

'Ja, daar drink ik op,' beaamde Preacher. 'Het is namelijk echt zo. Als al dat gedoe met Lassiter eenmaal achter de rug is en we in rustiger vaarwater terecht zijn gekomen, kunnen we huwelijksplannen gaan maken en aan gezinsuitbreiding gaan denken...' Hij haalde diep adem. 'Ik had nooit gedacht dat dat voor me weggelegd was.'

Mike wist niet wat hij hoorde, maar hij liet niets merken. 'Goh, van harte gefeliciteerd, Preacher. Kennelijk is het toch de bedoeling; anders was het nooit zo gelopen.'

Preacher schudde zijn hoofd alsof hij het zelf nog altijd niet kon geloven.

Mike grinnikte. Fijn voor hem, dacht hij. Hij heeft zo lang op het geluk moeten wachten. 'Ze is een moordvrouw, Preacher.'

'Is het je opgevallen hoe keurig dat kleine ventje zich aan tafel gedroeg?' vroeg Preacher. 'Dat komt doordat Paige zo'n goede moeder is.'

'Ze zal ongetwijfeld ook een goede echtgenote zijn.'

'Er zijn anders nog wel een paar hobbels te nemen. Die geschiedenis met haar ex-man bijvoorbeeld. Die is op het moment weer actueel,' zei Preacher.

Mike ging op het puntje van zijn stoel zitten. 'Hoezo?

'Hij heeft hierheen gebeld. Dat mag hij helemaal niet, maar hij heeft het toch gedaan.'

'Heb je dat gemeld?' vroeg Mike.

'Ja. We hebben Paige' advocaat meteen gebeld, en die zou contact opnemen met de rechter. Paige heeft Lassiter gelukkig niet zelf gesproken, maar ze weet dat hij heeft gebeld. Ik ga dat ook niet voor haar geheimhouden. Hij heeft een paar keer gebeld in de hoop haar aan de lijn te krijgen. Hij zou Chris graag de weekends hebben en wilde weten of daarover iets af te spreken valt. Ik krijg al de rillingen bij het idee, weet je dat?'

'En hoe is Paige eronder?'

Preacher haalde zijn schouders op. 'Ze schrok er natuurlijk van, maar ze houdt zich goed. Ik vind haar ontzettend moedig. Ze krijgt ook met de dag meer zelfvertrouwen. Ze laat zich er niet door meeslepen, ook al veroorzaakt het een hoop onrust. Als de rechter op het onzalige idee komt om het verzoek van die hufter in te willigen, dan zou ik wel eens in de verleiding kunnen komen om er met Paige en Chris vandoor te gaan.' Hij nipte aan zijn whisky. 'Dat mag ik niet laten gebeuren. Paige en Chris rekenen op me.'

'Ja,' mompelde Mike. 'Dat begrijp ik.'

'Begrijp je dat?'

'Natuurlijk. Als man heb je je vrouw te beschermen, je gezin. Koste wat het kost.'

'Zodra de kerstdagen achter de rug zijn, zullen we Brie even bellen. Zij heeft vaker met dit bijltje gehakt. Bovendien kent ze iedereen in Californië. Misschien kan ze ons adviseren.'

'Dat zou ik zeker doen,' zei Mike.

'Ja,' zei Preacher. 'Ik heb altijd gedacht dat een gezinsleven er voor mij niet in zat. Ik had het hier in Virgin River best naar mijn zin, een beetje vissen, een beetje in de keuken staan. Ik verwachtte niet anders dan dat ik dat de rest van mijn leven wel zou blijven doen. Erg veel vrouwen zijn hier niet en komen hier ook niet. En op een dag komt er een binnenlopen die me nog nodig heeft ook…'

'Ze heeft je niet alleen nodig,' zei Mike. 'Ze is dol op je.'

'Ja, inderdaad.'

'Jack getrouwd en straks jij ook,' zei Mike hoofdschuddend. Degenen van wie hij het het minst had verwacht. Jack, de man die altijd wel ergens een liefje had zitten, maar niet aan een vaste verbintenis moest denken en Preacher, aan wie het bestaan van vrouwen volledig voorbij leek te gaan.

Preacher lachte. 'Tja, het kan vreemd lopen in het leven, hè?' zei hij. 'Als je bedenkt hoeveel vriendinnen Jack niet heeft gehad. Je had hem moeten zien. Hij had haar nog niet gezien of hij was verkocht. Binnen dertig seconden was er niets meer van hem over. Hij was betoverd.'

'O ja?'

'Toen werd het pas echt leuk,' ging Preacher verder. 'Ze moest namelijk niets van hem hebben.'

'Maar de laatste keer dat ik hier kwam vissen met de andere jongens, had ik anders de indruk dat hij haar aan de haak geslagen had. Het eerstvolgende dat ik hoor, is dat ze zwanger is en dat ze gaan trouwen. Ik dacht toen nog dat hij eindelijk tegen de ware was aangelopen.'

Preacher floot zachtjes tussen zijn tanden. 'Nee, hoor. Zo gemakkelijk ging het allemaal niet. Hij ging als een bronstige eland achter haar aan natuurlijk, maar ze bleef ongrijpbaar. Hij verbouwde ongevraagd haar hele huis, maar het is maar de vraag of dat hem zelfs maar een kus opleverde. Als ze zich dan eens in de kroeg liet zien, begon hij te stralen. Zodra ze weer vertrokken was, wist hij niet hoe snel hij onder de douche moest springen, de arme jongen. Maanden heeft hij achter haar aan gezeten. Ik denk eigenlijk dat ze de eerste was die nee tegen hem zei.'

Tegen mij zeiden ze ook allemaal ja, dacht Mike.

'Als je ze nu samen ziet, zou je denken dat ze elkaar nog van school kennen,' zei Preacher. 'Dat is precies het gevoel dat ik met Paige heb,' voegde hij eraan toe. 'Het is alsof ze er altijd al geweest is.'

'Je mag in je handjes knijpen, oude jongen,' zei Mike. Hij dronk zijn glas leeg en maakte aanstalten om op te stappen. 'Ik ga maar eens naar huis, denk ik. Hebben jullie nog wat aan je avond.'

'Nu al? Paige is toch nog bezig met het opbergen van Chris' nieuwe speelgoed.'

'Ja, ik ga naar huis. Ik heb zin om een beetje bijtijds mijn nest in te duiken. Bedankt, hè? Het was een fantastisch diner. Je hebt jezelf overtroffen.' Hij strekte zijn rug, toen zijn arm. 'Ik zie jullie morgen weer. Nogmaals bedankt voor een fijne kerst.'

Ja, dacht Mike. Het kon vreemd lopen in het leven. Zelfs deze twee verstokte vrijgezellen waren voor de bijl gegaan, en hoe! Als was waren ze in de poezelige handjes van hun vrouwen.

Mike was er altijd vanzelfsprekend van uitgegaan dat hij wel aan deze of gene zou blijven hangen. Misschien dat hij juist door die vanzelfsprekendheid iets te achteloos het huwelijksbootje in was gestapt. Zijn broers hadden thuis een gezellige mollige vrouw en een hele sliert kinderen. Zijn zussen waren ook allemaal gelukkig getrouwd en hadden eveneens voor het nodige nageslacht gezorgd. Maar hij had twee huwelijken naar de filistijnen geholpen doordat hij de huwelijkstrouw aan zijn laars had gelapt en geen moment stil had gestaan bij de consequenties. Enfin, dat probleem had hij nu niet meer.

Als hij Preacher en Jack zo zag, bedacht hij dat het heerlijk moest zijn om iemand te hebben van wie je zo veel hield, dat je haar nooit meer kwijt wilde... Hij had nog nooit een vrouw ontmoet die dat gevoel in hem had gewekt, en dat was misschien maar goed ook, dacht hij er meteen achteraan. Zijn – uiteraard – mooie, toegewijde, sexy vrouw zou nu immers niets meer aan hem hebben, en waarschijnlijk zelfs nooit meer. Door die drie kogels kon hij het vinden van een levenspartner verder wel vergeten. In dat geval zou hij kunnen overwegen om zich hier in Virgin River te vestigen, want op de een of andere manier leek het hier gemakkelijker om alleen te zijn dan op veel andere plaatsen in de wereld. Hier had hij goede vrienden en zat hij midden in de natuur. Met een beetje goede wil en door veel te oefenen zou hij kunnen leren vissen en schieten met zijn linkerhand.

Op de terugweg naar Virgin River sloeg Jack vlak buiten het dorp een bekend zijweggetje in.

'Wat is dat nu?' vroeg Mel.

'Even een korte tussenstop,' antwoordde hij, terugschakelend naar de laagste versnelling. Boven op de heuvel zette hij de auto stil.

'Wat doen we hier?'

Hij deed het handschoenenkastje open en haalde er een lijvige map uit die hij haar in de hand stopte. 'Vrolijk kerstfeest, Mel. Dit stuk grond is nu van ons. Hier ga ik voor jou een huis bouwen.'

'O,' bracht ze ademloos uit. 'O, hemel...' De tranen sprongen haar in de ogen. 'Hoe heb je ze zover gekregen om het toch aan jou te verkopen?'

'Zo moeilijk was dat niet, hoor. Toen ik ze vertelde dat het voor jou was, was het geen enkel punt. Je weet niet half hoe geliefd je bij de mensen bent.'

Dit was wat ze had gehoopt te vinden toen ze had besloten naar Virgin River te komen: een dorp met vriendelijke mensen die haar hulp op prijs zouden stellen. 'Ik ben ook erg aan dit dorp verknocht geraakt... Om over jou maar niet te spreken, Jack. Dit is echt fantastisch.'

Een tijdlang bleven ze in de auto hardop zitten dromen over hoe hun toekomstige huis eruit moest gaan zien.

'Ik zou een ruime zitkamer willen met een open haard en een grote eetkeuken waarin we je familie te eten kunnen hebben,' zei Mel.

'En een geluiddichte ouderslaapkamer,' voegde Jack eraan toe.

'En een badkamer met een groot bad en twee wastafels.'

'Drie kleinere slaapkamers. En misschien een apart gastenhuis, een kamer met een koelkast en een badkamer. Voor het geval mijn vader, je weet wel –'

'Voor het geval je vader... Ga eens door.'

'Voor het geval hij bij ons wil komen. Straks, als hij oud is, bedoel ik.'

'Denk je niet dat hij liever bij een van je zussen zou willen wonen?'

Jack moest lachen. 'Volgens mij probeert hij al jaren bij ze weg te komen. Is het je niet opgevallen hoe bemoeizuchtig ze zijn? O, nee. Dat zal wel niet, want –' Hij hield abrupt zijn mond toen ze hem dreigend aankeek. Oeps, dacht hij. Opgepast. 'Want jullie kunnen het allemaal goed met elkaar vinden,' besloot hij.

'Daar heb je je netjes uit gered, jongetje,' zei ze. 'Waarom zoveel slaapkamers, als ik vragen mag?'

Hij haalde zijn schouders op. 'Je kunt niet weten. Misschien krijgt Emma nog gezelschap.'

'Jij dacht aan een broertje of een zusje? Maar Jack, het is al zo'n wonder dat ik überhaupt zwanger geworden ben!'

'Dat is zo, maar toch –'

'Zoveel geluk heb je maar één keer in je leven,' zei ze. Ze huiverde onwillekeurig.

'Wat was dat nou?'

'Ik kan het niet helpen. Dat overkomt me elke keer als ik terugdenk aan die nacht... Onze eerste nacht samen. Volgens mij was het raak op het moment dat je me....'

Daar was hij wel zeker van. 'Dus toch maar een paar extra slaapkamers,' zei hij.

'O, en voor ik het vergeet, Jack...'

'Hm?'

'Geen opgezette dieren aan de wand.'

'Ai...'

'Nee, ik wil het niet hebben.'

Jack en Mel zetten hun ideeën op papier en maakten een voorlopig ontwerp. Ze stuurden het naar Joe Benson, die met Jack in Irak had gezeten en die een architectenbureau in Grants Pass, Oregon had. Hij was verguld met de opdracht, en op een dag in januari kwam hij naar Virgin River om de bouwtekeningen te laten zien.

Mel zat net aan de bar met Jack te kletsen toen Joe de kroeg binnen kwam. Zodra Mel de grote koker die hij onder zijn arm had in het oog kreeg, liet ze zich van haar barkruk glijden.

Joe bleef glimlachend staan en liet een warme blik over haar gestalte gaan. 'Kijk nu toch eens,' bracht hij ademloos uit. 'Je bent werkelijk prachtig.'

Mel lachte. Grappig dat al die kerels plat gingen voor een zwangere vrouw. Zo'n dikke buik vonden ze allemaal kennelijk erg sexy. Niemand wist zo'n positieve houding meer op waarde te schatten dan een verloskundige.

Joe legde de rol op het dichtstbijzijnde tafeltje en stak zijn handen aarzelend naar haar uit.

'Ga je gang,' zei Mel.

Dat liet hij zich geen twee keer zeggen. Voorzichtig legde hij zijn handen om haar buik heen. 'O, Mel...' Toen omhelsde hij haar. 'Rijp om geplukt te worden,' zei hij. 'Zo mooi ben je, zo mooi.'

'Hallo! Ik sta hier, hoor!' riep Jack van achter de bar.

Joe lachte. 'Ik kom zo bij je, jochie. Ik heb momenteel mijn handen vol.'

'Ja, dat zie ik,' merkte Jack op. 'Met mijn vrouw.'

'Jij bent toe aan een eigen vrouw,' constateerde Mel. Dit was net zo'n exemplaar als Jack: een grote, knappe, lieve man die, terwijl hij de vijfendertig al moest zijn gepasseerd, nog altijd ongebonden was.

'Daar heb je volkomen gelijk in.' Hij raakte haar neus even aan. 'Als jij er nu eens een voor me opduikelde?'

'Daar zal ik onmiddellijk werk van maken.' Ze maakte zich los uit zijn omhelzing en pakte de bouwplannen van tafel.

Nadat ze ze samen uitgebreid bekeken hadden, nam Jack Joe mee om hem het terrein te laten zien. Omdat het zo'n vier tot zes uur rijden was naar Grants Pass, ging Joe pas de volgende dag terug, na een gezellige avond met Preacher, Paige en Mike te hebben doorgebracht.

De bouwplannen lagen het grootste deel van de tijd in de kroeg. Mensen die wisten dat Jack een huis ging bouwen, vroegen of ze ze mochten inzien.

'Ruimteverspilling,' mompelde dokter Mullins bij het zien van de geplande afmetingen van de keuken.

'Onzin, ik wil nu eenmaal graag een ruime keuken,' wierp Mel ertegenin. Hoewel, waarvoor eigenlijk, vroeg ze zich opeens af. Meestal was Jack degene die kookte – ook thuis. 'Jack wil graag een grote keuken,' gaf ze toe.

'Die Jack,' zei Connie. 'Die heb je toch maar goed getraind.'

'Zo kreeg ik hem,' zei Mel grijnzend.

'Wat een ruime wc,' zei Connie. 'Zo een zou ik thuis ook wel willen hebben.'

'Waarom? We hebben een ruime wc,' zei Ron. 'Een gat in de grond zou in feite genoeg zijn.'

Telkens wanneer Jack en Mel zich over de bouwplannen bogen, was er altijd wel iemand die over hun schouder meekeek. Toen Mel op een ochtend even naar de overkant wipte voor een kopje koffie, trof ze Preacher en Harv aan, die samen de bouwtekeningen stonden te bestuderen. Ze maakte meteen rechtsomkeert en liep buitenom naar achteren, waar Jack hout stond te hakken. Hij hield op zodra hij haar aan zag komen.

'Heb je gezien wat daarbinnen gebeurt?' vroeg ze. 'Preacher en Harv hangen boven de bouwtekeningen. Ons huis is een gemeenschapsproject geworden!'

'Ja, ik weet het. Maak je niet druk; het wordt toch zoals wij het willen hebben.'

'Vind je het dan niet vervelend dat iedereen er maar zijn mening over geeft? Die meestal haaks op de onze staat bovendien!'

Hij grinnikte. 'Ik heb al mensen ingehuurd om het terrein bouwklaar te maken,' vertelde hij. 'In de eerste week van februari gaan ze van start. Er moeten bomen worden gekapt; de grond moet opgehoogd worden, en de weg erheen verbreed. Ik heb ze meteen gevraagd om de omgehakte boomstammen van takken te ontdoen en bij elkaar te leggen. De komende winter zullen we dus genoeg haardhout hebben.'

'Het gaat gebeuren... Het gaat echt gebeuren, Jack.'

'Ja. Het gaat nu echt gebeuren.'

'Denk eraan, hè? Geen dode beesten aan de muur.'

Vrolijk fluitend maakte Rick de ijsblokjesmachine onder de bar schoon.

'Vergis ik me of gaat het tegenwoordig wat beter met je?' vroeg Preacher.

Rick kwam overeind. 'Ja, het gaat inderdaad stukken beter. Dat hebben we aan Jack te danken; hij heeft met Connie gesproken.'

'Ja? En waar heeft dat toe geleid?'

'We hebben een paar dingen uitgesproken,' antwoordde Rick. 'Lizzie woont nu bij mij. Ik moet haar een beetje in het oog houden. Preach. Ze heeft vaak geruststelling nodig, weet je.'

'Ik snap het. Heel goed.'

'We slapen nu samen. Ik heb het gevoel dat een beetje leven in huis mijn grootmoeder ook goeddoet. Ze heeft vroeger al eens gezegd dat ik later het huis zou krijgen. Erg veel ruimte hebben we natuurlijk niet, maar voorlopig is het genoeg. We hebben al een wiegje, dat staat bij ons op de kamer, en nog een paar andere dingen voor de baby. Lizzie helpt overdag een paar uur in de winkel; na de kerst is ze niet meer terug naar school gegaan. Ze is wat vrolijker en heeft iets minder last van angstaanvallen. Ze zal wel veel lessen missen, want als de baby er eenmaal is, zal ze ook niet onmiddellijk weer naar school gaan, vermoed ik. Maar goed, dat zien we later wel. Ik kan nu tenminste weer naar mijn eindexamen toewerken.'

'Jullie willen de baby graag houden?' vroeg Preacher.

'Ik kan niet anders, man. Het zal niet gemakkelijk worden, ik weet het. Ik kan voor de baby zorgen wanneer zij op school zit, en wanneer zij 's middags thuis is, kan ik komen werken. Tot een uur of acht, negen of gewoon tot sluitingstijd. We gaan eerst maar eens een jaar of twee samenwonen voordat we gaan trouwen. Dan zijn we ook wat ouder.'

'Wat ga je na je eindexamen doen? Studeren?'

Rick lachte. 'O, daar heb ik me al maanden niet meer mee beziggehouden.'

'Je hebt gelijk, jongen. Alles op zijn tijd. Er bestaat ook nog zoiets als een deeltijdopleiding. Je hebt alle tijd; per slot van rekening ben je pas zeventien.'

'Dat zei Jack ook al...'

Preacher grinnikte. 'Goh, je meent het.' Ze hadden het er natuurlijk uitgebreid over gehad.

'Jullie zijn echt niet te geloven,' zei Rick hoofdschuddend. 'Betere vrienden had ik me niet kunnen wensen.'

'Jij mag er anders ook zijn. Je moet gewoon niet in paniek raken. Vaak vallen de dingen vanzelf op hun plaats.'

'Tja, misschien heb je gelijk.'

'Nee, dat is echt zo. Tot nu toe heb je je heel goed gehouden; dat mag best eens gezegd worden. Wij oudjes zijn echt trots op je.'

's Middags liep Mel weer even binnen. Jack was er niet; hij had Mike meegenomen naar hun stuk land om schietoefeningen te doen, vertelde Preacher.

'En waar is Paige?' vroeg ze.

'Die is even gaan liggen, denk ik. Toen ze Chris naar bed bracht voor zijn middagslaapje, zei ze dat ze dat misschien ook maar ging doen.'

Mel wierp een blik op haar polshorloge. Haar volgende patiënt kwam pas over een klein halfuur, misschien was dit wel een goed moment om Preacher alleen te spreken. Ze hees zich op een kruk pal tegenover hem.

'Paige ziet eruit alsof ze erg gelukkig is,' begon ze.

Preacher kreeg een zachte uitdrukking op zijn gezicht. 'Ja,' zei hij. 'Ik kan het nog steeds niet geloven.'

Mel grinnikte. 'Heb je iets fris voor me?' vroeg ze. 'Er is iets waarover ik het even met je wilde hebben...'

'O?' Hij zette de bestelling voor haar neer.

'Herinner je je nog die keer dat Jack een paar maanden geleden, toen de jongens hier een paar dagen waren om te vissen, volledig instortte? Hij had zo veel gedronken, dat hij naar bed gedragen moest worden. Jij zei toen iets in de trant van dat hij soms opeens door het verleden overvallen werd en dat het dan even duurde voor hij weer helemaal zichzelf was.'

Preacher knikte, keek haar afwachtend aan.

'Je weet dus wat er met hem aan de hand was, neem ik aan? Je hebt zelf in oorlogsgebieden gezeten; het zal vast wel eens ter sprake zijn gekomen.'

Hij keek haar zwijgend aan.

'PTSS, posttraumatische stressstoornis.'

'Heeft hij daar soms weer last van gehad?' vroeg Preacher.

'Nee, nee. Het gaat prima met hem. Ik houd hem wel in de gaten natuurlijk, maar ik wilde je even iets vertellen. Ik was ooit eens bevriend met een vrouw die ook in het ziekenhuis werkte, net als ik. Ze had een bestuursfunctie en was een stuk ouder dan ik. Een aardige intelligente vrouw. In de tijd dat ik haar leerde kennen, was ze twintig jaar getrouwd. Op een avond na een glas wijn vertrouwde ze me toe dat ze dit haar tweede huwelijk was en dat ze daarvoor getrouwd geweest was met een man die haar regelmatig in elkaar sloeg. Ofschoon ze erg gelukkig was met haar tweede man, wilde het verleden haar nog wel eens parten spelen. Soms zag ze iets in zijn gezicht of hoorde ze iets in zijn stem wat oude gevoelens in haar opriep – doodsangst, woede – terwijl hij zich van geen kwaad bewust was. Ze ging dan aan alles twijfelen, raakte haar zelfvertrouwen kwijt en functioneerde nauwelijks meer. Het was net of haar systeem zich vanzelf afsloot, een overlevingsstrategie uit haar vorige huwelijk. Daar kwam nog bij dat ze zich vreselijk schuldig voelde jegens haar tweede man, die immers niets verkeerd had gedaan.'

Preacher schraapte zijn keel. 'Je waarschuwt me dat ik Paige onbedoeld zou kunnen herinneren aan die hufter?'

'Nou, nee,' zei Mel. 'Het ligt iets subtieler. Iets onschuldigs kan geassocieerd worden met iets wat in het verleden is gebeurd –'

'Ik begrijp geloof ik wel wat je bedoelt,' zei Preacher langzaam. 'Het is net zoiets als een oorlogsveteraan die bij het geluid van vuurwerk overvallen wordt door het gevoel dat hij weer midden in de strijd staat.'

'Precies,' zei ze. 'En er is nog iets: schaamte. Mijn vriendin vertelde dat ze op dat soort momenten verteerd werd door schaamte en zelfverwijt – over het feit dat ze in zo'n situatie terechtgekomen was, dat ze het zover had laten komen, dat ze niet eerder weggegaan was. Waarom een mishandelde vrouw zich schaamt, terwijl ze niets misdaan heeft, is onbegrijpelijk, maar het is nu eenmaal zo. Het is wel belangrijk dat je dit weet. Houd er rekening mee dat je er in de toekomst mee geconfronteerd kunt worden.'

Het bleef even stil. 'Is er iets wat ik in zo'n geval kan of moet doen?' vroeg hij toen.

'Nee,' antwoordde ze. 'Als je het gevoel hebt dat ze ergens mee zit of als je een verandering in haar gedrag constateert die je nergens aan kunt toeschrijven, kun je overwegen om therapeutische hulp te zoeken. Het kan ook best zijn dat Paige nergens last van heeft. Ik zeg het alleen maar voor het geval zich wel zoiets voordoet. Ik denk dat je gewoon moet blijven doen wat je altijd al doet: lief voor haar zijn. Geduld met haar hebben. Haar laten merken dat je het begrijpt en dat je haar niets kwalijk neemt. Wat ik die nacht met Jack heb gedaan? Hem stevig vastgehouden en gezegd dat het goed was.'

Preacher keek haar aan. 'Die vriendin van je, hè? Als ze in zo'n, eh… staat was, kon ze dan ook opeens niet meer van haar man houden? Ik bedoel –'

'Nee. Hij was juist haar houvast. Hij had haar het leven gered. Hij beschermde haar. Hij hielp haar altijd weer op het rechte spoor, gewoon door van haar te houden. Net als bij Jack. Het is belangrijk om lieve mensen om je heen te hebben die je het gevoel geven dat je veilig bent.'

Er verscheen een klein glimlachje om zijn lippen.

'Als je ooit het gevoel hebt dat er iets mis is, aarzel dan niet om bij me aan te kloppen. Ik ben dit eerder tegengekomen; ik kan je helpen.' Ze keek op haar horloge.

'Nu moet ik ervandoor. Ik verwacht zo een patiënt.' Ze liet zich van haar barkruk glijden.

Hoofdstuk 15

Wes Lassiter had een schuldbekentenis afgelegd, waarna zijn advocaat en de openbare aanklager tot een schikking waren gekomen. Hij hoefde dus niet op de zitting te verschijnen. Niet dat dat reden voor Paige was om opgelucht adem te halen. De rechter liet weliswaar zijn ongenoegen blijken over het feit dat Lassiter toch contact met Paige had opgenomen, maar veroordeelde hem uiteindelijk tot vijf jaar voorwaardelijk, waarvan vijfenveertig dagen onvoorwaardelijk plus een werkstraf van tweeduizend uur. Verder legde de rechter hem de verplichting op om zich dagelijks bij een groep voor ex-druggebruikers te melden; het contactverbod en de voogdijtoewijzing bleven van kracht, en de celstraf ging onmiddellijk in.

'Ik begrijp dat het niet zo voelt, maar je bent aan de winnende hand,' zei Brie tegen Paige over de telefoon. 'Hij heeft de afspraken aan zijn laars gelapt door te proberen contact met je op te nemen, dus zal hij moeten zitten. Vijfenveertig dagen is kort, maar misschien genoeg om tot inkeer te komen. Vergeet niet dat het geen pretje is in de gevangenis; de sfeer is er keihard, en het is er niet ongevaarlijk. Er gaan geruchten dat Lassiter zijn huis zal moeten verkopen om zijn advocaat te kunnen betalen, en dat zou betekenen dat jij ook jouw deel van het geld krijgt.'

'Nou en?' zei Paige. 'Dat interesseert me allemaal niet, en dat geld al helemaal niet. Het enige wat ik wil, is vrij zijn, en dat kan pas als ik zeker weet dat ik niets meer van hem te vrezen heb.'

'Ik weet het,' zei Brie, 'maar je kunt het ook zo zien: als hij na die vijfenveertig dagen cel weer in de fout gaat, gaat hij zonder pardon voor tien jaar achter de tralies. Dat is beter dan dat hij nu drie tot vijf jaar had gekregen.'

'Nou, zo voelt het anders helemaal niet,' mompelde Paige.

'Logisch, je bent bang,' zei Brie. 'Dat zou ik ook zijn. Maar geloof me, dit is goed. Hij zal goed in de gaten worden gehouden. Hij heeft vijf jaar voorwaardelijk gekregen, dus één faux pas, en hij zit meteen voor lange tijd vast. Hij zal dus wel uitkijken om op welke manier dan ook contact met je te zoeken. Misschien verhuist hij wel naar een andere staat. Persoonlijk denk ik niet dat hij ooit verandert; dus de hemel verhoede dat hij een nieuwe partner vindt.'

'Ik weet niet of ik daar nu zo vreselijk blij om moet zijn… Verschrikkelijk, je moet er toch niet aan denken!'

'Nee,' gaf Brie toe, 'maar zo is het leven nu eenmaal.'

Paige kreeg kort daarop inderdaad te horen dat het huis verkocht zou gaan worden en dat daarvoor haar handtekening nodig was. Haar juridisch adviseur stuurde haar een hele papierwinkel inzake de afwikkeling van de financiën en van andere zaken, zoals de hypotheek, verzekeringen, pensioenregelingen.

'Maak je je zorgen over je financiën?' vroeg Preacher aan haar op een rustig moment.

'Nee. Ik maak me zorgen over het feit dat ik nog steeds niet voorgoed van hem verlost ben. Ik heb er genoeg van om altijd maar in angst te moeten zitten.'

'Tja, dat begrijp ik, maar ik weet niet goed wat ik daaraan zou kunnen doen, behalve je beloven dat ik je altijd zal beschermen. Misschien troost het je dat je straks wat geld zult krijgen; het lijkt me een prettig idee om iets achter de hand te hebben voor noodgevallen. Je angst kan ik helaas niet wegnemen, Paige, maar weet dat ik alles doe wat in mijn vermogen ligt om je te helpen.'

'Dat weet ik, John. Het spijt me dat ik je heb opgescheept met zo'n neuroot die al schrikt van haar eigen schaduw.'

'Opgescheept met een neuroot? Zo zie ik dat niet, hoor.' Hij lachte. 'Ik ben maar een eenvoudige ziel. En over geld heb ik me al helemaal nooit druk gemaakt. Nu we het toch over geld hebben...'

'O, eigenlijk wil ik het er helemaal niet over hebben,' zei ze. 'Wes vond geld en bezit zo belangrijk. Hij was ervan bezeten; daarom moest hij zich ook zo uit de naad werken, om rijk te worden, veel te hebben, om te laten zien dat hij het had gemaakt in het leven. Ik krijg gewoon een vieze smaak in mijn mond bij de gedachte dat die cheque straks in de brievenbus valt. Waarschijnlijk ben ik niet eens in staat om hem te verzilveren.'

'Heel begrijpelijk,' zei Preacher, 'maar nu jij en Chris mijn familie zijn, hoef je je geen zorgen meer te maken over de toekomst, over Chris' toekomst.'

'Ach, John. Als ik mijn leven nu vergelijk met dat van vroeger, dan ben ik nu zoveel rijker. Ik heb alles wat ik nodig heb. Chris en ik zijn nu onvergelijkbaar veel beter af.'

Preacher besloot het onderwerp voorlopig maar even te laten rusten. Hij had het nooit over geld. Zijn moeder en hij hadden het vroeger niet echt breed gehad. Ze hadden in een uit grijze betonblokken opgetrokken huisje gewoond met twee slaapkamers en een kleine tuin. Hun straat had geen trottoirs gehad en was 's avonds onverlicht geweest. Zijn moeder had het huis goed onderhouden, al kon hij zich niet herinneren dat ze ooit een nieuw meubelstuk had gekocht. Bij haar overlijden was echter gebleken dat ze haar zaakjes goed had geregeld: ze had hem het huis plus een kleine som geld nagelaten. Maar hij was zeventien jaar oud geweest en niet geïnteresseerd in wat een bescheiden huis in een ietwat vervallen buitenwijk van Cincinnati zou opbrengen; hij had alleen maar zijn moeder terug gewild.

Na verloop van tijd had hij ingezien dat het leven nooit meer als vanouds zou worden, en toen hij het leger in was gegaan, had hij het huis van de hand gedaan. Het had uiteindelijk honderdveertigduizend dollar opgebracht – een enorm kapitaal voor een joch van amper achttien. Net als Paige nu, had hij er destijds niets voor gevoeld om de cheque te verzilveren; dus hij had hem veilig opgeborgen om het geld een paar jaar later in een beleggingsmaatschappij te stoppen. Aangezien het zo weinig voor hem had betekend, had hij het een tijdlang zonder gewetensbezwaren heen en weer geschoven.

In diezelfde tijd was hij voor het eerst in het bezit van een computer geweest. Naast vissen, jagen en lezen was ook het googelen op internet een geliefde vrijetijdsbesteding geworden. Na verloop van tijd was hij begonnen online te beleggen. In veertien jaar was het kapitaal van honderdveertigduizend dollar aangegroeid tot bijna negenhonderdduizend dollar.

Het had het leuk gevonden dat het meer was geworden, maar verder niet. Hij had er geen speciale bestemming voor gehad. Maar daar was sinds kort verandering in gekomen. Er was nu een mannetje dat over zo'n jaar of vijftien zou willen gaan studeren, en misschien kreeg hij er in de toekomst een paar broers of zusjes bij. Preacher kon natuurlijk doorgaan met het kopen en verkopen van aandelen, maar het leek hem verstandiger om een paar honderdduizend dollar in obligaties vast te leggen die niet koersgevoelig waren.

Hij zou Paige later nog wel eens vertellen dat het niet uitmaakte of ze die cheque nu inde of niet. Ze had echt alles wat ze nodig had. Alleen wist ze het nog niet.

Mel merkte dat haar gedachten regelmatig afdwaalden, een bekende klacht van zwangere vrouwen. Ze was in Clear River, waar ze zojuist de tank van de Hummer vol had laten gooien, en stond te wachten voor het enige stoplicht dat het dorp rijk was. Het duurde even voor het tot haar doordrong dat het licht intussen op groen gesprongen was, maar juist op het moment dat ze wilde optrekken, hoorde ze een klap, voelde een schok en schoot de Hummer naar voren. Toen ze met haar dikke buik vooruit en haar hand in haar onderrug uit de auto stapte, zag ze de man die achter op de Hummer gebotst was, zichtbaar verbleken. Ze herkende in hem meteen de man met de hoed die haar een paar maanden daarvoor onder dwang naar een caravan had gebracht om te helpen bij een bevalling.

Ze keek naar haar achterbumper; er zat een flinke deuk in. 'Shit,' liet ze zich ontvallen.

'Mankeer je niets?' vroeg de man nerveus. Hij was duidelijk in paniek.

'Ik geloof het niet, nee.'

'O, de hemel zij dank. Ik zou niet weten hoe ik je man onder ogen moest komen.'

'Ik ook niet.'

'Ik ben wel verzekerd, hoor, en ik heb ook mijn rijbewijs bij me. Zeg maar wat je nodig hebt. Weet je zeker dat je niets mankeert?'

'Doe nu even rustig, man,' zei Mel. 'Wacht hier gewoon even, ik ben zo terug. Niet stiekem ervandoor gaan, hè?'

'Nee, ik wacht,' mompelde hij. 'Ik wacht hier.'

Mel liep terug naar het tankstation, waar ze de Californië Highway Patrol waarschuwde. Daarna belde ze Jack toch maar even op. Ze vertelde wat er gebeurd was en zei erbij dat ze niets mankeerde hoewel ze wist dat dat hem er niet van zou weerhouden om onmiddellijk naar haar toe te komen.

Ongeveer een halfuur later was de CHP ter plaatse. Het zwaailicht werd aangezet om het verkeer weg te houden. Toen de agent op de Hummer af liep, zat Mel met een stethoscoop haar buik te beluisteren.

Bij het zien van Mels dikke buik, fronste de agent zijn wenkbrauwen. 'Zo... Bent u gewond?'

'Nee,' antwoordde ze, over haar buik wrijvend. 'Ik heb geen schrammetje.'

'Hm. U bent hoogzwanger.'

'Daar zou u wel eens gelijk in kunnen hebben.'

'Bent u soms arts?'

'Ik ben verloskundige.'

'Dan zult u zelf wel weten wat het beste voor u is,' zei hij.

Op dat moment kwam Jack aangescheurd. Hij zette zijn truck aan de kant en sprong eruit.

Mel keek de agent aan. 'Ik denk niet dat dat nog zo belangrijk is.'

Jack had zijn vriend met de hoed nog niet gezien, of hij liep paars aan van woede.

Snel legde Mel een hand op zijn arm. 'Ik weet dat het eigenlijk zijn schuld is, maar ik had niet door dat het licht op groen gesprongen was,' zei ze. 'Dus wind je niet zo op; laat het aan de politie over.'

Jack loerde naar de agent, die bezig was de gegevens van de man te noteren. 'Ik heb anders alle reden om me op te winden.'

'Als je toch wat wilt doen, ga dan even mee naar Grace Valley,' zei ze droogjes.

Veertig minuten later lag ze bij John Stone op de onderzoektafel voor een echo. Jack had het niet meer; verder leek niemand zich zorgen te maken. John vond het niet echt nodig om een echo te laten maken, maar zei dat het geen kwaad kon om te kijken of het daarbinnen nog allemaal in orde was.

Natuurlijk was alles in orde met de baby; ze was even beweeglijk als anders. Terwijl John het apparaat over Mels buik bewoog, keken June Hudson en Susan Stone naar de monitor.

'Krijg nou wat,' mompelde John.

'Oeps...' zei Johns vrouw.

'Dat gebeurt ook niet vaak,' merkte June op.

'Wat is er?' vroeg Jack ongerust. 'Wat zien jullie?'

'O nee, al die roze dingen die ik met kerst heb gekregen,' bracht Mel kreunend uit.

'Wat is er dan?' riep Jack opnieuw uit. 'Wat is er aan de hand? Is de baby soms niet orde?'

'De baby is kerngezond,' antwoordde John kalm. 'Het is alleen geen Emma; dat is zeker. Kijk maar: dijbeen, dijbeen, penis. Dat ik me zo heb kunnen vergissen! Daar gaat mijn reputatie.'

'Misschien was het te vroeg om het echt goed te kunnen zien,' zei June vergoelijkend. 'We hadden eigenlijk rond de twintig weken nog een echo moeten maken om er zeker van te zijn.'

'Ik heb het anders nooit mis,' hield John vol.

'Penis?' herhaalde Jack.

Mel keek hem aan. 'We zullen een andere naam moeten bedenken, Jack.'

Verwezen staarde hij haar aan. 'Een jongen,' mompelde hij. 'Wat moet ik met een jongen...'

'Wees dan maar blij dat je het nu weet.' June liep naar de deur.

Susan volgde haar voorbeeld. 'Ja. Kun je je er nog even geestelijk op voorbereiden.'

'Ik was er zo van overtuigd,' mompelde John. 'Ik voel me wel een beetje belazerd.'

Mel keek naar Jacks gezicht, waarop langzaam een grijns verscheen. 'Waar denk je aan, Jack?'

'Aan mijn zwagers. Ik kan me nu al verheugen op hun reactie.'

Mel wilde net de deur uit lopen om aan de overkant samen met Jack een hapje te gaan eten, toen Liz ondersteund door Connie de praktijk binnen strompelde. Het kruis van haar spijkerbroek was doorweekt, en ze hield een hand tegen haar buik gedrukt.

'Zo'n pijn,' jammerde ze. 'Ik heb zo'n pijn!'

'Rustig maar, schat.' Mel nam het meisje bij de hand. 'Laten we eens kijken wat er aan de hand is. Wanneer ben je voor het laatst bij dokter Stone geweest?'

'Een paar weken geleden nog. Au...' Ze kromp ineen.

'Zouden de weeën soms al begonnen zijn?' vroeg Connie ongerust.

'Misschien. We zullen het zo weten. Kom maar. Voordat ik kan zeggen of je naar het ziekenhuis moet, zal ik je eerst moeten onderzoeken.'

Mel en Connie hielpen Liz bij het uittrekken van haar broek en het aantrekken van een ziekenhuishemd, waarna ze op de onderzoektafel plaatsnam.

'Bedankt voor je hulp. Nu kan ik het verder alleen wel af,' zei Mel tegen Connie. 'Eens kijken wat er aan de hand is.'

'Tante Connie! Kun je Rick bellen?' riep Liz huilend uit. 'Alsjeblieft, zeg dat ik hem nodig heb.'

'Goed, kind.' Connie verliet de kamer.

Mel legde haar stethoscoop tegen de buik van Liz, die net weer begon te kermen en te kronkelen van de pijn. Mel wachtte geduldig met luisteren tot de pijngolf weggeëbd was, maar vond wel dat hij deze keer erg lang duurde.

Gaandeweg werd het kermen minder. Mel bewoog de stethoscoop over de buik en luisterde aandachtig. Toen hing ze hem weer om haar nek en pakte ze de doptone, een apparaat waarmee de hartslag van de foetus kon worden waargenomen.

'Het hartje klopt toch nog wel?' vroeg Liz tussen twee weeën door.

'Het is moeilijk te horen. Je baarmoeder is zo onrustig,' antwoordde Mel. 'Ik probeer het straks nog wel een keer. Laat ik eerst je baarmoeder maar eens bekijken.' Ze trok een paar rubberen handschoenen aan. 'Toe maar, Liz. Leg je benen maar in de beugels. Ik zal het rustig aan doen. Geen paniek, gewoon blijven ademhalen.'

Voorzichtig betastte ze het geboortekanaal. Zes centimeter, nee zeven. Bloederig vruchtwater.

'Het is zover, Liz,' zei ze. 'Je gaat bevallen.' Met bonzend hart pakte ze de doptone weer. De baby was ongeveer een maand te vroeg; de laatste vier weken van haar zwangerschap zou Liz wekelijks voor controle naar John Stone gaan, en de komende week zou ze voor het eerst gaan...

Mel nam haar bloeddruk op en beluisterde haar hart. Alles was normaal, gezien de omstandigheden. Ze probeerde de doptone nog maar weer eens. 'Wanneer is die kramp in je buik begonnen, Liz?'

'O, ik weet het niet. Ik heb er al zo'n beetje de hele dag last van. Ik wist niet wat het was, maar het werd wel steeds erger. Soms is het zo erg – net of iemand vanbinnen een mes omdraait.'

'Juist, ja. Is de baby erg onrustig geweest?'

'Dat niet. Ik had wel last van mijn rug... en zo nu en dan van kramp in mijn buik. Ik dacht dat het winderigheid was of zoiets.'

'Wanneer was de laatste keer dat je de baby voelde bewegen? Kun je dat zeggen?'

'Nee... Het is toch wel goed met hem?'

'Probeer zo eens adem te halen. Diep inademen en langzaam uitademen.' Mel deed het voor, maar zag al snel dat dat geen zin had. Ze liet Liz puffen, wat een stuk beter werkte. 'Goed zo. Blijf rustig zo doorademen. Ik zal even gaan kijken of Connie Rick intussen al heeft bereikt.'

'Goed.'

'Ik ben zo weer terug. Gewoon zo door blijven ademen, hè?'

Mel trok de deur achter zich dicht. 'Connie, heb je Rick al te pakken gekregen?'

'Hij was vlees gaan halen in Garberville, zei Jack. Hij verwachtte hem zo wel terug.'

'Zo? Wat moet ik me daarbij voorstellen? Zo dadelijk of pas over een halfuur?' wilde Mel weten. Ze had de neiging om het Liz zo snel mogelijk te vertellen: dat er geen hartslag was en geen beweging viel waar te nemen. Maar ze was zo jong en zo kwetsbaar en zo totaal afhankelijk van Rick.

'Ik kreeg de indruk dat Jack hem elk ogenblik terugverwachtte.'

'Mooi, eh... Liz heeft inderdaad weeën,' zei Mel. 'Ze heeft een ontsluiting van zo'n zeven centimeter. Kun jij een paar minuten bij haar blijven? Ik wil dokter Stone even bellen. Ik kom er zo aan.'

In de gang hield dokter Mullins haar staande. 'Wat is er aan de hand?'

Mel bracht haar gezicht tot vlak bij zijn oor. 'Liz. Zeven centimeter. De doptone geeft geen hartslag. Ze kan niet zeggen wanneer ze de baby heeft voelen bewegen.'

Hij trok zijn witte wenkbrauwen samen en mompelde een verwensing.

'Zou jij even willen gaan luisteren? Misschien hoor jij wel wat.' Smekend keek Mel hem aan.

'Maar jij hebt een veel beter gehoor dan ik.'

'Toe, probeer het toch maar. Alsjeblieft? Ik ga John intussen bellen. Hij heeft haar in behandeling.'

Dokter Mullins legde een hand op haar schouder. 'Hier kan niemand iets aan doen, Mel.'

'Ik weet het, maar toch zou ik het erg fijn vinden als je nog even luistert. Gewoon voor alle zekerheid.' Maar diep in haar hart wist ze dat hij niets zou vinden. De baby leefde niet meer. Ze zouden Liz naar Valley Hospital kunnen brengen, maar gezien de omstandigheden zou het haar geen goeddoen. Bovendien zou het, tegen de tijd dat ze daar aankwamen, te laat zijn voor een ruggenprik. Het enige wat Mel kon doen, was Liz door de bevalling heen slepen, want hoe eerder die baby eruit was, hoe beter. Maar eerst moest ze John te pakken zien te krijgen. Gelukkig nam hij meteen op.

'Ik heb haar twee weken geleden nog gezien,' zei John Stone, nadat Mel de situatie in het kort had uitgelegd. 'Toen was alles helemaal in orde. Er is geen sprake van zwangerschapstoxicose?'

'Nee. Haar bloeddruk is normaal, en ze heeft geen oedeem... Ze had vandaag pijn in haar buik, weet niet wanneer ze voor het laatst beweging heeft gevoeld en de weeën beginnen elkaar steeds sneller op te volgen. Een paar minuten geleden had ze een ontsluiting van zeven centimeter.'

'Het enige wat je kunt doen, is haar helpen haar kind ter wereld te brengen,' zei hij. 'Zal ik naar je toe komen?'

'Wat kun jij dan voor haar doen?' vroeg Mel.

'Ik kan het van je overnemen, Mel. Per slot van rekening loop je zelf met een dikke buik; het kan een traumatische ervaring zijn.'

'Ik ben heel goed in staat om haar erdoorheen te slepen,' zei Mel, 'maar ik vind het wel heel erg voor haar.'

'Ja. Dit soort dingen is ook heel erg,' zei hij zacht.

'Nog een geluk dat het vrij vlot gaat,' zei ze, waarna ze ophing. Ze belde meteen naar Jack. 'Ik heb een paar spierballen nodig,' zei ze. 'Liz is hier binnengekomen met weeën, en ik krijg haar in mijn eentje niet naar boven.'

'Ik kom eraan,' zei hij meteen.

Toen Mel terug naar de onderzoekkamer ging, kwam dokter Mullins er net uit. Hij schudde verdrietig zijn hoofd. Heer in de hemel, dacht Mel, die arme kinderen krijgen het wel voor hun kiezen. Het krijgen van een baby op hun leeftijd was al geen sinecure, maar het krijgen van een kind dat niet meer in leven blijkt te zijn... Hoe moesten ze dit nu weer verwerken?

Beheers je, zei ze tegen zichzelf. Houd je in, er zullen genoeg tranen vloeien. Iemand moet zijn hoofd erbij houden om ze de steun te kunnen geven die ze zo hard nodig hebben.

'Jack komt zo hier,' zei ze tegen dokter Mullins. 'Hij kan haar naar boven dragen. 'Stuur hem maar meteen door.' Ze ging de onderzoekkamer weer in.

'Liz,' begon ze. 'Ik zal eerlijk tegen je zijn. Het gaat allemaal zo snel, dat er geen tijd is om je nog op tijd in het ziekenhuis te krijgen. We leggen je boven in de ziekenkamer. Ik sleep je erdoorheen.'

'En die prik tegen de pijn?' vroeg het meisje. Ze baadde in het zweet.

Mel schudde haar hoofd. 'Geen prik. Je moet nu bij bewustzijn blijven. Rick komt eraan.'

Op dat moment stapte Jack de kamer binnen. Hij voelde meteen dat er iets mis was. Hij keek Mel aan, die hem even apart nam om hem op de hoogte te brengen.

'Kom maar, meisje,' zei hij teder tegen Liz. 'Ik breng je naar boven.' Hij tilde haar op, waardoor haar hemd verschoof en ze er opeens halfnaakt bij lag, maar dat was wel het laatste waarover Jack zich druk maakte. 'Daar gaan we dan. Voorzichtig.'

Hij droeg haar naar boven en bracht haar naar de kamer waar Mel haar eerste bevalling in Virgin River had gedaan. Liz bleef maar huilen en kromp van tijd tot tijd ineen van de pijn. Voorzichtig legde hij haar neer op het kraakheldere witte laken. Toen hij zijn armen onder haar vandaan haalde, was een van zijn mouwen doordrenkt van het bloederige vocht.

'Waar is Rick?' vroeg ze.

'Hij is naar je onderweg, Liz. Hij kan hier elk moment zijn.'

'Ik heb hem nodig,' jammerde ze.

'Hij komt eraan, Liz,' zei Jack.

Mel luisterde nog eens naar haar buik, hopend op een wonder, maar ze hoorde niets. Geen enkel teken van leven. 'Kun jij heel even bij Liz blijven?' vroeg ze aan dokter Mullins.

'Zeker.' Hij ging naast het bed staan en pakte Liz' hand vast. 'Toe maar, Lizzie. Flink puffen maar.'

Mel gaf Jack en Connie een teken om even met haar mee de gang op te gaan. Jack stond net zijn natte mouw op te rollen toen beneden de deur openging.

'Liz? Mel?' riep Rick.

'We zijn boven, Rick!' riep Mel terug.

Met drie treden tegelijk kwam hij de trap op gestormd. De paniek stond op zijn gezicht te lezen. 'Is... Is ze aan het bevallen?' stamelde hij.

Mel pakte Connie en Rick bij de hand. 'Rick,' begon ze. 'Ik moet je iets vertellen, iets wat je heel moeilijk zult vinden om te accepteren, maar toch wil ik je vragen om te proberen sterk te zijn. Jouw kracht zal hard nodig zijn om ons hierdoorheen te helpen.'

Jack legde een hand op zijn schouder.

'De baby, Rick. We horen geen hartslag meer.' De medische terminologie liet ze maar even achterwege; het zou hem toch niets zeggen. 'Hij leeft niet meer, Rick,' zei ze zacht.

'Wat?' Hij knipperde met zijn ogen en keek haar niet-begrijpend aan. 'Wat zeg je?'

'Ik hoor het hartje niet meer kloppen. Hij beweegt niet meer. De weeën zijn begonnen, en Liz zal straks bevallen van een kindje dat niet meer in leven is.'

Connie, die het al bij de eerste keer begrepen had, begon zachtjes te huilen.

Rick had iets langer nodig om het tot zich door te laten dringen.

Hij schudde zijn hoofd, alsof hij wenste dat het niet waar was. 'Waarom?' vroeg hij. 'Hoe kan dat nu?'

'We hebben geen idee, Rick. Ik heb zo-even dokter Stone gesproken. Volgens hem was de laatste keer dat ze bij hem was nog alles in orde. Niets wees erop dat er complicaties waren. Toen Liz hier vanmiddag binnenkwam, kon ze niet zeggen wanneer ze de baby voor het laatst heeft voelen bewegen... Zoiets gebeurt niet zo heel vaak, maar ja, het komt wel eens voor. En we zullen het haar moeten gaan vertellen.'

'Ik vond hem gisteravond al zo rustig. Zou hij toen al...' begon Rick. 'Ik had er geen ogenblik bij stilgestaan dat hij... Nee.' Hij schudde zijn hoofd. Zijn ogen stonden vol tranen, maar hij hield zich goed. 'Nee,' zei hij weer.

Mel sloeg haar armen om hem heen, deze grote sterke jongen, deze veel te jonge vader, die nu zijn kind verloren had. Hij leunde tegen haar aan, hoofdschuddend, nee zeggend, nee, nee, nee. Misschien kon hij maar beter even zijn tranen de vrije loop laten alvorens naar Liz te gaan, dacht Mel net, toen er een harde kreet uit de kamer kwam.

Ricks hoofd schoot met een ruk omhoog.

Mel zag hoeveel moeite het hem kostte om zijn tranen in te houden. 'Ze zal je heel hard nodig hebben,' zei ze. 'Dit is zo ongeveer het ergste wat een mens kan overkomen.'

'Misschien kunnen we het haar dan maar beter niet vertellen.'

'Jawel, we moeten het haar vertellen. Het is haar kind. Kun je me daarbij helpen?' vroeg Mel. 'Ik heb je echt nodig.'

'Ja,' antwoordde hij, zijn tranen wegslikkend. Hij haalde een mouw langs zijn neus. 'Ja, dat kan ik denk ik wel. O, hemel...' Hij dreigde zijn zelfbeheersing even te verliezen. 'En het is allemaal mijn schuld!'

'Nee, Rick. Hier kun jij niets aan doen; hier kan niemand iets aan doen. Soms gaan de dingen zo. We zullen er op de een of andere manier mee moeten leren omgaan.'

'Maar we kunnen haar toch naar het ziekenhuis brengen?' vroeg hij.

'Het spijt me, maar dat zal geen verschil maken. Kom, laten we –'

'Maar als je het nu eens mis hebt?'

Mel zuchtte. 'Lieverd, je moest eens weten hoe graag ik zou willen dat ik het mis had. Kom, laten we maar gauw naar Liz gaan. Straks is het zover, en ik vind dat ze het voor die tijd moet weten.' Ze pakte zijn hand vast. 'Nu moet je er voor haar zijn.'

Dokter Mullins ging weg zodra hij hen binnen zag komen.

'Rick...' Liz strekte haar armen naar hem uit. Ze baadde in het zweet en had een van pijn vertrokken gezicht.

Rick snelde op haar toe en sloot haar in zijn armen. De tranen liepen over zijn wangen, maar Liz zag het niet. Ze kreeg net weer een wee en schreeuwde het uit van de pijn.

Toen de wee voorbij was, pakte Mel haar hand. 'Liz,' zei ze. 'Rick en ik moeten je iets vertellen...'

Rick tilde zijn hoofd op en keek haar aan met een betraand gezicht, maar met een vastberaden trek om zijn mond.

'Wat dan?' vroeg ze vermoeid. 'Wat is er dan?'

Voorzichtig streek Rick haar haren uit haar gezicht. 'De baby, Liz,' fluisterde hij. 'Het is niet goed met de baby.'

'Wat?' vroeg ze weer.

Rick keek Mel hulpeloos aan.

'De baby leeft niet meer,' zei Mel, vechtend tegen haar eigen tranen.

'Hoe weet je dat?' Geschrokken schoot ze overeind. De paniek vloog over haar gezicht. 'Hoe weet je dat?'

'Het hartje klopt niet meer, lieve schat. Alle keren dat ik luisterde, ving ik niets op...'

Liz kreeg weer een wee.

'Kun je haar niet iets geven tegen de pijn?' vroeg Rick.

Mel wilde zien hoever Liz intussen was en trok een paar rubber handschoenen aan. 'Ik zal haar zo een milde pijnstiller geven. Ze mag nu absoluut niet versuft raken; ze moet nog even zo doorgaan. Laat me eens kijken hoe het ermee staat. Trek je knieën maar even op, zo ja, heel goed. Nou, ik zie het al. Nog even volhouden, het duurt nu niet lang meer.'

'Waarom?' vroeg ze snikkend. 'Ik begrijp het niet. Hoe kan dat nu?'

'Dat weten we niet, liefje,' zei Rick. 'Een vergissing van de natuur. Dat gebeurt soms.'

'O, Rick!'

'Kom maar, schat. Ik ben bij je. Ik ga niet weg. Ik hou van je, Liz. Ik hou zoveel van je... We slaan ons er wel doorheen.'

'Kan dan niemand iets doen?' riep ze wanhopig uit.

'Als dat mogelijk was, zou het al lang gebeurd zijn,' zei hij. 'Rustig maar, ik laat je niet in de steek.'

Ze huilden samen en hielden elkaar stevig vast terwijl de ene wee de andere opvolgde. Mel had zo met hen te doen. Twee kinderen nog, die wanhopig steun bij elkaar zochten bij een gebeurtenis die voor iedereen op elke leeftijd een gruwelijke ervaring zou zijn.

'Zo dadelijk ga ik je vragen om zo hard mogelijk te persen, Liz.' Mel stak haar hoofd om de deur. 'Het is bijna zover,' zei ze tegen dokter Mullins, die geduldig op de gang had staan wachten. 'Ze heeft nu bijna tien centimeter ontsluiting.'

Ze ging terug naar Liz en moedigde haar aan. Liz was ontzettend flink. Tussen de weeën door snikte ze hartverscheurend.

Op een gegeven moment ging de deur open en stapte John Stone binnen. 'Ik dacht dat je misschien wel wat hulp kon gebruiken,' zei hij tegen Mel, terwijl hij een paar handschoenen, een schaar en een paar klemmen klaarlegde.

Ze wierp hem een dankbare blik toe en richtte haar aandacht weer op Liz.

Liz klemde zich wanhopig vast aan Rick en liet hem alleen even los wanneer er weer een wee kwam.

Mel keek een paar keer naar zijn gezicht; de jongen hield zich verrassend kranig. Zo zou Jack zich ook hebben gedragen, schoot het door haar heen. De tranen stroomden over zijn wangen, maar hij klemde zijn kaken op elkaar en hield zijn aandacht erbij. Zijn gezicht kreeg een zachte uitdrukking zodra hij zich naar Liz toe boog om haar te troosten en gerust te stellen.

Op een gegeven moment zag Mel de schaamlippen uiteen gaan en de kruin van het kind tevoorschijn komen. Het kind was niet volgroeid; dus Mel verwachtte dat het nu heel snel zou gaan. Bij de volgende wee kwam het hoofdje eruit; het was blauw, maar het huidje was gaaf. Waarschijnlijk was het kindje nog geen dag dood.

'Nog een keer, Liz, dan is het gebeurd,' zei Mel.

Er verscheen een schoudertje, en de rest kwam er meteen achteraan.

Mel liet het levenloze lichaampje even tussen Liz' benen liggen en maakte plaats, zodat John de navelstreng kon afbinden en doorknippen. Daarna wikkelde ze de baby in een dekentje, liefdevol en zorgvuldig, alsof hij nog leefde.

'Geef hem hier!' riep Liz huilend uit. 'Ik wil hem vasthouden.'

Voorzichtig legde Mel de baby in haar armen. Samen bogen de jonge ouders zich over hun dode kind. Liz huilde hartverscheurend, Rick geluidloos met schokkende schouders. Voorzichtig vouwden ze het dekentje open. Ze raakten liefdevol het gezichtje aan, streelden het buikje, de armpjes en beentjes, precies zoals ze zouden hebben gedaan als ze een levende baby in handen hadden gehad.

Mel kreeg het te kwaad bij het zien van het tafereeltje. Tegelijkertijd voelde ze getrappel van het kind in haar buik. Ze begon Liz' baarmoeder te masseren. Na een paar minuten kwam de placenta eruit, die zo op het eerste gezicht geen afwijkingen vertoonde. Waardoor had de baby het dan toch niet gehaald, vroeg ze zich af. Ze keek naar het jonge stel, dat teder de kleine vingertjes van hun dode kind beroerde. Ze schoot onmiddellijk weer vol en wendde haar blik af.

John legde een hand op haar schouder. 'Zal ik het verder van je overnemen?' vroeg hij zacht.

Met een knikje deed ze een stap opzij om hem erbij te laten. Normaal gesproken zou ze het werk nooit door een ander af hebben laten maken, maar de combinatie van dit verlies en het feit dat ze zelf zwanger was maakte alles anders.

John onderzocht of Liz nergens ingescheurd was en dekte haar vervolgens toe. Voor alle zekerheid keek hij nog even hoe het met Rick en Liz gesteld was, maar geen van beiden schonk veel aandacht aan hem.

'Kom,' zei hij, een arm om Mels schouders slaand. 'Laten we ze maar even wat privacy geven.'

Mel was de kamer nog niet uit, of ze barstte in snikken uit.

Troostend sloeg John zijn armen om haar heen, maar toen hij het kind in haar buik voelde bewegen, kreeg ook hij het te kwaad.

Zo bleven ze staan tot Mel een beetje bedaard was. Ze haalde diep adem en keek hem aan. Toen glimlachte ze. 'Ik ben blij dat je gekomen bent,' zei ze, een traan van zijn wang vegend. 'Dank je wel.'

'Ik kon je toch niet zomaar aan je lot overlaten,' zei hij.

'Ik was anders niet alleen. Ik was in het gezelschap van de twee flinkste, moedigste jonge mensen die ik ooit heb ontmoet.'

Dokter Mullins bracht het lijkje van de baby naar Valley Hospital voor een autopsie, hoewel de precieze doodsoorzaak in dit soort gevallen meestal niet kon worden vastgesteld. Tegen de tijd dat hij terug was, hadden Mel en John de boel schoongemaakt en opgeborgen. Liz was in slaap gevallen nadat John haar een slaapmiddel had toegediend. Ze lag in de armen van Rick, die naast haar op het smalle bed was gaan liggen. Mel had hem ook een slaappil aangeboden, maar daar had hij niets van willen weten.

'Nee, liever niet,' had hij gezegd. 'Ik blijf liever wakker voor het geval Liz me nodig heeft.'

Het liep tegen tienen toen John naar huis ging en Mel doodmoe en met een zwaar gemoed de kroeg aan de overkant binnen ging. Tot haar verwondering trof ze daar niet alleen Jack aan, maar ook

Preacher, Paige en Mike, die waren opgebleven tot ze klaar was. Jack stond onmiddellijk op en kwam haar tegemoet.

Ze keek hen aan en schudde meewarig het hoofd. 'Die arme, arme kinderen.'

Jack trok haar in zijn armen.

'O, ik ben helemaal koud vanbinnen,' zei ze. 'Laat me even bij het vuur zitten en geef me een borrel. Daar heb ik behoefte aan, al is het maar een slokje.'

Zwijgend gaf Jack haar zijn stoel.

'Was het heel erg?' vroeg Paige, haar hand op die van haar leggend.

'Het kind was dood nog voor het ter wereld kwam.' Tegen anderen zou ze misschien hebben gezegd dat dat heel droevig was. Tegen haar vrienden zei ze: 'Ik weet gewoon niet waar ik het zoeken moet. Ik heb zo met die kinderen te doen.'

Jack reikte haar een glaasje cognac aan.

Bevend bracht ze het naar haar lippen, Na een klein slokje te hebben genomen, zette ze haar glas op tafel. Ze trok haar jas dichter om zich heen en ging met haar rug naar het vuur zitten. 'Je had ze moeten zien, die twee,' zei ze. 'Ze klemden zich wanhopig aan haar elkaar vast. Zo bang en toch zo dapper, zo ontzettend dapper.'

'Zoiets is vreselijk, ongeacht je leeftijd, maar als het je op zo'n jonge leeftijd overkomt... Aan de andere kant is de jeugd veerkrachtig,' merkte Paige op.

'Ja, daar moeten we dan maar van uitgaan.' Mel begon langzaam op temperatuur te komen. 'Jack,' zei ze op een gegeven moment. 'Ga jij maar naar huis, je moet morgen weer vroeg op. Ik blijf vannacht bij die kinderen voor het geval ze me nodig hebben.'

Onmiddellijk kwam hij ertegen in het geweer. 'Maar dokter Mullins is er toch? Of je had John kunnen vragen om te blijven. Per slot van rekening is Liz zijn patiënt. En jij bent –'

'Mijn besluit staat vast. Ik ga vannacht in de praktijk slapen. Ik wil dat je nu naar huis gaat en je bed in kruipt. Rick zal je morgen nodig hebben.'

'En als ik hier nu eens –'

'Toe, Jack. Laten we hier nu geen ruzie over maken. Je weet dat ik ze nu niet alleen kan laten.'

'Mel –'

'Nee, Jack. Mijn besluit staat vast, heb ik gezegd. Ik zie je morgen.'

Jack sloeg Preachers aanbod om bij hem op de bank te overnachten af en ging naar huis. Natuurlijk deed hij de hele nacht geen oog dicht. Deze geschiedenis was hem ook niet in de koude kleren gaan zitten; als er ooit een moment was geweest waarop hij behoefte had om het kind in de buik van zijn vrouw te voelen bewegen, dan was het dit moment wel. Maar hij begreep het wel. Mel was nu eenmaal koppig, en als ze wel met hem mee naar huis was gegaan, had ze zich de hele nacht zorgen over Rick en Liz liggen maken.

Tegen vieren hield hij het niet langer uit in bed. Hij stond op en kleedde zich aan. Daarna trok hij zijn dikke suède jack en een paar handschoenen aan en reed naar de praktijk, waar hij zijn auto naast die van Rick parkeerde. Hij staarde naar de kroeg aan de overkant. Hij kon zichzelf natuurlijk binnenlaten en een kop koffie zetten, dacht hij, maar dan zou het hele huis misschien wakker worden. Dit was voor Preacher en Paige net zo aangrijpend; ze konden hun nachtrust goed gebruiken.

Hij stapte uit en leunde tegen zijn portier. Zijn warme adem steeg in witte wolkjes omhoog. Hij stond daar bijna twee uur toen de eerste bleke zonnestralen boven de bergen uit kropen. Zodra Mel naar buiten kwam en haar zelf opgelegde nachtdienst ten einde was, zou hij haar laten ontbijten en haar persoonlijk in bed leggen om er zeker van te zijn dat ze ging slapen.

Toen hij op een gegeven moment de deur van de praktijk hoorde opengaan, zag hij niet Mel, maar Rick naar buiten komen. Wat verschrikkelijk moest het zijn om op die manier in één klap volwassen te zijn, schoot het door hem heen.

Een ogenblik bleef Rick op de veranda staan, toen liep hij langzaam op Jack toe. Uit zijn ogen sprak een oneindig groot verdriet.

Jack kwam hem tegemoet. Hij pakte de jongen bij zijn nek en trok hem tegen zich aan.

Rick slaakte een diepe zucht, en toen Jack zijn andere arm om hem heen sloeg, brak hij. Hij viel slap tegen Jacks schouder aan en barstte in tranen uit.

'Toe maar, jongen,' zei Jack zacht. 'Toe maar. Laat je maar gaan. Ik heb je stevig vast.'

'En ik kon helemaal niets doen,' mompelde Rick snikkend.

'Geen van ons kon iets doen, Rick. Het is afschuwelijk. Ik vind het heel erg.'

Rick begon nog harder te huilen, waarop Jack hem nog steviger vastpakte. Na alle moeilijkheden die ze hadden overwonnen, alle angst en frustratie die ze hadden doorgemaakt en hun heldhaftige strijd om er op een volwassen en waardige manier mee om te gaan, waren ze niet voorbereid geweest op zo'n verschrikkelijke anticlimax. De jongen die door de omstandigheden gedwongen man was geworden en die zijn verantwoordelijkheid niet uit de weg was gegaan, stond hier in zijn armen als een hoopje ellende te treuren om zijn doodgeboren zoon. Jacks hart ging naar hem uit. Er biggelde een traan over zijn ongeschoren kaak.

Hoofdstuk 16

Liz bleef twee nachten in de ziekenkamer van de praktijk. Al die tijd week Rick niet van haar zijde. Ze hadden het erg moeilijk, en Mel bracht dan ook veel tijd bij hen door om hun een beetje tot steun te zijn. Keer op keer herinnerde ze hen eraan dat niemand dit had kunnen voorkomen en dat er geen enkele reden was om te denken dat het nog eens zou gebeuren. Een doodgeboren kind was bijna altijd het gevolg van de een of andere complicatie tijdens de zwangerschap, maar helaas, het kwam ook wel eens voor zonder dat er sprake was geweest van complicaties.

Jack en Mel regelden de begrafenis van de baby. Liz wilde graag dat hij in Eureka begraven werd, de plaats waar ze was geboren en waar haar grootouders begraven lagen. Liz had ook besloten om weer thuis te gaan wonen. Haar moeder was door deze tragedie helemaal bijgedraaid; ze was een en al begrip voor het jonge stel en zag in dat de aanwezigheid van Rick haar dochter goeddeed. Hij mocht dan ook zo vaak komen als hij wilde.

Mel had het ook moeilijk. Ze had natuurlijk al wel eens eerder zoiets aan de hand gehad, maar in deze kleine gemeenschap waren veel van haar patiënten vrienden geworden, en op de een of andere manier had ze veel affiniteit met deze twee jonge mensen.

Jack deed wat hij kon om haar te steunen. Op een avond waren ze uitgenodigd voor een etentje bij June en Jim Hudson in Grace Valley. John en Susan Stone zouden er ook zijn, evenals de oude dokter Hudson. Ze spraken voornamelijk over het vak, wisselden hun ervaringen uit, vertelden over hun zwaarste momenten, hun frustraties. Een erg vrolijke avond was het niet, maar het deed Mel goed om er even aan te worden herinnerd dat ze niet de enige was die met de keerzijde van de geneeskunde werd geconfronteerd.

Ook frontsoldaten wisselden hun ervaringen vaak uit, herinnerde Jack zich. Het werkte relativerend; je besefte dat ieder zo zijn taak had en dat de steun van de anderen onontbeerlijk was.

Rick had veel steun aan Jack en Preacher, die veel aandacht aan hem besteedden. Ze hoorden hem aan en troostten hem, deelden hun persoonlijke ervaringen met hem. Zij wisten wat het was om hun dierbaren te moeten begraven en te leren leven met het gemis.

Het hele dorp leefde mee met Liz en Rick, maar Paige had het idee dat de gebeurtenis Mel wel heel erg had aangegrepen. Ze was een beetje stil voor haar doen, terwijl ze, gezien het nieuwe leven in haar buik, juist alle reden had om vrolijk te zijn. Paige besloot te proberen er iets aan te doen.

Mel had haar verteld hoe zij in Virgin River was beland en dat ze, net toen ze op het punt had gestaan om weer spoorslags te vertrekken, had besloten om haar vertrek uit te stellen toen er een pasgeboren baby op de veranda van dokter Mullins was aangetroffen. Ze had zelf een tijdje voor de baby gezorgd tot ze geadopteerd zou worden. Uiteindelijk had Lilly Anderson, de moeder, haar weer in huis genomen. Maandenlang was Mel dagelijks bij Lilly langsgegaan om de baby even vast te houden, en ze had dan ook een sterke band met het kind.

Dus op een middag liep Paige de praktijk binnen. Ze moest even ergens heen en wilde niet alleen gaan, zei ze tegen Mel. Of Mel zin en tijd had om met haar mee te gaan.

'Wat ga je hier doen?' vroeg Mel toen Paige even later bij de ranch van de Andersons stilhield.

'Dat zul je wel zien,' antwoordde Paige. 'Kom maar mee.'

Paige sloeg een arm om Mels schouder en klopte aan. 'Ik heb iemand meegebracht die graag even een gezonde baby wil vasthouden,' zei Paige toen Lilly opendeed.

Mel keek Paige verwonderd aan en begon haar hoofd te schudden, maar Lilly pakte haar hand en trok haar naar binnen.

'Jawel,' zei ze. 'Dat is goed voor je.' Dat de kleine Chloe net lag te slapen vond ze geen probleem. Voor Mel was iedereen in het dorp bereid om hemel en aarde te bewegen.

Nadat Lilly Mel in een schommelstoel had laten plaatsnemen, legde ze de bijna een jaar oude baby in haar armen. Daarna liet ze Mel alleen en nam Paige mee naar de keuken voor een kopje thee.

Mel merkte dat het haar inderdaad erg goeddeed om een levend wezentje in haar armen te hebben. Chloe was natuurlijk geen pasgeboren baby meer, maar ze was warm en leefde. Het gaf haar nieuwe energie. Het feit dat de baby in haar buik zo beweeglijk was, mocht soms dan erg oncomfortabel zijn, het betekende wel dat haar baby nog leefde. En als dat geen reden was om dankbaar te zijn...

'Hoe wist je dat dit me goed zou doen?' vroeg Mel op de terugweg aan Paige.

Paige haalde haar schouders op. 'Ik heb er ervaring mee. Het was weliswaar nog maar een foetus, maar toch...'

Geschrokken staarde Mel naar Paige' gezicht. Toen pakte ze haar hand. 'O, Paige. Wat stom! Het spijt me ontzettend.'

'Lief van je om dat te zeggen, Mel, maar –'

'Nee, ik schaam me dood, zeg. We waren zo gefocust op die gewelddadige actie van je ex-man. Op de een of andere manier beschouwden we het kind dat je toen verloor als zijn kind... Maar het was natuurlijk net zo goed jouw kind! O, Paige, dit vergeef ik mezelf nooit. Ik had je moeten bijstaan in je verdriet... En nu heb je mij geholpen.'

Paige lachte. 'Schei uit, ik ben blij dat ik iets voor je heb kunnen doen. En ik krijg nog wel een kans om zwanger te worden, en dan zal het heel anders zijn. Dan zal het echt een blijde gebeurtenis zijn.'

Mel gaf een kneepje in haar hand. 'Je weet niet half hoe blij ik ben dat je hier bent komen wonen.'

In de eerste week van februari begonnen de werklui die Jack had ingehuurd met het egaliseren van het bouwterrein. In de tweede werden er twee babyshowers voor Mel georganiseerd, een door Lilly Anderson in Virgin River, de andere in Grace Valley door June Hudson en Susan Stone.

Naarmate de tijd verstreek en de bevalling dichterbij kwam, werd Mel steeds trager, maar ze straalde weer en haar ogen glansden. Joe Benson kwam naar Virgin River met het definitieve bouwplan waarin alle veranderingen en wensen waren verwerkt. Samen met hem en Jack ging Mel naar de bouwplaats om getuige te zijn van het aftekenen van de omtrek van hun toekomstige huis plus gastenhuisje, waarna de funderingen konden worden gestort.

Op een gegeven moment besloot ze wat minder te gaan werken. Gelukkig stonden er voorlopig geen bevallingen op de agenda, dus kon ze 's ochtends ook wat later beginnen. En haar man was nooit ver uit de buurt.

'Ik kan bijna niet wachten tot wij er zo uitzien,' zei Paige tegen Preacher op een avond, toen ze Jack en Mel samen de kroeg zag verlaten.

Hij grinnikte. 'Zo dik?' vroeg hij.

'Dik, rond en klaar om te bevallen. Ik zit erover te denken om maar op te houden met de pil, John.'

'Jij weet het beste wanneer je er klaar voor bent,' zei hij, haar in zijn armen nemend. 'Je weet dat ik erachter sta, wat je ook doet.'

'Hm, wat een heerlijk idee is dat toch. Terwijl jij de boel opruimt en afsluit, ga ik Chris in bad doen, goed?'

'Ik kom zo boven.' Hij gaf haar een speels tikje tegen haar achterste.

Preacher had nooit een hekel gehad aan het opruimen en schoonmaken van zijn keuken. Het had iets meditatiefs, vond hij, en het vervulde hem altijd met een grote dankbaarheid. Op deze keuken was zijn hele bestaan gebouwd. Als hij niet was komen werken in de kroeg van zijn vriend Jack, had hij Paige en Christopher immers nooit ontmoet...

Toen hij klaar was, sloot hij de voordeur af en ging naar boven om Chris voor te lezen. Het jongetje zat al klaar met een boek. Preacher was nog niet op de rand van het bed gaan zitten, of Chris kroop bij hem op schoot. Na anderhalve bladzij te hebben gelezen merkte Preacher dat het kind in slaap gevallen was. Hij drukte zijn lippen tegen zijn kruin, legde hem in bed en verliet geruisloos de kamer.

Paige was inmiddels al beneden. Ze stond haar haren te borstelen, slechts gekleed in een pyjamajasje dat tot halverwege haar dijbenen reikte. Hij kwam achter haar staan en schoof haar haren opzij om haar in haar nek te kunnen kussen. Hij streelde haar dijbeen. Tot zijn genoegen had ze niets onder haar pyjamajasje aan. Niet dat ze over paranormale gaven beschikte; ze wist dat hij altijd naar haar verlangde en wond er geen doekjes om dat ze het heerlijk vond dat hij haar begeerde.

Zijn handen dwaalden verder omhoog tot ze ieder een borst omvatten. Ze leunde achterover en knorde van plezier. Kijkend naar hun spiegelbeeld, begon hij de knoopjes van het jasje los te maken. Ze deed haar rechterarm omhoog en legde haar hand om zijn nek. Haar pyjamajasje viel open. Hij legde een hand om een van haar borsten en bedekte met de andere haar schaamhaar. Ze vlijde haar gezicht tegen zijn schouder en sloot haar ogen. Haar andere hand rustte op de arm die haar borsten bedekte.

Preacher staarde naar hun spiegelbeeld. Hij zag een man die deel uitmaakte van een stel, een knap verliefd stel. Wonderlijk, hij zag er niet langer angstig uit, dacht hij. Hij zag eruit als een zelfverzekerde man, een verliefde man met grote sterke handen, waarmee hij zijn vrouw teder vasthield. De vrouw die met gesloten ogen tegen hem aan leunde, deed haar welgevormde lippen vaneen en slaakte een smachtende zucht.

Preacher had niet geweten dat hij zo kon zijn – zo zelfverzekerd, zo verliefd, zo goed in bed ook. Hij boog zich naar voren en kuste haar kruin. 'O, liefje,' mompelde hij. 'Ik heb zin om je te verwennen...'

'Daar hoopte ik al op, John,' fluisterde ze.

Op de dag dat Liz bevallen was van een dood kind, had Mike Jack 's nachts horen woelen en draaien in zijn bed, en hij besefte dat het hoog tijd was om te vertrekken. De vraag was alleen, waar moest hij heen? In elk geval niet terug naar Los Angeles, al was hij wel van plan om zijn familie binnenkort op te gaan zoeken. Hij wilde het liefst hier in Virgin River blijven, maar hij wilde niemand tot last zijn. Drie maanden had hij samen met Mel en Jack in een kleine ruimte gewoond. Het was lang genoeg geweest, al zouden zij nooit laten merken dat het hun te veel werd.

Die nacht nog nam Mike een besluit. Ze hadden ruimte voor zichzelf nodig; het werd tijd dat hij ophoepelde. Hij was enorm vooruitgegaan. Zijn rechterarm was behoorlijk aangesterkt. Hij had zelfs al aardig wat kracht in zijn hand en veel minder last van zijn schouder. Hij kon weliswaar zijn werphengel nog niet goed met rechts hanteren, maar ondersteund door zijn linkerhand kon hij al wel met rechts schieten. Een prettige bijkomstigheid was dat hij intussen ook prima met zijn linkerhand had leren schieten.

Hij was niet verbaasd dat hij het hier zo naar zijn zin had. Wat hij hier ging doen, wist hij nog niet, maar het deed er in wezen ook niets toe, want als hij wilde, hoefde hij niet meer te werken. Bovendien had hij ook nog zijn arbeidsongeschiktheidsuitkering. Nee, rondkomen zou niet al te veel problemen opleveren. Bovendien was het leven hier ook niet zo duur.

Een eenvoudig leven in een kleine plattelandsgemeenschap; dat was precies waar hij op dit moment behoefte aan had. Tegen de tijd dat Jack straks begon met het bouwen van zijn huis, was hij misschien sterk genoeg om mee te helpen. Zodra hij weer in staat was om te vissen, kon hij bijdragen aan Preachers menu, en verder was hij bereid om overal voor te worden ingezet. Hij zag zichzelf al leven zoals Jack en Preacher dat al jaren deden, als lid van een gemeenschap die hun inzet en betrokkenheid op prijs stelde.

Hij ging voor de spiegel staan en bekeek zichzelf met kritische ogen. Hij had weer bijna zijn gespierde lichaam terug, al was de rechterkant nog zichtbaar minder ontwikkeld dan de linkerkant. De buikspieroefeningen waren geen enkel probleem meer: hij had weer een prachtig wasbord.

Het plassen ging ook gemakkelijker – dankzij een antibioticakuur van Mel – maar dat andere... Hij vreesde het ergste. Twee keer was hij wakker geworden met een forse ochtenderectie. Vol goede hoop had hij hem vastgegrepen, maar het was loos alarm gebleken; binnen de kortste keren was hij weer verschrompeld tot een slap ding. Toch had hij de hoop nog niet helemaal verloren. Per slot van rekening waren de wonderen de wereld nog niet uit.

Op een dag reed hij met zijn auto naar Eureka en kwam terug met een camper – zijn nieuwe onderkomen. Hiermee was hij vrij om te gaan en te staan waar hij wilde: achter Jacks kroeg, naast Mels huis, op het stuk grond waar ze hun nieuwe huis gingen bouwen. Hij reed rechtstreeks naar de kroeg en parkeerde de camper pal naast de veranda. De werkdag liep ten einde; het was bijna etenstijd. Preacher en Paige waren waarschijnlijk druk bezig in de keuken; Rick was al aan het werk, en Mel en Jack zouden wel aan de borrel zitten met dokter Mullins. Buren en vrienden konden elk moment komen eten.

Mike klapte het dak omhoog en de ramen open en zette de luifel op, zodat zijn woon- en slaapruimte er op hun voordeligst uitzagen. Toen drukte hij een paar keer op de claxon. Hij stapte uit – sinds enkele weken had hij geen wandelstok meer nodig – en ging nonchalant tegen de camper aan staan.

Mel was de eerste die naar buiten kwam, Jack volgde in haar kielzog.

'Kijk, jongens. Mijn nieuwe appartement,' zei Mike triomfantelijk.

'Wat? Hoe... Wanneer...' stamelde Mel.

Hij bood haar zijn linkerhand aan en hielp haar de verandatrap af. Toen ze beneden was, sloeg hij een arm om haar schouders. 'Ik wilde weg zijn voordat de baby er was,' legde hij uit. 'Het wordt tijd dat jullie de babykamer in orde brengen, en daar wil ik graag bij helpen.'

'Maar waar ga nu je dan naartoe?' Ze keek hem aan met ogen die verdacht vochtig waren.

'Ik ga helemaal nergens heen, lieve schat, daarvoor heb ik het hier in Virgin River veel te veel naar mijn zin. Maar het wordt tijd dat ik een eigen plek heb. Sterker nog: het wordt tijd dat jullie huis weer helemaal jullie plek is.'

Ze barstte prompt in tranen uit en verborg haar gezicht tegen zijn schouder.

'Hela,' mompelde hij. 'Dit zijn toch hoop ik wel tranen van blijdschap?'

Ze hief haar gezicht naar hem op. 'We willen je anders niet weg hebben, hoor,' zei ze, driftig haar ogen afvegend. 'Verdorie, soms is het geen lolletje om zwanger te zijn. Er hoeft maar iets te gebeuren, of ik loop te blèren.'

'Niet erg, Mel. Eigenlijk ben ik best vereerd. Jullie zijn erg gastvrij geweest, zonder jullie had ik het niet gered. Ik zat de laatste tijd te denken dat ik zo langzamerhand wel goed genoeg ben om weer terug naar huis te gaan. Toen besefte ik eigenlijk dat thuis hier is.'

Mel sloeg haar armen om zijn middel. 'Wat fijn om dat te horen, Mike.'

'Willen jullie hem ook even vanbinnen bekijken?' vroeg hij.

'Ja, natuurlijk! Jack, roep Preacher, Paige en Rick even.'

Zodra Rick de enorme camper zag, begon hij te grijnzen – tot Mikes genoegen, want ofschoon de jongen de draad van zijn leven weer leek te hebben opgenomen, was de vrolijke zorgeloze scholier door het verlies van zijn kind veranderd in een stille ernstige jongeman.

'Wat krijgen we nou?' riep hij verrast uit.

'Mijn nieuwe paleis. Wat vind je ervan?'

'Waanzinnig, zeg!' Nieuwsgierig ging hij met de anderen de camper binnen.

Iedereen was verrukt van wat er allemaal in zat: een volledig geoutilleerde keuken met een ruime koelkast met vriezer, een wasmachine plus droger, een slaapkamer met een tweepersoonsbed en een televisietoestel en een klerenkast, die bijna een hele wand besloeg. Verder waren er een riante badkamer met een tweepersoonsdouche, een ruime zitkamer, eveneens met televisie en veel bergruimte.

Het duurde niet lang of de nieuwsgierigen stroomden toe. Connie en Ron kwamen even kijken, dokter Mullins natuurlijk, Hope McCrea, de Bristols en de Carpenters. Christopher vond vooral het grote bed erg interessant.

'Weet je al waar je hem gaat neerzetten?' vroeg Preacher.

'Nee, nog niet,' antwoordde Mike. 'Voorlopig naast het huis van Jack en Mel, tot ik een beter idee krijg. Ik kan hem ook hier achter onder de bomen zetten, waar we altijd met de jongens gaan zitten als ze hier komen vissen. Misschien ga ik wel op zoek naar een stukje grond, maar dat ik zie nog wel. Ik wil in elk geval daar zijn waar mijn vrienden zijn.'

Tijdens het eten kregen ze het over de babykamer. Mel had natuurlijk al lang bedacht welke kleuren ze wilde hebben. Mike was van plan om meteen de volgende dag zijn kamer te ontruimen en bood aan de babykamer te helpen opknappen en inrichten. Hij zou Mel meenemen naar een grote interieurzaak in Ukiah waar ze alles kon vinden wat ze nodig had.

Zodra de babykamer klaar was, wilde hij naar Los Angeles om zijn ouders, broers en zussen op te zoeken, zodat hij terug kon zijn voor de bevalling. 'Als een van de vele ooms vind ik dat ik er moet zijn wanneer het moment daar is,' besloot hij.

'Wat ons betreft, hoor je er ook echt bij,' zei Mel warm.

Vier dagen later stond Mel in de deuropening van de volledig opgeknapte en nieuw ingerichte babykamer. De wanden waren geel geschilderd met een blauwe omlijsting, hier en daar versierd met een sticker in de vorm van een handje of een voetje. Er stond een wit wiegje en dito commode, en alle lakentjes, dekentjes, rompertjes, sokjes en andere kleertjes lagen keurig gewassen en gestreken in de kast. Terwijl ze het kamertje stond te bewonderen, kwam Jack binnen met een prachtige schommelstoel, die perfect paste bij het wiegje dat ze van Sam cadeau hadden gekregen. Teder liet ze haar hand over de rugleuning en de armleuningen gaan. Nog even, en dan zou ze met hun baby in deze stoel zitten...

In de eerste week van maart ontving Paige een cheque van honderdtwintigduizend dollar – alles wat er was overgebleven van de verkoop van het huis van drie miljoen minus de aftrek van allerlei schulden en onkosten.

'Ik wil er eigenlijk helemaal niets mee te maken hebben,' bekende ze Preacher.

Preacher staarde naar het bedrag en schudde zijn hoofd. Een mager bedrag, dacht hij. En dat van een man die genoeg verdiende om zich een klein landhuis te kunnen veroorloven, geld opzij te kunnen zetten voor zijn pensioen en nog geld overhad om er een dure verslaving op na te houden. Treurig was het. 'Berg die cheque voorlopig maar even op, maar verlies hem niet. Je hebt het geld nu toch niet nodig. Zodra je een beetje gewend bent aan het idee, wil ik je wel helpen om het te beleggen – voor Chris.'

'Ik hoef dat geld helemaal niet. Scheiden, dat was het enige wat ik wilde, al vanaf onze huwelijksreis.'

'Dat snap ik. Maar je moet ook praktisch blijven, vind ik. Er komt een dag waarop je beseft dat je er iets zinnigs mee kunt doen, zoals het in een studiefonds stoppen voor je kinderen.'

Ze stopte hem de cheque toe. 'Bewaar jij hem dan maar zolang. Als ik er ooit anders over ga denken, dan zie ik wel wat ik ermee doe.'

Niet lang na dit gesprek kwam het moment waarvan ze wisten dat het zou komen: de dag waarop Wes Lassiter uit de gevangenis werd vrijgelaten. De officier van justitie belde met de mededeling dat Lassiter weer terug naar Los Angeles was om aan het door de rechter opgelegde programma te beginnen. Waar hij zijn werkstraf moest doen was helaas nog niet bepaald, en ook de reclassering had nog geen contact met hem opgenomen.

'Dan zullen we gewoon goed moeten opletten,' zei Preacher. 'Dit is een kleine gemeenschap waar iedereen elkaar kent en bovendien erg nieuwsgierig is, dus de boel wordt hier goed in de gaten gehouden.'

Ondanks zijn geruststellende woorden barstte Paige in tranen uit en vluchtte naar de slaapkamer.

Toen Rick even later via de achterdeur de keuken binnen kwam, stond Preacher somber voor zich uit te staren. 'Hé, waar is ons koksmaatje?' informeerde de jongen opgewekt.

'Slaapt,' antwoordde Preacher kortaf.

Rick ving iets op wat op huilen leek en spitste zijn oren. 'Eh... gaat het allemaal wel goed daar?' vroeg hij aarzelend.

'Het gaat wel over,' mompelde Preacher.

In de bar trof Rick Jack aan, die bezig was om de voorraad af te turven. Mike zat aan de bar. Hij zei net tegen Jack dat er handige computerprogramma's bestonden voor dingen als inventarisatie, voorraadbeheer en recepten.

'Er gaat iets niet goed in de keuken,' zei Rick. 'Preacher is kwaad, en Paige zit huilend in het appartement. Ik kon haar horen snikken. Zouden ze soms ruzie hebben?'

Jack en Mike keken elkaar aan en stonden als één man op om naar de keuken te gaan. Ook zij hadden de dagen afgeteld.

'Wat is er aan de hand, Preach?' vroeg Jack.

Preacher sprak op gedempte toon. 'Hij is vrij. Ze zeggen dat hij teruggegaan is naar Los Angeles, maar of dat ook zo is valt niet na te gaan. Paige is overstuur natuurlijk. Ik weet niet zo goed wat ik moet doen.'

'Zorg in elk geval dat je op alles voorbereid bent,' zei Jack. 'Daar zijn we per slot van rekening op getraind.'

'Ja, maar we moeten rekening houden met Chris. Ik wil voorkomen dat dat kind bang wordt. En ik wil ook niet dat hij weet dat dit vanwege zijn vader is.'

'Maar daar kunnen we toch rekening mee houden,' zei Jack. 'Geen geladen wapen onder de bar leggen en dat soort dingen. We zeggen toch gewoon dat we een tijdje een wapen dragen omdat er een overval in een van de dorpen in de buurt heeft plaatsgevonden. Blijf maar in de buurt, zeggen we dan tegen hem. Het dragen van een wapen is in deze contreien niet iets opzienbarends.'

Preacher schudde zijn hoofd. 'Nee, ik wil gewoon niet dat hij bang wordt.'

'Dat begrijp ik,' zei Mike, 'maar beter een beetje nerveus dan een beetje ontvoerd. Wees nou verstandig, Preach.'

'Die arme Paige heeft het gewoon niet meer,' zei Preacher.

'Ga maar even naar haar toe,' opperde Jack, een blik in de richting van de deur van het appartement werpend. 'Vertel haar dat we van nu af aan een wapen bij de hand houden, maar niet op een plaats waar een kind bij kan. En dat houden we zo tot het gevaar geweken is.'

'En hoelang gaat dat duren, dacht je?'

'Ja, daar kan geen hond een zinnig antwoord op geven,' zei Jack. 'Als het moet, loop ik er een jaar mee rond. Jij kunt niet gaan staan koken met een wapen op zak.'

Preacher schudde zijn hoofd weer, dit keer uit frustratie.

'Ik was van plan om mijn familie in Los Angeles te gaan opzoeken,' zei Mike. 'Maar het lijkt me beter om dat nu maar even uit te stellen.'

'Nee, joh. Ga nu maar gewoon,' zei Preacher haastig. 'Misschien ken je mensen die te weten kunnen komen of Lassiter inderdaad in Los Angeles is en doet wat hij verwacht wordt te doen.'

'Daar kan ik wel achter komen,' zei Mike. 'Ik ga gewoon niet zo lang en kijk of ik wat te weten kan komen. Goed?'

'Graag,' zei Preacher. 'Alvast bedankt.'

'Ik zal mijn wapen meenemen naar het werk,' zei Rick.

De drie mannen staarden hem aan.

'Wat staan jullie nu stom te kijken? Ik heb een wapenvergunning, hoor!' riep Rick uit. 'Waarom mag ik hier niet aan meedoen?'

'Ik wil het niet hebben,' zei Jack gedecideerd.

'Als ik straks neergeschoten word, heb je spijt als haren op je hoofd.'

'Daar hoef je anders niet bang voor te zijn,' zei Mike kalm. 'Die kerel zal wel gek zijn om hier gewoon maar binnen te stormen, want hij kan op zijn vingers natellen dat hij zal worden neergeschoten. Als hij al iets doet, zal hij Paige waarschijnlijk bellen en proberen haar ervan te overtuigen dat hij veranderd is; hij zal haar smeken het contactverbod te laten opheffen en misschien ook de voogdij-uitspraak te laten herzien. Dit soort figuren is heel manipulatief.'

'Hij heeft haar anders al een keer aangevallen,' zei Preacher. 'Hier op straat, pal onder onze neus.'

'Nou, op je hoede blijven kan dus geen kwaad. Hij moet beslist in de gaten gehouden worden. Maar vergeet niet dat hij nu een lange gevangenisstraf riskeert. Het is een schurk, een slim manipulatief sujet. Laten we eerst maar eens kijken of hij thuis –'

'Hij heeft geen huis meer,' zei Preacher. 'Het is verkocht.'

'O, lekker is dat. Dat wordt nog wel even zoeken dan, maar iedereen kan gevonden worden.'

'Preach,' drong Jack aan. 'Ga nu maar even naar Paige. Zeg haar dat we allemaal van de partij zijn, dat we alles zullen doen om haar en Chris te beschermen. Het zou mooi zijn als we te horen krijgen dat hij in Los Angeles zit en keurig zijn huiswerk doet en probeert zijn leven weer op de rails te krijgen. Zolang we dat niet weten, blijven we alert, en we hebben een heel lange adem, toch? Zeg dat maar tegen haar. We kunnen het heel lang volhouden.'

'Ja,' mompelde Preacher. 'Ik zal het haar zeggen.'

Mel vond het maar niets dat Jack gewapend achter de bar stond. Het had al zo'n tijd gekost om te wennen aan het feit dat de mensen in

Virgin River een vuurwapen bezaten – een noodzakelijk kwaad voor bewoners van het platteland. Een geladen wapen in de auto was hier iets heel normaals; de kinderen hier werden al vroeg onderwezen in het gebruik en het gevaar van wapens, maar in Los Angeles, waar zij vandaan kwam, waren alleen politieagenten en criminelen gewapend.

Paige was natuurlijk erg uit haar doen geweest na het bericht dat haar ex-man op vrije voeten was, maar toen Mike een week later vanuit Los Angeles belde om te vertellen dat Wes met zijn reclasseringsambtenaar had gesproken en dat hij afspraken had gemaakt inzake zijn werkstraf, durfde ze weer een beetje adem te halen. Ze hoopte dat er niets zou gebeuren en dat al die voorzorgsmaatregelen konden worden beschouwd als een goede oefening.

Intussen begon Mels baby in te dalen, en ze had dan ook erg veel last van haar rug. Voor zo'n tengere vrouw was een bijna voldragen kind natuurlijk buitenproportioneel zwaar. De laatste paar dagen kwam en ging de rugpijn. Een enkele keer hielp het als ze even ging liggen. Alles wees erop dat het niet lang meer zou duren.

'Volgens mij wordt het tijd dat je stopt met werken, Mel,' zei dokter Mullins.

'Ik heb wel het gevoel alsof ik een heel rugbyteam in mijn buik heb,' verzuchtte ze, 'maar ik zie mezelf niet de hele dag thuiszitten en voor de televisie hangen, hoor.'

'Gewoon af en toe een beetje rusten zal je anders goeddoen,' meende de dokter.

'Op zo'n moment als dit kan ik toch zo verlangen naar het moment waarop ik mijn ruggenprik krijg...'

'Laten we dan maar even een spelletje doen. Als je me nu snel even inmaakt, dan kun je daarna naar huis om te rusten.'

'Goed idee.' Mel haalde de speelkaarten tevoorschijn, maar voordat ze ze kon schudden, hoorde ze de voordeur open- en dichtgaan. Dokter Mullins stond op om gaan te kijken wie er binnenkwam.

Het was Carrie Bristol. Ze had haar elf jaar oude dochtertje Jodie bij zich, die haar beide handen tegen haar buik gedrukt hield. 'Ze klaagt over buikpijn,' verklaarde Carrie.

'Laten we dan maar eens gaan kijken wat er aan de hand is,' zei dokter Mullins vriendelijk tegen het meisje. Hij ging hen voor en hield de deur van de onderzoekkamer voor hen open. Een paar minuten later vroeg hij aan Mel of ze even wilde komen.

'Hoogstwaarschijnlijk een appendicitis,' zei hij.

'O.' Mel ging de onderzoekkamer in. 'Erge buikpijn zeker?' vroeg ze aan Jodie.

'Koorts, overgeven, buikpijn,' lichtte dokter Mullins toe.

'Heb je tegen haar voetzolen geklopt?' vroeg Mel. Als dat een pijnlijke reactie in de buikstreek tot gevolg had, dan was er grote kans op een blindedarmontsteking.

'Ja. Maak je even een infuus klaar? Dan breng ik haar meteen naar het ziekenhuis.'

'Moet ze dan geopereerd worden?' vroeg Carrie. 'Het is toch niet zeker dat het een blindedarmontsteking is?'

'Zal ik je eens wat verklappen? Het is heel vaak niet zeker,' zei Mel. 'Chirurgen zijn geneigd om een patiënt toch te opereren, ook al kan het voor niets zijn. Dat doen ze liever dan dat ze iemand wegsturen die naderhand een blindedarmontsteking blijkt te hebben die op springen staat. De gevolgen daarvan zijn namelijk niet te overzien. In het ziekenhuis zullen ze, als er nog tijd is, haar bloed onderzoeken. Als het bloed een verhoogd aantal witte bloedlichaampjes vertoont, zullen ze besluiten om haar te opereren. Maar als je het mij vraagt, dan is het raak. Dus hoe eerder ze in het ziekenhuis is, hoe beter. De chirurg kan dan zelf even kijken.'

Zodra Mel het infuus had aangebracht, liet ze Jodie op de brancard plaatsnemen. 'Zal ik meegaan?' vroeg ze aan dokter Mullins.

'Ben je nu helemaal?' zei hij. 'Carrie gaat wel bij haar zitten. Straks hebben we ook nog een bevalling onderweg.'

'Nou ja, in dat geval ben ik dan in elk geval onderweg,' zei Mel droog.

'Sluit jij de boel hier maar liever af, ga naar huis en kruip in bed. Carrie, zou jij me even willen helpen met de brancard? Melinda kan elk moment bevallen.'

Mel gaf Jodie een bemoedigend klopje op haar hand. 'Het komt allemaal goed.'

Nadat de auto weggereden was, bleef Mel nog even op de veranda staan. Bij de kerk zag ze Cheryl Creighton over de weg zwalken, natuurlijk met een fles in de hand. Na de bevalling zou ze eens wat meer aandacht aan die arme vrouw besteden, nam ze zich voor. Cheryl was dan wel geen patiënt van haar, maar dat maakte niet uit. Het was een mens die dringend hulp nodig had.

De wind begon aan te trekken, en er kwam een dreigende lucht aan. Niets was heerlijker dan lekker binnen te zitten terwijl het buiten met bakken naar beneden kwam, dacht Mel, toen ze de eerste druppels op de straatstenen zag vallen. Dokter Mullins had gelijk: ze moest de rest van de dag maar vrij nemen en lekker naar huis gaan. Een warme douche en een middagslaapje zouden haar rug goeddoen.

Ze liep even naar de overkant en klom op een barkruk.

'Hallo, schoonheid,' begroette Jack haar, terwijl hij zich voorover-boog om haar een vluchtige kus op de mond te geven. 'Hoe voel je je?'

'Ik voel me zo groot als een olifant,' antwoordde ze. 'Hoe is het hier?'

'Rustig. Relaxed. Lekker.'

'Heb je iets fris voor me?'

'Komt eraan,' zei Jack. 'Heb jij nog iets beleefd?'

'Dokter Mullins heeft de Hummer even geleend om een spoedgeval naar Valley Hospital te brengen. Ik heb vanmiddag vrij en wil graag naar huis. Mag ik jouw truck lenen? Misschien kan Preacher of Rick je straks even thuisbrengen.'

'Ja, hoor. Geen probleem. Zal ik je anders even naar huis brengen?'

'Dat is heel lief aangeboden van je, maar ik vind het een vervelend idee om daar geen auto te hebben. Als je hem zelf nodig hebt, dan kijk ik wel even of ik de autosleuteltjes van dokter Mullins kan vinden...'

'Nee, hoeft niet. Neem mijn auto maar. Ik heb liever dat je daarin rijdt.'

Ze nam een slok van haar glas mineraalwater en keek naar het plafond bij het horen van de eerste donderslag. 'Ik ga thuis eerst lekker een warme douche nemen, daarna trek ik mijn flanellen hemd aan, en dan laat ik me lekker in slaap wiegen door het geluid van de regen op het dak.'

'Wanneer ik je straks wakker kom maken, zal ik je eens lekker masseren,' beloofde Jack.

'Soms word ik er gek van,' verzuchtte ze, terwijl ze een hand tegen haar onderrug legde. 'Net of het ventje op mijn ruggengraat zit. Als hij niet over mijn nieren heen walst.'

Jack nam haar handen in de zijne. 'Ik weet dat het de laatste tijd heel zwaar voor je moet zijn, Mel. Maar nog even, en dan is hij er. En dan ben je helemaal vergeten hoe zwaar het was.'

Ze lachte. 'Het mag dan zwaar zijn, maar ik zou met niemand willen ruilen.'

'Dit is het mooiste cadeau dat iemand me ooit heeft gegeven, weet je dat?' zei hij zacht. 'Ik hou zoveel van je.' Hij kwam achter de bar vandaan, gaf haar zijn autosleuteltjes en liep met haar naar de deur.

Mel snoof de lucht op. 'Ruik je de regen? Mmm, wat heerlijk is dat toch. Het is echte groeiregen. Dat betekent veel bloemen straks.'

Hij drukte zijn lippen tegen haar haren. 'Probeer maar een beetje bij te slapen; ik weet best dat je 's nachts niet zo goed slaapt. Over een paar uur ben ik thuis.'

Ze gaf hem een klap op zijn achterste en liep naar zijn auto. Ze stak nog even haar hand op en reed weg. Onderweg merkte ze dat haar rug steeds meer ging opspelen. Het bliksemde een paar keer achter elkaar, en de wind sloeg de regen meedogenloos tegen de voorruit. Op een paar honderd meter van haar huis voelde ze een scherpe pijn door haar onderbuik trekken, en toen ze er met haar hand tegenaan duwde, kon ze duidelijk haar baarmoeder voelen samentrekken.

Krijg nou wat, dacht ze. Idioot, die je bent. En dat durft zich verloskundige te noemen? Je hebt de hele dag al last van weeën, idioot. De hele dag! En misschien zelfs gisteren ook al…

Vlak voor haar lag een dennenboom dwars over de weg, maar ze was te laat om nog te kunnen stoppen. Ze gooide het stuur om om een frontale botsing te voorkomen en ramde de boom met de linkerkant van de bumper.

Had ze daar toch bijna een ongeluk gehad! Ze had nog geluk gehad; het had veel erger kunnen zijn. Als de airbag naar buiten was gekomen, zou ze echt in de problemen hebben gezeten. Ze moest terug naar Jack, en dan meteen door naar het ziekenhuis.

Ze zette de auto in zijn achteruit, maar de banden slipten. Ze probeerde het nog een keer, en nog een keer, maar de auto kwam niet van zijn plaats. Wat nu, dacht ze. Ik heb er echt een puinhoop van gemaakt. Was ik maar tien minuten langer bij Jack blijven zitten, dan had ik daar die eerste forse wee gehad.

Er zat niets anders op dan naar huis lopen, dan kon ze Jack bellen. Zover was het niet; ze hoefde niet bang te zijn dat ze die kleine trappelaar in haar buik onderweg zou verliezen. Maar, dacht ze, één ding is zeker: ik zal wel heel erg nat worden. En mijn kind gaat ook eerder komen dan ik dacht.

Hoofdstuk 17

Het zou normaal gesproken al niet meevallen om over de dikke stam en de wirwar van takken heen te klauteren, laat staan met zo'n dikke buik en een dokterstas in de hand. Diep in haar kraag gedoken en licht voorovergebogen, worstelde Mel tegen de stormachtige wind en de striemende regen in naar huis. Halverwege voelde ze opnieuw een forse wee aankomen. Die kwam wel heel snel na de vorige, constateerde ze. Nu niet in paniek raken. Er was tijd genoeg; het was per slot van rekening een eerste kind. Het zou nog wel een paar uur duren voor het serieuze werk begon. Vervelend alleen dat ze straks nog een keer over die boom heen moest klimmen, dacht ze. In het ergste geval zou Jack haar eroverheen moeten tillen, maar goed dat ze met zo'n sterke vent was getrouwd...

Op de veranda van haar huis werd ze door de volgende wee overvallen. Ze telde automatisch mee. Hij duurde behoorlijk lang. Het kon niet missen: het moment was gekomen.

Zodra ze binnen was, liep ze meteen door naar de telefoon. Ze toetste Jacks nummer in, maar er gebeurde niets. Ze probeerde het nog eens; weer geen enkel geluid. Ook dat nog...

Het huilen stond haar nader dan het lachen. Ze vermande zich echter en probeerde te bedenken hoever ze ongeveer zou zijn tegen de tijd dat Jack naar huis kwam. Ze wilde het licht aandoen, maar ook ditmaal gebeurde er niets. Nu had ze echt reden om in tranen uit te barsten, dacht ze. Geen licht, geen telefoon, geen dokter, en een ongelooflijke sufferd van een verloskundige, die op het punt stond te bevallen van haar eerste kind.

Mel ging aan de keukentafel zitten en probeerde haar gedachten op een rijtje te zetten. In een poging zichzelf tot kalmte te dwingen, haalde ze een paar keer diep adem. Misschien kon ze maar het beste van alles klaarzetten voor het geval ze thuis zou bevallen...

Ze haalde het bed af, bedekte de matras met een paar plastic vuilniszakken en legde er een paar handdoeken bovenop alvorens het hoeslaken weer over de matras te leggen. Daarbovenop spreidde ze nog een paar handdoeken uit. Ze legde extra kussens bij het hoofdeinde en bracht alle kandelaars met kaarsen die er in huis te vinden waren naar de slaapkamer. Toen ze tussendoor een wee kreeg, moest ze even op de rand van het bed gaan zitten. Daarna haalde ze een paar dekentjes voor de baby en een stapeltje handdoeken en legde die op bed.

Nadat dat eenmaal was gebeurd, verdween ze naar de badkamer. Ze zette de douche aan, zodat het water vast warm kon worden, en trok intussen haar natte kleren uit. Terwijl ze haar handen waste, kreeg ze weer een wee. Vol ongeduld wachtte ze tot de pijn weggeëbd was. Toen ging ze op haar hurken zitten om te voelen of ze al ontsluiting had. Het was een lastige manoeuvre, en ze moest zich vasthouden aan de wastafel om haar evenwicht niet te verliezen. Een, twee, drie vingers, en dan was er nog ruimte... Hemel, ze was al veel verder dan ze had gedacht. Het ziekenhuis kon ze verder wel vergeten. En die douche ook.

Toen ze zich weer overeind hees, kwam er een golf vruchtwater naar buiten. Ze pakte de eerste de beste handdoek, droogde zich af en wierp hem op de natte badkamervloer. Was Jack maar hier, of liever nog John Stone...

Ze trok een T-shirt van Jack aan, kroop in bed en trok het laken over haar buik. En nu maar wachten tot iemand de auto tegen die boom zou zien staan of zou ontdekken dat haar telefoon het niet deed.

Ze pakte de stethoscoop uit haar dokterstas en beluisterde haar buik. Gelukkig! De hartslag van de baby was duidelijk te horen.

Voor een keer was het maar goed dat Jack iemand was die zich snel zorgen maakte; het zou vast niet lang duren voor hij zou komen kijken waarom hij haar niet kon bereiken. Ze voelde weer een wee aankomen en keek op haar polshorloge. Twee minuten. Drie minuten later kwam de volgende, en bij elke wee kwam er vruchtwater naar buiten. Een paar minuten later volgde er weer een. Het zag ernaar uit dat de baby niet lang meer op zich zou laten wachten.

Jack belde naar huis om te horen of Mel veilig was aangekomen, want vlak na haar vertrek was de storm pas echt goed losgebroken. Ze nam niet op. Misschien deed ze er iets langer over vanwege het weer. Tien minuten later probeerde hij het weer, maar opnieuw kreeg hij geen gehoor.

'Neemt ze niet op?' vroeg Rick.

'Nee. Ze had gezegd dat ze een douche zou nemen en dan meteen haar bed in zou duiken. Ze zal nu dus wel onder de douche staan, denk ik.'

Jack bediende een paar mensen, die zojuist binnen waren gekomen, waarna hij nog eens naar de telefoon greep.

'Heeft ze de telefoon misschien uitgezet?' vroeg Preacher.

'Ja, vast. Om mij niet om de tien minuten te hoeven vertellen dat alles in orde is.'

Paige, die net een bakplaat vol broodjes in de oven zette, moest lachen. 'Joh, als ze je nodig had, zou ze je echt wel gebeld hebben, denk je niet?'

'Ja,' antwoordde hij. Toch belde hij nog een keer. Weer niets. Het zat hem niet lekker, en hij begon onrustig heen en weer te lopen.

'Misschien slaapt ze en hoort ze de telefoon niet?' opperde Preacher.

'Het zou me verbazen als ze echt in slaap gevallen was,' zei Jack. 'Ze had zo'n last van haar rug.'

'Ik hoop niet dat die rugpijn een voorbode blijkt te zijn,' mompelde Paige. 'Dat was bij mij namelijk het geval toen ik Christopher kreeg, en het was bepaald geen lolletje.'

'Dat zou zij dan toch wel weten, mag ik aannemen,' zei Jack.

'Ja, dat lijkt me ook. Maar ik wist het op dat moment niet,' zei Paige. 'Ik besefte het pas tegen de tijd dat ik al een behoorlijke ontsluiting had.'

Jack keek Preacher en Rick beurtelings aan. Hij begon zich nu echt zorgen te maken. Wanneer was Mel precies vertrokken? Een halfuur geleden? Een uur? 'Ik wil naar haar toe,' zei hij. 'Rick, kun je me even naar huis brengen?'

'Rustig maar, Jack. Er is vast niets aan de hand,' zei Paige.

'Dat zal best, maar dat wil ik dan wel even met eigen ogen zien.' Jack schoot haastig zijn jas aan en rende naar Ricks auto. Hij kroop zelf achter het stuur, te ongerust en nerveus om zich te laten rijden. Wetende dat Jack niet in de stemming was voor een discussie, protesteerde Rick niet en wierp hij hem de autosleuteltjes toe. Nog voor Ricks portier goed en wel dicht was, scheurde Jack weg.

Tijdens de tien minuten durende rit deed Rick een poging om hem gerust te stellen. 'Mel weet heus wel wat ze doet, Jack,' zei hij. 'Je zult zien dat je je voor niets zorgen hebt zitten maken. Als er iets aan de hand was, had ze je echt wel gebeld.'

Jack staarde met opeengeklemde kaken voor zich uit en reageerde niet. Hij concentreerde zich op de weg en nam de bochten zo scherp en snel als hij kon.

Rick moest denken aan wat hij zelf nog niet zo lang geleden had meegemaakt en merkte dat hij ook hoe langer hoe ongeruster werd. 'Je zult zien dat alles –'

Midden in zijn zin bleef hij steken, omdat Jack plotseling op de rem ging staan.

'O, nee… Mel!' riep Jack uit bij het zien van zijn auto, die zich met de voorkant in een omgevallen boom had geboord. Hij sprong Ricks auto uit, rende in de stromende regen naar zijn eigen auto toe en rukte het portier aan de chauffeurskant open. Niemand... Geen bloed, geen dokterstas ook. Hij smeet het portier dicht, sprong over de omgevallen boom en sprintte naar huis. Hij stormde naar binnen en gleed in de haast bijna uit op de natte modderige vloer. 'Mel!'

'Jack,' hoorde hij haar zwakjes roepen.

Hij rende naar de slaapkamer.

Ze zat half rechtop in bed met een heleboel kussens in haar rug en een laken over zich heen. 'Het is begonnen,' zei ze.

Hij liet zich op zijn knieën naast het bed vallen. 'We gaan onmiddellijk naar het ziekenhuis.'

'Te laat,' zei ze. 'Dat haal ik niet meer, ik ben al te ver. Maar misschien kun je John bellen en vragen of hij zo snel mogelijk hierheen kan komen...' Ze kreunde en kromp ineen van de pijn. 'Wacht...' Ze greep Jack bij een hand. 'De telefoon doet het niet. Ga terug naar het dorp, bel John en zeg dat de vliezen zijn gebroken en dat ik acht centimeter ontsluiting heb. Kun je dat onthouden?'

'Ja.' Hij haastte zich terug naar Rick, vertelde hem wat hij moest doen en keerde terug naar Mel. Hij nam haar hand in de zijne en wachtte tot de pijn weggeëbd was. 'Mel. Zeg maar wat ik moet doen,' zei hij.

'Goed. Trek eerst een paar droge kleren aan en ruim dan die nattigheid op, want daar komen anders ongelukken van. Daarna zien we wel verder. Doe maar rustig aan. Het duurt nog wel even. Misschien is John nog op tijd.' Ze liet zich achterover in de kussens vallen. 'Pff, ik ben nog nooit zo blij geweest om je te zien, weet je dat?'

Haar gezicht vertrok weer van de pijn, en ze begon puffend te ademen. Jack kon niets anders doen dan machteloos toezien.

'Wat sta je hier nog, Jack?' vroeg ze toen de pijn weer even wat minder werd. 'Doe nu maar wat ik je gevraagd heb.'

'Eh... ja,' mompelde hij. 'Ja.'

Hij ging naar de badkamer voor een badhanddoek om de natte troep in de gang mee op te dweilen. De badkamervloer vloer lag bezaaid met natte kleren en vochtige handdoeken. Haastig griste hij alles bij elkaar en gooide het op een grote hoop in een hoek. Met een zwabber dweilde hij zijn natte voetsporen op. Nadat hij droge kleren had aangetrokken, ging hij terug naar zijn vrouw.

'Weet jij toevallig of er ergens nog meer kaarsen in huis liggen?' vroeg ze.

'Ik zou het niet weten.'

'Een zaklantaarn dan?'

'Ja. Ik heb wel een paar zaklantaarns, ja.'

'Pak dan even de sterkste die je hebt. Als de baby komt voordat John er is, zal ik proberen om je bij te lichten.'

'Mij bijlichten?'

'Lieve Jack. We zijn hier maar met ons tweetjes. Een van ons zal de baby eruit moeten duwen, de ander zal hem moeten opvangen. Wat wil je liever? Je mag kiezen.'

'O,' mompelde hij. Hij verliet de kamer en kwam even later terug met een grote zaklantaarn. Hij wilde haar even demonstreren hoeveel licht eruit kwam en scheen prompt vol in haar gezicht, maar deed de lamp meteen uit toen ze haastig haar ogen afschermde.

'Allemachtig.' Ze wreef haar ogen uit. 'Volgens mij moet jij het kind er maar uitduwen,' zei ze. 'Ik weet tenminste waar ik die zaklantaarn op moet richten. Ja, dat lijkt me een goed idee.'

Hij knielde weer naast het bed. 'Dit is niet een geschikt moment om sarcastische opmerkingen te maken, Mel.'

'Toch jammer dat jij, als eigenaar van een kroeg, zelf geen druppel alcohol in huis hebt,' zei ze. 'Op dit moment zou een flinke slok cognac me goed van pas komen. Zoiets wil wel eens een vertragende werking hebben op het baren.'

'De volgende keer zal ik zorgen dat er een fles in huis is.'

'Jij gaat er maar van uit dat er een volgende keer zal zijn,' zei ze. 'Bespottelijk gewoonweg.'

'Waarom? Bij de eerste is het onmogelijke toch ook gebeurd? Ik ben goed in het maken van baby's, al zeg ik het zelf, maar ze baren, dat laat ik liever aan jou over.'

'Ik heb het gehoord, schat.' Ze kromp weer ineen van de pijn en probeerde er met puffen overheen te komen, maar de weeën duurden steeds langer en volgde elkaar steeds sneller op. Ze wierp een blik op haar horloge. 'Oef,' verzuchtte ze. 'Na deze ervaring zal ik mijn werk met heel wat meer empathie doen... Au.'

'Wat kan ik doen?'

'Ik zou er maar een stoel bij pakken, want voorlopig ben ik nog wel even bezig.'

Jack ging naar de babykamer en kwam terug met de nieuwe schommelstoel. Hij ging op de rand zitten en boog zich naar Mel toe. 'Reed je erg hard toen je tegen die boom reed?' vroeg hij, terwijl hij voorzichtig haar bezwete voorhoofd met een handdoek bette.

'Nee, het viel wel mee. Ik werd afgeleid door de eerste serieuze wee; daardoor zag ik te laat dat er een boom over de weg gevallen was.'

'De weeën zijn dus niet op gang gekomen door die botsing?' wilde hij weten.

'Nee. Ik denk dat het proces de hele dag al gaande was. Ik heb er geen moment bij stilgestaan dat die rugpijn wel eens zou kunnen betekenen dat er van alles stond te gebeuren. Stom, hè?'

'Nou, zeg! Paige vertelde net dat haar dat ook is gebeurd. Toen ik dat hoorde, ben ik als een gek hierheen gereden.'

'Dan mogen we haar wel dankbaar zijn. Au...' Ze greep haar buik met beide handen vast. De wee leek eindeloos te duren. Toen hij voorbij was, liet ze zich uitgeput terug in de kussens vallen en sloot haar ogen. 'Goeie genade, dit is nog veel zwaarder dan het lijkt... Gelukkig duwt hij nu niet meer zo tegen mijn arme wervelkolom.'

'Verdorie, kon ik het maar van je overnemen,' verzuchtte Jack gefrustreerd.

Het bleef twee minuten stil. Toen diende zich de volgende wee aan. Zodra hij voorbij was, stond Jack op om een nat washandje te halen waarmee hij haar gezicht en haar hals afnam.

'Mm, lekker is dat, zeg,' murmelde ze.

'Ik hoop toch wel dat je hem binnen kunt houden tot John er is,' mompelde hij.

'Ik doe mijn best, Jack. Ik doe mijn best.'

Hij hield haar hand stevig vast en wiste na elke wee het zweet van haar voorhoofd. 'Het komt allemaal goed, schat,' zei hij telkens. 'Heus, het komt allemaal goed...'

'Hou daar toch eens mee op!' viel ze opeens tegen hem uit. 'Ik weet best dat het allemaal goed komt!'

Jack schrok even, maar herinnerde zich opeens dat een van zijn zwagers hem ervoor had gewaarschuwd. Doe je zo je best om haar te steunen, maakt ze je uit voor rotte vis...

'Sorry, Jack,' zei ze meteen. 'Hij is aan de afdaling begonnen, geloof ik.'

'De afdaling...' Jack keek haar glazig aan.

'Ja,' zei ze hijgend toen de wee weer voorbij was. 'Ik voel het. Ik voel hem zakken. Het kan nu elk...' Ze had het niet meer van de pijn en begon haastig te puffen.

Twee minuten kunnen een eeuwigheid lijken als je erdoorheen moet. Ook wanneer je machteloos moet toezien terwijl iemand zo lijdt.

'Jack,' bracht ze uit nog voor ze weer op adem was gekomen. 'Je moet nu even kijken hoe het erbij staat. Pak die zaklantaarn en kijk of je al iets ziet.'

'Hoe weet ik nu of ik iets zie?' vroeg hij.

Ze vernauwde haar ogen tot spleetjes en keek hem aan. 'Je hebt toch wel eens de kruin van een baby gezien, of niet soms?'

'Rustig maar, ik doe dit ook niet dagelijks, weet je.'

Ze trok haar knieën op en deed ze uiteen, waarna Jack het licht van de lantaarn tussen haar benen liet schijnen.

'Wow,' mompelde hij. Toen hij weer opkeek, zag hij wit om de neus.

'Kun je aangeven hoeveel je al van het hoofdje ziet? Zo, met je duim en wijsvinger.' Ze deed het hem voor.

De cirkel die hij maakte was een stuk groter dan die zij had gemaakt.

'O, lala...'

Hij knipte de zaklantaarn uit. 'Melinda, ik vind dat je moet wachten tot John er is en –'

'Ik ben het spuugzat om steeds maar te moeten aanhoren dat ik op John moet wachten!' snauwde ze. 'Ik ben hier degene die een kind krijgt. Jij bent hier om op te letten en me te helpen, begrepen?'

'Maar Mel –'

Ze greep hem bij een pols en drukte haar nagels in zijn huid. 'Ik zou ook willen dat het anders was, maar we hebben geen keus.'

Het lag op zijn lippen om nog eens te herhalen dat ze toch maar moest proberen om de boel binnen te houden, maar hij zag er op het laatste moment van af. Op dit moment was ze waarschijnlijk niet voor rede vatbaar; bovendien had ze gelijk: zij was degene die moest bevallen. En was hij niet gewend om bevelen op te volgen? 'Begrepen,' zei hij gedwee.

'Goed dan. Zo dadelijk pak je een deken. Die leg je opengevouwen aan het voeteneinde van het bed. Een klein dekentje, voor de baby.'

'Goed.'

'Dan staat daar mijn dokterstas. Daar haal je twee klemmen en een schaar uit. O, en de vacuümextractor. Verder hebben we iets nodig om straks de placenta in te doen, een schaal of een pan. Als je dat allemaal hebt gedaan, ga je naar de badkamer. Je rolt je mouwen op en je wast je handen en onderarmen met veel zeep en water. Zo warm mogelijk. Neem een schone handdoek uit de kast om je handen af te drogen. Tegen de tijd dat je hier terug bent, zul je nog meer van het hoofdje zien.'

'Goed.' Jack dook in de dokterstas. Het viel niet mee om de dingen te vinden waar ze om had gevraagd, en hij moest dan ook een paar keer iets omhooghouden voordat hij eindelijk een klem te pakken had.

Terwijl hij zich stond te verbazen over de vacuümpomp, kreeg

Mel weer een pijngolf over zich heen. Met een dierlijke kreet schoot ze half overeind en klemde zich vast aan haar knieën tot ze paars aanliep.

Instinctief pakte Jack de zaklantaarn om te kijken hoe de zaken ervoor stonden. O crisis, dacht hij. Dat plukje haar leek opeens een stuk groter dan zo-even. Het had inderdaad geen zin om te zeggen dat ze moest proberen om zich in te houden. 'Hoeveel tijd hebben we nog, denk je?' vroeg hij.

'Ik zou maar opschieten als ik jou was. Ga je handen maar wassen.'

'Goed.' Hij verdween haastig naar de badkamer. Intussen hoorde hij haar weer kreunen en puffen. Afschuwelijk. Hij wilde schreeuwen dat ze daarmee op moest houden, maar wist dat dat wel het laatste was wat hij moest doen. Terug in de slaapkamer wilde hij de zaklantaarn weer pakken.

'Niet doen!' riep ze geagiteerd uit. 'Laat liggen dat ding. Pak hem op met een schone handdoek en geef hem aan mij!'

Hij keek om zich heen, zag toen de stapel schone handdoeken naast haar hoofdkussen en pakte er eentje vanaf. Mel probeerde iets meer rechtop te gaan zitten, waarna ze de zaklantaarn tussen haar benen liet schijnen.

'Goeie genade, Mel...'

Ze kon wel raden wat dat betekende. Ze liet zich weer terug in de kussens vallen en keek op haar horloge. Rick was nu anderhalf uur geleden vertrokken. Waar bleef John? 'Hij komt eraan, Jack,' zei ze zwakjes.

'Kom hier met dat ding,' zei hij. Hij nam de lantaarn met de handdoek van haar over en legde hem neer op een opgerolde handdoek, zodat hij het stuk matras tussen Mels benen verlichtte. 'Zo. Nu hoef je je maar op één ding te concentreren.'

'Op het baren?' vroeg ze.

'Vooruit, twee dingen,' gaf hij toe. 'Baren en mij vertellen wat ik moet doen.'

Er kwam weer een wee aan. Mel richtte zich half op, greep haar dijbenen stevig vast en perste uit alle macht, waardoor het hoofdje heel langzaam iets meer naar buiten kwam.

'Allemachtig...' fluisterde Jack ademloos.

Na nog drie keer persen kwam opeens het hele hoofdje tevoorschijn. 'O, mijn hemel,' fluisterde hij.

'Jack, kijk of de navelstreng niet om zijn nek zit. Het ziet eruit als een koord, paars van kleur. Au...' Ze kreeg weer een wee. 'Voel anders even met je wijsvinger. O. Au!'

Op dat moment hoorden ze de voordeur opengaan.

'John!' schreeuwde Jack. 'Kom snel hierheen!'

Druipnat en op zijn dooie akkertje kwam John de slaapkamer binnen. Jack wilde meteen opstaan, maar de dokter hield hem tegen.

'Gewoon doorgaan, kerel.' Hij tuurde naar het hoofdje van baby. 'Heel goed. Heb je al gevoeld of de navelstreng niet om zijn nek zit?'

'Ja, maar ik heb er verder ook geen verstand van,' zei Jack.

John liet zijn jas van zijn schouders glijden, pakte de zaklantaarn en hield hem wat dichterbij. 'Dat ziet er goed uit,' mompelde de hij. 'Houd je handen eronder, Jack. De baby komt er zo uit. Opgelet, hè.'

'Ben je nu helemaal! Dat ga ik toch niet...' riep Jack verhit uit. Hij had het helemaal gehad.

'Onzin. Je zit er tot aan je nek in, nu moet je de klus ook afmaken.' De arts keek Mel aan. 'Nog een keer persen, Mel.'

Mel kreunde en perste en... daar kwam de baby er keurig in één keer uitgegleden.

'Houd hem met het gezichtje naar beneden, schuif je hand onder zijn borst,' instrueerde John. 'Ja, prima. En nu zachtjes over het ruggetje wrijven.' Maar nog voordat Jack dat had kunnen doen, begon de baby te huilen. 'Ha, perfect,' zei John. Hij legde het dekentje op Mels buik. 'Heel goed gedaan. Leg hem daar maar neer. Nu moet je hem nog even afdrogen en warm inpakken.'

Met trillende handen veegde Jack het kleine lichaampje van zijn zoon schoon.

Mel rekte haar hals om haar baby te kunnen zien en strekte een hand naar hem uit.

Een ogenblik staarde Jack als gehypnotiseerd naar het kind dat hij zo-even ter wereld had helpen brengen – zijn zoon! Zo uit het lichaam van zijn vrouw gekomen... Een naakt krijsend wezen, bedekt met bloed en geelwitte smeer, maar het mooiste wat hij ooit gezien had. Het mondje wijd open, wild zwaaiend met armpjes en beentjes. Zo klein was hij, dacht Jack.

'Het is een kanjer, Melinda,' hoorde hij John op hetzelfde ogenblik zeggen. 'Waar heb je hem al die tijd gelaten?'

'Dat voelt stukken beter,' verzuchtte Mel.

John maakte zich intussen nuttig door Mels baarmoeder zachtjes te masseren. 'Wat een vrouw,' merkte hij op. 'Niet eens ingescheurd.' Hij klemde de navelstreng af, gaf de schaar aan Jack en liet zien waar hij hem moest doorknippen. Als een robot voerde Jack de handeling uit.

'Goed zo,' zei John. 'Geef de baby nu maar aan Mel. Ik zal de troep wel helpen opruimen.' Hij verdween naar de badkamer.

Liefdevol tilde Jack de baby op en gaf hem aan Mel, die haar T-shirt omhoog had geschoven zodat ze haar kind meteen aan de borst kon leggen. Teder aaide ze de baby over zijn gave bolletje; hij hield meteen op met huilen. Met een glimlach keek ze op naar haar echtgenoot.

'Toe maar, jochie,' zei ze zachtjes tegen haar pasgeboren zoon. 'Je weet wat je te doen staat. Stop het bloeden, jaag die placenta naar buiten.' Ze bracht de tepel naar het kleine mondje en bewoog hem zachtjes heen en weer.

Jack werd overspoeld door emoties. Niet wetend of hij moest flauwvallen of in luid gezang moest uitbarsten, liet hij zich op zijn knieën naast het bed vallen om niets van het moment te missen.

Mel duwde haar tepel nog eens zachtjes tegen het mondje van de baby, en opeens had hij het door. De kleine lipjes vonden de tepel, en hij begon meteen te zuigen.

'Nee, maar!' zei Mel trots. 'Kun je dit zomaar?' Ze keek naar Jack, die haar glazig aankeek, en glimlachte weer. 'Dank je wel, lieve schat.'

Hij legde zijn gezicht tegen haar borst, vlak bij het hoofdje van zijn zoon. 'Mijn hemel, Melinda,' fluisterde hij schor. 'Wat hebben we zo-even gedaan?'

Een uur daarna ging het licht weer aan. Na het opruimen had John Mel en de baby gewassen en Jack geholpen bij het verschonen van het bed. Net toen hij op het punt stond om te vertrekken, stond Preacher op te stoep.

'Nou, het is allemaal perfect gegaan,' zei de arts. 'Moeder en kind maken een tevreden indruk, maar jij ziet eruit alsof je wel iets rustgevends kunt gebruiken, Jack,' besloot hij lachend.

'Nou inderdaad, ik zou wel behoefte hebben aan een borrel,' beaamde hij. 'Je hebt niet toevallig een fles whisky in die tas van je zitten?'

'Dat had je gedroomd.' Hij gaf Jack een klap op zijn schouder. 'Je hebt goed werk geleverd, paps. Ik ben trots op je.'

'O ja? Wat moest ik anders? Zij liet me geen keus.'

'Laat je zoon maar gauw aan oom Preach zien,' zei John. 'Ik ga nu maar naar huis, want in de badkamer ligt een grote stapel vuile was op je te wachten.'

Jack lachte. 'Praat me er niet van.'

Jack bracht de baby naar de zitkamer en gunde Preacher een blik op de pasgeborene.

'Begrijp ik goed dat jij Mel bij de bevalling hebt geassisteerd?'

'Nou, ik had er niet om gevraagd, hoor.'

Preacher grinnikte. 'Kennelijk heb je het wel heel goed gedaan.'

'Ik sta anders niet te trappelen om het nog een keer te doen,' zei Jack, maar hij grijnsde van oor tot oor. 'Waar zijn Paige en Chris?'

'Rick houdt de wacht,' zei Preacher. 'Ik heb hem zolang mijn wapen gegeven, wat hij veel te leuk vond naar mijn smaak.'

'O. Ga dan maar weer gauw terug en pak hem dat ding af.'

Jack legde de baby voorzichtig terug in zijn wiegje naast Mel, die met een vredige uitdrukking op haar gezicht lag te slapen. Daarna stopte hij een was in de wasmachine en ruimde het hele huis op.

Om een uur of negen werd er zachtjes op de voordeur geklopt; het bleek Preacher weer te zijn. Hij hield een fles drank omhoog.

'Volgens John zag je er toch uit of je wel iets rustgevends kon gebruiken?' vroeg hij.

'Ja, inderdaad. Kom binnen. Ze slapen allebei; dus we moeten een beetje stil zijn.'

Nadat Jack een paar glazen tevoorschijn had gehaald, schonk Preacher in. Ze keken elkaar aan en hieven beiden het glas.

'Van harte, papa.'

Jack nam een flinke slok, en toen hij weer opkeek, waren zijn ogen verdacht vochtig. 'Die Mel,' fluisterde hij. 'Wat een inspanning zoiets kost... Je hebt geen idee. Ze was echt geweldig, een waar oermens, ik zweer het. En je had haar gezicht moeten zien toen ze haar kind voor het eerst in haar armen had en de borst gaf...' Hij zette zijn glas nog eens aan zijn lippen. 'Haar gezicht was een en al liefde. Ze had iets, iets goddelijks.'

'Ja,' zei Preacher. 'Misschien is dat zo'n moment waarop God zich laat zien.' Hij spreidde zijn armen en omarmde zijn vriend.

'Nog nooit heb ik zoiets moois gezien,' fluisterde Jack.

Preacher greep Jack stevig bij zijn armen beet en schudde hem licht door elkaar. 'Ik ben echt ontzettend blij voor je.'

Kort daarna ging Preacher naar huis.

Rond middernacht deed Jack alle lichten uit en ging in de schommelstoel naast het bed zitten. Om twee uur haalde hij de baby uit zijn wiegje en gaf hem aan Mel. Gefascineerd keek hij toe terwijl ze zijn zoon een paar minuten aan elke borst legde en hem vervolgens liet boeren. Ze gaf de baby weer terug aan Jack, en na hem nog een paar aanwijzingen te hebben gegeven over het verschonen, viel ze weer in slaap.

Toen de baby om vijf uur 's ochtends wakker werd, werd het hele ritueel herhaald, en om acht uur weer.

Om negen uur hoorde Jack het geluid van een kettingzaag. Hij liep naar de veranda, al vermoedde hij wat er aan de hand was: Preacher was bezig de weg vrij te maken.

Rond het middaguur besloot Mel dat het tijd was om op te staan. Ze ging rechtop zitten, zette haar voeten op de vloer, stond op en rekte zich uit. 'Ik denk dat ik maar eens een douche ga nemen,' kondigde ze tot Jacks verbazing aan.

'Maar voel je je daar dan weer toe in staat?'

'Man, je hebt geen idee hoeveel beter ik me voel.' Ze legde haar handen tegen haar onderrug. 'Ik heb zelfs geen rugpijn meer.' Ze kroop in zijn armen. 'Dank je wel, Jack. Zonder jou had ik dit nooit gekund.'

'Nou, dat betwijfel ik.' Hij liet zijn blik over haar gestalte gaan.'

'Wat is er?'

'Het is ongelooflijk. Ik snap niet dat je rechtop kunt staan na wat je gisteren hebt gepresteerd,' antwoordde hij.

Ze lachte. 'Ja, wonderlijk, hè? Zo zie je maar hoe flexibel het lichaam van een vrouw is. Misschien besef je het nog niet, maar je hebt gisteren iets heel bijzonders meegemaakt. Er zijn niet zoveel mannen die kunnen zeggen dat ze hun eigen kind ter wereld hebben helpen brengen.'

Hij drukte zijn lippen tegen haar voorhoofd. 'Hoe kom je erbij dat ik me daarvan niet bewust zou zijn?'

Ze gaf hem een aai over zijn wang. 'Heb je vannacht nog een beetje kunnen slapen?'

Hij schudde zijn hoofd. 'Ik was veel te opgewonden om te kunnen slapen,' antwoordde hij. 'Dat ben ik trouwens nog steeds.'

'Hm, misschien is het toch tot je doorgedrongen. Ik ga even douchen, en daarna moet je een paar dingen voor me doen.'

'Wat voor dingen?' vroeg hij quasiverontwaardigd. 'Ik heb de was al gedaan, hoor.'

Mel lachte. 'We hebben sinds gistermiddag niets meer gegeten. En verder zijn er een paar mensen die je het grote nieuws moet vertellen. Je zult toch echt het dorp even in moeten. Ik hoorde vanochtend het geluid van kettingzagen. Is je auto al losgetrokken?'

'Hij staat al voor het huis.'

Ze schudde haar hoofd. 'De mensen hier zijn echt ongelooflijk. Ze doen gewoon wat nodig is; je hoeft het ze niet eens te vragen. Ik sterf van de honger, zeg. Oké, ik ga me snel even douchen en aankleden.'

Toen ze uit de douche stapte, stond er een grote kom warme soep voor haar klaar.

'Weet je zeker dat je het hier redt in je eentje?' vroeg Jack.

'Geen probleem, jongen,' zei ze, waarna ze met smaak de soep naar binnen begon te werken.

Jack wikkelde in razend tempo zijn telefoontjes af, terwijl Paige en Preacher een uitgebreid lunchpakket klaarmaakten dat hij mee naar huis kon nemen. Na nog even het nodige uit de keuken mee te hebben genomen – eieren, melk, kaas en jus d'orange – haastte hij zich terug naar huis.

Thuis trof hij Mel en de baby slapend aan. Hij pookte in de haard, plofte op de bank en strekte zijn benen voor zich uit op de kist die als salontafel dienstdeed. Langzaam daalde er een vredige rust over hem neer. Het was net of hij een kalmeringsmiddel had genomen. Hij had het gevoel dat hij in de hemel was beland, zo gelukkig voelde hij zich.

Een paar uur later werd hij wakker doordat iemand over zijn haren streek. Hij sloeg zijn ogen op en zag Mel naast zich op de bank zitten met de baby op schoot.

'Heeft hij al een voeding gehad?' was het eerste wat hij vroeg.

'Ja, meer dan eens.'

'Geef mij hem even.' Hij pakte de baby van haar aan en drukte zijn lippen teder tegen het hoofdje. 'Ik kan het nog steeds niet helemaal geloven... Hoe moet ik uitleggen wat ik voel? Ik zou bijna gaan denken dat ik me nog nooit eerder gelukkig heb gevoeld, want dit gevoel is zo... Hoe moet ik het zeggen? Dit is zo groot, zo intens, gewoon niet te beschrijven.' Hij raakte haar wang even aan. 'Zo'n mooi geschenk heeft nog nooit iemand me gegeven, Melinda.'

Ze lachte. 'Dat is fijn om te horen, Jack.'

'Geef me een kus,' Hij boog zich naar haar toe, waarop ze hem lang en teder kuste.

'Heb je iedereen kunnen bereiken?'

'Hm-m. Joey wilde meteen komen, maar, eh... Ik hoop dat je het niet erg vindt, maar ik heb haar gevraagd om ons een paar dagen de tijd te gunnen. Ik wil graag nog even met jou alleen zijn.'

'Nee, hoor. Dat vind ik helemaal niet erg,' antwoordde ze lachend. 'Je komt vanzelf weer terug op aarde. Hoe was het in de kroeg? Ben je daar niet nodig voor Paige?'

'Ron en Bruce zullen om beurten een oogje in het zeil houden. Wat bedoel je, ik kom vanzelf weer op aarde terug? Vergeet het maar, hoor. Dat zit er niet in.'

'Dat gaat onherroepelijk gebeuren,' zei ze. 'Maar niet meteen, hoop ik, want ik vind je zo veel te leuk. Zo zacht en vol verwondering.'

'Ik vind mezelf zo ook erg leuk, moet ik bekennen.'

Na schooltijd ging Rick even bij Mel langs. Toen hij aanklopte, deed ze zelf open.

'Hoe is het met je?' vroeg hij.

'Heel goed,' antwoordde ze op gedempte toon. Ze hield een wijsvinger tegen haar lippen en trok hem naar binnen. 'Kom even kijken,' fluisterde ze. 'Maar wel heel stil zijn.'

Ze loodste hem mee naar de zitkamer, waar Jack zittend op de bank in slaap gevallen. Ze gebaarde naar een stoel. 'Geef me je jas maar even.'

Hij trok zijn jas uit en ging geruisloos op de aangewezen stoel zitten.

Mel verliet de kamer om zijn jas op te hangen en kwam terug met de baby, die ze voorzichtig aan Rick gaf. Vervolgens liet ze zich naast zijn stoel op een knie zakken – een hele prestatie voor een vrouw die de dag ervoor was bevallen. Ze sloeg een arm om zijn schouders en liet haar hoofd tegen het zijne rusten.

Rick keek naar het gezichtje van Jacks zoon, het gave bolletje, de kleine roze lipjes. De baby bewoog even en maakte kleine geluidjes.

Jack sloeg zijn ogen op en sloeg het tafereeltje zwijgend gade. Er liep een glinsterende traan over Ricks wang.

'Dit is dus zoals het zou moeten zijn,' fluisterde Rick.

'Ooit zal het ook zo voor jou zijn,' fluisterde Mel terug. Ze gaf hem een zoen op zijn wang. 'Alles op zijn tijd.'

Ze stond op en kroop tegen Jack aan, die automatisch een arm om haar heen sloeg. Zo bleven ze daar gevieren nog een hele tijd zitten.

Hoofdstuk 18

Mike Valenzuela nam contact op met een vriend bij de reclassering die hij in het recente verleden wel eens als bron van informatie had gebruikt. Hij mocht dan niet langer werkzaam zijn bij de politie maar vanwege zijn uitstekende reputatie genoot hij nog altijd veel aanzien.

‘Lassiter is tot toe nu braaf op zijn afspraken verschenen,’ wist Mike Paige en Preacher kort daarna te vertellen. ‘Hij meldt zich ook elke dag bij zijn groep ex-verslaafden en werkt twee avonden in de week in een gaargeuken.’

‘In een gaarkeuken?’ Paige schudde haar hoofd. ‘Niet te geloven.’

‘Het volgende zal je waarschijnlijk minder verbazen: hij is al bezig om verkorting van zijn werkstraf te krijgen en zijn afspraken met de reclassering zijn inmiddels teruggedraaid van één keer per week naar één keer per maand. En… hij woont samen met een vrouw die hij in het afkickcentrum heeft leren kennen.’

‘O, nee,’ zei Paige. ‘Precies wat Brie al had voorspeld.’

‘Het is in feite ook heel voorspelbaar,’ zei Mike. ‘Het wordt hun allemaal afgeraden om in het eerste jaar dat ze schoon zijn een nieuwe relatie te beginnen, vooral niet met een andere ex-verslaafde, maar het gebeurt doorlopend. Het mag jou dan onwaarschijnlijk in de oren klinken, Paige, maar het lijkt erop dat hij je vergeten is. Hij is vooral bezig van zijn straf af te komen, en misschien is hij al begonnen een nieuw leven op te bouwen met die vrouw.’

‘Hij heeft tot nu toe nog niet gebeld,’ gaf ze toe. ‘Jij verwachtte toch ook dat hij dat binnen de kortste keren zou doen.’

'Klopt,' zei Mike. 'Aangenomen dat hij de voogdij en de scheiding nog steeds terug wil terugdraaien, zou je verwachten dat hij je in elk geval telefonisch zou lastigvallen, want dat zou minder snel repercussies hebben gehad. Hij kijkt ook wel uit om zich hier te vertonen, want hij weet dat hij zijn vrijheid dan echt een hele tijd kwijt zal zijn.'

'Dus jij denkt dat we weer rustig adem kunnen halen?' vroeg ze.

'Nou, rustig... We moeten natuurlijk alert blijven. Ik vermoed dat hij op een dag wel terug zal komen. Dat soort kerels is over het algemeen nogal haatdragend en raakt hun obsessies niet zomaar kwijt. Ikzelf geloof niet dat zo iemand ooit kan veranderen. Maar vooralsnog heeft hij het te druk met andere zaken. Voor hetzelfde geld gaan er tien jaar overheen voor je weer met hem te maken krijgt.'

Preacher sloeg een arm om Paige' schouders. 'Ik zou het toch fijn vinden als je regelmatig even naar hem wilt informeren,' zei hij.

'Natuurlijk, geen enkel punt,' zei Mike. 'Ik zal elke week bellen.'

Preacher had verwacht dat Paige opgelucht zou zijn; de berichten waarmee Mike kwam, waren immers positief. Maar niets was minder waar. Ze was de hele dag stil, een beetje gedeprimeerd zelfs.

Toen ze na sluitingstijd alleen waren, nam hij haar in zijn armen. 'Je was zo stil vandaag,' zei hij zacht. 'Maak je je nog steeds zulke zorgen? Ben je bang dat hij vandaag of morgen toch opeens voor je neus staat?'

Paige zuchtte. 'Hij is gewoon niet te vertrouwen, weet je. En ik vind het een vreselijk idee dat ik nooit van hem af zal komen en dat ik jou hierin meesleep, in al deze ellende en deze waanzin. Die man is gevaarlijk. O, John, wat doe ik je allemaal niet aan...'

Hij lachte en kuste haar vluchtig op de mond. 'Zo ervaar ik dat zelf anders helemaal niet, hoor. Voor mijn part word je op de hielen gezeten door Attila de Hun en zijn kornuiten. Vanaf de dag dat jij en Chris mijn leven binnen wandelden, ben ik de gelukkigste man van de wereld. Ik zou je voor geen goud willen missen.'

Ze sloeg haar armen stevig om hem heen. 'Jij bent de liefste man die ooit heeft bestaan, weet je dat?'

Hij lachte weer. 'Kijk, dat bedoel ik nu. Voordat jij in mijn leven kwam, was ik gewoon een vent die viste en kookte. En kijk nu eens naar me,' zei hij grijnzend. 'Nu ben ik niet alleen de gelukkigste man ter wereld, maar ook liefste man die ooit heeft bestaan en ook nog eens de beste minnaar ter wereld.'

Dat was het bijzondere van John, dacht ze. Hij wist haar op te vrolijken door alleen maar zijn gedachten uit te spreken. Als er één ding was dat ze zeker wist, dan was het wel dat hij niet bang was om zijn gevoelens uit te spreken.

'O, denk je dat?' vroeg ze plagend.

'Je gelooft me niet? Ik zal het je bewijzen...'

Joey kwam op kraamvisite toen baby David vijf dagen oud was. Grootvader Sam wilde eigenlijk niemand tot last zijn, maar kon uiteindelijk de verleiding niet weerstaan om zijn kleinzoon te komen bekijken. Mike, die zijn camper naast het huis van Mel en Jack had gezet, bood Jacks vader zijn bed aan en ging zelf op de bank in het zitgedeelte slapen. Kort daarop maakten Jacks zussen een voor een hun opwachting. Elke dag kwam er wel iemand uit het dorp langs om een zelfgebakken taart of iets anders te brengen. De weken vlogen voorbij. Het enige familielid van Jack dat nog niet was komen kijken, was Brie, die midden in een van de grootste rechtszaken van haar carrière zat – een verkrachtingszaak die veel aandacht van de media kreeg.

De maand mei bracht veel zonneschijn. Zo nu en dan liep er een hert door de tuin, en alles stond in bloei. Kleine David groeide als kool. Jack verwonderde zich over Mel, die in korte tijd een ware transformatie doormaakte. Hij had zich al meer dan eens afgevraagd of dat altijd het geval was bij vrouwen die net bevallen waren.

Zo was ze, dankzij het feit dat ze borstvoeding gaf, al heel snel veel van haar overtollige kilo's kwijtgeraakt. En ze straalde, alles aan haar leek te stralen. Ofschoon ze zelf beweerde dat het nog lang zou duren voordat ze haar oude figuur weer terug zou hebben, vond Jack haar aantrekkelijker dan ooit. Voor de geboorte van hun zoon had hij haar lichaam al heerlijk gevonden, maar na de geboorte van hun zoon aanbad hij het.

Haar buik werd gaandeweg weer strak als vanouds, maar ze had vollere borsten. En wanneer ze haar zoon aan de borst legde, kreeg ze iets engelachtigs, alsof ze licht uitstraalde. Jack was dodelijk verliefd op haar.

Hij dacht ook dat hij zou sterven van verlangen. Hij hakte meer hout dan ooit en probeerde de momenten waarop Mel onder de douche stapte zoveel mogelijk te ontlopen. Soms had hij het gewoon niet meer. Als ze de baby niet hadden, zou hij haar, net als vroeger, om de haverklap hebben opgetild en naar bed hebben gedragen om zich vervolgens hongerig op haar te storten. En zij zou, net als vroeger, zijn honger beantwoorden met een hartstocht die niet voor de zijne onderdeed... Hij merkte dat zijn fantasie soms met hem op de loop ging en vond dat hij haar moest beschermen tegen de alles verslindende begeerte die hem verteerde.

Maar ze wist al lang hoe laat het was. Als hij haar kuste en zijn tong haar mond liet binnen glijden, ontsnapte vaker wel dan niet een diep gegrom zijn keel. 'Nog even geduld, Jack,' fluisterde ze dan. 'Nog heel even geduld.'

Het was verschrikkelijk, hij kon bijna aan niets anders meer denken. Hij werd zelfzuchtig en ongeduldig.

Rond die tijd liep Bries spraakmakende zaak af – die ze verloren had – en ze kwam meteen naar Virgin River. Ze was dringend aan vakantie toe en zocht troost in de armen van haar broer, schoonzus en nieuwe neefje. Ofschoon Jack altijd blij was om zijn jongste zusje te zien, kon hij alleen maar denken dat hij nu nog een week langer moest wachten.

Brie ontdekte dat het leven van haar broer ingrijpend was veranderd. Het wiegje van David stond bij Mel en Jack op de slaapkamer.

’s Nachts hoorde ze ze tegen elkaar fluisteren zodra de baby wakker werd en gevoed moest worden. Het verbaasde haar niet dat Jack elke keer wakker werd en vaak ook opstond om David te verschonen.

Verder bleek er opeens een camper in de tuin te staan. Als ze tegen het ochtendgloren op de veranda ging zitten, hoorde ze vaak een zacht getokkel op een Spaanse gitaar uit de camper komen.

Mike was zich er niet van bewust dat ze daar zat te luisteren en dat zijn muziek haar ontroerde. Hij was aan het oefenen, hield om de zoveel tijd halverwege op om weer van voren af aan te beginnen. Zijn rechterhand mocht dan soms nog onwillig zijn, maar de muziek klonk er niet minder goed door.

Soms leunde ze achterover en sloot haar ogen, zich voorstellend dat hij voor haar speelde. Mike. Ze had hem jaren geleden voor het eerst ontmoet – in Sacramento, toen Jack voor de laatste keer naar Irak was vertrokken. Ze was toen net getrouwd geweest. Ze had hem kortgeleden pas weer gezien, op het huwelijk van Jack en Mel. Miguel heette hij eigenlijk. Hoewel hij in de Verenigde Staten geboren was, was hij zijn oorspronkelijke cultuur altijd trouw gebleven, iets wat duidelijk te horen was aan zijn gitaarspel.

Er waren nu zes maanden verstreken sinds Brad haar had verlaten. Over niet al te lang zou er weer plaats in haar hart zijn voor een nieuwe man, al had ze zich voorgenomen deze keer iets voorzichtiger te zijn. Ze was niet van plan om zich nog eens te binden aan een man die de huwelijksgelofte aan zijn laars lapte.

Brie wist alles over Mike en zijn reputatie – hij mocht dan een goede vriend van Jack zijn, maar hij was wel een man die het flirten niet kon laten. Hij beschouwde zichzelf als een moderne casanova; ze had gehoord dat hij twee echtgenotes had versleten en minstens honderd vriendinnen. Geen wonder, hij was een knappe vent, sexy ook. Waarschijnlijk lagen de vrouwen aan zijn voeten. Ze had genoeg aan de muziek en haar fantasie; van de man zelf moest ze niets hebben. Hij was levensgevaarlijk.

Brie genoot met volle teugen van haar verblijf. Ze ging vaak samen met Mel en de baby op pad; dan reden ze door de uitgestrekte bossen, gingen ze bij vrienden langs of deden ze boodschappen in omringende dorpjes.

Mel was erg handig met baby David. Ze droeg hem in een slendang om haar schouder. Als ze hem even kwijt wilde, gaf ze hem aan Jack, die hem op zijn buik droeg – ook tijdens het werk. De klanten leken het allemaal heel normaal te vinden dat ze werden bediend door een man met een baby op zijn buik.

Op een avond toen ze met zijn allen aan tafel zaten stond Mel op om naar de wc te gaan. Ze gaf David even aan Jack, die zijn zoon met een mengeling van tederheid en trots in de armen nam. Maar toen hij zijn vrouw nakeek, veranderde er iets in zijn gezichtsuitdrukking. Zijn blik dwaalde naar haar welgevormde achterste, en er verscheen een verbeten trek om zijn mond.

'Die broer van me,' liet Brie zich op een dag tegen Mike ontvallen toen ze een keer samen in de kroeg zaten. 'Ik had nooit gedacht dat ik hem zo zou zien, getrouwd en met een zoon. Het is echt te merken dat hij gelukkig is. Ofschoon ik hem al wel eens heb betrapt met een zorgelijke uitdrukking op zijn gezicht. Misschien beseft hij op dat soort momenten wat een zware verantwoordelijkheid zo'n jong leven is.'

'Ik weet niet of dat is wat je hebt gezien,' mompelde Mike, terwijl hij naar Jacks gezicht keek. 'Ik heb vier broers die allemaal getrouwd zijn, en dan hoor je wel eens wat.'

'Hoezo? Waar hebben ze het dan over?' vroeg Brie nieuwsgierig.

Mike ging niet direct op haar vraag in. 'Hoe oud is David nu?' vroeg hij in plaats daarvan.

'Bijna zes weken. Hoezo?'

Hij lachte en legde een hand op die van Brie. 'Wat zou je ervan zeggen om morgen met me te gaan vissen? Je mag vast Mels hengel en lieslaarzen wel even lenen. Lekker, een paar uur bij de rivier.'

Ze trok haar hand weg. 'Leuk idee,' zei ze, 'maar ik kan niet. Ik heb met Mel afgesproken om –'

'Zeg maar tegen Mel en Jack dat je gaat vissen. En dat je zeker een paar uur wegblijft,' benadrukte hij.

'Maar –'

Hij sloeg zijn ogen ten hemel. 'Brie. Je zult je geen moment vervelen, geloof me.'

Ze boog zich naar hem toe. 'Luister eens, Mike. Ik ben naar Virgin River gekomen voor Jack en Mel en hun baby, niet om –'

Mike zag dat Mel terug was om de baby weer van Jack over te nemen. 'Brie. Die twee hebben dringend een paar uur privacy nodig. Het gaat er niet om dat wij samen iets leuks gaan doen, maar dat die twee een paar uur het rijk alleen hebben.'

Brie keek langs Mike heen naar haar broer en schoonzus, die elkaar net een vluchtige kus gaven. Daarna keek ze Mike aan. 'Denk je?'

'Ik ken die blik maar al te goed. Als je morgen terugkomt van het vissen, zul je zien dat je broer heel anders uit zijn ogen kijkt. Alle spanning zal uit zijn gezicht verdwenen zijn. Ik weet het zeker.'

'Maar als ik vissen nu niet leuk vind?' vroeg ze.

'Dat geeft niet. Dan verzinnen we wel wat anders,' zei hij. 'Zeg maar gewoon dat je gaat vissen. Voor vissen heb je tijd nodig.'

Ze knikte. 'Neem je je gitaar dan mee?' vroeg ze op gedempte toon.

Heel even wist Mike niet hoe hij moest kijken.

'Mel,' zei Brie toen Mel naar hen toe kwam. 'Zou je het heel erg vinden als ik morgen niet meeging? Mike vroeg namelijk of ik zin had om mee te gaan vissen. Ik wilde meteen vragen of ik jouw hengel en laarzen misschien kon lenen.'

'Je moet doen waar je zin in hebt, Brie,' zei ze. 'Natuurlijk mag je mijn hengel en mijn laarzen lenen. Goh, ik wist helemaal niet dat je van vissen hield.'

'Nou, dat valt nog maar te bezien. Ik krijg morgen een gratis les van Mike,' zei Brie. 'Ik weet niet hoe laat we terug zullen zijn. Voor zover ik heb begrepen, willen die vissen meestal niet onmiddellijk bijten en soms al helemaal niet.'

'Geen probleem,' zei Mel. 'Ik ga trouwens zo naar huis. Ga je mee?'

'Ja.' Brie stond op van haar stoel. 'Hoe laat spreken we af, Mike?'

'Wat dacht je van een uur of tien? Ik vraag Preacher wel om een lunchpakket voor ons klaar te maken.'

Zodra de twee vrouwen vertrokken waren, slenterde Mike naar de bar. 'Heb je een koffie voor me?'

'Komt eraan.'

Preacher kwam de keuken uit met een rek vol schone glazen.

'Zeg, Preach,' vroeg Mike, 'zou je iets voor me willen doen?'

'Altijd. Wat kan ik voor je betekenen?'

'Ik ga morgen vissen. Ik heb Brie gevraagd of ze zin had om mee te gaan. Zou je misschien een lunchpakket voor ons willen klaarmaken? Iets wat er een beetje leuk uitziet of zo, waarmee ik goede sier kan maken. Misschien een flesje wijn erbij?'

Preacher grijnsde. 'Komt voor elkaar.'

Jack had een droogdoek gepakt en begon de glazen te poetsen. 'Geen gedonderjaag met mijn zusje, hè? Denk erom,' waarschuwde hij. 'Ze heeft een moeilijke tijd achter de rug en zit niet te –'

'Wind je niet op, man.' Mike lachte. 'Ik ben niets van plan. Ik zweer het. Ik wil haar alleen maar een paar uur bezighouden om jou de gelegenheid te geven te donderjagen met de moeder van je zoon.'

Jack keek zijn vriend argwanend aan.

Doodgemoedereerd nipte Mike aan zijn koffie. 'Ik zal zorgen dat we pas tegen het einde van de middag terug zijn.'

Jack plantte zijn ellebogen op de bar en keek hem doordringend aan. 'Ik meende wat ik zei, Mike. Ik weet hoe jij met vrouwen bent, maar dit is toevallig wel mijn zus, dus gedraag je netjes, anders krijg je met mij te maken.'

Mike lachte weer. 'Ik kijk wel uit, zeg. Ik ben al eens neergeknald; dat is meer dan genoeg, Maak je geen zorgen, man. Zo was ik vroeger; dat is verleden tijd. Ik beloof dat ik Brie zal behandelen als een zus, goed?'

'Verleden tijd, zeg je? Sinds wanneer?'

‘Sinds het moment waarop ik drie kogels in mijn bast kreeg.’ Mike dronk het laatste restje koffie op en zette zijn mok op de bar. Toen stak hij nog even zijn hoofd om de keukendeur. ‘Preach!’ riep hij. ‘Is het goed als ik morgen om een uur of tien het lunchpakket kom halen?’

Jack kwam tot de merkwaardige ontdekking dat hij zich opeens onzeker voelde nu hij de kans had om zijn vrouw een paar uur voor zich alleen te hebben. Zo onzeker was hij niet eens geweest toen hij achter haar aan had gezeten! Nu had hij spijt als haren op zijn hoofd dat hij het er niet even met haar over had gehad. Had hij tenminste geweten waar hij aan toe was. Stomme ezel, die hij was. Nu liep hij het risico dat hij, als hij zo dadelijk thuiskwam, vol verwachting en zo hitsig als wat, te horen kreeg dat ze er nog niet aan toe was.

Maar nee, hij moest haar zo nodig midden op de dag verrassen omdat dat hij voor de romantische aanpak wilde gaan. Mel wist ook dat Brie de halve dag met Mike op stap zou zijn en schaamde zich nergens voor. Ze had er dus net zo goed een balletje over kunnen opgooien – en dat had ze niet gedaan…

Hoe moest een vent er nu achter komen wanneer zijn vrouw na de bevalling weer aan seks toe was? Ze verloor geen bloed meer, wist hij, want er zat de laatste tijd geen maandverband meer tussen hun vuilnis dat hij dagelijks in de container achter de kroeg wierp. Ze bewoog zich weer gemakkelijk, klaagde niet meer over pijn, en sinds een week of drie bracht ze niet meer dagelijks een uur door in het bad.

Hoe dichter hij bij huis kwam, des te meer bedenkingen hij kreeg over zijn plannen. Mel moest over een paar dagen naar John Stone voor controle; het zat er dik in dat ze dat moment wilde afwachten.

Toen hij binnenkwam, had ze David net in bad gedaan.

‘Kijk aan, wie hebben we daar?’ vroeg ze lachend. ‘Zomaar thuis op dit uur van de ochtend?’

‘Mwa, het is momenteel nogal stil in de kroeg,’ mompelde hij vaag.

'Als ik hiermee klaar ben, ga ik jou nog even voeden en dan ga je weer lekken slapen, hè jochie?' zei ze tegen David. Ze lachte naar de baby, maakte lieve geluidjes en trok allerlei gezichten. 'En dan ben jij aan de beurt,' zei ze tegen Jack. Ze streelde haar zoon over zijn bolletje, drukte haar neus tegen zijn blote buik en keek hem weer lachend aan.

Jack liep de veranda op en ging op de trap zitten. Zuchtend liet hij het hoofd hangen. Hij voelde zich een bruut. Een hitsige stier die op het punt stond de melk van zijn baby af te pakken. Je kon je recht op seks in je huwelijk toch niet opeisen door je vrouw te bespringen? Het was te barbaars voor woorden.

Hij haalde diep adem en sprak zichzelf streng toe. Drink gezellig een kop koffie met haar, zei hij tegen zichzelf. Breng gewoon wat tijd met haar door. Breng je wens ter sprake. Laat haar weten dat je naar haar verlangt zonder haar onder druk te zetten. Vraag haar ook of ze misschien wacht op het verlossende woord van de gynaecoloog, maar doe het vooral rustig aan. Geef haar alle tijd, dat is veel beter. Een te grote gretigheid zou wel eens een averechtse uitwerking kunnen hebben. Per slot van rekening was ze nu moeder van een kind.

'Wat doe je daarbuiten?'

Hij draaide zich verrast om en zag haar in de deuropening staan. Ze had alleen een shirt van hem aan... Hij dacht dat hij uit elkaar zou spatten terwijl hij zijn blik over haar volle borsten en haar lange slanke benen liet gaan.

'Je hebt je laarzen nog niet eens uitgetrokken. Ik dacht even dat je naar huis was gekomen voor een hernieuwde kennismaking met het lichaam van je wettige echtgenote...'

Jack slikte hoorbaar. 'Behoort dat dan tot de mogelijkheden?' vroeg hij voorzichtig. Hoopvol.

'Het zou tijd worden, vind je ook niet?' Ze draaide zich om en liep direct door naar de slaapkamer.

Hij wist niet hoe snel hij zijn laarzen moest uittrekken. Zijn shirt was uit in de zitkamer; in de deuropening van de slaapkamer viel zijn broek rond zijn enkels op de vloer.

Mel lag inmiddels in bed. Langzaam begon ze het shirt los te knopen. Rustig aan, jongen, zei hij tegen zichzelf. Eerst even aftasten wat de bedoeling is. Vergeet niet dat de bevalling nog niet zo lang achter haar ligt.

Hij ging naast haar liggen, trok haar naar zich toe en kuste haar. 'Ben je er wel aan toe, Mel? vroeg hij. 'Weet je het heel zeker?'

'Lieve, lieve Jack van me. Ik zal nooit meer de Mel worden die ik was voor ik een kind kreeg. Mijn lichaam is volkomen veranderd,' zei ze met een bloedserieus gezicht.

'Je maakt een geintje, toch? Er is niets mis met jouw lichaam. Het is het mooiste wat ik ooit heb gezien. Na dat kunststukje dat je hebt geleverd... Het klinkt gek, maar ik ben een beetje jaloers op je. Ik aanbid dit goddelijke lichaam van je gewoon.'

Ze moest lachen. 'Zeg, Jack...'

'Ja?'

'Al die dingen die je de afgelopen twee, drie maanden met me zou hebben gedaan als ik niet zo verschrikkelijk zwanger was geweest, als ik niet was bevallen van een baby...'

'Ja?'

'Kun je die nu allemaal met me doen, een voor een, achter elkaar? Tot je erbij neervalt. Alsjeblieft?'

'Maar natuurlijk!'

Ze opende het shirt en toonde hem haar naakte, volmaakte lichaam. Alleen al bij het zien ervan werd hij op slag dronken. Ze was voller, ronder, weelderiger. Ze was zo mooi, zo ontzettend sexy...

'Nou, komt er nog wat van, jongen? Schiet op, want ik sterf van verlangen naar je.'

'O, Melinda,' zei hij zacht, terwijl hij zijn handen over haar lichaam liet dwalen. 'Heb ik je al verteld hoe geweldig ik het vind om met je getrouwd te zijn?'

'Sst. Laat me dat maar liever zien.'

De reden waarom Mike om een fles wijn had gevraagd, was natuurlijk niet zozeer om een ontspannen sfeer te scheppen of om Brie aan het praten te krijgen. Een glas wijn bij een picknick had iets feestelijks; dat was alles. Hij had zo'n vermoeden dat er van vissen weinig terecht zou komen, en hij kreeg gelijk. Ze waren naar een lager gelegen stuk van de rivier gereden, waar de oever breed was en bezaaid met rotsblokken. Voor een platte rots in de schaduw van een paar bomen spreidde hij een picknickkleed uit. Behalve picknicken viel er verder niets anders te doen dan te kletsen en – op Bries aandringen – gitaar te spelen. Hij geneerde zich een beetje, zijn spel was lang niet zo goed als hij zou willen, maar het scheen haar niet op te vallen dat hij er vaak naast zat. Met haar rug tegen de rots, haar ogen dicht en een glimlach om de lippen luisterde ze naar zijn spel. Nog niet zo heel lang geleden zou hij haar al lang op dat picknickkleed hebben genomen, maar die tijden waren voorgoed voorbij.

Hij kon zich moeilijk voorstellen dat deze tengere jonge vrouw een van de meest gevreesde aanklagers van Sacramento Valley was. Ze had een spijkerbroek en mocassins aan met een lichtblauw linnen shirt, waarvan de uiteinden waren vastgeknoopt. Haar dikke lichtbruine haren reikten bijna tot aan haar middel, en ze had een gave roomwitte huid, die ongetwijfeld zijdezacht zou aanvoelen.

Toen een windvlaag haar deed huiveren, legde hij zijn gitaar terzijde, liep naar de auto en kwam terug met zijn jack, dat hij zorgvuldig om haar schouders legde. Het deed hem goed om te zien dat ze het meteen dichter om zich heen trok. Hij smolt vanbinnen toen hij haar er even aan zag ruiken. Als dit zo doorging, zou het nog moeilijk worden om haar als een zus te blijven zien...

'Als ik jou zo hoor spelen, krijg ik de indruk dat je je hand weer helemaal goed kunt gebruiken,' merkte ze op.

'Nog niet helemaal,' zei hij, terwijl hij weer op de deken ging zitten. 'Maar ik denk wel dat er een moment komt waarop ik weer helemaal de oude zal zijn. Of bijna de oude.'

'Zijn al je verwondingen goed geheeld?'

‘Nou, niet allemaal,’ antwoordde hij tot zijn eigen verbazing. ‘Zo nu en dan wil het juiste woord me niet meteen te binnen schieten en moet ik ernaar zoeken; dus daar maak ik me een beetje zorgen over. Maar ik heb gemerkt dat ik de enige ben die het merkt, dus misschien trek ik het me te veel aan. En verder ben ik in mijn kruis geraakt, een beroerde plek natuurlijk.’

‘O,’ zei ze.

Het was duidelijk dat ze er niet verder op in wilde gaan.

‘Niets levensbedreigends, hoor,’ zei hij geruststellend. Maar jij hoeft je in elk geval geen zorgen te maken, had hij er het liefst aan toe gevoegd. En je hoeft ook niet bij Jack te informeren of hij er soms afgeschoten is…

‘Je denkt erover om voorlopig hier te blijven?’ vroeg ze.

‘Ach, waarom niet?’ Hij haalde zijn schouders op. ‘Mijn beste vrienden wonen hier; het is hier mooi en rustig; de mensen zijn aardig. Geen stress.’ Hij lachte. ‘Daar heb ik mijn buik vol van. Ik ken jouw wereld maar al te goed, Brie. Toen ik nog bij de politie zat, werkte ik geregeld met deze of gene officier van justitie. Je bent… hoe oud? Dertig, eenendertig? En je verdient je geld met mensen achter de tralies te krijgen?’

‘Zoveel mogelijk, ja. Ik ben dertig, ja. Pas dertig en al een keer gescheiden.’

‘Nu moet je niet net doen of je een strafblad hebt, Brie. Wat ik van Jack heb begrepen, treft jou geen enkele blaam.’

‘O. En wat heeft Jack jou allemaal nog meer verteld?’ vroeg ze.

Mike sloeg zijn ogen neer. Blunder nummer twee, dacht hij. Eerst dat schot in zijn kruis, nu het feit dat er hier over haar scheiding werd gepraat. Hij keek haar aan. ‘Jack heeft alleen maar gezegd dat Brad opeens wilde scheiden en dat jij er kapot van was.’

‘Brad heeft me bedrogen met mijn beste vriendin,’ zei ze. ‘Hij is bij me weggegaan en bij haar ingetrokken, en ik betaal hem alimentatie. Behalve alimentatie krijgt zij van haar ex-man extra financiële ondersteuning voor de kinderen. Weet je wat Brad zei toen ik hem een cheque gaf ter waarde van de helft van ons huis? "Ik hoop echt dat we vrienden kunnen blijven, Brie."' Ze lachte bitter.

'Ah, *Dios*,' zei Mike. 'Wat een hufter. *Tu no mereces esto*. Dat verdien je niet.'

'Wat bezielt sommige mannen toch?' vroeg ze wrevelig. 'Met mijn beste vriendin! Waarom doet iemand nu zoiets?'

Hij lachte wrang. 'Zo bont heb ik het gelukkig nooit gemaakt,' mompelde hij meer tegen zichzelf dan tegen haar. Achteraf bekeken was het een wonder dat hij nooit op zo'n indiscretie was betrapt.

'Je zult anders het nodige op je kerfstok hebben,' zei ze.

'Ik zal je eens wat vertellen, Brie. Ik heb in mijn leven zo veel zonden begaan, dat ze niet meer te tellen zijn. Vergeving is denk ik niet voor me weggelegd. Voor elke fout had ik wel een rotsmoes. Als Brad niet oppast, eindigt hij straks net als ik en krijgt hij pas spijt als het te laat is.'

'Politieagenten,' zei ze met enige afschuw in haar stem, 'allemaal van hetzelfde laken een pak.'

'Toe nou, het komt niet alleen onder agenten voor, hoor. Hoewel, ik kan niet ontkennen dat mannen met een uniform en een wapen erg populair zijn bij de vrouwen. Maar als Brad zo'n soort kerel is, dan kun je maar beter blij zijn dat je van hem af bent.'

'Zijn jouw ex-vrouwen dan ook beter af zonder jou?'

'Je moest eens weten,' antwoordde hij met het schaamrood op de kaken.

'Een schrale troost, zeg.'

'Brie, je bent mooi en sterk en intelligent. De kerel die het in zijn bolle hoofd haalt om een vrouw als jij te bedriegen, is jou niet waard.' Hij legde een hand op die van haar. 'Echt, je verdient een betere man dan zo'n flapdrol.'

Brie trok haar hand weg. 'Twee mislukte huwelijken. Ik vraag me af hoe je dat voor elkaar krijgt.'

'Mijn eigen schuld. Ik lapte alle verantwoordelijkheid aan mijn laars, heel onvolwassen,' zei Mike. 'Ik was dan wel een goede minnaar, maar van liefde had ik geen kaas gegeten. Mannen worden maar heel langzaam volwassen, denk ik. Jullie vrouwen doen het wat dat betreft een stuk beter: jullie zijn zo verstandig om volwassen te worden voordat je oud bent.'

'Ben je nu eindelijk volwassen, denk je?'

'Het zou kunnen,' zei hij schouderophalend. 'Het besef dat je er bijna geweest bent wil wel eens een ontnuchterend effect hebben.'

'Als je het over zou kunnen doen, wat zou je dan anders doen?' vroeg ze.

Daar moest hij even over nadenken. 'Om te beginnen zou ik nooit zo snel in het huwelijksbootje stappen. Ik denk dat ik pas zou trouwen als ik de juiste vrouw had gevonden, een vrouw bij wie ik gewoon zeker weet dat zij de ware is en niemand anders. Zoals Jack het heeft gedaan, zo zou ik het ook willen doen. Hij ging geen vaste relatie aan tot hij tegen de ware aanliep. Zo heeft Preacher het trouwens ook gedaan, al weet ik niet of dat ook zijn bedoeling was. In elk geval hebben ze allebei iemand gevonden met wie ze oud willen worden, ook al gebeurde dat pas op latere leeftijd. Ik had daar het geduld niet voor. Ik was altijd op jacht, maar achteraf denk ik dat het jagen belangrijker voor me was dan wat ik te pakken kreeg.'

Hij trok zijn wenkbrauwen op. 'Ik geef meteen toe dat dat stom was. O, *mija*, je weet niet half wat ik ervoor zou geven om het over te kunnen doen.' Hij boog zich naar haar toe. 'Als ik zo'n vrouw als jij naast me had, zou ik beseffen dat ik een juweel bezat.'

Brie moest lachen. 'Wat ben je doorzichtig, Mike. Je zit me hier gewoon te versieren.'

Sommige gewoonten zijn maar moeilijk af te leren, dacht hij. Maar intussen drong haar parfum wel zijn neusgaten binnen. '*Dios*, nee! Ik zou niet durven! Maar ik bewonder je wel.'

'Houd daar dan maar onmiddellijk mee op, want ik ben niet van plan om me ooit nog in te laten met jouw soort mannen.'

'Mijn soort mannen?'

'Twee huwelijken en een miljoen andere vrouwen. Niet bepaald een indrukwekkend curriculum vitae, Mike.'

Hij leunde op zijn handen en glimlachte. 'Verdorie, ik begon net te denken dat je me wel leuk vond.'

'Je bent erg charmant, maar ik trap er niet in.'

'Mocht dat wel het geval zijn, dan zal ik het niet verder vertellen,' zei hij grijnzend.

'Dit is wel een mooi plekje,' zei ze. 'Waarom wordt er niet gevist, vraag ik me af.'

'Het is hier te ondiep voor grote vissen. Dit is een plaats voor jonge geliefden,' zei hij. 'Zacht gras, hoge bomen, grote rotsblokken. De rivier kabbelt fluisterend voorbij, terwijl ze elkaar van alles toefluisteren. Die rots waar jij met je rug tegenaan zit, is in de loop van de tijd getuige geweest van allerlei verrukkelijke dingen.'

'Het verrukkelijkste wat hij vandaag te zien krijgt, is Preachers lunch,' zei ze, maar ze lachte erbij.

'O, gelukkig,' zei hij plagend. 'Ik zat er wel een beetje mee, moet ik bekennen. Ik bedoel, een romantische omgeving, wijn, muziek... Je zou in de verleiding kunnen komen om me te verleiden. Hoe –'

'Hoe red ik me daar nu uit?' vroeg ze geamuseerd.

'Nou, niet helemaal, *mija*.' Hij grinnikte. 'Hoe voorkom ik dan dat Jack me vermoordt.'

'Ik ga nu iets zeggen wat je niet verkeerd moet opvatten, Mike, maar mijn grote broer Jack heeft niets te zeggen over wat ik wel of niet doe. Hij denkt van wel, maar het is niet zo.'

'Oudere broers menen zich altijd overal mee te moeten bemoeien.' Toen werd hij ernstig. 'Een beroerde geschiedenis, die scheiding van je, Brie. En daarbovenop verlies je dan ook nog een belangrijke zaak; dat moet moeilijk te verteren zijn allemaal.'

'Praat me er niet van,' zei ze. Ze haalde haar haren van onder de kraag van zijn jasje een schudde ze over haar schouders.

Met een beetje geluk bleven er een paar aan de kraag kleven, schoot het door hem heen.

'Er lopen veel te veel engerds vrij rond die eigenlijk achter de tralies horen,' hernam ze. 'Dit was er een van, een serieverkrachter. Hij is vrijgesproken, terwijl ik weet dat hij schuldig is. Dat zal me geen tweede keer overkomen.'

'Wat ging er dan mis?'

'Mijn getuigen, zijn slachtoffers, trokken zich op het laatste moment terug. Ik kan het niet bewijzen, maar ik vermoed dat ze door hem werden bedreigd. Als ik hem ooit nog eens in de rechtszaal tegenkom, zal ik ervoor zorgen dat hij levenslang krijgt. Maar die kans is klein. Dat soort types zoekt meteen een ander territorium.'

'Tjonge, dat je zo'n strijd aandurft,' mompelde Mike vol ontzag. 'Je bent een bijzondere vrouw.' Hij stond op en stak haar een hand toe. 'Kom gerust nog eens een keer terug om me een gebroken hart te bezorgen, *mija*,' zei hij. 'Maar nu is het tijd om terug te gaan. We kunnen in de kroeg nog een kop koffie drinken, dan hebben die twee geliefden nog een uurtje samen.'

'Om jou een gebroken hart te bezorgen? Klinkt interessant.' Ze liet zich overeind hijsen, maar toen ze eenmaal stond, trok ze haar hand niet terug.

Hij had haar los moeten laten, maar kon zich er niet toe zetten. 'De laatste keer dat me dat overkwam, was ik een jaar of dertien. Volgens mij ben jij er erg goed in... in harten breken.'

Nog steeds trok ze haar hand niet terug. Hij liet uiteindelijk haar hand los en bukte om de deken en de picknickmand op te pakken. 'Ik heb genoten vandaag, Brie. Bedankt.'

'Ik vond het ook gezellig.' Ze lachte. 'Je leek ook geen enkele moeite te hebben met het vinden van de juiste woorden.'

O nee? Ze moest eens weten, dacht hij. Wat hij op dat moment voelde, viel met geen pen te beschrijven...

Paige deed de achterdeur van de keuken open en ging naar buiten om een vuilniszak in de container te gooien, die onder de bomen achter op het terrein stond. Ze deed de zware klep omhoog, maar voordat ze de vuilniszak erin had kunnen werpen, werd ze bij haar pols gegrepen en uit het zicht getrokken. De vuilniszak viel op de grond, en tegelijk voelde ze dat er iets hards en kouds tegen haar hals werd gedrukt. Ze hapte naar adem toen ze recht in de ogen van haar ex-man keek, die een vinger aan de trekker van een geweer hield.

'Je maakt het me erg gemakkelijk,' siste Wes Lassiter haar toe. 'Ik had er eigenlijk op gerekend dat je de kroeg in zou vluchten. Je kunt kiezen: of je gaat rustig met me mee, of we gaan samen door die deur naar binnen, lossen een paar gerichte schoten en halen mijn zoon op.'

'Wes,' fluisterde ze. 'Hemel, nee.'

'Jij hebt me dit aangedaan, Paige. Je wist altijd wel een manier te bedenken om te provoceren, om me tot waanzin te drijven. Door jou ben ik achter de tralies beland!'

'Toe,' smeekte ze. 'Ik –'

'Wat, Paige? Zeg het maar. Of jij gaat mee, of we gaan met ons drieën, maar dan gaat die klootzak eraan.'

Ze knipperde met haar ogen, die vol tranen stonden. In plaats van hopen dat John iets zou horen en hij meteen naar buiten zou komen, hoopte ze dat dat vooral niet zou gebeuren. Als ze met Wes meeging, was Chris tenminste veilig. Bij John was haar zoon in goede handen; hij zou hem een goede opvoeding geven.

Hij sleurde haar mee naar een oude auto, die achter de container geparkeerd stond. Hij duwde haar via het portier aan de chauffeurskant naar binnen en stapte daarna zelf in.

'Wes.' Haar stem trilde, en de tranen stroomden over haar gezicht. 'Zo maak je het allemaal nog veel erger, niet alleen voor mij, maar ook voor jezelf.'

Hij keek haar doordringend aan – ze zag aan zijn ogen dat hij high was – en lachte wreed. 'Integendeel, Paige. Ik ga eindelijk een einde aan deze ellende maken.' Hij startte de motor, keerde de auto om niet langs de kroeg te hoeven rijden en scheurde weg.

Paige zocht met haar ogen de omgeving af, maar de straat lag er verlaten bij en geen mens zat op zijn veranda. Ze begon te vrezen dat er niemand getuige was geweest van de ontvoering.

Wat moest ze doen? Ze moest vooral niet proberen hem tot rede te brengen, wist ze. Dat zou alles alleen nog maar erger maken. Waarschijnlijk zou het niet lang duren voor John zijn hoofd om de achterdeur stak en de vuilniszak naast de container zag liggen. Ze nam een besluit: ze zou uit de auto springen en het op een lopen zetten, maar niet voordat ze het dorp uit waren. Misschien had John dan intussen zijn conclusies getrokken en kon hij maatregelen nemen.

Wes zei geen woord. Hij zat op het puntje van zijn stoel, de handen om het stuur geklemd, het geweer op schoot. Hij reed zo wild, dat Paige van de ene naar de andere kant geslingerd werd. Ze reden de berg af in de richting van Highway 101, de snelweg naar Los Angeles, waaraan alle plaatsen lagen waar Jack en Preacher inkopen deden, Garberville, Fortuna, Eureka. Er was weinig verkeer onderweg; geen van de auto's die ze tegenkwamen, kwam haar bekend voor.

Na zo'n tien minuten verlieten ze de hoofdweg en reden ze weer omhoog in de richting van Virgin River. Paige was allang blij dat ze ongeveer wist waar ze was. Deze weg ging niet door het dorp, maar liep eromheen. In een opwelling probeerde ze het portier te openen, maar er gebeurde niets. Ze draaide zich half om, bewoog het knopje bij het raam een paar keer op en neer, maar er was geen beweging in het portier te krijgen.

Wes pakte haar ruw bij haar bovenarm.

Met betraande ogen waaruit pure doodsangst sprak, keek ze hem aan.

'Het zal je niet lukken, Paige,' zei hij grijnzend. 'Dacht je nu echt dat ik zo stom was om daar niet aan te denken?'

Ze slikte moeizaam. 'Ben je echt van plan om je zoon zijn moeder te ontnemen?'

'Jazeker,' antwoordde hij ijzig kalm. 'Maar niet voordat ik zijn potentiële stiefvader naar de andere wereld heb geholpen.'

'Mijn hemel,' fluisterde ze zwakjes. 'Waarom, Wes? John heeft jou toch niets misdaan?'

'O nee? Hij heeft niet alleen mijn vrouw en kind afgepakt, hij heeft ze ook nog tegen me opgezet!'

'Niet waar.' Ze schudde haar hoofd fanatiek heen en weer. 'Zo is het helemaal niet gegaan, Wes. Ik ben bij jou weggegaan.'

'Klopt, Paige. En als hij er niet geweest was, zou je nu nog op de vlucht zijn en dan had ik je vroeg of laat toch gevonden. Maar het is zijn schuld dat je je van me liet scheiden en dat ik in de gevangenis belandde. Hij heeft je opgestookt en je erbij geholpen, want daar ben jij zelf te schijterig voor. Dat weten we allebei.' Opnieuw keek hij haar aan. 'Hij zal wel gauw achter je aankomen, denk je niet?' Hij lachte vals.

Lokaas, dacht ze. Ik ben gewoon lokaas.

'Het zou helemaal mooi zijn als ik die andere vogel ook een loer kon draaien,' zei hij. 'Die Sheridan.'

Opeens voelde Paige vanbinnen een knop omgaan. Daar ben jij zelf te schijterig voor, had hij gezegd. Het idee dat deze gevaarlijke gek van plan was om John en Chris, nota bene zijn eigen zoon, kwaad te doen deed een ongekende razernij in haar losbarsten. Haar angst begon plaats te maken voor woede.

'Daar zul je voor boeten,' siste ze.

Haar woorden gingen verloren in de oorverdovende herrie die de oude auto maakte.

Toen Brie en Mike de bar binnen kwamen, was er niemand, maar in de keuken hoorden ze Preacher praten. Mike stak zijn hoofd om de deur en zag dat Preacher al telefonerend door de keuken liep te ijsberen. Normaal gesproken was Preacher een man van weinig woorden, maar nu leek hij wel een spraakwaterval. Voordat het tot Mike doordrong waar Preacher het over had, hoorde hij hem zeggen: 'Mike is terug. Kom maar gauw hierheen.'

Preacher legde de telefoon neer en keek Mike aan. 'Er is iets mis. Er is iets gebeurd. Paige,' zei hij. 'Ze ging even naar buiten om een vuilniszak in de container te gooien, maar ze bleef zo lang weg, dat ik ging kijken waar ze bleef. Toen zag ik de zak naast de container liggen, maar Paige was nergens te bekennen. Chris ligt boven te slapen; dus ik kan hier niet weg. Ik heb Jack net gebeld. Hij komt eraan.'

'Is ze niet bij Connie? Of bij dokter Mullins?'

'Nee, daar is ze niet.'

'Wanneer ontdekte je dat Paige weg was?' wilde Mike weten.

'Ongeveer een kwartier geleden, iets minder. Ik had eerder moeten gaan kijken, maar ik was deeg aan het rollen. Ik nam in eerste instantie aan dat ik gewoon niet had gemerkt dat ze weer binnen was gekomen. Ik wil even gaan kijken of ze niet ergens buiten is...'

'Goed, ik ga mee,' zei Mike direct. 'Brie wil vast wel zolang even op Chris passen.'

'Foute boel,' mompelde Preacher hoofdschuddend. 'Dit is foute boel. Dit is niets voor Paige. Ze laat me altijd weten waar ze heen gaat; ze is heel voorzichtig.'

Mike en Brie keken elkaar even aan.

Brie trok haar wenkbrauwen samen. 'Informeer even bij je buren. Misschien hebben ze iets gezien.' Ze liet een hand in haar tas glijden en haalde er een portefeuille uit. Ze trok er een visitekaartje uit en pakte de telefoon.

'Wat denk jij?' vroeg Mike zodra Preacher de achterdeur uit was.

Ze keek hem aan. 'Net als hij denk ik dat het foute boel is. Ga nu maar met hem mee. Vraag anders aan de buren of ze van deur tot deur willen gaan en kom dan terug. Ik ga intussen een paar telefoontjes plegen. Kijken of ik iets te weten kan komen.'

Mike ging de voordeur uit en liep naar zijn auto. Uit het handschoenenkastje haalde hij een revolver, die hij achter zijn broekband stak. Daarna voegde hij zich bij Preacher, die al bezig was om overal aan te bellen. Tegen de tijd dat ze bij Joy en bij de Carpenters waren geweest, hadden ze twee vrouwen bereid gevonden om de rest van de huizen langs te gaan, zodat ze zelf terug naar de kroeg konden.

'Vergeet niet te vragen of ze niet toevallig een onbekende auto hebben gezien en of ze misschien vreemde geluiden hebben gehoord,' zei Mike.

Net toen ze aan kwamen lopen, stapte Jack uit zijn auto, gevolgd door Mel, die de baby op haar buik droeg. Aan de achterkant kwam Rick net aangereden.

Binnen troffen ze Brie achter de bar aan; ze keek niet bepaald vrolijk. 'Dit is de stand van zaken,' zei ze. 'De alarmcentrale neemt contact op met de sheriff en de politiebureaus van de grotere plaatsen,' begon ze. 'Verder is men in Los Angeles bezig om uit te vinden of Lassiter zich op een van zijn opgegeven adressen bevindt. Ik heb hun verteld dat Paige vermist wordt. Intussen moeten we hier de omgeving maar gaan uitkammen.'

Preacher sloot zijn ogen. 'O, nee... Hij zit hierachter. Ik weet zeker dat hij hierachter zit.'

'Het is nog niet zeker dat hij hier in Virgin River is, Preacher,' zei Brie.

'Het kan niet anders. Paige verdwijnt toch niet zomaar? Zonder auto, zonder tas? Zonder haar kind?'

'Het wil nog steeds niet zeggen dat er een misdaad gepleegd is. Nog niet,' zei Brie kalm. Ze haalde een 9mm Glock uit haar handtas, controleerde het magazijn en stopte hem weer terug. 'Gaan jullie maar zoeken,' hernam ze. 'Vraag Connie en dokter Mullins maar of je even van hun telefoons gebruik mag maken om naar de afgelegen boerderijen te bellen, want ik wil deze lijn zoveel mogelijk vrijhouden. O, en wees extra op je hoede als jullie dat oude kerkgebouw binnen gaan. Mel en ik blijven hier bij Chris. Als er problemen zijn, ik ben gewapend.'

'Heb je altijd een wapen bij je?' vroeg Mike, terwijl Preacher naar buiten ging.

'Het kan wel eens van pas komen,' zei Brie. 'Ja, ik kan er goed mee overweg, en nee, ik ben niet bang om het te gebruiken.'

'Wat moet jij nu met een wapen, Brie?' vroeg Jack verbaasd.

'In mijn tak van sport wil je nogal eens bedreigd worden, Jack,' zei ze. 'De mensen die ik vervolg, zijn gevaarlijk en vaak gewelddadig. En zoals je weet, heb ik thuis geen man zitten die me beschermt...'

'O, Brie…'

'Niet nu, Jack.'

'Nee.' Hij zuchtte gefrustreerd. Brie bedreigd… Maar eerst moesten ze Paige zien te vinden. Hij was het helemaal eens met Preacher: dit voelde helemaal niet goed. Paige durfde de laatste tijd weliswaar iets meer te ontspannen, maar ze bleef altijd zoveel mogelijk bij Preacher in de buurt. Per slot van rekening was Lassiter pas acht weken geleden vrijgekomen.

Hij ging naar de overkant om daar gebruik te maken van de telefoon. Hij belde Jim Post op, die meteen zijn medewerking toezegde toen hij hoorde wat er aan de hand was. Jim had voor zijn huwelijk met June Hudson jarenlang als undercover voor de DEA gewerkt en kende het moeilijk toegankelijke bergterrein met al zijn verborgen schuilplaatsen als geen ander.

Na een uur had hun zoektocht nog geen enkel resultaat opgeleverd. Niemand had iets gehoord of gezien. Het slechte nieuws kwam per telefoon: Wes Lassiter had een vliegticket gekocht naar Eureka. Daar had hij een auto gehuurd. Verder was er die ochtend vroeg in Fortuna een melding binnengekomen van een gestolen auto: een bruine Ford, bouwjaar 1983, met een geweer achterin.

'Hij heeft haar,' zei Preacher. 'Ik weet het zeker. Hij heeft haar.'

'Als dat waar is, zullen ze die gehuurde auto waarschijnlijk niet ver van de plaats van de gestolen auto aantreffen,' zei Brie. 'De politie van Fortuna zou meteen op onderzoek uitgaan.'

Preacher verdween naar zijn appartement en kwam even later terug met een stel kogelvrije vesten, geweren en vuistvuurwapens. Hij haalde ook een paar jacks en zaklantaarns tevoorschijn, want over niet al te lange tijd zou de zon onder zijn. Hij had besloten om niet langer te wachten op meer informatie en ging tot actie over.

Zonder iets te zeggen, haalde Mike zijn eigen geweer en kogelvrije vest uit de auto, dat hij tevoorschijn had gehaald op het moment dat Lassiter vrij was gekomen.

Hoofdschuddend volgde Jack zijn voorbeeld. Toen hij die troep in de auto had gegooid, had hij nog gedacht dat Paige gewoon even ergens was gaan buurten en elk ogenblik terug kon zijn. Maar diep in zijn hart wist hij dat Preacher er de man niet naar was om te overdrijven, en voor het geval er echt iets ernstigs aan de hand was, wilde hij goed voorbereid zijn.

'Jeetje, is dit nu niet een beetje overdreven?' had Mel nog uitgeroepen.

'Laten we het hopen,' had hij geantwoord.

Toen hij weer binnenkwam, trok Rick net een van de kogelvrije vesten aan. 'Zeg, Rick. Ik zit te denken. Misschien hebben de vrouwen hier wat versterking nodig...'

'Vraag dokter Mullins,' opperde Rick, terwijl hij de banden van het veel te grote vest – Preachers maat – zo strak mogelijk aantrok. 'Hij is een goede schutter.'

Jack schoot eveneens zijn vest aan. 'Wat is het plan?' vroeg hij Preacher.

'Ik heb geen plan, Jack. Ik kan niet denken. Ik weet alleen maar dat ik haar moet vinden,' zei Preacher.

'Goed. Dan heb ik een voorstel. De sheriff, de Highway Patrol en bosbeheer hebben als het goed is beschrijvingen van de auto en van Paige. Zij zullen zich voornamelijk op de wegen concentreren. Wij gaan het bos uitkammen. Zoek naar oude houthakkerspaden. Let op gebroken takken, een aanwijzing dat er iets langs is gekomen. Met die oude truck zal hij in het bos waarschijnlijk niet ver komen. We wachten nog even tot Jim Post er is. Hij kent het gebied vrij goed, beter dan wij zelfs, vermoed ik. Kijk uit naar kampeerplekken, een verstopte auto. Let op verdachte bewegingen...'

'Straks is hij al lang onderweg naar Los Angeles,' onderbrak Rick hem.

'Nee,' zei Preacher gedecideerd. 'Hij komt niet zo ver met Paige bij zich. Paige is veranderd; ze gaat niet meer zomaar mee. Die opschepper met zijn huis van drie miljoen piekert er niet over om de vrouw die hij nog steeds als zijn wettige echtgenote beschouwt onder te brengen in het een of andere goedkope bouwval in Los Angeles. Hij heeft haar ontvoerd en verstopt zich in de buurt. Hij heeft niet veel goeds in de zin.'

'Daar zou Preacher wel eens gelijk in kunnen hebben,' zei Mike. 'Rick, we hebben stafkaarten nodig van de gemeenten Trinity en Humboldt. Loop even snel naar Connie, die heeft ze zeker. We zetten een parcours uit en spreken een paar verzamelplekken af. Zo kunnen we elkaar op de hoogte houden. Jack, kunnen we een paar kratten water mee krijgen?'

'Ik haal ze meteen.'

'Preacher, zijn er ergens foto's van Paige in huis. Misschien zitten er wel een paar pasfoto's in haar portemonnee.'

'Ik kijk even.'

Ze stonden net met zijn allen de kaarten te bestuderen toen Jim Post arriveerde, gewapend en met een kogelvrij vest onder zijn jack. Hij bekeek de uitgezette cirkels en ontmoetingspunten aandachtig en knikte.

Op dat moment ging de telefoon in de keuken. Brie haastte zich erheen om op te nemen en kwam even later terug met een somber gezicht. 'Slecht nieuws. De jongens in Fortuna hebben de huurauto gevonden. Ik ben bang dat we inderdaad met Lassiter te maken hebben.'

Preacher liep naar Mel, die nerveus de baby tegen haar schouder heen en weer wiegde. 'Mel, Chris wordt over niet al te lange tijd wakker. Ik wil niet dat hij zich ongerust maakt. Kan ik dat aan je overlaten?'

'Geen probleem.' Ze legde een hand tegen zijn wang. 'Maak je maar geen zorgen.'

Hij sloot zijn ogen en haalde diep adem. 'O. Het hoeft al niet meer.'

'John?' zei een klein stemmetje. In de deuropening van de keuken stond Chris met Bear onder zijn arm geklemd. 'Wat ga je doen, John?'

Preachers gezicht verzachtte. Hij liep op het kind toe en tilde het op. 'Ik ga op jacht,' zei hij. 'Dat doe ik soms.'

'Waar is mammie?'

Preacher drukte zijn lippen op het roze wangetje. 'Mammie is even boodschappen doen. Ze komt zo terug. Pas jij zolang op het huis, samen met Mel en Brie?'

Wes begon opeens te praten onder het rijden. Hij had geen oog voor Paige. Zijn ogen flitsten onrustig heen en weer alsof hij iets zocht maar het niet kon vinden. Paige vroeg zich af of het kwam doordat hij drugs had genomen of doordat hij de weg kwijt was, maar hij leek almaar rondjes te rijden. Soms sloeg hij een weg in, om dan halverwege om te draaien of achteruit terug te rijden. Intussen hoorde ze hem zwijgend aan.

Zo kwam ze te weten hoe vreselijk hij het vond in LA. Die vrouw was niet meer dan een middel tot een doel: zo had hij tenminste een dak boven zijn hoofd. Hij piekerde er niet over om zich elke week braaf bij de een of andere suffe reclasseringsambtenaar te melden, laat staan om dagelijks op te draven bij die stomme bijeenkomsten van die ex-verslaafden. Gelukkig wist hij precies hoe hij het spel moest spelen. Ze controleerden daar of je er echt vanaf was, vertelde hij.

'Wist je dat? Ze willen dat ik mijn urine regelmatig inlever!' Hij lachte zich dood. 'Nou, er zijn genoeg plaatsen waar je aan urine kunt komen waar niets mee aan de hand is.'

Hij was er de laatste twee maanden dus in geslaagd om iedereen net een stap voor te blijven, realiseerde Paige zich. Hij gebruikte dus alweer, of nog steeds, en als hij al niet krankzinnig was van zichzelf, dan werd hij het wel van die drugs.

Ze reageerde niet. Ze luisterde en keek. Het was al niet zo licht op deze kronkelweggetjes in het bos, en nu ging de zon ook nog onder. Het mocht dan al wel mei zijn, maar 's nachts kon het behoorlijk afkoelen. Ze huiverde onwillekeurig en vroeg zich af waar ze in 's hemelsnaam waren.

‘Heb je enig idee wat een verschrikking zo’n gevangenis is?’ Hij draaide zijn hoofd naar haar toe. ‘Je hebt vast wel eens een film gezien die zich in de gevangenis afspeelt. Nou, dat is maar kinderspel vergeleken bij het echte werk, kan ik je verzekeren!’

Ze stak haar kin vooruit. Slaan ze je daar soms ook, Wes? En hoe vond je dat? Nou? Maar ze sprak haar gedachten niet uit.

‘Het is toch niet te geloven dat je me zoiets geflikt hebt. Echt niet te geloven! Weet je dan niet hoeveel ik van je hou? Allemachtig, ik gaf je alles wat je hartje begeerde, alles. Had je ooit gedacht dat je in zo’n mooi groot huis zou wonen? Nou? Ik heb jou uit dat smerige krot geplukt en je in een paleis gezet. Heb ik je ooit iets geweigerd?’

Zo ging hij maar door en maar door.

Paige hoorde hem nog steeds alleen maar aan. Het besef dat hij in een waanwereld leefde, was zowel beangstigend als choquerend. Hij geloofde werkelijk dat een mooi huis en allerlei materiële zaken zijn mishandelingen tot iets aanvaardbaars maakten.

Ze dacht aan John – haar lieve, zachtaardige John – en herinnerde zich opeens wat hij over angst had gezegd: kijk je vijand in de ogen en doe of je niet bang bent. Ze beefde van ingehouden woede. Deze verslaafde krankzinnige was steevast van plan om ervoor te zorgen dat John voorgoed uit haar en Chris’ leven zou verdwijnen? Over haar lijk!

Wat haar opviel, was dat Wes met geen woord over Chris repte. Alleen op het moment van de ontvoering, maar toen had Chris kennelijk alleen als dwangmiddel gediend en was het Wes niet echt om zijn zoon te doen geweest. Hij had nooit kinderen gewild. Toen ze zwanger was geweest, had hij absoluut geen seks met haar gewild. Ze had het idee gehad dat haar zwangerschap zijn leven had verstoord – zijn leven met haar. Ze had kunnen weten dat hij haar zo had mishandeld om haar een miskraam te bezorgen. Het was nog een wonder geweest dat Chris gezond en wel ter wereld was gekomen.

Hij reed een kronkelige steile weg op, die boven op de heuvel opeens ophield. Beneden zich zag Paige niet alleen de weg liggen die ze net genomen hadden, maar ook de nog lager gelegen verbindingsweg. Er reed net met grote snelheid een truck voorbij.

'Dit lijkt me wel goed,' mompelde Wes, terwijl hij de motor afzette.

'Goed waarvoor?' vroeg ze.

Hij keek haar aan met een blik die weinig goeds voorspelde en legde een hand tegen haar wang.

Onwillekeurig huiverde ze. Hij had haar nog niet geslagen, maar ze wist hoe bedreven hij daarin was. 'Waarom ben je er niet gewoon vandoor gegaan?' fluisterde ze. 'Als je er niets voor voelde om nog eens voor de rechter te moeten verschijnen en de gevangenis weer in te moeten, had je toch naar het buitenland kunnen vluchten? Je stikt in het geld, Wes. Je had een nieuw leven kunnen beginnen.'

Hij lachte honend. 'Weet jij eigenlijk wel wat "voorwaardelijk" inhoudt, Paige? Dat ze je paspoort innemen! Je kunt dus geen kant op. Bovendien kwam ik, na er lang over te hebben nagedacht, over jou en mij, tot de conclusie dat dit beter was. Een betere manier om het af te sluiten.' Half lachend haalde hij een rol tape onder zijn stoel vandaan. 'Uitstappen maar, Paige.'

Jack, Preacher, Jim Post, Mike en Rick vertrokken rond een uur of vier, ruim een uur nadat Preacher had ontdekt dat Paige was verdwenen. In de kroeg lieten ze een slordige plattegrond achter waarop de verzamelplaatsen waren aangegeven. Ze spraken af dat ze, als ze om acht uur niets hadden gevonden, terug zouden komen om te horen of er nog nieuws was, en rond middernacht weer. Maar geen van hen was van plan de zoektocht op te geven voor ze Paige hadden gevonden.

Verdeeld over twee auto's reden ze naar de noordzijde van het dorp. Ze parkeerden de wagens aan de kant van de weg en gingen gewapend met zaklantaarns te voet het bos in.

Ze hielden auto's aan en klopten bij huizen aan. Ze lieten een foto zien van Paige en gaven een beschrijving van de truck waarin Wes Lassiter rondreed.

Toen ze om acht uur naar Virgin River terugkeerden, troffen ze in de kroeg een hele groep mannen aan. Buck Anderson was er met zijn drie volwassen zonen, Doug Carpenter, Fish Bristol, Ron en Bruce en nog een handvol vrijwilligers. Na de kaart te hebben bekeken, vertrokken ze in de richting van Highway 36, die dwars door de bergen naar Trinity County liep. Brie kon alleen vertellen dat ook de sheriff en de CHP nog niets hadden gevonden.

Terwijl de rest van het konvooi doorreed, maakten Jack, Preacher en Jim even een tussenstop in Clear River. Preacher en Jim ondervroegen voorbijgangers; Jack liep even de plaatselijke kroeg binnen, waar een serveerster werkte met wie hij naar bed was geweest voor Mel in zijn leven verscheen. Het deed hem plezier om haar ogen te zien oplichten toen ze hem zag binnenkomen. Charmaine was niet onknap, een jaar of tien ouder dan Jack, en een van de aardigste vrouwen die hij kende.

'Zo, mooie jongen. Dat is lang geleden.'

'Hallo, Charmaine,' zei hij. 'Ik zal maar meteen met de deur in huis vallen. Ik kom niet langs voor de gezelligheid. Er wordt een vrouw uit ons dorp vermist.' Hij liet haar Paige' foto zien. 'We vermoeden dat ze is ontvoerd door haar ex-man, een nogal gewelddadig type, die nog niet zo lang geleden uit de nor is gekomen. Ze heet Paige en is de vriendin van mijn kok.'

'Ai, dat is geen kattenpis.'

'We kammen nu de hele omgeving uit. Zou jij bij je klanten willen informeren of ze iets hebben gezien?'

'Ja, natuurlijk.'

Jack gaf een beschrijving van de gestolen auto en van Wes Lassiter. Hij legde uit dat ze er niet voor honderd procent zeker van waren dat hij erachter zat, maar dat het wel erg waarschijnlijk was. Paige was doodsbang voor hem en zou zeker niet vrijwillig met hem zijn meegegaan. Haar auto stond er nog gewoon, en ze had haar handtas ook thuisgelaten.

'Ik zal het iedereen laten weten die hier binnenkomt.'

'Fijn, bedankt.' Hij wilde weggaan, maar draaide zich nog even om. 'Ik ben inmiddels getrouwd.'

Ze knikte. 'Heb ik gehoord. Nog gefeliciteerd.'

'We hebben net een kind gekregen. Zes weken geleden. Een zoon.'

Ze glimlachte. 'Kortom, je bent gelukkig met haar.'

Jack knikte.

'Dat is je geraden ook. Je zou geen knip voor je neus waard zijn als dat niet zo was.'

'Dat ben ik helemaal met je eens. Bedankt voor je medewerking, Charmaine. Ik beschouw het als een gunst.'

'Ik zou het voor iedereen doen, Jack. Op dit soort momenten moeten we elkaar helpen. Het zal wel koud zijn daarboven, al is het dan bijna zomer. Ik hoop dat jullie haar heelhuids terugvinden.'

'Ja,' zei hij. 'Dat hoop ik ook.'

Hij was nog niet vertrokken, of de man die al die tijd achter in de kroeg had gezeten kwam aan de bar staan. Hij droeg een hoed met een brede rand. 'Waar ging dat over?' wilde hij weten.

'Ik wist niet dat je een tong had,' zei Charmaine lachend. 'Er wordt een vrouw vermist in Virgin River. Haar ex-man wordt verdacht van ontvoering. Hij is sinds kort op vrije voeten en rijdt waarschijnlijk rond in een gestolen auto, een bruine Ford uit 1983.'

'Juist, ja.' Hij dronk zijn glas leeg, legde een biljet van tien dollar op de bar, tikte tegen zijn hoed en vertrok.

Paige begreep inmiddels wat er ging gebeuren. Ze moest van Wes met haar rug tegen een boom op de grond gaan zitten, waarna hij eerst haar handen en vervolgens haar voeten bij elkaar bond met tape. Tenslotte plakte hij ook een strip over haar mond.

'Staat je goed, Paige,' zei hij. 'Hou je eindelijk eens een keer je mond.'

Nadat hij een paar zaklantaarns zo had neergezet dat ze haar ten volle zouden belichten, ging hij niet ver van haar vandaan op de grond zitten en begon hij weer te praten. Bijna een uur lang praatte hij over de vele teleurstellingen in zijn leven, van de ongelukkige jeugd die hij had gehad tot en met de tijd die hij in de gevangenis had doorgebracht en die, zoals hij erover vertelde, minstens een paar jaar leek te hebben geduurd. Verder had hij geen goed woord over voor hun huwelijk, en natuurlijk lag het allemaal aan haar. Zij had hem aangezet tot mishandeling, door haar gezeur en gesar en haar eeuwige tegenspraak. Hij was ijzig kalm en sprak langzaam en emotieloos, als iemand die weet dat hij op het punt staat een einde aan zijn leven te maken.

Hij gokte erop dat John, misschien samen met Jack, op zoek zou gaan naar Paige. Ze hadden wel een tijd in de auto gezeten, maar ze zaten niet ver van het dorp aangezien hij de hele tijd rondjes had gereden. Van hieruit kon hij hun auto's zien aankomen.

Toen hij klaar was met zijn verhaal, zette hij de auto goed in het zicht, knipte de zaklantaarns aan en verdween in het struikgewas om ongezien de komst van haar redders af te wachten. Eerst zou John eraan gaan, dan Paige, en ten slotte zou hij de hand aan zichzelf slaan.

'Ik heb het helemaal gehad met deze komedie,' zei hij. 'Je hebt gewonnen,' voegde hij er met een vage glimlach aan toe. 'Min of meer.'

Paige kon door de tape over haar mond weliswaar niets zeggen, maar ze kon nog altijd denken. Je hebt geen idee wat voor mensen John en zijn vrienden zijn, dacht ze. Ze zijn niet alleen sterker dan jij, maar ook veel slimmer. Toen sloot ze haar ogen en bad in stilte: geef hun nu alstublieft de wijsheid die ze nodig hebben.

Tegen de tijd dat de maan aan de hemel verscheen, bestond de groep uit meer dan twintig man. Sommigen twijfelden aan de zin van een nachtelijke zoektocht in de dichte bossen. Voor hetzelfde geld zat Paige al lang en breed in San Francisco of was ze onderweg naar Los Angeles. En als ze al in de bossen werd vastgehouden, dan nog was de kans klein dat ze werd gevonden omdat het gebied zo uitgestrekt was.

'Maak je je zorgen dat we haar niet zullen vinden, Preach?' vroeg Rick.

'Waar ik me zorgen over maak, is dat we haar te laat zullen vinden,' antwoordde Preacher.

Bergweggetjes, oude houthakkerspaden, wielsporen, grotten, rotsspleten, ravijnen... Overal zochten ze, maar ze vonden niets. Gaandeweg was iedereen zo'n beetje aan het einde van zijn Latijn, maar het was duidelijk dat Preacher niet aan opgeven dacht, en dus gingen ze allemaal door met zoeken.

Toen de man die alleen bekendstond als Dan in de kroeg in Clear River de beschrijving hoorde van de gestolen auto, dacht hij meteen aan de oude truck die hij eerder die dag had zien rijden. Nu reden er ongetwijfeld meer oude bruine Fords in deze contreien rond, maar in deze auto hadden een man en een vrouw gezeten, en de man had nogal nerveus gereden. Dan was gewend om uit zijn doppen te kijken en op de kleinste details te letten. Hij was een van de vele illegale weedtelers die zich in het gebied bevonden. Hij had in de loop van de tijd de andere telers leren kennen: een vrij hechte groep die niet gauw iemand vertrouwde. Ze herkenden elkaar van verre. Ze kochten de dingen die een teler nodig heeft; ze verzamelden kippenstront om de plantages achter in hun vrachtwagens te bemesten; hun bankbiljetten stonken een uur in de wind, maar niemand wist van elkaar waar hij zat of waar zijn kwekerij zich bevond. Het had drie jaar geduurd voordat ze hem hadden geaccepteerd.

De meesten van hen woonden ook waar hun kwekerij was. Dan huurde liever mensen in om het werk te doen, omdat hij dan niet aan een plaats gebonden was. Het gaf hem de mogelijkheid verschillende kwekerijen, verspreid over drie gemeenten, te hebben en zelf heel ergens anders te wonen.

Hij had maar niet aangeboden om mee te helpen zoeken; waarschijnlijk zouden ze moeite hebben met zijn aanwezigheid. Ook zei hij maar niet dat hij wel op eigen houtje op zoek zou gaan. Hij kende het verdwenen meisje; ze werkte in de kroeg in Virgin River, waar hij wel eens was geweest. De vrouw van de eigenaar, de plaatselijke verloskundige, had hem een tijd terug eens een dienst bewezen toen een van de vrouwen die voor hem werkten opeens had moeten bevallen. Zonder Mel Sheridans hulp zou de baby het niet hebben gered. En toen hij laatst achter op haar auto was gereden, had ze dat heel correct afgehandeld.

Hij had heel wat tijd in dit onherbergzame gebied doorgebracht en kende het dan ook op zijn duimpje. Misschien moest hij maar eens op plaatsen gaan kijken waar niemand anders aan dacht. Mocht hij iets ontdekken, dan had hij in elk geval het gevoel dat hij iets terug had gedaan.

Hij zette zijn auto zo neer, dat hij uit het zicht stond. Hij kende alle paden en paadjes. Hij had niet altijd een wapen bij zich, maar deze keer leek het hem verstandiger om niet ongewapend op pad te gaan. Je kon niet weten; als de vrouw inderdaad door haar gefrustreerde ex-man was ontvoerd, dan kon het wel eens vervelend worden.

Het was aardedonker, maar hij wist precies waar hij heen ging en hield zijn zaklantaarn naar beneden gericht. Van tijd tot tijd hoorde hij het gebrom van een stel voorbijrijdende trucks of zag hij het schijnsel van hun koplampen op de weg, waaruit hij de conclusie trok dat de anderen niet op dezelfde plaats zochten als hij.

Die jonge vrouw, de vriendin van de kok, leek hem een aardige meid. Wat figuur en leeftijd betrof, had ze wel wat weg van zijn vrouw. Ofschoon hij intussen alweer van haar gescheiden was, zou hij niet weten wat hij zou hebben gedaan als hem zoiets was overkomen. Waarschijnlijk zou hij gek geworden zijn.

De maan kwam net op toen hij de truck en de vrouw ontdekte. Hier was iets heel akeligs gaande, schoot het door hem heen. Een vrouw met gebonden handen en voeten midden in het licht van zaklantaarns en een gestolen auto op een plek waar hij wel moest opvallen? Dit kon niet anders dan een valstrik zijn.

Hij stond zich net af te vragen of ze nog wel leefde, toen hij haar zag bewegen. Ze hief haar hoofd op, huiverde en liet haar hoofd tegen de boomstam rusten. Zouden er soms ergens explosieven verstopt zijn? Hij zocht met zijn ogen de omgeving af; er was verder niemand te bekennen. Hij wierp een blik door de voorruit van de auto – niemand.

Hij stak zijn zaklantaarn tussen zijn riem en sloop geruisloos over de zandweg naar beneden met de bedoeling om net voorbij de bocht de heuvel weer op te klimmen en de plek des onheils van de achterkant te benaderen. Voorzichtig begon hij aan zijn klim – in het donker, want als hij gelijk had, dan lag er daarboven iemand in de bosjes de boel in de gaten te houden.

Als hij boven nu niemand aantrof, zou hij eerst de omgeving goed onderzoeken, voor het geval er ergens explosieven verstopt lagen. Het was ook nog mogelijk dat de vrouw ze op haar lichaam droeg.

Na een paar meter werd hij bijgelicht door de maan. Elke keer wanneer de wind de dennentakken deed fluisteren en kraken, verzette hij een voet. Als hij per ongeluk op een twijgje stapte, bleef hij enkele ogenblikken roerloos staan en spitste zijn oren. Dan hield hij zelfs zijn adem in.

Hij was nog niet eens halverwege toen hij daarboven iemand achter een boom zag staan. Op hetzelfde moment hoorde hij het geluid van naderende auto's. Zo snel als hij kon, daalde hij de heuvel weer af. Op een stuk van de weg dat aan het zicht onttrokken werd door de bomen, hield hij het konvooi staande door zijn zaklantaarn heen en weer te bewegen.

Jack draaide zijn raampje omlaag. 'Wat moet dat –'

'Hier is het,' zei Dan op gedempte toon. 'Wek de indruk dat je doorrijdt. Voorbij de heuvel aan de linkerkant van de weg is ruimte om te parkeren. Zet je auto daar neer en kom lopend terug. Dan zal ik jullie verder brengen. Zaklantaarns uit. Ze zitten daarboven.' Hij knikte met zijn hoofd in de richting van de heuvel.

Preacher boog zich naar hem toe. 'Is alles in orde met haar?'

'Voor zover ik kan zien wel. Vooruit, doorrijden maar, anders wek je argwaan. Denk eraan, voorbij de heuvel!'

Jack reed weg; de tweede auto reed automatisch achter hem aan.

'Die vent daarboven is iets van plan,' zei Dan even later tegen de vijf mannen die om hem heen stonden. 'De vrouw zit vastgebonden tegen een boom in het licht van een paar zaklantaarns. Hij staat verdekt opgesteld achter een boom; ik ving zo-even een glimp van hem op. Ik kon het niet zien, maar het zou kunnen dat hij een wapen op haar gericht heeft. Daarboven, aan het einde van deze zandweg, staat zijn auto. Als er iemand met me meegaat kunnen we die vent van achteren benaderen. Er is geen pad. Wie van jullie kan geruisloos klimmen?'

'Ik,' antwoordde Jim meteen.

'Ik ben ook niet slecht. Ik ga ook mee.' zei Mike.

'Goed, laten we hem dan maar omsingelen,' zei Dan. 'Jullie drieën nemen de weg. Gebruik zo min mogelijk licht, schijn altijd omlaag. Wij moeten door het struikgewas, dus geef ons een paar minuten voorsprong. We zien elkaar straks boven.'

Voordat hij weg kon lopen, greep Jack hem ruw bij de voorkant van zijn jas. 'Waarom doe je dit?' vroeg hij.

'Rustig maar. Ik zat in de kroeg in Clear River toen jij binnenkwam met dit verhaal,' antwoordde Dan. 'En toevallig ken ik het gebied vrij goed. Je denkt toch niet dat ik –'

Jim Post greep in. 'We hebben nu even wat anders aan ons hoofd, jongens. Kom op, bijkletsen kunnen jullie later ook nog wel.'

De groep splitste zich in tweeën – Jack, Preacher en Rick gingen via de weg, met Preacher, die erge haast had, voorop; Mike, Jim en Dan gingen via de achterkant om Lassiter in de rug aan te vallen.

Preacher was het eerste boven. Zodra hij de gestolen truck zag, hield hij zijn pas in en kroop hij er op handen en voeten naartoe met Jack en Rick in zijn kielzog. Niet ver daarvandaan zag hij Paige. Ze zat tegen een boom aan met haar kin op haar borst gezakt alsof ze sliep. Of dood was.

'Paige...' fluisterde hij verbijsterd. Hij kwam overeind en wilde op haar af rennen.

Jack siste hem toe om te blijven waar hij was en wilde hem bij zijn arm pakken maar greep mis. Zodra Paige het geluid van zware voetstappen hoorde, keek ze op, haar ogen groot van angst. Bijna op hetzelfde moment voelde Preacher een paar sterke armen om zijn enkels. Nog voordat hij de grond raakte, hoorde hij een schot en voelde hij een stekende pijn in zijn linkerbovenarm.

Er volgde geen tweede schot; wel was er opeens een hoop beweging in het struikgewas. Rick was wijselijk achter de auto blijven staan, met zijn wapen in de aanslag. De geluiden in de bosjes zouden erop kunnen wijzen dat Lassiter op de vlucht geslagen was en elk ogenblik door Mike en Jim in de kraag gegrepen kon worden.

Preacher vocht zich los uit Jacks houdgreep en bewoog zich met verbazingwekkende snelheid op zijn buik naar de boom waar Paige tegenaan zat. Hij greep haar voor zijn doen hardhandig bij een arm en trok haar naar zijn kant van de boom waar ze veilig was.

Voorzichtig peuterde hij een puntje van het stuk tape los, dat over haar mond zat. 'Even flink zijn, schat,' fluisterde hij, waarna hij de tape er met een ruk aftrok.

Ze kneep haar ogen stijf dicht, maar gaf geen kik. Toen sloeg ze haar ogen weer op. 'Voorzichtig, John. Hij heeft op je zitten wachten. Hij gaat ons vermoorden.'

Preacher had intussen zijn Zwitserse zakmes tevoorschijn gehaald. 'Die kerel is volstrekt krankzinnig,' fluisterde hij terug, terwijl hij de tape om haar polsen en enkels doorsneed. Hij keek voorzichtig om de boom. Zo te horen gebeurde er daarachter van alles. Misschien hadden ze hem al te pakken en probeerde hij zich los te worstelen.

Ze raakte zijn linkerschouder aan. Zijn mouw zat onder het bloed. 'Je bent gewond,' fluisterde ze.

Hij legde een vinger tegen zijn lippen. Roerloos bleven ze zitten luisteren. Het tumult in het struikgewas was nu niet meer dan wat geritsel. Verder was het doodstil.

Na een lange spannende minuut werd er geschreeuwd. 'Hé, mannen! We hebben hem, hoor! We komen eraan.'

'Dat is in elk geval niet de stem van Wes,' fluisterde Paige.

Preacher keek even naar Jack, die het zekere voor het onzekere nam en op zijn buik op de grond lag met zijn geweer in de aanslag.

Toen kwam de man die Mike en Jim mee op sleeptouw had genomen uit het struikgewas tevoorschijn – zonder hoed, maar met een levenloze Wes bij zich, die hij aan zijn riem met zich meesleepte. Zodra hij losliet, zakte Wes in elkaar.

'Slordig, hoor,' mompelde hij hoofdschuddend, terwijl hij zich het zweet van het voorhoofd wiste.

Preacher kwam voorzichtig naderbij. Hij had Paige intussen overeind geholpen en gebaarde haar achter hem te blijven.

'Is dit jouw werk?' Jack stond ook weer rechtop.

'Konden jullie nu echt niet even wachten tot wij ook boven waren?' vroeg Dan verwijtend. 'Ik had nog zo gezegd dat wij meer tijd nodig zouden hebben dan jullie. Ik had het kunnen weten.' Hij hurkte naast Wes en haalde de handboeien van zijn riem, die hij vervolgens om Wes' polsen sloot.

Op dat moment kwam Jim uit de struiken tevoorschijn. Hij had twee geweren bij zich, zijn eigen exemplaar en dat van hun gids. Mike liep vlak achter hem; beiden hijgden zwaar.

Jack keek naar Wes. 'Is hij dood?'

'Welnee.' Dan hield zijn zaklantaarn omhoog. 'Alleen zal hij wel koppijn hebben wanneer hij wakker wordt. Maar goed dat hij me niet heeft gezien, want ik ben hier natuurlijk niet bij geweest; dat snap je zeker wel.'

'Je rekent er dus op dat deze zes mensen het spelletje meespelen. Nogal een gok, lijkt me, want iemand kan altijd per ongeluk zijn mond voorbijpraten.'

'Tja, het is een gok, maar wat moet ik anders. Als het toch uitkomt... Ik heb al eens vaker mijn boeltje naar een andere locatie moeten verkassen; dus ik ben wel wat gewend. Maar liever niet, want ik heb het hier naar mijn zin. Dus laat mij er maar buiten, als het kan.'

Wes Lassiter lag nog steeds bewusteloos op zijn buik.

Mike, die nog steeds niet op adem gekomen was, ging naast Dan staan. 'Heb jij hem knock-out geslagen?' vroeg hij.

'Met mijn zaklantaarn, ja. Ik moest wel. Hij kwam opeens actie, omdat jouw grote vriend hier opeens vol in beeld verscheen, en het was te donker om goed te kunnen richten...'

'Heb jij handboeien?' vroeg Mike verwonderd.

Dan grinnikte. 'Ja. Je weet wel, slaapkamerspelletjes... Ik kan het je van harte aanraden.'

'Ja,' mompelde Mike. 'Bedankt voor de tip.'

Dan keek Jack aan. 'Misschien is het verstandig om onze zaklantaarns te ruilen.' Hij haalde een doekje uit zijn broekzak en veegde zijn vingerafdrukken van zijn zaklamp.

'Ik wil best ruilen, maar deze houd ik zelf,' zei Jack. 'Met behulp van dit exemplaar heb ik mijn zoon ter wereld gebracht.'

Dan lachte. 'Je had nog wat van me te goed, weet je wel. Ik hoop het hiermee een beetje goedgemaakt te hebben. Maar even serieus, nogmaals, ik wil hier liever niet in genoemd worden.'

'Neem de mijne maar,' hoorde Jack Jim Post zeggen.

Jim wierp Dan zijn zaklantaarn toe en kreeg die van Dan ervoor in de plaats.

Dan greep naar zijn voorhoofd. 'Ben ik in het vuur van de strijd nog mijn hoed verloren ook,' verzuchtte hij. 'Enfin, jullie kunnen nu opgelucht ademhalen, want van dit stuk ellende zul je voorlopig geen last meer hebben. Waarschijnlijk zal hij de rest van zijn leven moeten brommen. Ontvoering wordt zwaar bestraft, heb ik begrepen.' Hij draaide zich om en verdween tussen de bomen.

Het bleef even stil. De geluiden die Dan bij zijn afdaling maakte, stierven langzaam weg. De man, die voor pampus op de grond lag, leek bij te komen. Preacher gromde vervaarlijk en maakte aanstalten om hem een trap te verkopen, maar wist zich nog net op tijd in te houden.

Jim Post knikte in de richting waarin Dan verdwenen was. 'Is het een bekende van je?' vroeg hij aan Jack.

'Nee,' antwoordde Jack. 'Hij is wel eens iets komen drinken, maar zijn geld stonk als je begrijpt wat ik bedoel. Verder heeft hij Mel een keer onder dwang meegenomen naar zo'n caravan ergens in het wild om te helpen bij een bevalling. Ik ben toen duizend doden gestorven, kan ik je vertellen. De eerste de beste keer dat ik hem zag, heb ik hem te verstaan gegeven dat hij me dat geen tweede keer moet flikken.' Hij haalde zijn schouders op. 'Hij zei dat ze geen moment in gevaar was geweest, maar dat het niet meer zou gebeuren. En nu dit.'

'Dit,' herhaalde Jim.

'Dit is wel de vreemdste van alle keren dat onze wegen elkaar hebben gekruist,' zei Jack.

'Hij klom heel wat sneller naar boven dan wij,' zei Jim. 'Hij zal hebben gehoord dat jullie de top bereikten, want hij wierp zijn geweer weg en sprintte letterlijk naar boven. Ik hoorde een schot en vervolgens een hoop geritsel en gekraak in het struikgewas. Die kerel nam nogal een risico. Als dit ellendige stuk vreten een betere schutter was geweest, dan had onze dappere vriend het loodje gelegd.'

'Het kan me niets schelen wat hij op zijn kerfstok heeft. Bij mij kan hij niet meer stuk,' zei Preacher, terwijl hij zijn gezonde arm om Paige' schouders sloeg.

Jim keek Paige en de mannen om de beurt recht in de ogen. 'Ik heb deze vent met mijn zaklantaarn een klap op zijn achterhoofd gegeven, is dat duidelijk? Jullie vriend met de hoed is namelijk niet wat hij lijkt.'

'Is dat niet iets wat de wet hoort te bepalen?' vroeg Jack.

'Laat dat maar aan mij over,' zei Jim. 'Ik heb nog een hoop relaties. Vergeet het. Dat zijn we hem wel verschuldigd.'

'Dat is wel het minste,' voegde Paige eraan toe.

Wes Lassiter werd wakker in het ziekenhuis. Hij zat met een handboei aan het bed vastgeklonken. Hij had barstende hoofdpijn en geen idee wie hem die bezorgd had. Hij beweerde zich niets meer van de ontvoering te herinneren en vond het een grof schandaal dat hij werd behandeld als een misdadiger; hij was immers het slachtoffer!

Helaas voor hem waren er genoeg mensen die tegen hem getuigden – Paige, de mannen die haar hadden gezocht en de man die Lassiter had zien staan met een wapen gericht op de plek waar hij Paige gevangen had gehouden, Jim Post. Vreemd genoeg hoefde hij niet te komen getuigen.

Uiteindelijk kreeg Lassiter wegens ontvoering vijfentwintig jaar onvoorwaardelijk zonder kans op vervroegde vrijlating; de straffen voor de overige aanklachten – al dan niet met kans op vervroegde vrijlating – zouden op een later tijdstip worden bepaald. Al met al zou hij een oude man zijn voordat hij voor vervroegde vrijlating in aanmerking kwam.

Paige, en met haar heel Virgin River, kon opgelucht ademhalen.

Het gebeurde nog wel eens dat ze 's nachts schreeuwend en badend in het angstzweet wakker werd. Dan nam John haar troostend in zijn armen.

'Rustig maar, liefje. Ik ben bij je. Ik zal altijd bij je blijven,' fluisterde hij dan.

Wanneer het tot haar doordrong dat ze veilig was, kalmeerde ze. 'De nachtmerrie is voorgoed voorbij,' fluisterde ze dan.

'Ja. En wij hebben ons hele leven nog voor ons,' fluisterde hij terug.

Hoofdstuk 19

Rick had kort na zijn diploma-uitreiking een middag vrij genomen om naar Liz te gaan. Hij had Jack en Preacher gevraagd of ze er allebei rond sluitingstijd nog zouden zijn, want hij wilde hen nog even spreken zodra hij terug was. Het liep tegen negenen toen hij binnen kwam lopen.

'Fijn dat je er nog bent, Jack,' zei hij meteen. 'Preach is zeker nog in de keuken bezig?'

'Ja. Vertel eens, hoe is het met Liz?'

'Het gaat wel goed met haar, moet ik zeggen. Ze gaat momenteel weer naar haar oude school; ze geven daar zomercursussen voor mensen die bijgespijkerd moeten worden. En verder is ze in therapie.' Hij haalde zijn schouders op. 'Op sommige dagen heeft ze het erg moeilijk, maar over het geheel genomen houdt ze zich goed. Beter dan ik verwacht had eigenlijk.'

'Nou, dat is fijn om te horen,' zei Jack.

Rick klom op een barkruk. 'Ik ben nu achttien,' zei hij. 'Ik weet dat je me officieel nog geen alcohol mag aanbieden, maar ik zou toch graag samen met jou en Preach het glas heffen. Vind je dat goed?'

'Valt er dan iets te vieren?' vroeg Jack, terwijl hij zich omdraaide om drie glazen te pakken.

'Jazeker. Ik heb me namelijk aangemeld bij het leger.'

Jacks hand bleef halverwege in de lucht hangen. Hij moest zichzelf bijna dwingen om de handeling af te maken en de glazen op de bar neer te zetten. Vervolgens gaf hij een klap tegen de muur om Preacher te waarschuwen.

'Hm. Ik zou het prettig hebben gevonden als je dat van tevoren even met ons had besproken,' zei Jack.

'Er viel anders niet zoveel te bespreken,' meende Rick.

'Wat was dat –' begon Preacher, die geschrokken de keuken uit kwam.

'Rick heeft zich bij het leger aangemeld,' zei Jack plompverloren.

'O, nee, Rick!' riep Preacher gechoqueerd uit.

'Zodra je van de schrik bekomen bent, wil ik daar graag even samen op drinken,' zei Rick.

'Ik weet niet of dat iets is waarop ik graag het glas hef,' zei Preacher.

Jack schonk intussen drie glazen whisky in. 'Ik ben wel benieuwd om te horen wat je ertoe gebracht heeft om die stap te nemen.'

'Dat zal ik je vertellen,' zei Rick. 'Ik heb behoefte aan een uitdaging. Een grote uitdaging. Ik heb er genoeg van om elke nacht te moeten gaan slapen in de hoop dat ik me de volgende dag misschien een beetje beter voel. Ik moet echt iets serieus gaan doen, iets waardoor ik weet wat ik kan. Waardoor ik weer weet wie ik ben.' Hij keek Preacher aan. 'Want dat weet ik niet meer.'

'Maar Rick, we hadden vast wel iets anders kunnen bedenken wat minstens zo zwaar is, maar niet zo gevaarlijk. Ons land is in oorlog. Onze soldaten worden uitgezonden om te vechten, en sommige jongens keren nooit meer terug naar huis.'

'Anderen overleven hun geboorte niet eens,' zei Rick zacht.

'Ach, Rick toch.' Preacher liet zijn hoofd hangen. 'Je hebt ook wel een heel moeilijk jaar achter de rug.'

'Ja. Ik heb ook veel nagedacht over wat ik na mijn eindexamen zou gaan doen. Studeren, een jaartje door het land reizen, in de bosbouw gaan werken of in de bouw. Ik zou Liz kunnen vragen of ze met me wil trouwen, maar ja, ze is nog steeds vijftien, dus...' Hij grijnsde schaapachtig. 'Dit is het enige wat er overbleef, Jack. Preach. En in zekere zin ben ik er ook voor klaargestoomd, hè, laten we wel wezen.'

'Welja. Krijgen wij er ook nog de schuld van. Mooi is dat,' zei Jack.

Rick grinnikte. 'Maar als ik het daar heel goed doe, krijgen jullie alle eer.'

Het bleef een ogenblik stil. Toen vroeg Jack: 'Geef je nog een afscheidsfeestje?'

'Nee. Ik wil eigenlijk zo snel mogelijk weg. Ik had gehoopt dat je me wel even naar Garberville zou willen brengen, dan pak ik daar de bus.'

'Zo snel mogelijk... En hoe snel is dat?'

'Morgen.'

'Heb je de eed dan al afgelegd?' vroeg Jack.

Rick knikte.

'Dus we hebben geen gelegenheid om behoorlijk afscheid van je te nemen?'

Rick schudde zijn hoofd. 'Ik ben wel speciaal afscheid gaan nemen van Liz. Nu ik ervan overtuigd ben dat ze het wel zal redden, kan ik met een gerust hart vertrekken.'

'Hoe reageerde ze?'

'Nou ja, leuk vond ze het niet, maar ze is heel flink. Ze zei meteen dat ze me zou schrijven. Maar ja, weet je, ze is nog zo jong. Ik hoop eigenlijk dat ze, als ik niet langer in beeld ben, al die ellende van de afgelopen tijd een beetje van zich af kan schudden. Misschien dat ik nog blijer zou zijn als ze me niet schreef, want dat zou betekenen dat ze de draad van haar leven weer had opgepakt.'

'Zou je willen dat ze verdergaat zonder jou?' vroeg Preacher.

'Ik weet niet wat ik zou willen, Preach. Dat is een van de redenen waarom ik zoiets rigoureus moest doen. Ik heb me afgevraagd wat Lizzie en mij nu precies met elkaar verbond – afgezien van een kind dat dood ter wereld kwam.' Hij sloeg zijn ogen neer. 'Ik heb zo hard mijn best gedaan om alles zo goed mogelijk te doen, dat ik gewoon geen tijd had om naar mezelf te kijken of om me af te vragen wat ik voor Lizzie voelde, wat ik voor haar zou voelen als we niet zo onder druk stonden. Dat gold net zo goed voor haar natuurlijk. Het leek me niet gezond.'

‘Er was een tijd waarin je overwoog om na je eindexamen te gaan studeren. Hoe zit dat?’ wilde Preacher weten. ‘Zijn die plannen nu van de baan?’

‘Nee, hoor. Dat kan altijd nog als ik dat wil. Ik heb per slot van rekening maar voor vier jaar getekend.’

‘Ik heb nog een vraag,’ zei Jack. ‘Je doet dit toch niet om ons een reden te geven trots op je te zijn, hè? Want dat is nergens voor nodig. We zijn ontzettend trots op je. Dat weet je toch?’

Rick lachte. ‘En of ik dat weet. De wetenschap dat jullie trots op me zijn heeft me door de afgelopen periode heen geholpen. Nee, dat heeft er dus niets mee te maken,’ zei hij. ‘Ik wil gewoon van dat lamlendige gevoel af, anders ga ik vanbinnen dood. Ik moet weg. Ik heb een uitdaging nodig, iets wat het uiterste van me vergt.’

‘Daar zul je niet in worden teleurgesteld,’ zei Preacher. ‘Er zal meer van je gevergd worden dan je ooit voor mogelijk hebt gehouden.’

Jack hief zijn glas. ‘Waar drinken we op? Op het harde soldatenleven?’

‘Goed,’ zei Rick. ‘Ik vind het belangrijk om te weten dat jullie achter mijn beslissing staan en mijn keuze respecteren.’

‘Je bent volwassen, Rick,’ zei Jack. ‘Je hebt er kennelijk goed over nagedacht. Het is jouw beslissing. We drinken op jou.’

Ze hieven alle drie het glas en brachten het vervolgens naar hun mond.

Preacher wendde haastig zijn gezicht af en snoof verdacht. ‘Ik heb het wel er moeilijk mee, hoor,’ mompelde hij.

Rick reikte over de bar heen en greep hem bij zijn gezonde arm. Hij schraapte zijn keel. ‘Kunnen jullie in mijn afwezigheid een beetje op mijn grootmoeder letten?’ vroeg hij schor.

‘Wat vindt zij hier eigenlijk van?’ vroeg Jack.

Rick stak zijn kin vooruit. ‘Ze zei dat ze het wel begreep. Ze heeft ook zo haar trots, weet je. Ze zou absoluut niet willen dat ik alleen maar hier bleef om voor haar te zorgen. En ze weet ook hoe moeilijk ik het afgelopen jaar heb gehad en dat ik dat graag achter me wil laten.’

'Wat een wijze vrouw,' zei Preacher. 'We zullen goed op haar passen.'

'Fijn om te weten, bedankt.' Rick stond op. 'Jullie redden het wel zonder mij, hè?'

'Wat dacht je,' zei Jack. 'We zijn wel wat gewend hier. Hoe laat vertrekken we morgen?'

'Om zeven uur. Ik kom wel hierheen.'

Toen Rick de volgende ochtend met zijn plunjezak bij de kroeg arriveerde, werd hij binnen opgewacht door een heel afscheidscomité. Mike was er, en Mel, die hem met tranen in de ogen omhelsde. Dokter Mullins, Paige en Chris, nog in pyjama. Zelfs Connie en Ron waren zichtbaar geëmotioneerd bij het afscheid.

Preacher drukte hem bijna fijn. 'Pas goed op jezelf,' zei hij.

'Ik ga toch eerst naar een trainingskamp,' zei Rick. 'Daar zal me weinig kunnen gebeuren. Maar maak je geen zorgen, Preach, ik zal goed op mezelf passen.'

Onderweg naar Garberville werd er weinig gesproken. Jack merkte dat hij het er erg moeilijk mee had. Hij voelde zich vreemd leeg vanbinnen en had permanent een brok in zijn keel.

'Ik heb er echt zin in, Jack,' zei Rick opgewekt. 'Het is lang geleden dat ik me ergens op kon verheugen. Hoe voelde jij je op de eerste dag dat je je aanmeldde, weet je dat nog?'

'Ik scheet in mijn broek van angst.'

Rick schoot in de lach. 'Dat heb ik ook wel een beetje.'

'En terecht, Rick. Je krijgt er ongenadig op je lazer. Dat moet je je niet persoonlijk aantrekken; zo gaat het er gewoon aan toe in het leger.'

'Ik weet het.'

'Er zullen momenten zijn waarop je ermee op wilt houden en dan tot de ontdekking komt dat dat niet kan.'

'Weet ik ook.'

'Je hoeft ook niet te vechten, weet je. Je kunt ook kiezen voor een ondersteunende taak. Je hoeft niet te vechten als je niet zeker weet dat je dat ook echt wilt.'

'Wist jij dan wel zeker dat dat was wat je wilde?'

'Nee,' gaf Jack ruiterlijk toe. Hij wierp Rick een blik toe. 'Nee, Rick. Ik wist het niet toen ik met de training begon, en daarna wist ik het nog steeds niet. Maar op dat moment dacht ik wel dat ik het wist. Ik heb wel altijd in mijn achterhoofd gehouden dat ik er achteraf spijt van zou kunnen krijgen, maar ik heb het toch gedaan.'

'O, maar dat herken ik wel. Het is een gevoel, meer niet. Een positief gevoel, en dat op zich is al zo heerlijk.'

'Ja,' zei Jack. 'Dat kan ik me voorstellen.'

Bij de bus omhelsden ze elkaar voor de laatste keer. 'Ik hoop je na de training weer te zien,' zei Jack schor. 'Je zult het goed doen. Ik heb er alle vertrouwen in.'

'Dank je wel,' zei Rick fier. Gedreven. Vol zelfvertrouwen. Een beetje zoals Jack op die leeftijd.

De jongen wierp zijn plunjezak de bus in en stapte in. Jack bleef de bus nakijken tot hij uit het zicht verdwenen was. Toen liep hij naar de eerste de beste telefooncel, duwde er een paar muntjes in en draaide het nummer van zijn vader.

'Goedemorgen, pa,' zei Jack, zodra hij Sams stem hoorde.

'Jack. Wat bel je vroeg, wat is er aan de hand?'

'Ik bel alleen maar om je te vertellen dat ik nu begrijp hoe jij je moet hebben gevoeld toen ik je vertelde dat ik me bij het leger had aangemeld. Je moet hebben gedacht dat je doodging.'

Het was begin juni toen de familie Sheridan en masse naar Virgin River afreisde. Ze kwamen met speciaal voor de gelegenheid gehuurde campers, caravans, vouwcaravans en aanhangwagens. Ook de exmariniers waren in groten getale gekomen, sommige van hen met hun voltallige gezin.

Zeke had zijn vrouw Christa en vier kinderen, onder wie een pasgeboren baby, meegenomen; Josh Philips was er met zijn Patti en de baby's. Corny kwam met Sue en hun twee dochtertjes; Tom Stephens uit Reno was er; Joe en Paul uit Grants Pass.

De hele meute kampeerde op het stuk grond waar Jacks nieuwe huis gebouwd werd. Daags tevoren waren er picknicktafels, barbecues en chemische toiletten neergezet, en de vorige dag hadden de mannen onder luid gejuich van de rest het geraamte van het huis van Jack en Mel op de betonnen fundering geplaatst.

Dat was echter niet het enige waarvoor iedereen was gekomen. Ze waren ook gekomen voor de bruiloft.

Paige was met Chris bij Mel om zich voor te bereiden op de grote dag. Ze droeg een eenvoudig gebloemd zomerjurkje en sandalen met een hakje. Intussen werd er op de bouwplaats veel werk verzet. De betonnen vloer werd schoongeveegd; er werden slingers opgehangen, klapstoelen klaargezet – wel een kleine honderd, al zou dat nog niet genoeg zijn, want het hele dorp werd verwacht.

'Je ziet er prachtig uit,' zei Mel tegen Paige. 'Ben je erg zenuwachtig?'

Paige schudde haar hoofd. 'Helemaal niet.'

'Wanneer wist je dat Preacher de man van je leven was?' vroeg Brie.

'Nou, niet meteen in het begin,' bekende Paige. 'Hij zei dat hij voor me zou zorgen, maar ik vertrouwde hem niet. Niet zo gek, gezien mijn ervaringen uit het verleden.' Ze lachte. 'Het is eigenlijk heel langzaam gegroeid. John is iemand die veel tijd nodig heeft. Hij is verlegen, behoedzaam. Hij denkt altijd goed na voordat hij iets doet. Tegen de tijd dat hij me eindelijk vertelde wat hij voor me voelde, had ik de hoop al bijna opgegeven.'

'Hoe heeft hij je ten huwelijk gevraagd?' wilde Brie weten.

Paige dacht even na. 'We hadden het er natuurlijk al een paar keer over gehad. Rond kerst had hij te kennen gegeven dat hij graag oud met me wilde worden, en dat was wederzijds. Maar toen hij me ten huwelijk vroeg, stond hij in de keuken aardappels te schillen. De oven stond aan, en het was bloedheet in de keuken. Ik stond daar met een verhitte kop de afwas te doen. Op een gegeven moment houdt hij op met schillen, kijkt me aan van de andere kant van de keuken en zegt: "Ik weet niet of je er al aan toe bent, maar als het aan mij ligt, trouwen we zo gauw mogelijk."'

'En toen was je verkocht?' Brie leek niet erg onder de indruk.

'Inderdaad,' antwoordde Paige. 'Ik denk niet dat er veel mannen zijn die hun vriendin ten huwelijk vragen op het moment dat ze er niet uitzien en er emotioneel ook al niet te best aan toe zijn.'

Mel pakte haar hand. 'Kom, we moeten gaan, anders komen we te laat.'

De vrouwen zetten Chris en baby David achter in de auto en reden naar de plaats waar het huwelijk voltrokken zou worden. Overal stonden auto's geparkeerd. Mel reed helemaal naar boven en zette haar auto naast wat straks haar nieuwe huis zou zijn.

Het zag er zwart van de mensen. Kinderen renden achter elkaar aan. Het geraamte van het huis was behangen met slingers; de barbecues waren al aangestoken, en de tafels stonden vol schalen met allerlei lekkernijen.

Zodra ze uitstapten, nam iemand baby David van Mel over. Iemand anders duwde Paige haar bruidsboeket in de hand; Mel, Brie en Chris kregen een corsage opgespeld.

Er was weliswaar geen muziek, maar dit was dan ook geen doorsneebruiloft. Dat hoefde ook niet. John en Paige wilden een eenvoudige bruiloft, een feest om te vieren dat ze van elkaar hielden. Het was Johns idee geweest om het hier te doen – de bar zou sowieso te klein zijn geweest, en de kerk was al jaren gesloten. Trouwen in een huis waarvan alleen nog maar het geraamte is neergezet? Paige had zich er in eerste instantie weinig bij kunnen voorstellen, maar bij nader inzien had ze het eigenlijk echt iets voor John en haar gevonden. Nu ze met eigen ogen zag hoe feestelijk alles eruitzag, sprongen de tranen in haar ogen.

Met Chris voor zich en geflankeerd door Mel en Brie liep ze langzaam op het huis toe. Er waren veel meer mensen gekomen dan ze had verwacht – en dat terwijl ze alleen maar een aankondiging in de bar hadden opgehangen. Ze voelde zich nu echt opgenomen in de gemeenschap; het was ook duidelijk dat ze veel respect en waardering hadden voor John, Preacher.

Chris rende de schuine loopplank op. Paige deed het iets voorzichtiger aan. Toen zag ze John. Hij stond op de plaats waar straks de open haard zou komen, tussen Jack en Mike in en met een hand op Chris' schouder.

Zijn ogen lichtten op zodra hij haar zag, een reus van een man, meer dan één meter negentig lang, gekleed in een spijkerbroek en – voor het eerst van zijn leven – een linnen overhemd. Een das had hij waarschijnlijk nooit gehad, schoot het door Paige heen.

Ze had nog geen twee stappen gedaan, of hij beende met grote passen naar haar toe en begeleidde haar vervolgens aan de hand naar het geïmproviseerde altaar.

Waar het haar betrof, was hij niet traag meer. Deze man had haar het leven gered; hij had haar leven veranderd. Hij was in- en ingoed. Hij was sterk. Hij was zichzelf.

Hij was uniek.